Ahmet Dumlu

Max
und die
Himmels-
krieger

novum ◢ pro

Dieses Buch ist auch als
e-book
erhältlich.

www.novumverlag.com

Bibliografische Information
der Deutschen Nationalbibliothek:

Die Deutsche Nationalbibliothek
verzeichnet diese Publikation in
der Deutschen Nationalbibliografie.
Detaillierte bibliografische Daten
sind im Internet über
http://www.d-nb.de abrufbar.

© 2018 novum Verlag

ISBN 978-3-95840-245-4
Lektorat: Franziska Maier
Umschlagfotos: Dmitrijs Bindemanis,
Nicky123753 | Dreamstime.com
Umschlaggestaltung, Layout & Satz:
novum Verlag

Gedruckt in der Europäischen Union
auf umweltfreundlichem, chlor- und
säurefrei gebleichtem Papier.

www.novumverlag.com

1. Kapitel

Der Beginn der Reise

„Wo bin ich? Wieso brennt es hier? Warte mal einen Moment. Ist das nicht meine Stadt? Warum kämpfen die Leute gegen so ein Riesenmonster? Das ergibt doch alles keinen Sinn. Wo sind denn alle hin? Das Monster hat die Menschen besiegt und es kommt jetzt direkt auf mich zu. Hilfeeeeeeeee! Hört mich denn keiner! Es ist schon so nah. Ahhhhhhhhhh!"

Max schreckte aus dem Bett hoch. Er war vollkommen verschwitzt. Ihm war heiß und seine Decke war vollkommen mit Schweiß vollgesogen. Ihn überkam Übelkeit und er konnte ein Erbrechen gerade noch unterdrücken. Die Angst hatte ihn übermannt. Noch nie hatte er so eine große Angst in sich verspürt. Sein ganzer Körper zitterte immer noch. Er fragte sich leise: „War das alles real? Warum war alles zerstört? Wer waren diese Leute und wieso hatte man dies alles gemacht?" Er stellte sich selber so viele Fragen, dass sein Kopf wehtat. Er konnte aus all den Dingen keine sinnvolle Schlussfolgerung ziehen. Seine Mutter sagte beruhigend: „Das war nur ein Albtraum. Es war nicht das reale Leben. Albträume können manche Leute echt erschrecken. Aber ich wusste nicht, dass sie so heftig sein können." „Wie lange bist du schon hier und warum liegt ein Lappen auf meiner Stirn? Das war im Traum alles so verwirrend. Mein Kopf tut so weh", fragte Max seine Mutter außer Atem. Seine Mutter antwortete erschöpft: „Seitdem du schläfst, schwitzt du, deswegen bin ich bei dir, um die Tücher dauernd zu wechseln. Es war echt anstrengend. Aber ich hatte Angst, dass dir was Schlimmes zugestoßen ist." Dann erzählte Max aufgeregt von seinem Albtraum. „Mutter, ich möchte die Himmelskriegerprüfung bestehen. Es ist dringend. Ich habe so ein Gefühl, als wollte dieser Traum mir etwas Wichtiges sagen, und ich muss diese Sache dann unbedingt hinter mich bringen, denn ich muss es tun, bevor alles zu spät ist. Es kann sein, dass mir eine wichtige Aufgabe erteilt wurde. Und ich muss sie erfüllen. Ich nehme dann auch Vaters Bronzeschwert. Ich habe nämlich das Gefühl, dass ich es dringend benötigen werde, denn dieser Traum hat auch etwas mit Vater zu tun, das fühle ich einfach", erklärte Max. „Nein! Dein Vater ist deswegen nicht mehr unter uns. Ich möchte dich nicht ebenfalls verlieren! Ich musste schon genug durchmachen, als dein Vater gestorben ist. Ich habe Angst, dass ich dich auch noch verliere, aus diesem Grund lasse ich dich nicht gehen. Du solltest das zu deiner eigenen Sicherheit nicht tun. Frage nicht mehr danach! Max, ich mache das alles nur für deine Sicherheit, ich möchte nämlich nicht noch ein Familienmitglied verlieren und dann alleine leben, das wäre so, als hätte ich ein Loch in meinem Herzen, und ich konnte knapp den Tod deines Vaters ertragen, wie sollte ich denn dann deinen aushalten können? Das wäre alles zu schmerzvoll. Ich kann diese Opfer nicht hinnehmen. Du kannst alles machen, nur das nicht, denn ich möchte mit meinem Kind ein normales Leben führen. Wenn du der Beschützer der Erde bist, ist jeden Tag die Wahrscheinlichkeit hoch, dass du stirbst", befahl seine Mutter.

Max war erschüttert und traurig. Er konnte es nicht fassen, dass seine Mutter ihn nicht in die Fußstapfen des Vaters treten ließ. Er wollte sie doch nur beschützen, damit sie nicht stirbt, denn er hatte dabei ein ganz mieses Gefühl. Was er als Nächstes tun sollte, war ihm noch nicht klar, deswegen dachte er die ganze Nacht nach und sein Entschluss stand fest: Er wollte zur Himmelskriegerprüfung. Am nächsten Tag machte er sich Gedanken, wie er dazu kommen konnte. Er wollte, dass seine Mutter ihm die Teilnahme an der Prüfung erlaubte, doch es gab nie eine Gelegenheit, sie davon zu überzeugen, denn sie wollte darüber nicht reden. Da kam ihm plötzlich ein Geistesblitz: „Ich könnte von zuhause weglaufen und sie damit umgehen. Aber ich weiß nicht, ob es wirklich so eine gute Idee ist, denn wie würde meine Mutter reagieren? Ich muss ihr einen Brief hinterlassen, damit sie die Situation versteht, denn wie sollte ich sonst zur Himmelskriegerprüfung? Mir wurde etwas Großes zugetraut und da muss ich es richtig machen", dachte er sich.

Er nahm das Essen und die Getränke von zuhause mit, damit er nichts zu kaufen brauchte, denn er hatte eben kein Geld für solche Sachen. Er musste mit dem Geld sorgsam umgehen, denn er brauchte es, um an der Himmelskriegerprüfung teilzunehmen. Er nahm nur die wichtigsten Sachen mit: Essen, etwas zu trinken, Klamotten und das Bronzeschwert von seinem Vater in einer schwarzgrünen Tasche, die so nur halb gefüllt war. Max hatte absichtlich eine zu große Tasche mitgenommen. So konnte er, falls nötig, neu erworbene Dinge ebenfalls in die Tasche packen. Es war Anbruch der Nacht und seine Haare wehten in sein zufriedenes Gesicht. Er hatte sich schon vorher satt gegessen und geduscht. Er hatte schon früher mit dem Schwert trainiert und konnte einigermaßen damit umgehen. Er wusste selber, dass das Bronzeschwert schlecht war, aber es zeigte seine wahre Kraft erst, wenn man es richtig benutzte, das hatte ihm der Vater immer gesagt. Er hatte ihn auch immer wieder ermuntert, doch er ist gestorben, als er die Welt gerettet hat, und deswegen redete Max' Mutter nicht mehr viel über ihn. Das Einzige, was sie von ihm noch besaßen, war das Schwert und der Ehering.

Max hatte sich extra für die Himmelskriegerprüfung so lässig wie möglich angezogen. Seine dunklen Haare passten zu seiner etwas dunkleren Gesichtshaut. Eine coole Lederjacke umhüllte ein grünes Hemd, dessen Farbe seiner Lieblingsfarbe entsprach. Eine lockere Jeanshose wurde von einem braunen Gürtel gehalten. Dazu passend trug er dunkle Schuhe mit Schnürsenkeln. Seine grünen Augen passten zu den hellen Lichtstrahlen des Mondes. Er konnte es kaum erwarten, neue Freunde zu finden. Der Gedanke, all die verschiedenen Menschen, die es dort gab, zu Freunden zu machen, ließ ihn sich noch mehr freuen.

Er dachte darüber nach, welche Gefahren ihn wohl bei der Himmelskriegerprüfung erwarten würden: „Wenn ich neue Freunde finde, werde ich jeden Gegner besiegen können. Dabei sollte ich aufpassen, dass ich nicht sterbe, aber was genauso wichtig ist, ist, dass meine Freunde nicht sterben. Denn ein Freund ist das Wichtigste, was man auf der Reise finden kann", dachte er sich.

Sein Reiseziel war die Stadt Metropole, denn dort war, wie er es jedenfalls erfahren hatte, die Anmeldung für die Himmelskriegerprüfung. Er hatte eine lange Reise vor sich. Er langweilte sich auf dem Weg zur Stadt, da er keine Beschäftigung hatte. Nachdem er den ersten Tag der Reise vollkommen erschöpft überstanden hatte, wollte er sich im Wald hinlegen. Aber bei Nacht hörte er Schritte, wobei er sich unsicher war, ob es Schritte waren, denn für ihn hätte es auch der Blätterboden, den er sich gemacht hatte, sein können. Aber nach einer Zeit spürte er ein Gefühl der Unsicherheit und stand auf. Als er sich aufrichtete, sah er einen eher mageren Dieb seine Tasche plündern. Er wusste, dass er sich verteidigen musste, deswegen zog er das Bronzeschwert aus der Schwertscheide und nahm eine Position ein, die er einmal als kleines Kind bei seinem Vater gesehen hatte. Der etwas ängstliche Dieb zog ein krummes Messer, das nicht mal mehr scharf war. Max wollte gerade zum ersten, unsicheren Schlag ausholen, als der kleine, magere Dieb zu weinen anfing. Er zitterte am ganzen Körper. Max konnte ihn einfach nicht schlagen. Als Max näher an den Dieb wollte, um zu fragen, was los sei, stach der Dieb mit dem Messer in Richtung Max' Gesicht, dieser jedoch konnte knapp ausweichen, wobei es ihn schliff. Max wusste, dass er sich verteidigen **musste.** Der Dieb griff einfach kontinuierlich weiter an, Max war dieses Mal aber darauf gefasst, sodass er jedem Angriff ausweichen konnte. Als Max bemerkte, dass die Angriffsgeschwindigkeit des Diebes sank, schlug er mit seinem Schwertgriff gegen dessen Nacken, und zwar so, dass dieser in Ohnmacht fiel. Er wollte dem Dieb nichts Böses, also nahm er nur seine eigenen Sachen und ging weiter.

Nach einem weiteren Tag war er endlich an seinem Ziel angekommen. Am Tor der Stadt wusste er schon, dass er Geld brauchte. Er fragte einen Mann: „Könnten Sie mir sagen, wie ich Geld verdienen kann?" „Du musst zum Quest[1]-Markt gehen. Dort redest du mit dem Quest-Geber, der dir dann eine Quest erteilt.

---

1 Aufgabe

Wenn du diese erfüllst, erhältst du Geld. Wie du die Quest erfüllst, ist deine Sache. Aber Junge, pass auf, die Aufgaben sind nicht ohne. Viele Menschen sind dabei schon gestorben." „Wo ist der Quest-Markt? Ich muss ihn nämlich schnell finden." „Am Ende der Straße. Sieht aus wie ein normaler Laden. Du erkennst ihn am Schild." Max bedankte sich und folgte der länglichen Straße, die ihm der nette Mann gezeigt hatte. Am Ende der Straße war ein Laden, der nicht gerade einen schlimmen Eindruck machte. „Ist das echt der Quest-Markt?", fragte er sich. Auf dem Schild über dem Laden stand: „Quest-Markt" „Wenn es darüber steht, dann muss es wohl so sein, ich hab ja keine Ahnung von dieser Stadt, denn wir sind nicht oft hierher gegangen. So kriege ich die Eintrittssumme in der Höhe von 200 Gold schnell zusammen. Ich habe noch eine Woche Zeit. Ich sollte aber auch die Quests nicht unterschätzen, denn jede einzelne Quest kann mich töten. Ich kann sie nicht so gut einschätzen", dachte Max.

2. Kapitel

Eine gefährliche Aufgabe

Der Quest-Geber sprach ihn an: „Guten Tag, mein Herr. Wir haben hier für jeden etwas zu tun." „Ist das hier der Quest-Markt? Denn ich muss sehr schnell Geld zusammenbekommen und da dachte ich direkt an ihn", fragte Max den Besitzer. „Ja, in der Tat, mein Herr. Und es gibt zur Zeit Quests auf Lager. Wenn jemand an der Himmelskriegerprüfung teilnehmen will, kann er sich hier das dafür nötige Geld verdienen. Für die entsprechenden Aufgaben bekommst du entsprechendes Geld. Sagen wir, du musst eine schwere Quest abschließen, dann bekommst du umso mehr Geld. Aber ein paar Quests sind nicht ohne, das muss ich dir schon sagen, damit du nicht stirbst." Max fragte sofort: „Was für Quests haben Sie denn auf dem Lager? Ich möchte nämlich an der Himmelskriegerprüfung teilnehmen. Und dass diese Quests schwer sind, wurde mir schon einmal gesagt, ich kann sie schon einschätzen. Ich habe schon einiges dafür trainiert." Da sagte der Quest-Geber: „Für dich würde die Quest mit dem Tempel am besten passen. Du sollst zum Tempel des Feuers und musst, falls du das Geld haben möchtest, die zwei Feuerkugeln von der Spitze holen. Du brauchst nur eine davon herzubringen. Wenn man eine solche isst, kann man Feuer bändigen. Deswegen kannst du eine behalten und bekommst zusätzlich 100 Gold von mir. Die Feuerkugeln sehen so aus wie Rubine und alle 20 Jahre entstehen nur zwei davon. Du erhältst noch diese Karte für deine Quests und Aufgaben. Aber pass auf, diese Tempel sind voller Fallen, die dich sehr schnell ausschalten können. Niemand hat diese Quest bis jetzt geschafft."

Max bedankte sich und machte sich auf den Weg. Nach der Karte des Verkäufers lag der Feuertempel weit östlich. Es war anscheinend eine Art Wüste, wie es da auf der Karte stand. Das bedeutete eine Tagesreise, die Nacht nicht mitgezählt. Immerhin war der Tempel 50 km von der Central City entfernt. Max wusste, dass er für so eine lange Reise ein Reittier brauchte, aber er wusste einfach nicht, woher er ein solches bekommen sollte. Das war ihm einfach nicht klar. Er wollte aber unbedingt eines. Plötzlich hörte er einen Hilfeschrei und konnte nicht weiter darüber nachdenken. Er drehte sich um und rannte los. Als er am Ort war, von dem der Hilfeschrei gekommen war, brannte es überall. Max fragte sich, was passiert war. Er sah nicht, was das alles zum Brennen brachte. Er konnte am Boden nichts finden, was ein Feuer auslösen konnte. Max fragte sich unsicher: „Gibt es unsichtbare Monster oder Monster, die klein sind?"

Doch da schrie ein Mann: „Ein Drachenreiter. Er wird hier alles zerstören, was es in der Stadt gibt." Max sah sofort nach oben und bemerkte einen Mann, der auf einem Drachen ritt. Der Reiter schrie: „Übergebt mir die Kontrolle über die Stadt, sonst wird's bald nichts mehr von der Stadt geben, das schwöre ich euch." Max hatte sowas schon mal gehört, dass die Städte manchmal von nur einem Drachenreiter bezwungen werden. Max lächelte und wusste, was zu tun war. Er provozierte den Drachenreiter. „Ha, du kämpfst doch nur mithilfe des Drachens, weil du Angst hast, mit einem Schwert zu kämpfen, du kannst überhaupt gar nicht richtig kämpfen." Der Drachenreiter hörte das sofort, kam runtergeflogen und stieg von dem Drachen ab. Er nahm ein Schwert heraus, kam ganz nahe an Max heran und fragte wütend: „Was hast du zu mir gesagt?" Max antwortete frech: „Das." Und er gab dem Mann eine Ohrfeige. Während sich der Mann noch mit dem Schmerz beschäftigte, rannte Max zu dem Drachen und stieg auf ihn auf. Max fing direkt an, den Drachen aufsteigen zu lassen, denn der Mann hatte sich wieder gefasst und wollte gerade auf Max zulaufen. Er konnte den Drachen aber nicht mehr erreichen. Da lachte Max: „Wer ist hier der Stärkere? Na! Aber es tut mir leid, ich muss mich auf den Weg zum Tempel des Feuers machen. Ich leihe mir mal deinen Drachen aus." Dann rief er: „Einwohner der Stadt, dieser Mann ist jetzt entwaffnet. Ihr könnt über ihn richten, denn er wollte eure Stadt beherrschen." Als er mit dem

Drachen wegflog, sah er hinter sich eine riesige Menge Menschen auf den Mann losgehen. Dieser Drache war aber sehr schwer zu lenken. Max wäre beinahe fast vom Drachen gefallen. Er sagte dann aber nur ruhig: „Übung macht den Meister, das muss ich öfter machen, damit ich es lerne, ihn lenken zu können. Denn ich habe keine Lust zu sterben, nur weil ich vom Drachen gefallen bin. Er ist auch echt schwer zu lenken. Er gehört wohl zur Kämpferart, er kann nämlich Feuerspucken und lange fliegen. Ich brauche einen Drachen mit Ausdauer. Hätte ich einen Drachen von der schnellen Sorte, würde der aber nach ein paar Minuten fertig sein. Dieser Drache ist einfach perfekt und es ist so wunderbar, dass ich ihn mir geschnappt habe. Aber ich sollte ihn auch fürsorglich behandeln, damit er nicht wütend wird. Für meine Reise zu dem Feuertempel würden auch normale Reittiere für den Boden gehen, aber die sind einfach zu langsam. Es würde mir dann auch etwas zu heiß sein. Jetzt wird aus der Tagesreise eine Stundenreise, das war ja mal nützlich, dass ich diesen Drachen geraubt habe. Es war aber auch echt idiotisch von dem Mann, dass er sich hat provozieren lassen. Er regte sich aber auch ganz schön schnell auf." Es gab viele Leute in Max' Alter, die doppelt so viel Entfernung in einer Stunde schaffen konnten, denn die hatten Drachen einer besonderen Art, die sehr selten sind. Sie haben eine sehr hohe Ausdauer und sind so schnell wie die Drachen der schnelleren Sorte. Die sind einfach nur unglaublich.

Er machte sich auf den Weg aus der Stadt zum Tempel des Feuers. Dorthin zu gelangen war nicht gerade einfach, denn es erwartete ihn ein heißes Problem. Er erkannte es an komischen Windgeräuschen. Es war ein Adler, der mit hoher Geschwindigkeit auf ihn zuraste. Max hörte diese Bewegungen, zog sofort sein Schwert, das der Adler jedoch abwehrte, mit einem Arm. Er hatte extra Eisenarmschienen, die den Kampf erleichterten. Max wusste, dass er diesen Adler nicht so besiegen konnte und deswegen flog er mit dem Drachen nach unten und stieg ab.

Der Adler kam auf den Boden zugerast und bremste in letzter Sekunde ab. Er hatte komischerweise Arme und Beine, was Max nicht erwartete. Der Adler fing direkt an zu kämpfen. Er versuchte, Max an den Beinen zu treffen. Max blockte es ab, doch der Adler schlug dann mit der anderen Faust auf Max' Gesicht, was dieser dann nur noch sehr schwer abblockten konnte. Doch dann bückte sich der Adler und gab Max mit seinen Füßen einen Tritt, woraufhin er zu Boden fiel. Da sagte der Adler enttäuscht: „Und ich dachte, es gibt hier stärkere Menschen, alle Menschen enttäuschen mich hier, in letzter Zeit war keiner ehrenhaft genug für mich. Bestimmt bist du jetzt verwirrt, warum ich sprechen kann, das ist hier in der Gegend eben normal. Doch ich will nicht viel reden, sondern dich töten. Mach dich bereit zu sterben." Max erwartete jetzt, dass der Adler ihn tötete. Der Vogel holte schon mal aus, um Max den letzten Schlag zu verpassen, als plötzlich Max' Drache Feuer auf den Adler spie, was Max nicht erwartet hätte. Der Adler drehte sich zum Drachen, um das Feuer zu blocken. Den Armbändern des Adlers passierte gar nichts, doch Max nutzte den Moment und gab ihm einen Kick gegen die Beine, woraufhin der Adler zu Boden fiel. Als Max dann aufstand und dem Adler gerade den Gnadenstoß verpassen wollte, blockte der Adler schnell mit den Metallarmschienen die Schwerthiebe ab. Dann machte der Adler einen Rückwärtssalto und stand dann wieder richtig. Er sagte: „Bestimmt fragst du dich jetzt, warum meine Armschienen nicht kaputtgehen, doch es ist sehr klar, warum. Sie wurden aus einem Stahl hergestellt, der sogar Feuer widerstehen und die härtesten Schläge abwehren kann. Dieses Material nennt sich ‚Frumantium'. Diese Armschienen kannst du nicht zerstören, die sind einfach unzerstörbar. Und dieses Material kannst du auch nicht bekommen, weil es das seltenste Material der Welt ist, ich musste viele Leute töten, um es zu bekommen. Ich werde dich besiegen, egal was du versuchst, ich werde dich besiegen, selbst wenn dein nerviger Drache mithilft, er wird dir nicht helfen können, wenn ich dich töte. Denn mit Blut werten sich diese Armschienen immer weiter auf, und das will ich erreichen. Ich will der Stärkste auf Erden werden, denn ich habe schon so viele Leute und Tiere getötet, um diese Macht zu erlangen, das weißt du nicht. Ich habe fast alles versucht, um das hier aufzuwerten. Ich habe Menschen in Massen getötet. Ich bin der Stärkste. Niemand kann mich übertreffen, erst recht nicht du.

Es wäre eine Schande für mich, hätte ich gegen so ein kleines Kind verloren, aber anscheinend bist du doch langweilig. Ich hätte etwas mehr erwartet von Kindern. Denn angeblich waren es Kinder, die die Welt vor der Zerstörung bewahrt hatten, aber scheinbar bist du doch nicht so stark. Anscheinend bist du wie jeder andere ein Angeber. Ich bin einfach nur enttäuscht, was aus den alten Zeiten geworden ist, wo die Gegner noch stark waren und keine Angeber. Diese Zeiten sind wohl schon vorbei, was sehr traurig ist, denn es gibt keinen ehrenhaften Gegner mehr für mich."

Während der Adler redete, hörte Max nicht zu, denn er hatte irgendetwas Komisches am Boden bemerkt. Es war etwas, das so aussah wie eine Bärenfalle, nur mit einer Granate daran. Max dachte sich: „Um ihn zu besiegen, muss ich die Umgebung nutzen, denn sonst wird es ganz übel für mich werden. Und dieser Typ im Tempel hatte doch von Fallen erzählt. Vielleicht ist ja das eine der Fallen. Ich muss ihn da reinlocken, denn wenn er erst mal dort drinnen ist, wird er sterben, und genau das muss ich erreichen. Ich muss ihn dazu bringen, sich selber zu töten. Aber bestimmt vermutet er es schon." Max fing direkt an, auf den Adler einzuschlagen, woraufhin aber der Adler nur nach hinten auswich und noch weiter zurückwich. Doch genau vor der Falle sprang er einfach über die Falle und sagte lachend: „Du dachtest doch wohl nicht ernsthaft, dass ich in meine eigene Falle tappe, das wäre ja doch zu peinlich. Aber wer tappt denn schon in seine eigene Falle? Nur kleine dumme Kinder wie du. Ich wollte diese Falle nutzen, nicht dass ich selber dort reingehen wollte. Ich wollte diese Falle nutzen, um hier Menschen zu fangen. Doch jetzt fange ich an anzugreifen." Der Adler griff Max mit einem Hagel von Schlägen an, was Max nicht wirklich gut abblocken konnte. Er hatte überall blaue Flecken. Der Adler schlug so lange auf Max ein, bis dieser erschöpft zu Boden fiel. Max konnte nicht mehr. Alles war verloren, niemand konnte ihm mehr helfen, er war kilometerweit von der Stadt entfernt und es konnte ihm niemand mehr helfen. Max schloss seine Augen.

Doch diesmal kam der finale Schlag nicht. Max öffnete seine Augen und der Drache spie wieder Flammen auf den Adler. Max konnte nicht aufstehen, er hatte Schmerzen an seinen Körper, und zwar überall. Max konnte nicht einfach so aufstehen, um den Adler zu schlagen, dafür tat ihm alles zu sehr weh, aber irgendwie bemerkte er: Der Drache setzte sich für ihn ein und er wusste nicht warum. Irgendwie kam es ihm so vor, als hätte der Drache eine Bindung zu ihm. Max war traurig, dass er dem Drachen nicht helfen konnte. Denn der Adler rannte direkt auf diesen zu. Max wusste, dass der Drache den Schlägen des Adlers nicht lange widerstehen würde. Aber er lächelte komischerweise. Er trat einige Schritte nach hinten und wartete darauf, dass der Adler kam. Ungefähr 20 Meter vor dem Drachen hing der Adler fest. Er kam einfach nicht weiter. Das, was er noch sah, war eine Explosion.

Jetzt wusste Max, was der Drache gemacht hatte. Er hatte den Adler in seine eigene Falle gelockt. Max konnte nicht mehr. Er lag einfach am Boden. Der Drache kam zu Max. Max dachte schon, dass der Drache ihn töten würde, aber er schleckte ihn einfach nur ab. Max konnte schwer aufstehen. Aber etwas Komisches passierte. Der Adler zerfiel zu Asche. Max fragte sich, wie das überhaupt passieren konnte, er konnte es nicht fassen, dass es solche komischen Monster gab. Max fragte sich, was das überhaupt für ein Adler war. Er war jedenfalls nicht normal. Max wusste nicht warum, aber irgendwie hatte er den Drang, in der Asche rumzuwühlen. Er wühlte in der heißen und trockenen Asche nach etwas Besonderem. Er fand komischerweise einen Helm, der aus den Knochen und dem Schnabel des Adlers bestand. Max dachte erfreut: „Ich wusste doch, dass die zu große Tasche zu etwas zunutze ist. Aber ich hätte lieber eine noch größere mitnehmen sollen, denn alles, was ich auf dieser Reise finde, wird hier nicht reinpassen. Diesen Helm werde ich nicht aufsetzen, aber er wird nachher bestimmt nützlich sein, das denke ich jedenfalls." Er nahm den Helm und steckte ihn in die Tasche.

Er wühlte in der Seitentasche nach Medizin oder anderen Dingen, denn er wollte seine Wunden heilen. Er fand einen Balsam, mit dem er seine Wunden dann beschmierte, und in der anderen Seitentasche fand er noch zwei Hähnchenflügel. Er hatte

einen Mordshunger und aß einen davon, doch irgendwie wollte
er den zweiten nicht essen, also ging er zum Drachen und gab
ihm das andere Stück. Der Drache verschlang das Fleisch gierig,
anscheinend war er seit sehr langer Zeit nicht gefüttert worden.
Max war froh, dass er dem Drachen etwas zu essen geben konnte.
Er ging zu ihm und streichelte ihn am Kopf. Der Drache ließ das
auch zu, als wäre er ein wichtiger Freund, deswegen behandelte
Max den Drachen fürsorglich und als wäre er sein eigenes Haustier. Sie flogen weiter. Dieses Mal ließ sich der Drache aber viel
leichter lenken. Auf dem Weg war es heiß und Max hatte Durst,
doch er fand nichts zu trinken. Er hatte unendlichen Durst, er
musste etwas trinken, sonst würde er austrocknen.

3. Kapitel

Der Fluch

Als er am Feuertempel ankam, war er ziemlich erschöpft. Er konnte nicht hinein, weil das Tor nicht aufging. Direkt daneben stand eine Steintafel, auf der stand: Um dieses Tor zu öffnen, muss man den alten Weisen zum Tempel bringen, aber … Weiter konnte Max nicht lesen, weil da alles nur noch verschwommen stand. Er war wütend: „Als hätten wir nicht schon genug Probleme, dann müssen wir auch noch Versteckspiele spielen, auf die ich wirklich keine Lust habe, denn ich bin fast am Verdursten. Ich brauche etwas zu trinken, sonst kann ich echt nicht weitermachen, ich bin fast am Austrocknen." Max machte sich auf den Weg, um etwas zum Trinken zu finden. Als er an eine Quelle kam, brachte er seinen Drachen dorthin. Als Erstes trank er und dann trank der Drache. Doch Max war so nah am Rande der Quelle, dass der Drache ihn einfach reingeschubst hatte. Der Drache lächelte nur, denn er konnte nicht lachen. Max meinte ironisch: „Hahaha, das ist ja alles so lustig. Das hätte ich aber nicht gewollt, das ist voll unnötig. Warum hast du das überhaupt gemacht? Das war überhaupt nicht lustig und mach das nicht wieder, immerhin habe ich dir etwas zu essen gegeben. Warum wirfst du mich denn dann so gnadenlos ins Wasser?" Als Max wieder aus dem Wasser kam, war er nass und etwas erkältet. Ihm war kalt und er fühlte sich nicht wohl. Er sammelte Holz, um ein Feuer zu machen. Doch er wusste nicht, wie er welches erzeugen sollte. Der Drache spie dann einfach direkt Feuer darauf. So hatten sie schnell eines.

Doch Max war wieder eingefallen, dass er den Weisen suchen musste, deswegen stand er schon nach einer Stunde wieder auf, er musste sich ja beeilen. Er meinte zu seinem Drachen: „Du musst hierbleiben, ich suche nach jemandem und du brauchst nicht mitzukommen, denn er wird dich vielleicht nicht mögen, deswegen empfehle ich dir, hierzubleiben, das wäre vielleicht zu gefährlich für dich, denn ich will dich auch nicht verlieren, weil du ein wichtiger Freund für mich bist." Er machte sich auf den Weg, um den Weisen zu finden.

Es dauerte nicht lange, bis er jemanden schreien hörte. Er rannte sofort in die Richtung, aus der der Schrei kam. Er konnte die Laute sehr gut verfolgen, da diejenige Person die ganze Zeit über schrie. Es war ein alter Mann, der in einer Art Schlamm bis zur Brust versunken war. Anscheinend war es Treibsand. Max fragte schnell: „Sind Sie der alte Weise, der zum Tempel gehört?" „Ja, natürlich. Nun befreie mich doch bitte endlich. Dann reden wir weiter", erklärte er Mann. Max zog dann so kräftig wie möglich an dem Alten, um ihn aus dem Schlamm zu holen. Und schwupp, der alte Weise war endlich nach langer Zeit aus dem Schlamm befreit. Der Mann lachte aber fies. Max sagte: „Kommen Sie mit zum Tempel, alter Weiser, um das Tor zu öffnen. Ich muss mich nämlich beeilen, sonst komme ich zu spät." „Der Tempel interessiert mich einen Dreck. Ich könnte darauf sogar spucken. Wen interessiert es schon, wer so einen Tempel bezwingen will? Wenn ich gegen dich kämpfen muss, wird es doch langweilig, weil ich dich sogar auffressen könnte, du bist einfach gar nichts. Ich werde dich kleinen Wurm zerquetschen", sagte der alte Weise mit einer monsterhaften Stimme. Da redete der alte Weise wieder mit der normalen Stimme bittend: „Bitte verschwinde von hier, denn hier ist es nicht geheuer und ich bin sehr gefährlich, denn ich bin ..." Plötzlich fiel der Alte in Ohnmacht und zu Boden. „Was für ein komischer Mann. Als Erstes redet er so komisch und danach meint er, ich solle von ihm verschwinden", dachte Max. Es dauerte nicht lange, bis ein Monster wie ein Geist, also ohne seinen Körper zu verletzen, aus dem Weisen herauskam. Es war ein Monster mit Schwert, Schild, Rüstung und Hörnern. Es war größer als der Körper des Mannes. Es trat als Erstes den Körper vom alten Mann zur Seite. Dann sagte es fies: „Was er dir sagen wollte, ist, dass er verflucht ist, aber das nützt dir jetzt auch nichts mehr. Der Körper dieses Alten ist komischerweise sehr schwer zu beherrschen. Niemand hat es bis jetzt gewagt, gegen mich anzutreten. Und wenn ich gegen dich kleinen Bengel kämpfen muss, wird es langweilig." Max sagte: „Das glaube ich kaum. Und warum musstest du den Körper des alten Mannes wegtreten, er hat dir doch gar nichts getan. Das war nicht sehr nett, oder? Aber das war ja auch nicht das, was ich von euch Monstern erwartet hatte, ihr seid sehr ungerecht gegenüber den Menschen." Das Monster wurde wütend. Dann brüllte es: „Der Mensch hier geht dich einen Dreck an. Denn ich beherrsche seinen Körper und damit bin ich der Herr des Körpers. Du wirst es sehen, kleiner Zwerg. Außerdem hast du auch meinen Bruder auf dem Gewissen! Deswegen werde ich dich zerquetschen. Aber ich kann nicht verstehen, wie er gegen so einen Winzling wie dich verlieren konnte! Das ist einfach nicht normal. Das ist eine Schande von meinem Bruder, dass er gegen dich verloren hat." Max wurde etwas klar: „Achso, dein Bruder war also der brennende Adler. Und er hat sogar aufgepasst, doch ich bin einfach zu stark. Aber was ihr beiden gemeinsam habt, ist, dass ihr so dumm seid und euch mit mir anlegt. Aber ich kann dir nur sagen, dass ich ihn nicht getötet habe. Er hat sich selbst getötet, indem er in seine eigene Falle getappt ist, und das war eben sehr dumm. Hoffentlich bist du auch so dumm." Das Monster fauchte: „Wie kannst du es wagen, mich und meinen Bruder so zu beleidigen? Das muss bestraft werden. Deswegen werde ich dich auffressen und meinen Bruder rächen. Und anscheinend hast du dir von meinem Bruder einige Wunden eingefangen. Das sieht nicht sehr schön aus. Aber was dir jetzt passieren wird, ist auch nicht sehr schön. Ich werde dich nämlich töten, und das wird wirklich nicht schön."

Das Monster begann mit dem Angriff, wobei sein Schwert genau auf Max' Kopf gerichtet war. Max wich aus und das Schwert blieb im Boden stecken. Aber das Monster schlug Max einfach mit seinem Schwanz weg, was dieser nicht erwartet hatte, deshalb stolperte er nach hinten. Max fiel fast um, aber das wollte er nicht, denn damit verschaffte er dem Feind nur einen großen Vorteil, deswegen rammte er das Schwert in den Boden, damit er nicht so weit nach hinten fiel. Max bemerkte genau: „Du kannst also auch mit deinem Schwanz angreifen, obwohl du so fett und schwer bist. Bestimmt lacht dich jeder aus, weil du so fett bist. Ich würde dich nicht gerne zu meinem Freund haben, egal wie und wann." Da wurde das Monster wütend und startete den gleichen Angriff noch mal, wobei Max wieder auswich, doch dieses Mal schnitt Max mit seinem Schwert im Reflex den Schwanz des Monsters einfach ab. Das Monster schrie schmerzerfüllt auf. Es wurde jetzt noch wütender und schneller. Max rannte auf das Monster zu und sprang über dieses, indem er versuchte, seine Hand auf den Rücken des Monsters zu stützen. Doch dieses nahm Max' Arm und warf ihn zu Boden. Langsam kehrten die Schmerzen vom letzten Kampf wieder zurück. Max spürte jetzt all den Schmerz, den er aus dem Kampf mit dem Adler zurückbehalten hatte. Er konnte sich schon wieder nicht mehr bewegen. Das Monster kam auf Max zu und gerade als es auf ihn einstechen wollte, spürte Max eine unbekannte Kraft in sich, die er nicht kannte. Er wich einfach dem Schwert aus, stand auf und gab dem Monster einen Kick. Es war irgendwie eine Kraft in ihm erwacht, die ihn am Leben hielt, eine Kraft, die ihm irgendwie bekannt und unbekannt zugleich vorkam. Doch das Monster fragte: „Wie kann es sein, dass du dich einfach noch so frei bewegen kannst, wenn du so schwer verwundet wurdest? Die meisten Menschen würden bei jeder Bewegung direkt aufschreien. Was hält dich am Leben? Anscheinend bist du doch nicht so schwach und uninteressant. Aber weißt du was? Ich werde dich trotz der Kraft, die dich am Leben hält, töten, denn niemand kann meiner Klinge entkommen, kein einziger Mensch. Du bist dennoch schwach, und ich werde dich besiegen. Der Tritt, den du mir eben gegeben hast, war nicht gerade stark. Wenn das schon wieder deine ganze Kraft war, dann wirst du mich nicht besiegen können." Max sagte dann abwertend: „Jaja, du Großmaul. Immerhin bin ich derjenige, der mit Wunden kämpft, nicht du, also kannst du gar nichts. Ich habe hier eine schwere Aufgabe und muss verwundet kämpfen und du bist eben ein Feigling und kämpfst nicht verwundet. Okay, ich habe dir gerade eben den Schwanz abgehackt und du hast dann geschrien, aber ich versuche weiterhin, ein Mann zu bleiben, und das schaffe ich auch, denn ich habe bis jetzt noch gar nicht geschrien. Dein Bruder hat auch nicht geschrien, weil er es nicht konnte, denn er ist schon tot und er wird nicht zurückkehren. Das muss ein harter Schlag für dich sein."

Das Monster stieß einen Schrei aus. Sein Schwanz war mit diesem Schrei einfach nachgewachsen. Da sagte es lachend: „Ich kann, wenn ich will, alles außer meinen Kopf regenerieren, also kann ich gar nicht verwundet werden. Das bedeutet dann automatisch auch, dass ich so gut wie gewonnen habe, denn bei dir regeneriert sich gar nichts. Das bedeutet, wenn ich dir ein Bein abschneide, dann wirst du für immer nur ein Bein haben. Das wäre doch mal eine schöne Vorstellung, wenn du für immer nur mit einem Bein rumlaufen müsstest. Du würdest dann bestimmt mit dem Fahrrad fahren und die ganze Zeit hinfallen, weil die Kraft des einen Beines nicht reicht, um in die Pedale zu treten."

Da sagte Max: „Aber die Kraft des einen Beines würde reichen, um dich zu besiegen, du Idiot, das reicht mir, ich will dich nämlich in der Hauptsache besiegen. Denn niemand braucht mehr als einen Fuß, um dich zu besiegen, wirklich niemand. Nicht mal meine Oma braucht mehr als einen Fuß, um dich zu besiegen, und außerdem kannst du es dir schlecht vorstellen, weil ich noch vollkommen ganz und munter bin und du kleiner Idiot kannst mir dann gar nichts sagen, weil bei mir alles noch dran ist, aber bei dir ist dafür nicht mehr alles dran, da ich dich ja besiegen muss. Und ich will dich besiegen, was dann kein großes Problem wird. Ich könnte sogar meine Augen schließen, ich würde nicht getroffen werden und dich besiegen." Max machte aus Spaß die Augen zu, doch anscheinend griff das Monster tatsächlich an. Da kam schon wieder diese komische Kraft in Max' Körper, die ihn dazu brachte, etwas Unglaubliches zu tun. Max leitete das Schwert des Monsters von sich ab und dann gab er dem Monster noch ein Kick dazu. Da fragte es überrascht: „Wo hast du das gelernt, das kann doch bestimmt kein normales Kind, und wenn doch, dann ist diese Welt unglaublich, aber ich glaube, du bist der einzige Mensch, der so etwas kann. Trotzdem bin ich überrascht, denn das kann wirklich kein normales Kind. Wenn es

Erwachsene geben würde, die diese Kraft hätten, dann würde ich es ja verstehen, aber wenn es solche Kinder gibt, bin ich ehrlich und mache mir Sorgen um die Erwachsenen. Du könntest sogar Erwachsene besiegen. – Komm zu uns. Schließe dich uns an, wir werden dann unglaublich viel Macht haben und die Welt beherrschen, falls wir uns miteinander verbünden. Du bist echt stärker als mein anderer Bruder und ich bin überrascht, dass du so viel in dir hast. Mein anderer Bruder war nur Dreck und ein Schwächling. Dem konnte man ja gar nichts überlassen. Aber wenn wir beide uns zusammenschließen, dann werden wir immer stärker und dann werden wir die Herrscher der Welt und das willst du doch auch? Sag mir nicht, dass du die Welt nicht beherrschen willst? Jeder will die Welt beherrschen, du musst es zugeben. In deinem Herzen sagt etwas, dass du die Welt beherrschen sollst, sei ehrlich." Da sagte Max: „Ja, ein Teil meines Herzens sagt, ich soll die Welt regieren, aber ich will das nicht. Ich herrsche über meinen Körper und das ist das Wichtigste, das bedeutet, ich werde mich doch nicht dir anschließen, denn ich bin ein netter Mensch, der sich um jeden sorgt. Ich bin nicht so jemand, der will, dass sich andere ihm unterwerfen, das wären dann solch böse Leute und ich bin kein böser Mensch. Du kannst dieses Angebot anderen Menschen machen, aber nicht mir. Aber das kannst du sowieso nicht mehr machen, denn ich werde dich einfach nur töten. Wenn ich mit dir ein Team bilden würde, wäre es so, als würde ich mit dem Teufel einen Pakt schließen und ich bin nicht so schlimm. Du bist böse und niemand will jemand Bösen als Verbündeten." Da meinte das Monster enttäuscht: „Och, ich dachte, du bist ein Mensch, der nur Macht will, aber leider bist du es nicht. Wir wären einfach ein so gutes Team gewesen, doch du weigerst dich. Das war ein Fehler, wir hätten Herrscher der Welt werden können, aber du willst es nicht und ich weiß nicht warum. Ich werde dir jetzt zeigen, was es bedeutet, wenn man stark ist, du bist nämlich auf jeden Fall nicht stark. Du bist ein guter Mensch, leider, warum bist du kein schlechter Mensch? Aber egal, mal sehen, wie du auf meine Seite kommst, und wenn ich dich auf diese prügeln muss. Du wirst und musst auf meine

Seite kommen, denn du bist nützlich. Du wirst mit mir die Welt regieren, weil du mit den Armschienen stärker wirst. Du wirst unendliche Macht erlangen mit mir, niemand wird es mit uns aufnehmen können." Da sagte Max, die Augen verdrehend: „Damit du mich am Ende töten kannst, um noch stärker zu werden und die Welt alleine zu kontrollieren, das ist ja mal ein dreckiger Plan, ich hätte dir niemals vertrauen dürfen. Du willst doch am Ende nur selber an die Macht kommen, und ich wette, du hast auch geplant, deinen anderen Bruder so zu töten, du bist einfach nur unehrenhaft. Ich würde mich dir niemals anschließen, egal, wie lange du mich verprügeln würdest, was du aber nicht tun kannst und wirst, weil ich dich nämlich hinrichten werde und zwar mehrmals, weil du ja einfach nicht richtig stirbst. Du bist einfach nur eine Gestalt niederer Stufe, weil du einfach jeden hintergehen willst. Ich wette mit dir, du hast schon sehr viele Menschen und Monster getötet. Du bist einfach nur eine miese Ratte. Aber jetzt bin ich richtig wütend. Wenn ich daran denke, wie viele Leute du getötet hast, regt mich das immer mehr auf. Du bist einfach nur feige und dumm, und du bist nur durch das Blut anderer Getöteter stärker geworden, nicht anders."

Da lachte das Monster und sagte: „Du hast mich wohl durchschaut. Aber wen interessiert es schon, wenn ich so ein paar Menschlein getötet habe? Niemand, wirklich niemand mochte die Menschen und deswegen hatte ich sogar ein Recht darauf, sie zu töten. Also kannst du gar nicht mitreden. Ich bin sogar ein Guter, denn ich töte die Leute, die schlecht und böse sind. Ich bin einfach nur gerecht. Und ich bin dadurch auch noch immer stärker geworden und darüber bin ich glücklich. Es hat sich gelohnt, so viele Menschen und Monster zu töten. Es interessiert mich nicht, was die anderen Menschen davon halten, aber ich finde, Menschen zu töten, um stärker zu werden eigentlich ganz okay. Ich mag es, wenn wir Leute opfern, nur um stärker zu werden, denn jeder, der so stark werden will wie ein Herrscher, hat bestimmt eine Menge Opfer gebracht und deswegen möchte ich mich denen eben anpassen. Was ist daran so schlimm, wenn ich mich nur anpassen will? Hahaha. Ihr Menschen seid einfach nur dumm. Ihr wollt so oft wie möglich gerecht sein, aber wer braucht es, gerecht zu sein, wenn man ewige Macht haben kann? Niemand würde dann so etwas brauchen. Wenn jeder Mensch der Welt so etwas haben würde, würden sie sich einfach gegenseitig abschlachten, egal ob Freund oder Feind, jeder würde einfach gleich behandelt. Du kannst es mir glauben, jeder Mensch würde jeden ignorieren, er würde einfach nur draufschlagen, selbst wenn es seine Schwester oder sein Bruder wäre. Du weißt nicht, wie schrecklich die Menschen sind, das kannst du überhaupt nicht einschätzen, denn jeder Mensch ist so oft gnadenlos und dreckig, dass man nicht mal glauben würde, dass es überhaupt Menschen sind."

Max sagte aber verteidigend: „Aber dafür sind die meisten Menschen nett, und nicht böse. Die Leute, über die du gerade redest, die kenne ich schon längst, aber die können sich, wie jeder andere Mensch auch, ändern. Sie können böse sein, aber sie können sich auch wieder bessern, und das weiß jeder. Jeder Mensch hat bestimmt mal etwas Böses getan, aber es dann bestimmt bereut, was er da getan hat. Aber ich sage dir, es gibt zu viele gute Menschen, da kommen die bösen gar nicht mehr mit. Auch wenn die bösen Menschen im Krieg gewinnen würden, weil sie fast immer unfaire Tricks verwenden, aber dafür können die guten Menschen eben mit fairen Mitteln kämpfen, und das ist dann, wie ich finde, schon ein Sieg. Ich sage dir auch, dass man nicht so oft denken sollte, dass Menschen schlecht sind, denn in Wahrheit ist jeder Mensch ein netter Mensch. Aber am wichtigsten ist, dass du stirbst, denn du hast es einfach nicht verdient, weiterzuleben. Lass uns kämpfen, du Idiot." Das Monster regte sich dadurch schon wieder auf und raste wieder auf Max zu, doch als Max wieder auswich, rannte das Monster in eine Falle, die anscheinend der Adler gestellt hatte. Da wurde das Monster noch wütender und sagte: „Dieser Adler ist doch einfach nur ein Idiot. Er meinte noch, ich solle ihm vertrauen, was ich auch tat. Das war mein größter Fehler. Ich hätte ihn schon direkt am Anfang töten sollen. Aber das sollen wir doch eigentlich nicht machen. Aber was ist dann noch schlimmer, wenn man einem Freund vertraut und der einen dann hintergeht oder wenn man niemandem vertraut? Also ich werde denen auch nie mehr helfen, denn anscheinend haben sie mich alle verraten, das ist ja mal schlimm. Aber ich werde entkommen, das schwöre ich dir, und ich werde dich dann töten. Ich werde jeden töten, der mir in die Quere kommt, sei es mein Vater, mein Bruder oder wer auch immer, er wird sterben, wenn er in meine Nähe kommt, denn sie alle sind bedeutungslos, wenn ich erst mal genug Macht habe, um die ganze Welt zu beherrschen. Da können sie gar nichts mehr sagen, egal, was sie sind, sei es mein Vater oder meine Oma. Ich bin einfach der Größte, niemand wird mich besiegen können, selbst wenn er mich besiegen will, man kann mich einfach nicht besiegen, denn ich bin einfach nur stark und unbesiegbar, niemand wird mich besiegen können, egal wann." Es konnte nicht mehr weiterreden, weil auf einmal alles explodierte.

Max dachte, das Monster wäre gestorben, doch er hörte seine Schritte noch. Als er dann noch genauer hinhörte, hörte man die Schritte deutlicher. Das Monster hatte keinen Kratzer abbekommen und dann sagte es lachend: „Ich sagte doch, dass ich nicht sterbe." Doch als es in die Nähe von Max kam, wurde es von einem Feuerball überrumpelt und verbrannte dann einfach so. Max hatte eine Vermutung, was er da hörte, nämlich Schritte, und es war, was er dachte: Sein Drache. Max ging zum Drachen und streichelte ihm den Kopf. Sein Drache hatte das Monster getötet, und zwar ganz einfach. Max hatte erwartet, dass der Drache eher dortbleibt, wo er ihn zurückgelassen hatte, doch anscheinend hatte der sich Sorgen um Max gemacht.

Langsam löste sich das Monster in Luft auf und verschwand. Was noch blieb, war seine Rüstung. Die probierte Max dann an. Sie war ihm leider zu groß, aber dann passierte etwas Komisches. Die Rüstung wurde kleiner, bis sie Max passte. Er holte noch den Helm aus der Tasche und setzte ihn auf. Er passte wie angegossen. Max sagte dann: „Was waren denn das für komische Tiere? Ich hätte nicht erwartet, dass es solche Tiere gibt, die sind aber echt komisch hier. Jeder kann hier reden, ob Tier oder Monster, außer dir Drache, aber das musst du auch nicht können, weil du einfach so besonders bist. Niemand wird so besonders sein wie du, denn du bist wunderschön. Ich werde dich für nichts auf der Welt weggeben, egal, was es ist. Ich werde dich immer mögen. Ach, da war doch noch was. Ja, der alte Mann, den habe ich ja vollkommen vergessen, was wohl mit ihm passiert ist? Hoffentlich ist er jetzt nicht tot, wir brauchen ihn noch. Doch das Wichtigste ist, dass er noch am Leben ist."

Der alte Weise kam langsam wieder zur Besinnung. Da meinte Max erleichtert: „Oh mein Gott, zum Glück leben Sie noch, das hätte nämlich echt schieflaufen können. Ich dachte schon, Sie wären tot, das hat mir einen Schrecken eingejagt. Sie sollten in Zukunft aufpassen, was sich so alles in ihrem Körper rumtreibt. Sie sollten auch aufpassen, dass Sie sich nicht überanstrengen, denn anscheinend haben Sie jetzt Rückenprobleme." Der alte Weise erklärte: „Das war ein Monster, das meinen Körper unter Kontrolle hatte. Es tut mir leid, dass ich dich in so eine Situation gebracht habe. Es tut mir leid, dass ich so viel Ärger gemacht habe. Ich war verflucht, da ich ein Gesetz der Heiligen gebrochen hatte, und das war einer der größten Fehler, die ich je begangen habe. Aber anscheinend hat mich das Monster auch noch getreten. Es war zu jedem Menschen gnadenlos, es versuchte, viele Menschen zu sammeln, damit es sie töten konnte, um selber stärker zu werden. Das war ein echt verrückter Plan, aber dem Typen kam es so vor, als wäre es der beste Plan, den es je gab. Demnächst werde ich aufpassen, was ich so mache. Wo ist das Monster hin? Ist es wieder in meinem Körper? Bitte sag mir nicht, dass es wieder in meinem Körper ist."

Max sagte beruhigend: „Das Monster habe ich schon besiegt, besser gesagt mein Drache. Er hat Feuer darauf gespuckt. Das war wirklich schlimm. „Okay, dann ist die Sache wohl gegessen. Aber warte mal, hast du gerade gesagt dein Drache? Ich habe Angst vor Drachen und kann nicht mit ihnen umgehen, bring mich deswegen nicht in die Nähe von so einem Teil, denn ich bekomme nur einen Herzanfall, wenn ich einen Schrei von ihm höre. Bitte zeige ihn mir nicht!", sagte der alte Weise eindringlich. „Ja, so ist es, aber lassen Sie uns jetzt schnell zum Tempel gehen", erklärte

Max. So machten sie sich auf den Weg zurück. Als sie ankamen, sprach der alte Weise eine Formel: „Oh, heiliges Tor, so öffne dich. Öffne dich, heiliges Tor. Öffne dich, um diesem Kind zu helfen. Öffne dich."

4. Kapitel

Die wahre Herausforderung

Mit einem Krach öffnete sich das Tor. Der alte Weise sagte nett: „Tritt ein, liebes Kind. Du solltest aber aufpassen, dort drinnen ist es echt gefährlich. Niemand hat es hier je überlebt, selbst wenn sie zu dritt reingingen. Du solltest auf jeden Fall aufpassen, denn aus jeder Ecke kann ein Monster kommen, das dich tötet. Und manchmal solltest du aufpassen, denn dann kommen Fallen oder schwerere Gegner, ich sage dir nur, pass auf. Aber ich glaube auch daran, dass du das schaffen kannst, da du sogar das Monster in mir besiegt hast. Aber pass auf, das sage ich dir wieder, weil ich nicht will, dass du stirbst. Du musst auch aufpassen, dass du nicht aus Versehen stolperst, denn der Tempel ist voller Fallen." Max trat ein und hörte seine eigenen Schritte. Innen war es viel wärmer und größer als erwartet. Er ignorierte die Worte des Mannes, weil er schon so oft gehört hatte, dass es in dem Tempel gefährlich ist, das wollte er einfach nicht noch einmal hören.

Als er den ersten Schritt machte, schossen schon direkt Pfeile aus den Wänden. Max hatte das nicht erwartet und ließ sich deswegen einfach nur fallen. Er fing sich mit den Armen ab. Ein Pfeil hatte ihn aber am Arm getroffen. Da dachte Max: „Hoffentlich ist der jetzt nicht vergiftet, das wäre ganz schön mies, denn ich habe keine Lust, so zu sterben. Jedenfalls habe ich das in Filmen gesehen, dass die Leute einfach so durch Gift sterben. Es ist schwer, dass man lebend aus solchen Fallen herauskommt. Aber was noch besser ist, ist, dass ich, wenn ich überlebe, sehr viel Geld bekomme. Warum rede ich mit mir selber? Das ist aber komisch. Ich brauche Freunde, damit ich keine Selbstgespräche mehr führe." Als er einige Schritte tat, kam direkt ein Monster auf ihn zugelaufen. Max nahm aus Reflex das Schwert aus der Scheide. Max zerschnitt das Monster ohne nachzudenken entzwei.

Plötzlich wurde das Monster zu Rauch und hinterließ 20 Silber. Max bemerkte: „So kann ich sehr schnell Gold verdienen." Denn er konnte 100 Silber gegen 1 Gold tauschen. „Damit kann ich meine Rüstung aufwerten, denn die Sachen, die ich anhabe, sind nicht gerade die besten", merkte Max an. Er grinste. Er wollte so viele Monster besiegen wie möglich, damit er umso mehr Geld hatte, um sich eine bessere Rüstung zu kaufen. Er ging weiter. Er sah viele Monster und machte sie alle fertig. Er hatte sich auch die Bewegungen aller Monster eingeprägt.

Bald kam er in einen Raum, in dem sich, nachdem er ihn betreten hatte, das Tor schloss. Ein brennender Jaguar kam aus dem Nichts. Plötzlich wurde der Raum verkleinert, indem die Kanten runterfielen und Wasser an ihrer Stelle aufgefüllt worden war. Max wusste, dass er den Jaguar ins Wasser bringen musste. Er streckte dem Jaguar die Zunge heraus und provozierte ihn damit. Sein Plan ging auf, mit Gebrüll wollte er auf Max losgehen. Dieser hatte sich aber schon vor das Wasser gestellt. Der Jaguar hatte die große Sehnsucht, Max zu zerfleischen, aber dieser wich in der letzten Sekunde aus und der Jaguar fiel zu Boden, nicht ins Wasser. Nun gab Max dem Jaguar noch einen kleinen Tritt und schon fiel dieser ins Wasser. Danach kam der Jaguar als Eis-Jaguar heraus. Aus dem Wasser wurde urplötzlich Feuer. Max wusste, dass er wieder genau das gleiche Spielchen spielen musste. Er stellte sich vor das Feuer. Der Jaguar startete noch mal diesen Angriff. Dieses Mal aber bückte er sich und der Jaguar fiel in die Lava. Die Lava verschwand und es kam ein normaler Jaguar heraus, der nichts Besonderes an sich hatte. Max wartete dieses Mal nicht ab und zerteilte das Tier mit seinem Schwert.

Das Tor ging wieder auf und ein neuer Weg öffnete sich. Plötzlich erschienen zwei Kisten aus dem Nichts. Sie waren weiß und sehr groß. Max öffnete beide mit Vorsicht, denn in beiden hätte eine Falle sein können. In der einen waren 50 Gold und in der anderen war ein Bogen. Plötzlich erschien eine Steintafel, auf der stand: *„Dieser Bogen ist ein legendärer Bogen, der an hellem Tag Lichtpfeile schießt, die die Kreaturen der Nacht das Fürchten lehren, und in der Nacht Finsterpfeile, die die Monster der Tage durchbohren. Wer mit* *diesem Bogen gut trainiert, kann, wenn er will, auch mit irgendeinem anderen Pfeil schießen. Doch dieser Bogen hat auch einen Nachteil: Wenn er kaputtgeht, wird der Besitzer dadurch verflucht. Denn er wird …"* So endete die Steintafel. Max meinte selbstsicher: „Ach, das macht mir doch nichts aus. Bestimmt hat er nachher irgendeinen Nutzen. Und das ist doch eh nur ein Aberglaube. Wer glaubt schon an Flüche, ich jedenfalls nicht, deswegen kann ich diesen Bogen ja mitnehmen. Wer will schon die ganze Zeit aus der Nähe kämpfen, das wird dann langsam langweilig und nervig. Aber ab jetzt wird dieses Problem wohl nicht mehr auftauchen, denn ich habe einen coolen Bogen, mit dem ich einfach alles aus der Ferne machen kann, egal, was es ist, ich kann mich sogar aus der Situation kämpfen. Ich kann ab jetzt einfach so aus der Ferne jeden angreifen, der mich nervt." Mit diesen Worten ging er weiter. Er nahm bei jedem Gegner erst mal den Bogen in die Hand und schoss ab, um ihn vorab damit zu schwächen. Er musste aber auch noch mit dem Bogen trainieren, deswegen machte er dies.

An einer Steintafel blieb er stehen, auf ihr stand: „*Dieser Weg ist gefährlich. Dort ist dein sicherer Tod. Nimm dich in Acht, sonst tötet dich die böse Macht. Wenn du wissen willst, was hier passiert, dann geh weiter, doch willst du dein eigenes Leben schonen, dann nimm diesen Weg nicht. Doch wer den Wächter der Feuerkugeln besiegt, der wird mächtig und reich werden. Dieser Weg ist aber auch der Tod jenes Mannes, der ihn gehen wird.*" Max meinte natürlich: „Ich und sterben? Dz. Das sagen wohl richtig Dumme. Ich werde ihn taktisch, wie jeden anderen Gegner, besiegen. Aber ich sage mir, wenn man hier weitergeht, wird man reich. So hätte man es schreiben sollen, dann wären bestimmt viel mehr Leute hierhergekommen, aber wie sollen es die Leute schon erfahren, wenn alle getötet werden und es dann nicht weiterleiten können? Es ist einfach nur schlimm, dass die Menschheit so tief sinken konnte, das hätte ich von niemandem erwartet, dass er alles nur wegen Geld macht. Ich verstehe echt nicht, wie die Menschen sich so entwickeln konnten. Das hätte ich nie gemacht. Früher haben die älteren Männer bestimmt nicht mal daran gedacht, wie sie Geld verdienen können, während sie heute alles machen würden, nur um Geld zu bekommen."

Max ging einfach weiter, als wäre nichts gewesen. Er kam dann an eine Treppe, die hochging und in einen sehr großen Raum führte. Das Tor ging hinter ihm wieder zu. Max fragte sich: „Was soll das immer wieder mit dem Türzuklappen, das ist einfach zu unnütz. Ich fliehe nicht, denn ich brauche das nicht zu tun. Ich könnte sowieso die Tür einfach aufschneiden, das ist doch klar, dass man es so einfach macht. Die Wesen von hier sind einfach dumm. Sie sollten einschätzen können, dass die Leute, die es bis hierher geschafft haben, die Tür kaputtmachen können. Aber warum machen die Wesen von hier es dennoch?"

5. Kapitel

Die WAHRE Herausforderung!

Auf dem Boden lag ein schlafender Zyklop. Max sah, dass hinter diesem ein Durchgang war, deswegen versuchte er, an dem Zyklopen vorbeizuschleichen. Das funktionierte aber nicht, da der Zyklop einfach beim ersten Schritt direkt aufgewacht war. Da meinte Max wütend: „Er musste ja direkt aufstehen. Sie sollten nicht so dumme Sachen planen. Der Zyklop könnte auch gleich kämpfen, warum haben sie ihn denn dann einfach so schlafen lassen? Warum muss er unbedingt aufwachen, warum muss er so gute Ohren haben, er hätte doch einfach bei schlimmeren Geräuschen aufwachen können und nicht bei meinen leisen Schritten, wie soll man dann schon an ihm vorbeikommen? Soll man an ihm vorbeifliegen oder was?" Max wusste sofort, dass das Auge die Schwachstelle des Zyklopen ist, denn das war immer so. Die offensichtlichste Stelle war die, die am größten war und am meisten herausstach. „Also muss ich ihn wohl an seinem Auge treffen, denn das ist einfach riesig. Aber was noch wichtiger ist, ist, dass er mich an sein Auge heranlässt, denn ansonsten treffe ich es nicht und kann ihn nirgends sonst verletzen. Ich muss auch aufpassen, dass er mich nicht trifft, denn der kann bestimmt richtig gut draufhauen. Der ist ja nicht umsonst so schwer. Sonst wäre hier alles zu schwer." Das Monster sagte: „Ich Murk, Meister des großen Auges. Murk hat Hunger. Murk wird fressen kleinen Jungen."

Max wollte natürlich direkt mit dem Schwert auf das Auge schlagen. Aber das Monster war nicht so dumm wie die anderen und schloss sein Auge. Die Haut des Monsters war härter als Stahl. Sogar wenn Max sich auffällig bewegte, schloss das Monster das Auge. Nun wollte es einen Gegenangriff starten. Es war aber ziemlich langsam, deswegen konnte Max sehr leicht ausweichen und der Schlag ging auf den Boden. Max sah, was für einen Schaden das Monster mit nur einem Schlag angerichtet hatte. Ein Teil des Bodens war zerschmettert. So einen Schlag hatte Max noch nie gesehen. Max versuchte, mit Pfeil und Bogen auf das Auge zu schießen, denn das Monster öffnete dieses immer, wenn es angriff. Und er traf mit dem Pfeil sauber das Auge. Das Monster konnte jetzt nichts mehr sehen. Max nutzte diese Gelegenheit aus und schlug so kräftig wie möglich auf seine Beine. Das Monster fiel zu Boden, währenddessen holte Max aus und schlug so oft wie möglich gegen das Auge. Das Monster wickelte sich in eine Art Kokon, den Max zu zerschlagen versuchte, aber er war so hart wie Diamant. Aus dem Kokon schlüpfte ein noch größeres Monster mit fünf kleinen Augen und einem großen Auge. Die fünf kleinen Augen waren geöffnet und das große geschlossen. Max versuchte, die kleinen Augen abzuschießen, aber das Monster war ausgewichen. Das Monster wollte Max schlagen, doch er konnte die Schlaggerade noch abblocken. Er bemerkte, dass das Monster viel stärker und schneller geworden ist. Er musste viel mehr aufpassen, denn das Monster konnte ihn nun sehr schnell besiegen. Max überlegte sich, wie er es in die Enge treiben und dann angreifen konnte. „Das wird nicht einfach. Ich muss taktisch vorgehen. Dieses Monster ist nicht dumm, aber immer noch zu langsam", dachte sich Max. Und er hatte recht. Es hat nichts funktioniert. Max musste die Fähigkeiten des Bogens richtig ausnutzen. Er nahm den Bogen zur Hand und wollte gerade mit ihm schießen, aber das Monster war schneller und schlug so heftig auf Max drauf, dass er kaum aufstehen konnte. Max stand schwer auf den Beinen. Er dachte: „Oh Mann, ich stehe gerade mal knapp auf den Beinen. Was soll ich nur machen? Ich muss etwas unternehmen, sonst werde ich von dem Monster zu Brei geschlagen. Ich muss etwas unternehmen. Ich habe so eine Wut in mir." Max nahm diesmal zwei Pfeile, weil er aus Wut und Schmerz nicht bei Sinnen war. Ein Pfeil flog schneller als der andere und traf beinahe das Auge, aber das Monster wich aus. Der andere Pfeil hatte das Monster aber an einem der kleinen Augen getroffen. Alle kleinen Augen schlossen sich und das große öffnete sich. Max war glücklich, weil er das mit den Pfeilen jetzt verstanden hatte. Er aber schoss jetzt nur einen Pfeil ab, damit er etwas ausprobieren konnte. Das Monster wich diesmal nicht aus. Er hatte es voll ins Auge getroffen. Dem Monster wurde schwindelig und es fiel zu Boden. Max schoss aber nur Pfeile auf das Monster, denn er dachte, es würde zu viel Zeit kosten, zu ihm zu gehen. Aber das Monster starb nicht und stand wieder auf. Max dachte: „Verdammt, das Monster ist nicht tot, obwohl ich viele Pfeile geschossen habe. Immer muss ich dieses Pech haben. Egal, das Monster ist wahrscheinlich nicht schlauer geworden. Das ist das Gute an der Sache." Max machte das Gleiche wieder und traf. Das Monster fiel tot um. Max sagte sich jetzt: „Ja, ich habe es endlich geschafft. Das war gar nicht so einfach."

Plötzlich öffnete sich ein geheimer Gang. Max stolzierte glücklich hin. Dort gab es zwei rote Kugeln in einer Glasvitrine. Eine Steintafel war daneben, darauf stand: Wenn du zwei Kugeln nimmst, dann wird dieser Raum nach zehn Sekunden einstürzen. Max nahm einfach beide und wartete dann zehn Sekunden, weil er dachte, er könnte das Einstürzen als eine Art Aufzug benutzen. Aber nichts passierte. „Diese Steintafel hat nur eine Lüge erzählt. Alle Steintafeln hier sind Lügen. Aber warum machen die denn so etwas?", fragte sich Max. Dann ging er zum vorherigen Raum zurück, wo er gegen das Monster gekämpft hatte. Da erschien plötzlich ein Licht. Daneben sah er eine Kiste und eine Steintafel. In der Kiste, es war kaum zu glauben, waren 400 Gold. Max sagte glücklich: „Ja, ich habe das Doppelte von dem bekommen, was ich hätte bekommen sollen. Ich hatte auch schon vor diesem Zyklopen 400 Gold und 1000 Silber. Alle Monster hatten ein oder zwei Gold und zehn Silber gegeben und in zwei Kisten war etwas drin. Ach ja, ich habe vergessen, dass ich noch vom Quest-Geber 100 Gold bekomme. Dann bin ich reich. Mann, habe ich ein Glück. Und ich dachte schon fast, das Glück hätte mich verlassen. Ich werde mich verwöhnen lassen. Aber jetzt kommen wir mal zur Steintafel. Also okay, darauf steht: *Dieses Licht ist sehr nützlich. Wenn du dich daraufstellst, wirst du wieder nach unten teleportiert.* Max überlegte vorsichtig: „Das alles ist so schwer zu verstehen, angeblich werde ich wegteleportiert, aber ich wette, es wird irgendetwas Schlimmes passieren." Max stellte sich ins Licht und wurde nach unten teleportiert. „So etwas ist ganz nützlich. Ich wünschte, die Stadt hätte auch sowas. Das würde die Menschheit verändern. Dann müsste man nie einen langen Weg nehmen", sagte Max fasziniert. Max ging raus und sah seinen Drachen. Er wollte gerade zu ihm gehen, als er sah, dass der Tempel einstürzte. Dabei traf ein Stein von dem Schutt seinen Kopf und er fiel in Ohnmacht.

6. Kapitel

Max, der neue Held

Als Max wieder aufwachte, war er auf dem Rücken des Drachens, der gerade in Metropole landete. Jeder Mensch in der Stadt kam zu Max und fragte ihn: „Hast du das Monster besiegt? Du bist dann ein Meister der Kampfkünste. Niemand hat es bis jetzt geschafft, es zu besiegen." Der beste Koch der Stadt lud ihn zum Essen ein. Max machte es sich im Restaurant gemütlich und wartete. Er hatte sich Pizza mit Pommes und Hamburger und zum Nachtisch Erdbeer- und Vanilleeis mit feinstem Karamellüberzug und einem Klecks Schokoladenpudding zur Krönung bestellt. Bevor Max aß, fragte er den Koch: „Was habe ich überhaupt gemacht, dass ich so essen darf? Oder muss ich etwa dafür bezahlen? Ich habe genug Geld, um das alles zu bezahlen." „Du weißt nicht, was du getan hast? Du hast den Teleporter zurückgeholt. Damit hast du unserer Stadt wieder die Farbe zurückgegeben. Deswegen hast du es verdient, so vergöttert zu werden. Du bist sozusagen der Herr dieser Stadt. Dieser Teleporter war ein Meisterwerk der Stadt, doch seitdem die Monster hier waren, hat er einfach nicht mehr funktioniert, leider. Diese Monster haben auch jede Woche unsere Stadt überfallen, aber jetzt werden sie nicht mehr kommen können", antwortete der Koch fröhlich. Max aß sich dann richtig satt. Er war froh darüber, das getan zu haben.

Nach einiger Zeit kam ein Arzt, der sagte: „Herr der Stadt, Sie sind ja verwundet. Wahrscheinlich ist das durch den Kampf mit dem Zyklopen passiert. Ich werde Sie verarzten. Das sieht nämlich ganz schlimm aus. Nicht dass Sie noch sterben, obwohl wir Sie noch nötig haben, wir lieben Sie alle. Und bezahlen müssen Sie nicht, wenn Sie wollen, bezahle ich Sie sogar dafür, dass ich Sie verarzten darf. Es ist mir einfach eine Ehre, denn Sie haben so vieles für uns getan. Sie sind einfach unglaublich, niemand hat so viel geschafft wie Sie. Sie sind aber auch schwer verwundet. Ich habe dafür ein gutes Mittel, das sage ich Ihnen, denn ich kann den besten Balsam der Stadt machen. Jeder hat ihn bis jetzt gekauft, Sie können mir da vertrauen." Max fragte etwas entsetzt: „Falls ich fragen darf: Wer sind Sie denn überhaupt, dass Sie mich verarzten? Und ich möchte nicht, dass ich Herr genannt werde. Sind Sie überhaupt ein Arzt, denn es gibt einfach viele, die sagen, sie wären Ärzte, und am Ende geben Sie mir etwas Hochgiftiges. Ich brauche keine Hilfe, mir geht es gut. Ich habe mich genug ausgeruht, denn ich habe so viel geschlafen. Ich bin einfach fit, da brauchen Sie mich nicht zu verarzten." Der Mann antwortete: „Wer ich bin? Ich bin der beste Arzt der Stadt. Und Sie haben es verdient, Herr der Stadt genannt zu werden, Herr. Wenn Sie wollen, küsse ich sogar Ihre Füße, denn niemand ist so perfekt wie Sie, wirklich niemand. Sie sind der Stärkste und der Beste, den es gibt. Ihnen kann man immer vertrauen, egal wann." Max meinte: „Das werden wir ja sehen, nachdem Sie mich verarztet haben. Ich bin echt verletzt, ich habe extra gesagt, dass ich nicht verletzt bin, weil ich nicht wollte, dass mich ein Verrückter heilt. Ein paar Verrückte sagen nämlich auch, dass sie die besten Ärzte seien, aber am Ende töten sie nur, und niemand hat überlebt, nur wegen der Verrückten."

Danach kam plötzlich ein Mann zu ihm, der ihn fragte: „Herr, soll ich dir ein neues Schwert schmieden? Das Schwert, das du in der Hand hältst, ist ein Schwert von sehr schlechter Qualität. Wie hast du damit das Monster besiegt? Das ist eigentlich unmöglich. Das Schwert ist sowieso kurz davor zu brechen. Ich empfehle dir ein anderes Schwert. Eines von mir und ich schwöre dir, du wirst es nicht bereuen, wenn ich dir ein neues Schwert mache. Das geht einfach aufs Haus, denn du brauchst bessere Schwerter, um besser kämpfen zu können." Max fragte wieder: „Wer bist du, der mir das sagt? Und nein, danke. Ich möchte kein neues Schwert, denn das ist das Schwert meines Vaters. Er hat es mir weitervererbt. Und ich weiß, dass dieses Schwert gut genug ist, ich brauche keine Hilfe von einem Schmied, denn mit diesem Schwert habe ich bereits viele Kämpfe gefochten. Ich werde damit weiterkämpfen, bis es bricht, das schwöre ich dir. Wenn es dann gebrochen ist, muss ich eben mit der Hand kämpfen. Es ist mir vollkommen egal, was du dazu sagst. Ich habe nämlich meine eigene Ehre, und dazu kannst du einfach nichts sagen, denn ich bin ja euer Herr." Nach diesen Worten ging der Schmied weg. Max ging zum Quest-Geber, um dort seinen Lohn abzuholen. Doch auf dem Weg hörte er Schreie von den Menschen der Stadt: „Hilfe, Hilfe, Banditen, die die Stadt überfallen wollen. Herr der Stadt, komme und rette uns. Diese Banditen sind böse und wollen all unser Geld, komme und rette uns, denn wenn nicht, sind wir bald tot!" Max rannte sofort den Schreien nach. Da sah er Banditen mit spitzen und gefährlichen Schwertern, mit denen sie die Stadtbewohner bedrohten. Die Banditen lachten: „Das soll euer Herrscher sein? Ihr seid ja solche Idioten. Also, nun her mit dem Gold. Oder wollt ihr etwa einen Kopf kürzer gemacht werden? Aber schnell, wir haben nicht ewig Zeit. Diesen kleinen Jungen mache ich doch mit einer Hand fertig, selbst der schwächste Mann von uns würde den umwerfen, und zwar locker." „Solange ich da bin, gibt's hier nichts zu stehlen, Alter! Hier bin ich der Herr und nicht du! Du bist ein Idiot, du darfst gar niemanden überfallen, so lange ich hier bin, das schwöre ich dir", meinte Max unverschämt. Der Anführer der Banditen ging zu Max und fragte: „Oh, sollen wir etwa Angst vor dir haben und jetzt direkt fliehen oder wie? Wir haben ja so große Angst vor dir, du bist einfach der Stärkste. Wir wissen, dass du dir schon längst in die Hosen gemacht hast, also tu nicht so und kämpfe wie ein Mann." Max antwortete: „Werde nicht frech, großer Bengel. Du solltest nicht viel reden, weil du gar ein zu großes Maul hast. Soll ich dir dein freches Mundwerk stopfen oder was? Ich heiße nicht umsonst Herr der Stadt, ich habe Taten vollbracht, die du in zehn Jahren nicht vollbringen wirst. Ich bin stark. Ich habe nämlich Monster gesehen, gegen die ihr nicht ankommen würdet, selbst wenn ihr alle zusammen kämpftet, das sage ich euch. Wenn ihr euch traut, dann greift ruhig an. Ich habe euch jedenfalls gewarnt. Ich will euch nämlich nicht verletzen, aber wenn ihr wollt, könnt ihr ruhig trotz meiner Mahnung angreifen." Der Bandit redete nicht so viel und griff an. Max wich aus und schlug einmal mit dem Griff gegen den Nacken des Banditen. Dieser fiel in Ohnmacht. Max fragte die anderen Banditen: „Wer ist jetzt dran? Du oder du? Auf jeden Fall seid ihr jetzt dran. Ich werde es mit euch allen aufnehmen, wenn es sein muss, denn ich habe keine Angst vor euch. Ihr seid nur Lügner und Angeber, man braucht euch nicht. Ich habe euch gesagt, man nennt mich nicht umsonst Herr. Ich habe schon genug Monster besiegt. Euer Boss ist schon mal kaltgestellt, wenn ihr kämpfen wollt, kommt ruhig her, ich kann es mit euch aufnehmen." Einer der Banditen meinte: „Lasst uns abhauen, dieser Junge ist nicht mehr normal. Er hat unseren Boss mit nur einem einzigen Schlag erledigt. Unser Boss hätte uns sogar locker besiegt. Er ist ein Monster, er hat wirklich nicht gelogen, wir sollten lieber vor ihm abhauen, sonst wird er uns alle bestrafen, indem er uns tötet, und zwar sehr schnell."

Einer der Banditen nahm eine Pistole und erschoss denjenigen, der diesen Satz ausgesprochen hatte. Der die Pistole gezogen hatte, meinte zu den anderen Banditen: „Du Weichei, unser Boss würde jetzt auch nicht flüchten. Wir werden uns gegen diesen Bengel auflehnen. Dem werden wir es schon zeigen. Er hat bestimmt eine Spritze bei sich gehabt. Damit hat er unseren Boss getroffen und so ist er ohnmächtig geworden. Jetzt hat er keine Spritze mehr und wird sterben. Jetzt bist du dran, Dummkopf. Jetzt hast du keinen jämmerlichen Trick mehr auf Lager. Du wirst jetzt wohl nur betteln können, dass wir dich am Leben lassen. Dann können wir auch ruhig deine Stadt in Besitz nehmen. Er hat extra unseren Boss besiegt, damit wir vor ihm fliehen, aber nein, Kind, wir haben nicht so große Angst vor dir. Wir kennen alle deine jämmerlichen Tricks. Du musst jetzt selber fliehen, und das würde ich dir auch empfehlen, denn sonst müssen wir dich töten und das werden wir auch machen, denn du bist einfach nur ein dummes Kind, das denkt, dass es stark ist, aber am Ende ist es einfach nur so schwach, dass es dann heulen muss, weil wir es angreifen." Die Banditen knurrten. Dann sah der Bandit seinen Fehler und sagte: „Ich meinte: Dann können wir die Stadt in Besitz nehmen und uns jahrelang amüsieren und fettfressen. Das ist unser jetziger Traum, hier unsere eigene Villa zu haben. Dann wären wir alle glücklich hier. Das ist gut. Und du wirst uns nicht daran hindern. Wir werden siegen. Unser Meister wird auch uns loben und er wird uns dann befördern. Wir haben auch kein Geld, um uns etwas zu essen zu kaufen, deshalb sind wir Räuber geworden. Ihr habt uns nie etwas zu essen gegeben. Jetzt sollt ihr auch mal fühlen, wie das ist. Diese Hungersnot, die können wir nicht mehr lange aushalten. Aber was wir schon immer sagen wollten: „Wir wurden immer abgestoßen und niemand hat uns je ernst genommen. Was noch schlimmer ist, ist, dass man immer gehasst wird, egal wo man ist, deswegen solltet ihr allemal hören und fühlen, wie es ist, gehasst zu werden. Niemand kann das überleben, wirklich niemand, das ist sehr schlimm. Aber noch schlimmer ist, dass wir unser Essen einfach nur teilen müssen. Wir haben uns noch nie richtig satt gegessen und wir haben immer Hunger, das ist schlimm. Wir werden euch jetzt zeigen, was Hunger bedeutet. Jeder von euch wird dann am Tag nur ein halbes Brot zu essen bekommen, dann werdet ihr sehen, wie hungrig ihr seid. Und währenddessen werden wir dann das beste Essen genießen, das es je gegeben hat. Ihr werdet sehen, wie schwer es ist, nicht auf all das leckere Essen zu achten, das es gibt, und wie schwer es ist, unter Hunger zu leiden. Aber wir werden dann zu schön leben, während ihr so lebt, als würdet ihr Dreck essen. Manchmal mussten wir sogar Dreck essen, um zu überleben, und du wirst sehen, nein, ihr alle werdet sehen, wie es ist, schlecht zu essen und ewig Hunger zu haben. Wir leiden darunter fast jeden Tag, während ihr euch von den edelsten Sachen ernährt, die es je gegeben hat. Ihr werdet dann sowas von Hunger haben, dass ihr nichts mehr machen könnt. Wir werden uns von den Bewohnern bedienen lassen, das müssen sie ja, sonst würden wir sie töten.“

Max überlegte nicht lange und sagte dann zum Chefkoch: „Bereite ihnen das Essen vor, das sie wollen. Und wehe, du machst es nicht so gut wie mein Essen, dann sage ich jedem Menschen hier, dass dein Essen das Schlechteste ist, das es gibt. Aber was noch schlimmer wäre, wäre, wenn du sie vergiften würdest.“

Max sagte zu den Banditen: „Ich würde euch am liebsten alles geben, was ihr wollt, denn ich will echt keinen Streit. Ihr seid anscheinend echt harte Männer, die gut kämpfen können, aber ich sage euch, wenn ihr nicht wollt, dann kämpfe ich dennoch gegen euch." Der Chefkoch aber erwiderte: „Aber Herr, sie wollten uns überfallen. Es wäre eine Unverschämtheit, wenn wir ihnen noch das Beste machen sollten, das es gibt, das wäre dann schlecht. Wir sollten sie eigentlich bestrafen denn sie sind einfach nur dumme Verbrecher." Max sagte: „Hast du etwa nicht gehört? Sie leiden unter Hunger. Und wenn sie dann weggehen, soll jeder von ihnen 50 Gold haben. Hast du mich gehört? Denn sie haben viel schlimmere Dinge durchgemacht als ihr alle hier zusammen, deswegen sollten wir das so machen, denn sonst haben sie sogar recht, das Geld zu klauen, schließlich leiden sie Hunger. Dann sollen sie das bekommen, was sie wollen, und sie sollten auch das Geld lieber behalten." Der Chefkoch antwortete: „Ja, Meister. Ich kann dir nicht widersprechen denn du bist eben sehr schlau und weißt auch alles am besten." Der Verbrecher fragte: „Will der Kleine uns etwa verarschen? Du willst uns doch eine Falle stellen, aber ich sage dir, bei uns wird das nicht funktionieren, denn wir hatten schon solche Fallen gehabt. Da glauben wir doch nicht noch eine weitere Lüge. Es gibt hier einfach so viele Lügner. Dir darf man, wie jedem anderen, nicht vertrauen, und deswegen fallen wir nicht auf so einen schlechten Lügner rein, denn du bist doch derjenige, der uns töten will." Max antwortete: „Nein, ich möchte euch wirklich nicht verarschen. Das hier kann ruhig alles euch gehören, damit meine ich Geld und Essen. Also greift zu. Ich will euch nicht reinlegen, denn ihr habt es echt verdient. Ihr musstet so vieles durchmachen. Sonst würde ich ja nicht sagen, ihr habt freien Zugriff." Einer der Verbrecher ging in die Stadt und meinte: „Wir können das doch eigentlich ganz einfach machen. Am Ende haben wir alles, was wir brauchen. Dann sind wir reich und können all unsere Wünsche erfüllen lassen. Der Junge scheint doch nicht so ein Lügner zu sein, er sieht nämlich ganz schön nett aus. Er ist auch der Einzige, der normal mit uns redet. Ich glaube, wir können ihm vertrauen, denn er hat keine schlechte Absicht. Wir sollten ihm eine Chance geben, denn jeder hat eine Chance verdient, und somit auch du. Ich sage dir auch, dass du ganz schön nett bist, ich glaube, ich gehe mit dir." Der gleiche Räuber wie vorhin nahm seine Knarre und schoss wieder auf seinen Kollegen. Er sagte: „Wie kannst du das nur gelten lassen, dass du dich von so einem Bengel bestechen lässt? Du kannst nicht zu unserer Bande gehören. Wir sind sehr schlimme Banditen, also werden wir dieses Kind umbringen. Wir sind nicht so jämmerliche Banditen, die sich einfach jedem anschließen, denn die töten uns doch direkt und das will ich nicht. Deswegen habe ich dich beschützt, indem ich dich getötet habe, du solltest dich bei mir bedanken. Ich habe dir so dein Leben gerettet." Max fragte ihn: „Warum hast du das getan? Der war aus deiner Bande und wollte nur einen Unterhalt. Du möchtest nur das Schlechteste für deine Bande, warum denn nur? Die Leute hier und ich, wir wollten euch doch nur helfen, das ist dann kein Grund, seinen Partner abzuschießen, denn dein Freund verteidigt dich doch auch immer und du tötest ihn noch dafür. Das war sehr dumm von dir, er hatte nur Hunger und ich wollte ihm helfen und da wollte ich ihm alles geben, was er wollte." Der Räuber antwortete dumm: „Weil ich der Chef dieser Bande bin. Das weiß doch jeder. Ich bin hier der Boss. Ich bin der, der hier das Sagen hat. Ich bin besser als unser früherer Boss, einfach viel besser, aber niemand will das einsehen. Ich bin einfach der Coolste. Niemand kann mich besiegen, egal wann. Ich bin der Beste."

Da sagte keiner der anderen Räuber ein Wort, sondern sie schlugen einfach auf ihn ein. Er fiel dadurch in Ohnmacht. Max sagte: „Bringt ihn ins Krankenhaus. Ihr sollt ihn heilen. Er ist zwar nicht schwer verletzt, aber ich will ihn nicht quälen. Ich will, dass hier jeder glücklich ist. Auch wenn er sehr schlimme Dinge getan hat. Sein Freund ist vielleicht noch am Leben, heilt ihn oder versucht, ihn zu heilen. Beeilt euch oder er wird sterben. Das wäre dann schlecht, denn dann wären die Ärzte hier schlecht und wollt ihr, dass ich sage, dass hier jeder Arzt schlecht ist?" Die Diebe gingen in die Stadt und machten es sich dort gemütlich. Sie hatten auch nicht vergessen, den neuen Boss mitzunehmen. Sie aßen sich satt. Und danach kamen alle Diebe und bedankten sich, selbst der Boss und der Eingebildete. Da sagte Max bittend: „Bitte beschützt diese Stadt. Wir brauchen euch und ich vertraue euch. Ihr seid hier sehr wichtig, denn ohne euch ist die Stadt bald zerstört. Wir alle möchten, dass ihr alles beschützt. Ihr seid die wichtigsten Menschen hier. Und wir alle kommen für euch auf. Ihr bekommt vom Koch etwas zu essen und vieles umsonst, aber bitte verlangt nicht zu viel. Denn sonst wird sich jeder Mensch hier aufregen, dass ihr das alles gemacht habt. Was am schlimmsten wäre, wäre, wenn ihr einfach jeden reinlegt. Bitte macht keine bösen Dinge mehr." Damit war jeder einverstanden. Alle waren glücklich. Max ging zum Quest-Geber und fragte nach seinem Geld. Der Quest-Geber gab ihm sogar zehnmal so viel Geld. Max wollte es nicht, aber dann antwortete der Quest-Geber: „Nein, das kann ich nicht zulassen. Das wäre zu ungerecht. Du hast sozusagen unsere Farbe zurückgebracht. Dafür kann ich dir doch nicht so wenig Geld gegeben. Das wäre für dich viel zu wenig. Ich bin ein ehrlicher Mann. Da kann ich nicht so einem netten Jungen so wenig Geld geben. Das wäre doch betrügen. Und so etwas mache ich nicht. Ich bin ein ehrlicher Mann und nicht so ein Lügner. Ich fühle mich immer so schlecht, wenn ich jemanden betrüge, aber erst recht dich, denn du bist ein guter Mensch. Auf dich kann man sich immer verlassen." Da sagte Max: „Okay, ich gebe mich endlich geschlagen. Ich kann das nicht ewig durchhalten. So platzt noch mein Trommelfell. Ich möchte mich eh gleich auf den Weg machen. Also gib mir ganz schnell das Geld, ich möchte so schnell wie möglich fort sein."

7. Kapitel

Die Prüfung hat schon begonnen?

Der Quest-Geber fragte: „Wohin willst du denn gehen? Oh, Entschuldigung ich meinte: Wo willst du denn hin, Herr? Zurück zu deiner Stadt oder wie? Oh bitte, Herr, verlass uns nicht, du bist der Beschützer der Stadt." Max antworte: „Ich gehe zur Himmelskriegerprüfung, wohin denn sonst? Ich werde die Prüfung schaffen und Himmelskrieger werden. Das ist mein Traum. Ich werde mich dann auf eine lange Reise machen und die Welt erkunden. Damit meine ich, nach irgendetwas Bestimmtem suchen." Der Mann meinte aber: „Aber du bist doch noch viel zu unerfahren und klein. Und wer soll dann unsere Stadt beschützen? Wir haben dann niemanden, der unsere Stadt beschützen wird. Dann haben wir immer eine tote Stadt, die nie wieder zu einer normalen Stadt werden kann, was dann echt unfair ist. Wir möchten auch eine normale Stadt." Max meinte dann: „Na wer wohl, unsere Diebe. Ich muss einfach zu dieser Prüfung gelangen. Ich bin ein geborener Himmelskrieger. Das fühle ich. Ich will und werde dorthin gehen. Nichts hält mich davon ab. Ich werde es machen, selbst wenn ich sterbe. Ich muss es einfach schaffen, dort hinzukommen, denn ansonsten war mein Leben umsonst und das meine ich ernst, denn ich will ein gutes und friedliches Leben, nicht ein chaotisches und nerviges, deswegen werde ich fortgehen, während ihr für die Stadt sorgt. Ich muss noch wichtige Sachen erledigen und nicht solch unnötige Dinge. Ich habe keine Lust, jahrelang die Stadt zu beschützen, ich muss wichtigere Sachen machen, und zwar sehr wichtige. Ich hasse es, wenn man mich einfach dazu bringt, anderes zu tun." Da sagte der Quest-Geber: „Genau das wollte ich dir noch vorher sagen, es gibt dort sehr viele Monster, die sehr stark sind. Die werden dich nicht direkt töten. Sie werden deine Körperteile erst mal einzeln rausreißen.

Du wirst dir in die Hose machen, sage ich dir. Die Monster werden dich dort richtig quälen. Ich würde dir empfehlen, für immer hierzubleiben. Du wirst auch wirklich alles bekommen, was du willst. Sogar mehr als du willst. Wir werden dich einfach nur verwöhnen, wir werden dir so viel von allem geben. Ich habe in meinem ganzen Leben noch nichts so ernst gemeint. Ich verspreche dir: Werde unser Bürgermeister und du bekommst dein Leben lang alles. Ich weiß, dass dir die Entscheidung schwerfällt, wenn ich es dir so sage, aber ich will unbedingt, dass du unser Bürgermeister wirst. Dann gibt es jemanden, der uns wirklich beschützen wird." Max meinte dennoch: „Ich habe doch gesagt, dass mich nichts davon abhalten wird, an dieser Prüfung teilzunehmen, nicht alles Geld der Welt. Ich bin ein starker Mensch und jemand, der alles machen muss. Ich werde alles machen, was mir vorgeschrieben wird, außer wenn ich etwas mein Leben lang machen müsste, das würde dann wirklich nur stören, egal welcher Art es ist. Ich habe keine Lust, mein Leben lang einfach so in den Nerven versunken zu sein. Aber was noch schlimmer ist, ist, dass wir alle einfach mal nichts zu tun haben, außer mir, da kann es jemand anderes machen, das muss auch nicht unbedingt ich sein, denn ich bin nicht die Lösung für alles. Ihr müsst schon lernen, alles selber zu machen. Ihr dürft nicht abhängig von jemandem sein. Wenn ihr wollt, braucht ihr gar keinen Bürgermeister. Es ist mir egal, wie ihr es macht, nur Hauptsache, ich bin es nicht, also Tschüss. Ich verspreche euch, ich werde es nicht machen, denn ich könnte es einfach nicht gut machen. Ich schaffe so etwas gar nicht, wirklich gar nicht. Ich bin für so etwas einfach nicht geschaffen, das sage ich euch, ich bin noch ein Kind und ich könnte für solche Sachen zehn Jahre arbeiten und könnte es dann immer noch nicht. Ich bin jemand, der lieber kämpft, als die ganze Zeit Spaß zu haben und einfach nur Papiere auszufüllen, denn ich bin ein harter Kerl und einfach nur sehr stark. Ich bin unglaublich, aber ich bin chaotisch, ich werde eure Stadt ins Chaos stürzen, wenn ihr mich zum Bürgermeister macht, denn ich habe noch keine Erfahrung mit solchen Dingen gemacht. Deswegen verlasst euch nicht auf mich. Ich mag es eher, Leute im Kampf zu beschützen. Nehmt doch einfach einen Banditen als Bürgermeister, aber nicht mich. Auch wenn ich verwöhnt werde, es gibt bessere Dinge, z. B. die Welt zu retten, und das muss man einfach tun. Ich bin vollkommen zufrieden mit meinem Leben, denn ich habe alles, was ich brauche und da kann ich mich nicht beschweren. Es brauchen andere so ein Leben, aber nicht ich, denn ich habe schon so ein schönes Leben, das müsst ihr mir einfach glauben. Ich habe genug Geld für alles und ich habe Eltern, da brauche ich nicht noch mehr Reichtum oder andere Sachen. Ich brauche einfach nur weiterzukommen, das ist es, was ich will."

Der Quest-Geber schrie: „Du hast den ersten Teil der Himmelskriegerprüfung bestanden. Du wirst jetzt zur nächsten Quest gebracht. Du hast es geschafft. Du bist in der nächsten Runde. Du bist sehr weise. Sehr gesprächig, aber dennoch weise. Es gibt selten Leute, die das so gesagt haben. So genau und sinnlos. Du bist ein interessanter Mensch, auf dich kann man sich verlassen, anscheinend du bist auch sehr nett. Auf dich kann man sich verlassen, egal wann und wo. Aber ich würde dich nicht gern zum Freund haben, weil du zu viel redest. Personen, die zu viel reden, sind einfach nur sehr dumm, aber du nicht. Bitte nimm diese Worte nicht als Beleidigung, denn ich meinte damit nur, dass du sehr gut bist und sehr nett, dir kann man einfach immer vertrauen, auch wenn du dann zu viel redest. Dir sollte man vertrauen, selbst in der schlechtesten Situation. Ich will jetzt nicht so viel reden, denn ich bin eher jemand, der wenig redet. Ich rede immer nett und wenig mit meinen Kunden und du bist mein Kunde, du willst aber auch zur Prüfung. Also musst du dich sehr beeilen, denn du musst sehr schnell zur Prüfung. Die Monster sind nicht ohne, aber ich sage dir: Jederzeit kannst du die Prüfung beenden, wenn du willst. Du wirst auf jeden Fall getötet, falls du eine Sekunde nicht aufpasst. Ich schwöre dir, du wirst auf jeden Fall getötet, wenn du nicht aufpasst, das sage ich dir noch einmal, aber ich glaube, ich wiederhole mich zu oft. Ich sage dir auch, dass ich zu oft ‚Das sage ich dir' gesagt habe. Ich sage ganz schön oft ‚sagen'. Das finde ich ganz schön unlogisch. Aber egal."

Max fragte: „Was ist hier los? Hat die Himmelskriegerprüfung schon angefangen? Egal, Hauptsache, ich habe sie bestanden. Jetzt bin ich weiter, das ist jedenfalls sehr gut. Jetzt bin ich erst recht glücklich. Ich kann gar nicht aufhören zu lachen. Ich bin jetzt weiter und kann jetzt die Aufgabe machen, die mir zugeteilt wurde. Die kann ich sehr gut machen, nachdem ich diese Prüfung gemacht habe. Ich will unbedingt noch weiter über den Anfang hinaus, denn ich habe nicht umsonst so viel trainiert. Aber ich muss ja auch noch bezahlen. Soll ich das Geld denn gleich bezahlen?" Der Quest-Geber erklärte ihm: „Willst du nicht wissen, warum du überhaupt weiter bist? Du bist stark und jung, aber deswegen bist du nicht weiter." Max fragte: „Hä? Warum bin ich dann weitergekommen? Einfach nur, weil ich der Beste bin oder wie? Ich kapiere echt nichts mehr. Ich bin einfach weiter, weil ich ein Idiot bin. Jupp, das ist es. Bestimmt wissen die auch nicht, warum ich weiter bin, aber von mir aus können sie ein Auge zudrücken, damit hätte ich auf jeden Fall kein Problem, das sage ich dir. Ich weiß, wie man das macht, aber man macht es auf jeden Fall nicht, nur weil jemand gut aussieht. Ich will wissen, warum ich weiter bin, denn sonst ist das einfach nur dumm. Ich sollte aufhören, so sinnloses Zeug zu reden. Ich bin einfach glücklich, dass ich weitergekommen bin. Also, nun erkläre mir doch, warum ich weitergekommen bin, denn anscheinend ist es so wichtig." Der Quest-Geber antwortete: „Nein, nicht weil du ein Idiot bist. Es hat ganz andere Gründe, die ich dir aber auch erklären kann. Aber du redest so viel, dass ich es dir nicht mal erklären kann, also halte deinen Mund und sage doch einfach gar nichts mehr, weil fast alles, was du sagst, einfach so unnötig ist. Ich erkläre dir alles ganz langsam und ruhig. Wenn du mal den Mund halten würdest, könnte ich wirklich einen Satz beenden. Wenn du pausenlos sprichst, ohne dass ich überhaupt ein Wort zu Ende bringen kann, dann ist es einfach so schwer zu sprechen. Ich will nicht, dass du so viel redest." Max fragte: „Warum bin ich denn weiter? Ich halte den Mund, wenn du mir jetzt endlich alles erzählst, denn ich bin einfach nur aufgeregt." Der Quest-Geber sagte: „Lass mich mal erklären. Schon die ganze Zeit will ich es erklären, aber du redest einfach weiter wie ein

Wasserfall. Du bist weiter …" Max redete dazwischen: „Lassen Sie mich mal zu Ende reden, warum sind Sie so unhöflich? Echt, immer wieder diese Alten, die denken, man muss vor ihnen Respekt haben, obwohl sie selbst einem nicht den kleinsten Respekt erweisen. Das finde ich echt ungerecht. Das regt jeden heutzutage auf. Ihr müsst uns auch mal respektieren. Wir dürfen auch mal reden, denn wir wollen auch mal ein paar Worte sagen. Sie sind doch selber sehr überspannt, das müssen Sie einfach zugeben. Ich will echt sagen, dass ihr alles so übertrieben gemacht habt." Der Mann sagte: „Entschuldigung. Ich wollte nur sagen, weshalb du weitergekommen bist. Du bist weiter, weil du alles versuchst, um in die Himmelskriegerprüfung zu kommen. Aber die nächste Prüfung wird viel schwieriger als diese, das versichere ich dir. Du kannst da sehr leicht sterben. Aber ich will dir keine Last sein. Das war der beste Tipp, den ich dir geben konnte, dass du einfach nur mit der Prüfung aufhören solltest, denn das ist nicht so gut für dich, wirklich nicht gut, das ist sogar zu schlecht für dich. Ich würde dir empfehlen, direkt auszusteigen, aber mal sehen, wie du dich entscheidest. Wahrscheinlich wirst du sehr dumm sein und weitermachen, denn es gab viele, die versucht haben, die Prüfung zu schaffen, doch am Ende kamen nur viele Tote raus, man konnte es einfach nicht fassen. Du weißt echt nicht, was die alles getan haben, um zu überleben. Sie haben ihre Freunde gefressen oder einen Freund zurückgelassen. Ich sage dir, wenn du nicht aufpasst, machen sie mit dir das Gleiche, und das schwöre ich dir, es ist kein schöner Anblick, wie ein Mensch gefressen wird, und das noch dazu von seinen eigenen Freunden. Das ist das Schrecklichste, was du sehen kannst, das sage ich dir. Ich bin einfach nur angeekelt von den Leuten, die es so oft machen, weil sie überleben wollen. Sie schaffen es dennoch nicht, obwohl sie alles geben." Max sagte: „Okay, ich gehe aber trotzdem dahin. Es gibt auch solche, die ihre Kameraden beschützen und einander helfen. Denn die sind immer die Gewinner und die besten Menschen, das sage ich dir. Sie sind einfach nur stark. Wenn die als Team zusammenhalten, sind sie so stark, das ist einfach unglaublich. Selbst wenn sie alleine schwach sind, sind sie als Team dann einfach mal so unglaublich stark, deswegen werde ich ein Team bilden und meine Freunde gut beschützen, selbst wenn sie nicht stark sind, denn sie sind meine Freunde. Das finde ich einfach immer am besten an Freunden, sie sind einfach immer für einen da, egal in welcher Situation. Das werde ich machen, denn ich will nicht so enden wie die Leute, die einfach gefressen werden oder fressen müssen, um zu überleben. Ich werde in dieser Situation mit meinen Freunden entkommen und mit ihnen dann etwas Schönes essen, denn wir brauchen uns nicht gegenseitig zu essen." Der Quest-Geber sagte: „Okay, du wirst in die nächste Runde kommen. Und du bekommst noch 2000 Gold für die Quest und noch weitere 3000 Gold, weil du weiter bist. Du musst aber auch nicht bezahlen, weil es noch andere Dinge als Einsatz gibt, denn wir brauchen kein Geld mehr. Aber was ich dir noch sagen muss, ist, dass jeder der Prüflinge genau das gesagt hat, was du gerade eben gesagt hast. Aber ich finde es einfach nur sinnlos, wie ihr das gemacht habt, denn es gab so viele, die meinten, sie würden ihre Freunde beschützen, und dann haben sie sie getötet, weil sie Hunger hatten und da mussten sie einfach mal rohes Fleisch essen. Sie sind verrückt geworden und haben jeden Menschen gegessen, den sie fanden, denn für sie schmeckte es dann einfach zu gut und dann haben sie nicht damit aufgehört. Sie haben ohne Pause weitergegessen, denn sie waren zerstört. Und sie konnten nicht mehr raus, deswegen aßen sie immer mehr Menschen, um zu überleben, und am Ende, als sie wieder wegkonnten, gingen sie nicht, sie wollten einfach weiteressen. Sie wurden einfach nie satt, bis sie dann auf einmal verschwanden. Man sagt, dass die Prüfungsleiter sie mitgenommen haben, um verschiedene Experimente an ihnen auszuprobieren. Ich weiß es, man hat sie zum Experimentieren benutzt und heute sind sie ein Prüfungsteil. Das ist nicht gerade schön, da sie Menschen dazu zwingen, Menschen so zu machen wie die anderen Menschen. Ich sage dir, diese Leute sind manchmal einfach nur verrückt, und zwar tierisch verrückt, denn das ist einfach nicht so richtig geheuer. Diese Menschen sind einfach nur Monster, sie reißen die anderen Menschen in Stücke, und zwar mit bloßen Händen, nur, um an ihr Inneres zu kommen. Und das sieht nicht gerade sehr lecker aus, das kann ich dir versichern, denn das ist einfach nur ekelhaft. Wie schon gesagt, ich gebe dir eine Chance zu gehen, wenn du willst, denn es gibt immer Möglichkeiten zu gehen. Ich möchte dir aber auch nicht sagen, dass du das nicht machen sollst. Ich sage nur, das ist sehr schlimm, und zwar sogar zu schlimm. Du solltest das lieber nicht machen." Max wollte gerade weitergehen, in irgendeine Richtung, aber er wusste nicht wohin, deswegen antwortete er: „Also ich habe da eine wichtige Frage: Wohin zur Hölle muss ich? Sie haben mir keine Richtung angegeben. Sagen Sie mir doch, wohin ich muss, denn Sie meinten, ich solle mich beeilen. Das möchte ich auch tun, denn ansonsten wäre es langweilig, irgendwohin zu gehen, da ich kein bisschen Action spüren würde, aber genau das ist doch das Tolle daran: Man spürt das Adrenalin und das ist das Beste an der Sache, und zwar immer. Das ist das Beste, was es je gegeben hat, das kann ich sagen. Aber wohin soll ich denn schon gehen, es gibt keinen Weg, der so aussieht, als würde er mir sagen: Eh, du da, komm her. Wohin denn nun? Sie wissen es doch am besten, denn Sie sind der Quest-Geber und Sie meinten, ich hätte die erste Prüfung bestanden, dann muss ich aber auch herausfinden, wo zur Hölle ich hinmuss. Keiner zeigt mir diesen Weg, wirklich keiner." Da sagte der Quest-Geber: „Du gehst in die falsche Richtung. Du musst in diese Richtung. Dieser Pfad ist der richtige." Der Quest-Geber drückte einen Knopf und ein Weg öffnete sich. Max ging den Pfad entlang. Er lag in einem Urwald. Max fragte den Quest-Geber: „Bin ich hier überhaupt richtig, das fühlt sich nämlich nicht so an. Was ist das denn hier überhaupt? Wie konnte man das denn überhaupt machen? Das ist doch fast unmöglich, denn jeder Mensch würde sich auch fragen, was das hier ist. Wie konnte man das hier überhaupt so bauen, dass hier alles einfach mal so perfekt steht? Das geht doch gar nicht, dass man in einer Stadt einen Urwald machen kann. Hier wird mich doch sowieso irgendein Tier anfallen, um mich zu töten, das ist doch völlig klar und sowas von unnötig. Das ergibt überhaupt keinen Sinn, niemand will einfach, dass man in so einen Urwald geht. Wetten, ich muss auch noch dort hinein, weil ich nicht bezahlen musste? Das ist doch mal gemein. Das hätte ich nicht gedacht, dass sie alle so gemein sind und es so machen, ich dachte, ihr wärt so nette Leute, die nie lügen. Ich frage mich, ob Sie mich anlügen, denn es kommt mir so vor." Doch der Quest-Geber war schon weg. Max sagte wütend: „Oh Mann, dieser alte Sack hat mich ja richtig verarscht, der ist ja voll der Idiot. Jetzt muss ich durch so einen Urwald irren, hier leben bestimmt Affen, die aggressiv sind und mich töten wollen. Das lasse ich aber nicht zu, weil ich keine Lust darauf habe."

8. Kapitel

Die wahre Prüfung

Aber es griffen ihn keine Affen an, sondern Wölfe, die Hunger hatten. Da sagte Max: „Das ist nicht gerade schöner als Affen. Die sind viel hässlicher als Affen und außerdem noch viel gefährlicher, aber mit denen werde ich fertig, und zwar mit einer Hand, die sind vollkommen nutzlos. Ich meine es ernst, es lohnt sich nicht mal, gegen sie zu kämpfen, niemand will gegen sie kämpfen, weil sie einfach nur überall unnötig sind." Die Wölfe fingen an, Max anzugreifen, und er brachte es schnell hinter sich und teilte alle Wölfe in zwei Teile. Er fand einen Affen auf dem Weg, aber einen süßen, kleinen Babyaffen. Max sagte: „Ich komme mit dir, ich werde dich zu deiner Mutter bringen. Es ist bestimmt schlimm, ohne Mutter alleine draußen zu sein. Ich bin auch allein und deswegen sollst du es nicht sein. Aber was soll ich denn machen? Ich bin dafür verantwortlich, dass ich dich jetzt mitnehme, du solltest dich jetzt bei mir bedanken." Das Baby kam zu seiner Wange und küsste ihn. Da meinte Max: „Du bist aber ein kleiner Schlingel. Du küsst mich einfach so, damit das abgeglichen ist, aber das nehme ich auch mal." Das Baby lachte dann nur komisch. Da meinte Max lächelnd: „Du hast aber ein schönes Lachen, ich meine es ernst, ich habe noch nie jemanden mit so einem schönen Lachen gesehen. Du bist einfach so süß und schnuckelig, dir könnte ich gleich alles geben, was du brauchst, aber nur, wenn du wieder so schön lachst. Du bist einfach zu süß, man kann zu dir einfach nicht nein sagen. Um dir nicht verzeihen zu können, bist du einfach zu süß. Ich verstehe nicht, wie deine Eltern dich aushalten können, weil du so süß bist." Da lachte das Baby wieder und sagte: „Du redest schon so viel, kannst du mal aufhören? Aber danke für deine Komplimente, du bist auch süß, wenn du lächelst, bei dir kann man auch nicht nein sagen. Man muss zu dir ja sagen und in dich reinbeißen, damit das Fleisch schön rot ist. Bestimmt hast du sehr rotes Fleisch, aber keine Angst, ich werde dich nicht essen, denn du bist nett und ein Freund von mir, und zwar ein sehr guter Freund. Dir kann man einfach immer trauen, egal wann, du bist nett." Max meinte dann glücklich: „Ja, da hast du aber sehr recht." Max ging normal weiter, bis er dann nach ein paar Schritten bemerkte: „Warte mal, hat dieses Baby gerade eben geredet? Ach nein, Babys und Tiere können noch nicht reden, und wenn sie so reden, dann reden sie nicht von Fleisch. Ich glaube, langsam drehe ich hier durch, weil ich einfach zu viel Luft eingeatmet habe und bestimmt liegt hier überall Giftefeu, das sehr stark ist, deswegen halluziniere ich. Ich sehe, wie ein Baby redet, und noch dazu ein Affe. Ich bin langsam echt verrückt geworden, anscheinend habe ich zu viele dumme Spiele gespielt, die mich dazu bringen, dass ich denke, dass Affen reden können." Da klatschte das Baby Max eine und lachte dabei nur. Max rieb sich an der Wange und meinte: „Au, dafür, dass es ein Baby ist, kann es ganz schön zuhauen, das habe ich ihm echt nicht zugetraut. Aber ich kann es ihm verzeihen, weil es einfach nur entzückend ist. Ich glaube, sie trainieren das Baby, denn keines kann so stark sein, wirklich keines. Wie kann man als Baby so stark sein? Das ist dann auf jeden Fall nicht normal, im Gegenteil. Dieses Baby ist ein Monster und definitiv nicht das, was ich dachte: Es ist kein Baby von einem Affen, es muss ein Baby von einem Monster sein, und zwar von einem sehr gefähr-lichen Monster, nach der Stärke, die sein Kind erreicht hat. Der Vater oder die Mutter ist bestimmt unbezwingbar, das interessiert mich aber auch nicht, da ich nicht gegen das Monster kämpfen will. Ich habe extra nicht Dreck gesagt, damit du dich nicht be-leidigt fühlst, Kleiner, denn in dir fühle ich einen kleinen und freundlichen Jungen, anscheinend ist dein Charakter so. Ich bin glücklich, dass ich dich gefunden habe, denn du bist einfach süß und endlich habe ich eine Herausforderung für mich. Damit meine ich jetzt nicht, deine Eltern zu bekämpfen, sondern den Weg. Ich würde deine Eltern nie töten, ich würde mich nicht mal trauen, sie anzufassen, das verspreche ich dir. Und was soll ich schon mit deinen Eltern anfangen? Ich kann mit ihnen gar nichts anfangen, also brauchst du keine Angst zu haben. Sie sind bestimmt stärker als ich, also kann ich euch nicht bedrohen, eher bedrohst du mich. Du bist einfach zu gefährlich, deine Eltern können mich töten und das gefällt mir gar nicht. Das werden sie tun, wenn ich dich zu ihnen bringe, weil sie denken werden, dass ich dich geklaut habe. Und bevor du es überhaupt erklären kannst, töten sie mich und ich werde dir zum Mittagessen aufgetischt. Bitte erkläre deinen Eltern möglichst schnell, dass ich dich gerettet habe, denn sonst bin ich schon tot, bevor ich tot bin. Deine Eltern würden mich dann mögen und mich als Gast annehmen." Da lachte das Kind aber nur. Max lachte ebenfalls und meinte: „Okay, du hast mir versprochen, dass du nicht so ein Monster bist, das ist dann schon mal sehr gut, denn du kannst oder du willst mich nicht töten. Es interessiert mich dann auch nicht mehr, ob du gefährlich bist, ich möchte dich nur zu deiner Mutter bringen. Sonst stirbst du hier draußen ganz alleine und niemand wird dich sehen, jedenfalls will dich gerne jeder fressen, wenn er nicht von dir gefressen wird, denn du hast es echt drauf. Du bist einfach nur ein starkes Tier, von dem ich das wirklich nicht gedacht habe. Ich hätte eher gedacht, dass es für dich hier allein sehr schwer wäre und niemand hätte dich gemocht. Ich glaube aber, jeder würde dich lieben, selbst deine Feinde, denn du bist doch einfach nur nett und dir kann man vertrauen. Dich kann man nicht töten, das ist echt ungerecht. Und ich möchte auch, dass du heil zu Hause ankommst, denn ansonsten würde mich deine Mutter grillen, sogar mehr, sie würde mich zerfleischen, aber du kommst bestimmt heil zu Hause an, denn ich werde alles für dich geben, vielleicht sogar mein Leben. Ich gebe für jedes unbekannte Wesen, das sehr dringend Hilfe braucht, alles, denn jedes Wesen hat es nötig, zu überleben. Ich werde meinen Körper für deinen Körper als Schutzschild benutzen, damit du heil nach Hause kommst und am Ende nicht noch stirbst, denn das wäre sehr schlecht, denn wir brauchen dich immer, jedenfalls brauchen dich deine Eltern." Also ging Max extra wegen eines Babyaffen durch den ganzen Dschungel.

Er fand die Mutter des Affenbabys nicht, nur einen Löwen. Gerade als Max sein Schwert gezückt hatte, sah er, dass das Affenbaby zum Löwen ging und Milch wollte. Ab da wurde der Löwe ganz ruhig. Max schrie dann: „Tu das nicht, der Löwe wird dich töten! Aber warte mal, das ist ja nicht mal ein richtiger Löwe, der hat ja einen Skorpionenschwanz und da auch noch einen Hundeschwanz, das kann doch kein normaler Löwe sein. Du bist aber auch nicht normal, Baby, deswegen kannst du eigentlich nur der Sohn oder die Tochter von diesem Löwen sein. Ach, jetzt weiß ich, wie man so ein Monster nennt, das haben wir mal in der Schule gelernt. Das ist ein Monster aus der Mythologie und man nennt es „Chimäre". Das ist aber ein sehr starkes Monster. Ich hätte nicht erwartet, dass es das auch in der Realität gibt. Ich darf diese Prüfung eben nicht unterschätzen, das wurde mir ja auch gesagt, und damit hatten sie sogar Recht. Hier ist es nicht mehr normal. Hier ist alles komplett verrückt. Aber ich glaube nicht, dass dieses Baby das Kind dieser Chimäre ist, oder doch? Der Löwe hat sogar noch einen dritten Schwanz, warte mal, sehe ich richtig: Eine Schlange als Schwanz. Ich habe gesehen, dass dieses Baby auch drei Schwänze hat, aber ich wusste nicht, dass sie sich zu so etwas entwickeln. Dann muss es zu diesem Monster gehören." Doch als Max all das gesagt hatte, wollte die Chimäre ihn angreifen. Aber etwas Komisches passierte: Das Baby stellte ich dazwischen und sagte: „Nein, Papa, dieser Typ hat mich gerettet und das ist auch gut so, denn sonst wäre ich gestorben, durch diese dummen Wölfe, die versucht haben, mich und ihn zu fressen. Er hat mich durch den ganzen Wald geschleppt und deswegen musst du ihm dankbar sein. Er hat mich einfach vor allem beschützt, was es in diesem Wald gibt. Er ist ein netter Mensch. Vater, ich weiß, dass du es nicht so mit Menschen hast, aber diesem musst du vertrauen, denn er hat mich gerettet und er hat mir erzählt, dass er uns nicht jagen will und dass er Angst hat, gegen uns zu kämpfen. Er hat Respekt vor uns, hat er gesagt." Max guckte komisch auf das Baby, es konnte anscheinend doch reden und er selbst war doch nicht verrückt. Da sagte die Chimäre wütend: „Ich vertraue keinem Menschen und diesem auch nicht. Er ist wie jeder andere Mensch, er ist einfach nur dumm und will uns haben. Er will uns töten, das meine ich ernst, er will uns töten und uns dann verkaufen. Und ich sage dir, Mensch, wehe du krümmst meiner Tochter nur ein Haar, dann wirst du sterben, denn sie ist uns sehr wichtig. Ich bin echt überrascht, dass du sie hierhergebracht hast, das hätte kein anderer Mensch gemacht. Eigentlich, wenn ich dich so recht betrachte, siehst du stark aus und du bist anders als die Menschen sonst, einfach nur nett. Vor vielen Jahren kam auch ein Mann, so ähnlich wie du, hierher." Da meinte Max: „Das war bestimmt mein Vater, denn er schätzt euch genau wie ich euch schätze. Ihr seid stark und vor euch sollte man Angst haben." Da meinte die Chimäre: „Aber du bist ja sehr stark. Du hast bestanden. Nun sollten wir aber allmählich in unsere alte Gestalt zurückkehren, nämlich in unsere menschliche Gestalt, die jeder gerne hat." Nun verwandelten sich die Chimären und das Baby in Menschen zurück. Das Baby war kein Baby, sondern ein hübsches Mädchen. Der Vater wurde zu einem starken Mann. Er sagte dann: „In so eine Gestalt können wir uns verwandeln, also in deine Gestalt. Danke, dass du mein Mädchen gerettet hast. Du sollst auch wissen, dass wir Chimären ganz anders wachsen als sonst. Wir sind noch ganz klein, während wir als Menschen schon etwas älter sind. Und du, Junge, wehe, du machst dich an meine Tochter ran, das darfst nicht, denn sie ist einfach zu schön, viel zu schön, sodass sie es nicht verdient hat, mit so einem Jungen, wie du es bist, zusammen zu sein. Und du, Mädchen, darfst nicht mit diesem Jungen flirten, er ist nicht gut für dich und am Ende wird er dich hängen lassen oder dich töten oder sogar beides. Ich werde nicht zulassen, dass ihr ein Paar werdet, definitiv nicht, denn ich habe Angst, dass du zu früh erwachsen wirst, und dann wirst du nie wieder meine kleine, süße Tochter sein. Aber ich habe in letzter Zeit auch keinen Menschen mehr zu Gesicht bekommen, besonders keinen netten Menschen, denn alle Menschen sind gleich, jeder ist böse. Du bist eine Ausnahme, ein Mensch, dem man anscheinend vertrauen kann. Ich mag dich. Aber ich gebe dir trotzdem meine Tochter nicht." Da meinte die Tochter: „Aber Vater, ich bin doch eigentlich alt

genug, ich kann schon meine eigenen Entscheidungen treffen."
Da sagte der Vater traurig: „Siehst du? Du wirst jetzt schon erwachsen. Wie soll ich dich dann je wiedersehen? Ich habe Angst
um dich und Angst, dass du mich vielleicht verlässt, nur um zu
deinen Freunden zu gehen. Deswegen lasse ich nicht zu, dass
ihr ein Paar werdet. Denn wenn ihr so etwas macht, werde ich
für immer allein sein, und das ist eben zu traurig für mich, denn
während du Spaß mit ihm hast, muss ich für immer alleine sein."
Max meinte dann: „Ich muss sowieso gehen, ich kann mit eurer
Tochter nicht zusammenkommen, da ich sowieso weitermuss,
weil ich zur Prüfung muss. Sie ist für mich von größter Wichtig-
keit." Dann dachte Max verwirrt: „Das ist aber ein verrückter
Dschungel. Egal, wenigstens habe ich das Baby zu seinem Vater
gebracht und jetzt sind alle glücklich. Ich frage mich, was für
Kinder diese Wölfe von vorhin gezeugt haben, das ist mir ein
echtes Rätsel. Diese Wölfe haben bestimmt Giraffenbabys geboren. Dieser Dschungel ist ein riesiges Rätsel und ich mag keine
Rätsel, deswegen sollte ich so schnell wie möglich von hier verschwinden. Doch als Max wieder auf den Weg und weiter zur
Prüfung wollte, hatte er sich verirrt. Er dachte bei sich: „Ich
habe mich so auf das Baby konzentriert, dass ich jetzt selber nicht
weiß, wohin. Ich habe mich verlaufen, das ist schlimm, das ist
eine völlige Katastrophe, wie soll ich nun weiter, wenn ich nicht
weiß, wohin ich gehen muss?" Doch da packte ihn das Mädchen
an der Hand und meinte lachend: „Du Dummkopf, ich zeige dir,
wo der Ausgang ist. Aber Vater, komm bitte nicht mit, denn dann
wird es zu peinlich." Also zeigte das Mädchen mit seiner Hand
zu einer bestimmten Stelle. Es war eine Art Teleportstelle, zu
der Max sogleich ging, doch kurz bevor er sie erreichte, kam das
Mädchen zu ihm, gab ihm einen Kuss auf die Wange und sagte
lächelnd: „Auf Wiedersehen. Ich werde dich vermissen, wenn
du weg bist, denn du bist einfach nur süß. Zum Glück hat dich
mein Vater nicht direkt zerfleischt, es hätte ganz schön schlecht
ausgehen können. Aber zum Glück mag er dich. Ich mag dich,
und du hast mich gerettet und siehst gut aus." Max bekam seinen
allerersten Mädchenkuss von einer Chimäre. Er hatte noch nie

einen Kuss bekommen, außer von seiner Mutter. Er meinte dann ebenfalls: „Auf Wiedersehen. Hoffentlich sehen wir uns wieder." Max grübelte dann noch die letzten Sekunden, wieso das Mädchen überhaupt sprechen konnte. Es war irgendwie ein Wunder. Er konnte echt nicht herausfinden, warum diese Monster reden konnten. Da fragte er sich: „Warum konnten diese Monster sich in Menschen verwandeln? Das war einfach nicht normal und ich hätte nicht erwartete, dass Monster so etwas machen können. Das Schlimme daran ist, ich kann einfach nichts über diese Monster herausfinden. Es wäre eben auch zu langweilig, wenn man nicht nachdenkt. Und warum hat es mich geküsst, das ist komisch und das war der erste Kuss in meinem Leben. Bis jetzt habe ich das ganze Leben lang noch keinen Mädchenkuss bekommen. Ich finde es ganz komisch, dass ich noch nie geküsst wurde, einfach noch nie, das ist zu komisch. Das ist ja auch zu peinlich!"

Nach der Teleportierung gelangte er dann auf eine Art Fahrstuhl. Es gab komische Musik, während er mit mehreren Menschen in einem engen Raum saß. Er hatte nicht erwartet, dass es so etwas gibt, er dachte, er würde an den Standort teleportiert werden, zu dem er hinmusste, aber anscheinend wurde hier eine alte Technik benutzt. Da sagte er sich: „Das verstehe ich echt nicht, ich habe eher gedacht, dass sie hier etwas moderner sind. Ich hätte nicht erwartet, dass sie solch dumme Dinge machen, denn das ist echt etwas unnötig und niemand braucht das. Die Technik sollte perfektioniert werden. Ich finde es sehr schlimm, dass sie hier etwas zurückgeblieben sind. Ich finde, die Menschen können es doch bestimmt besser machen. Sie können dich doch direkt zum Ort teleportieren. Aber natürlich müssen sie es ja so kompliziert machen." So als hätte ihn jemand gehört, sprach ein Mann ihn an, mit einer Roboter-Stimme: „Hallo, wie geht es dir? Ich heiße Ed und bin hier weitergekommen, weil ich einen Löwen bezwungen habe. Ganz schön unglaublich, findest du nicht? Hahaha. Ich bin der stärkste Mensch auf diesem Planeten, niemand kann mich je besiegen, denn ich bin einfach so stark. Hahaha. Ich bin sowas von stark, das wirst du mir einfach nicht glauben, da ich einfach nur der stärkste Mensch der Welt bin und bisher hat mich noch niemand besiegt." Da sagte Max enttäuscht: „Meint ihr das ernst? Das ist doch wohl ein schlechter Witz, niemand würde auf so eine schlechte Idee kommen und mit so einer Roboterstimme reden, denn das ist einfach nur lächerlich. Habt ihr euch denn wirklich nichts ausgedacht? Die Stimme muss menschlicher sein und nicht so wie ein Roboter klingen, der den ganzen Planeten zerstören will, denn das ist einfach nur zu dumm. Und ein Mensch würde nicht direkt reden, hätte ich das gesagt. Ihr seid einfach nicht mehr menschlich, ich meine es ernst, so etwas macht man einfach nicht, das ist einfach dumm, so etwas zu machen." Da meinte der Mann beleidigt: „Hallo, ich bin ein echter Mensch. Und mit wem redest du da? Ich verstehe echt nicht, mit wem du da redest, das ist einfach nur verrückt." Da gab sich Max eine Ohrfeige und meinte: „Echt jetzt? Ihr versucht es jetzt sogar abzustreiten? Offensichtlich. Macht mal menschlichere Roboter. Das ist doch nur ein Monster, das nicht mal richtig funktioniert, denn es ist nur Schrott. Für wie viel habt ihr es überhaupt gekauft? Ich bin der Schlaueste hier und ich merke, dass das hier alles nur gespielt ist. Man kann mich nicht so einfach reinlegen, das geht einfach nicht mit so einem billigen Trick." Da meinte der Mensch immer noch: „Ich bin immer noch ein Mensch, und mit wem verdammt noch mal redest du da? Ich bin doch die ganze Zeit hier und du sprichst die ganze Zeit zum Himmel. Aber was noch schlimmer ist, ist, dass du mich einfach die ganze Zeit ignorierst. Kannst du mal aufhören, mich zu ignorieren, das ist nämlich nicht sehr nett. Warum bist du so gemein zu mir? Ich bin doch ein Erwachsener und da musst du Respekt vor mir zeigen oder du bist ein böses und ungezogenes Kind, was ich sogar langsam denke, wenn du nicht aufhörst, mich zu ignorieren. Ich hasse es einfach, wenn Leute mich ignorieren, denn dann kommt es mir so vor, als würden sie zu mir sagen: ‚Hallo, du Idiot, ich ignoriere dich und du bemerkst es nicht'." Er sagte weiter zu Max: „Ich bin hier einfach nur der Stärkste und du meinst dann, mich ignorieren zu können. Da bist du aber dumm, denn niemand kann mich einfach so ignorieren, nur ich kann mich einfach so ignorieren, denn ich bin hier der Herrscher, und nun hör endlich auf, mich zu ignorieren, denn ich bin auch ein normaler Mensch. Ich bin einfach nur der Stärkste, niemand kann mir ein Haar krümmen, du erst recht nicht, denn du bist ein normales, kleines Kind. Du bist doch auch nur ein Wurm, wie die Schweine, die ich zerquetscht habe, damit ich sie essen konnte. Definitiv bist du aber noch schwächer, denn du bist einfach nur schwach und klein und dich könnte man eigentlich direkt töten. Ich tue es aber mal nicht, weil ich Mitleid mit dir habe und weil du noch ein Kind bist und nicht so viele Erfahrungen gemacht hast. Ich lasse dich am Leben, aber nur heute, weil heute mein Glückstag ist." Max sagte dann aber: „Du bist doch eh nur ein Roboter, du kannst mir wirklich gar nichts anhaben, denn du bist einfach nur schwach und dumm. Du kannst mir gar nichts anhaben, weil ich einfach der Beste bin. Ich bin doch der Stärkste, da hat ein Mädchen wie du doch nicht die geringste Chance gegen mich. Das sage ich dir, denn du bist einfach gar nichts, niemand kann dich ausstehen und niemand will dich bei sich haben, wirklich niemand. Niemand will dich lieben, weil sie es als Qual ansehen dich zu lieben. Deine Eltern wollten dich nicht mal, also rede nicht so viel, das sage ich dir. Gewöhne es dir ab oder du wirst einen Schlag in dein Gesicht bekommen, das schwöre ich dir, weil du einfach ein zu großes Maul hast und genau das hasse ich, du redest einfach zu viel und hast ein zu großes Mundwerk." Der Roboter (Mädchen) sagte: „Ich finde es doch nicht so schlimm, dass du mich ignorierst. Denn niemand nimmt mich wirklich wahr. Ich hasse das, und wenn es mich ärgert, denke ich, ich sollte mich abregen. Es ist nicht so schlimm, dass du mich ignorierst, denn ich bin daran gewöhnt. Ich wurde mein ganzes Leben lang ignoriert, sogar von meiner Mutter, deswegen rege ich mich so auf." Da meinte Max aber: „Ich ignoriere dich weiterhin, es interessiert mich nicht, was du sagst, denn du bist ein Roboter und ich ignoriere dich, weil du nur Lügen erzählst. Du bist verrückt und kannst auf den falschen Weg geraten, das wäre dann aber nicht sehr gut. Ich finde es am besten, wenn du nicht mit mir redest, denn du bist ein Roboter und ich hasse Roboter. Du machst mir auch sehr viel Angst. Ich weiß nicht, wie ich mit

Robotern umgehen soll. Ich weiß nicht, wie ich mit Robotern reden soll, ohne dass sie mich gleich töten." Da sagte der Roboter wieder wütend: „Ich habe es dir doch schon gesagt: Ich bin ein Mensch und kein Roboter, wie du es denkst. Ich bin ein normaler Mensch oder bist du etwa verrückt? Das gibt es auch ab und zu, aber ich wusste nicht, dass man so verrückt sein kann. Du bist anscheinend sehr schwach und dumm, man sollte dich nicht hier an den Prüfungen teilnehmen lassen, dafür bist du als Kind viel zu schade. Ich habe keine Lust, dass du hier stirbst. Soll ich dich töten, denn es macht doch keinen Sinn, weil du einfach mal ein dummer Mensch bist und einen qualvollen Tod sterben wirst, das wäre einfach schade für dich. Ich würde dir lieber empfehlen, dass du einfach nur hinten bleibst, während ich für dich kämpfe. Denn du bist ein armes und dummes Kind, das direkt getötet wird von den gefährlichen Monstern, die im Wald leben. Du solltest lieber hinter mir bleiben, weil du bestimmt sterben wirst. Deswegen habe ich Angst und du solltest auch lernen, dich selber zu beschützen, denn ansonsten wirst du direkt sterben. Ich werde dich, wenn es sein muss, beschützen, denn ich habe Angst, dass ein armes Kind wie du sterben wird. Du solltest dich hier lieber abmelden, weil dich alles hier töten wird, und wahrscheinlich wirst du dich sogar selbst töten, das wäre zu dumm. Du kannst mit deinem Schwert einfach nicht umgehen und das ist auch schlecht. Du hättest trainieren müssen, bevor du hierher kamst, das wäre das Beste für dich gewesen, aber jetzt kannst du nicht mehr zurück und du kannst nicht mehr trainieren." Max sagte dann: „Ich bin nicht dumm und schwach, ich bin schlau und stark. Ich schaffe es schon alleine, du brauchst dir keine Sorgen um mich zu machen. Du solltest lieber darauf achten, dass du nicht stirbst, denn wenn du nicht aufpasst, wirst du sterben, das sage ich dir, denn niemand kann das hier überleben, wenn er nicht gut ist. Ich habe auch trainiert, jedenfalls mehr als du, Roboter. Du trainierst ja nicht mal, denn du sollst doch nur als Ablenkung dienen." Da sprach der Roboter (Mensch) wieder normal: „Ich bin kein Roboter und ich habe mehr trainiert als du, Roboter. Deine Roboterstimme stellt direkt dar, dass du ein

Roboter bist. Du musst doch gar nicht trainieren. Du redest wie ein Roboter. Echt jetzt." Max meinte dann: „Ich bin aber echt kein Roboter, ich kann es sogar beweisen, denn ich habe echtes Menschenblut in meinem Körper und das kann ich dir sogar zeigen, wenn du willst. Ich finde es echt schlimm, dass du meinst, ich sei ein Roboter. Das machst du doch nur, um abzustreiten, dass du ein Roboter bist. Tu nicht so." Da meinte der Mann: „Tu du doch nicht so, als wärst du kein Roboter. Ich bin keiner und du hast gerade eben von dir abgelenkt, damit es auf mich geht. Du willst doch nur ablenken, damit niemand denkt, dass du ein Roboter bist. Du bist ein böser Roboter und du hast einen Fehler oder so. Jedenfalls ist deine Menschenstimme in eine Roboterstimme umgewandelt worden. Deswegen hat man erkannt, dass du ein Roboter bist, das kannst du aber auch nicht abstreiten, denn man hat alles gehört." Da sagte Max wütend: „Aber deine Roboterstimme ist in eine Menschenstimme umgewandelt worden, das hat man doch genau gehört. Du bist doch ein Roboter."

Da kam ein Mensch dazu, der anscheinend alles gehört hatte, was sie gesagt hatten. „Niemand von euch beiden ist ein Roboter. Das erkennt man doch sofort. Denn man hört alles genau und keiner von euch hat eine Roboterstimme. Ihr denkt euch aber auch verrückte Dinge aus. Warum macht ihr so etwas? Das hätte ich zwar von einem Kind erwartet, aber nicht von einem Erwachsenen. Du bist aber auch ein verrückter Erwachsener, so kommt es mir jedenfalls vor." Da meinte Max: „So nett kann kein Mensch sein, das muss ein Roboter sein. Denn wir haben die ganze Zeit so laut gestritten, das hätte jeden Menschen in den Wahnsinn getrieben." Max gab dem freundlichen Mann einen Tritt ins Gesicht. Da fragte der Mann, mit dem er sich die ganze Zeit gestritten hatte: „Warum hast du das getan? Es war doch nur ein netter und freundlicher Mann, das muss doch dann nicht direkt ein Roboter sein. Obwohl du Recht hast, niemand hätte uns in dieser Situation so ignorieren können. Es müssen alles Roboter sein. Aber lass uns erst mal überprüfen, ob das ein Roboter war." Da lag der Mann da und sagte die ganze Zeit nur: „System defekt, muss alles neu hochfahren. Hoher Schaden, kann nicht repariert werden." Da sagte Max eingebildet: „Ich habe doch gesagt, dass hier ein paar angebliche Menschen Roboter sind. Das war doch auch irgendwie klar." Da war der Mann erstaunt: „Oh mein Gott. Du hast Recht." Da meinte Max wieder eingebildet: „Wenn du willst, kannst du mich auch Max nennen, so heiße ich eigentlich. Wenn du willst, kannst du mich auch deinen Gott nennen, damit hätte ich eigentlich auch kein Problem."

Doch dann schrie der Roboter: „Hilfe, Hilfe. Ich werde von menschlichen Wesen überfallen!" Eine Welle von Robotern, die diesem helfen wollte, kam. Da sagte Max: „Es steht jetzt fest. Die Hälfte dieses Fahrstuhls ist voll von Robotern. Jetzt wissen wir aber auch, wer hier ein Roboter ist und wer ein Mensch. Das ist doch schon mal gut. Lass uns jetzt gegen diese Roboter kämpfen, denn sie sind anscheinend sehr schwach." Max zückte sein Schwert und fing schon mal an, die Roboter zu zerteilen, während der Mann mit dem Roboter Cestus kämpfte. Es war beides sehr effektiv, denn innerhalb weniger Minuten waren sie fertig. Da meinte der Mann lachend: „Denen haben wir es aber mal gezeigt, das hat sogar sehr viel Spaß gemacht und das war noch nicht mal eine Herausforderung, wir haben beide schon mal gegen schlimmere Dinge gekämpft. Jetzt ist dieser Fahrstuhl gereinigt von den fiesen Robotern. Ab jetzt können sie uns auch nicht mehr angreifen. Aber komischerweise waren sie so schwach. Ich hätte mir Roboter viel stärker vorgestellt, aber was soll es. Ich habe in meinem Leben erst einmal gekämpft und das war in diesem Moment. Das war gut. Das kam mir sogar so vor, als wären wir in einem Film, das ist einfach so lustig. Aber wann kommen wir denn endlich an? Das ist ja komisch. Wir fahren und fahren, kommen aber nie an, das ist ja einfach mal zu dumm, das hatte ich mir eigentlich ganz anders vorgestellt. Das ist ja sehr blöd, denn ich habe keine Lust, stundenlang hier drin zu bleiben, aber egal, jetzt können wir sicher sein, dass dieser Fahrstuhl frei von Robotern ist, und das ist auch gut so. Aber ich bin mir immer noch nicht sicher, dass du kein Roboter bist, denn es kommt mir immer noch so vor, als wärst du einer." Da sagte Max lächelnd: „Es kommt mir auch immer noch so vor, als wärst du einer.

Lass es uns herausfinden. Wir kicken uns beide gegenseitig hart rein." Da lächelte der Mann und sagte: „Das finde ich auch eine gute Idee. Lass uns das mal testen. Wir können ja unsere Kräfte messen, um zu sehen, wer von uns beiden der Stärkere ist. Wir können dann zeigen, wer von uns beiden dann auch wirklich ein Roboter ist. Ich sage dir: Ich bin kein Roboter und deswegen kämpfe ich gegen dich. Das wirst du schon sehen, du Roboter." Da meinte der Mann noch: „Das sagen doch eh nur die Roboter. Du bist doch einer, du Roboter, verleugne es nicht. Man sieht es dir direkt an, dass du kein normaler Mensch bist. Deine Augen, deine Ohren, alles an dir sieht so aus, als wärst du ein Roboter, und das bist du dann auch bestimmt. Das kannst du nicht verleugnen, weil du ein Lügner bist, und zwar ein sehr schlechter. Du musst einfach die Wahrheit sagen. Ich habe so viel und sogar zu viel von dir bemerkt. Du kannst doch nur ein Roboter sein. Man sieht es einfach in deinen Augen. Du hast aber auch zu viel von dir ausgeplaudert. Alles, was du gesagt hast, war eine Lüge, denn kein Kind kann so gut kämpfen, das sage ich dir, denn wirklich kein Kind hat jemals solche unglaublichen Kräfte."

Als er seinen Satz beendet hatte, kamen sie endlich an. Da meinte der Mann: „Endlich sind wir da und warum kam das so spät? Prüfung, du solltest dich echt langsam verbessern. Du bist und bleibst langweilig, was sehr schlimm ist. Man sollte aber auch nicht nur immer wieder das Gleiche machen. Und du solltest uns mal immer so schnell runterbringen. Du solltest uns nicht so lange warten lassen, denn das ist einfach nur schlecht. Du bist einfach nur stinklangweilig. Es gibt Prüfungen, die sind dreimal so interessant wie diese."

9. Kapitel

Würdige Gegner

Als sich die Tür öffnete, kamen viele Wölfe herein. Da meinte der Mann: „Okay, anscheinend hast du mich gehört und überraschend Wölfe hergeholt, das ist dann ja mal interessant. Aber jetzt echt: Hättest du nicht einfach stärkere Gegner rufen können? Denn es ist einfach nur langweilig gegen solche Schwächlinge zu kämpfen, denn es gibt hier nur Schwächlinge und das, was du da machst, ist echt nur was für Schwächlinge. Du hättest ruhig etwas für echte Männer rufen können, hier gibt es keine Frauen, also kannst du ruhig einen Zahn drauflegen, denn das, was du gerade gemacht hast, würde jeder hier im Raum schaffen. Diese Wölfe sind mit einem Schlag weg, da brauchst du dir keine Sorgen zu machen. Niemand hätte das gemacht, andere hätten dann direkt stärkere Gegner gerufen, die stark genug wären, einfach mal andere Männer zu besiegen, deine Monster schafft doch jedes Kind, das ist keine Frage."

Doch als dieser Mann zu Ende gesprochen hatte, kamen mutierte Wölfe mit menschlichen Armen und Beinen. Da meinte der Mann: „Okay, das sieht nach einer größeren Herausforderung aus, als gegen Monster zu kämpfen, denn ihr Monster seid einfach nur schwach und ihr seid einfach nur jämmerlich, aber diese Elite hier sieht ganz schön interessant aus. Ihr seid aber nicht so gut gebaut, denn ihr seid alle nur Waschlappen und man kann euch einfach nichts zutrauen. um ehrlich zu sein, hätte ich lieber diese Wölfe zu Freunden als euch, denn diese Wölfe sind wenigstens stark und halten zusammen, während ihr euch sogar wegen der kleinsten Sache töten würdet. Ich finde, ihr seid einfach nur Abschaum des dritten Grades und das ist das Schlimmste, was man sein kann. Ich hoffe, keiner von euch wird diese Prüfung bestehen außer diesem Kind, denn ich weiß, es hat lange dafür trainiert. Ich werde jetzt gegen diese Wölfe kämpfen. Seht und staunt, das sage ich euch, denn ich bin einfach unglaublich und werde euch zeigen, wie man siegt, und zwar auf schnellste Art und Weise, denn diese Prüfungen sind ganz schön leicht und dies ist die erste Übungsstunde." Da kam gerade einer der Wölfe auf ihn zugelaufen. Den erledigte er dann mit seiner Faust. Der Mann kämpfte unglaublich. Auf seine Kampfart konnte man neidisch sein. Niemand konnte so gut sein wie er und jeder wollte so sein wie er, aber niemand hatte es geschafft, und so meinte er angeberisch: „Leute, so macht man das, und nicht so wie ihr Waschlappen. Ich bin der beste Mann auf diesem Planeten, ich bin jedenfalls besser als ihr alle zusammen, denn ich bin stärker als ihr, ich bin einfach nur unglaublich stark. Ich werde euch alle sehr leicht besiegen. Dass ich so viele Wölfe töte, liegt nur daran, dass sie alle so schwach sind, aber ich habe noch nicht gegen die Elite gekämpft. Komischerweise machen sie gar nichts, als würden sie darauf warten, dass ich sie angreife, aber ich kann sie ja nicht beurteilen, weil ich nicht weiß, wie stark sie sind. Ich kann aber auch nicht sagen, dass sie stark sind, weil sie einfach nur dastehen und nichts machen. Aber gleich werden wir es sehen, denn sie werden es mit mir zu tun kriegen. Ich bin einfach der stärkste Mensch der Welt und mich kann niemand besiegen, seien es mutierte Wölfe oder einfach nur normale Roboter. Mich kann man nicht überwältigen, denn ich bin der Stärkste und mir kann doch kein Wolf das Wasser reichen, besonders dann nicht, wenn er so hässlich ist, denn hässliche Sachen sind manchmal einfach nur unnötig. Ich werde sie besiegen, ohne einen Kratzer abzubekommen, denn ich bin einfach nur stark und niemand ist so stark wie ich, besonders, wenn es solche mutierten Tiere sind. Denn mutierte Tiere sind eigentlich gar nichts für mich, ich habe schon tausende davon umgebracht und diese hier sind bestimmt auch noch schwach. Jetzt werdet ihr es sehen." Der Mann rannte mit Kriegsgeschrei auf die Wölfe zu, doch der erste Wolf biss ihm dann einfach den Kopf ab, aber so schnell, dass die anderen es erst mal nicht bemerkten. Sie wussten gar nicht, warum der Kopf ab war. Niemand hatte bemerkt, dass der Wolf so etwas gemacht hatte. Da meinte Max: „Der war wohl ein bisschen zu eingebildet, was sehr oft der Fall ist, und das geschieht ihm auch recht, denn er hat die ganze Zeit angegeben ohne Ende. Er hat das eben redlich verdient, denn er war einfach viel zu vorlaut. Hätte er einfach nur seine Klappe gehalten, wäre vielleicht gar nichts passiert. Da seht ihr, dass dieser Typ ein sehr großer Lügner war. Man hätte ihm einfach nicht trauen dürfen. Er war aber eigentlich ganz nett, hätte er nicht so angegeben. Niemand wird das hier schaffen, wenn er sich nur etwas einbildet, denn hier überleben nur die Leute, die stark sind und die Klappe halten." Da meinte ein anderer Mann: „Von dir lasse ich mir doch nichts sagen, denn du bist ein Kind und Kinder reden einfach zu oft dumme und unnötige Sachen, die niemand zu wissen braucht, nicht mal in zehn Jahren, wenn du dann kein Kind mehr bist. Kinder sind einfach zu dumm und wenn sie dumme Sachen reden, muss man sie ihnen ausreden, indem man sie schlägt, denn meistens verstehen sie einfach nicht, wenn man sie nicht schlägt. Wenn sie nicht zur Besinnung kommen, nervt das jeden, deswegen verpasse ich dir, lautes Kind, eine Ohrfeige, denn der getötete Mann war stark und wusste mehr als du in deinem ganzen Leben wissen wirst. Er ist stark gewesen und hätte er den Kampf ohne einen Kratzer überlebt, hätte er bestimmt bessere Tipps gehabt als du, eingebildetes Kind." Da zog der Mann das Schwert. Ein anderer Mann meinte: „Bist du verrückt? Das ist doch nur ein Kind, das kannst du doch nicht einfach so töten, das wäre dann nämlich einfach zu gnadenlos, das macht man nicht. Es hat noch ein so langes Leben vor sich und jedes Kind macht doch Fehler, da ist es kein Grund, es direkt zu töten." Da schubste ihn der Mann mit dem Schwert zur Seite und sagte dann: „Dieser Junge redet zu viel und ist eingebildet, den muss man einfach töten. Junge oder Mann, das ist für mich kein Unterschied, denn die Kinder sind noch unhöflicher als die Erwachsenen, deswegen haben sie es verdient, direkt getötet zu werden, denn sie werden einfach ohne Ende reden. Und wenn man sie schlägt, dann werden sie heulen und noch mehr reden. Sie schreien dann auch noch nach ihrer Mami, das nervt dann tierisch, das muss man einfach bestrafen. Der Junge hat doch keine Ahnung vom Kämpfen. Er hat es nur mit Ach und Krach hierher geschafft. Er hat bestimmt seine eigenen Teamkameraden hintergangen. Er meint das doch nur, damit wir auf diese dummen Ideen kommen und uns gegenseitig töten. Er ist ein böses Kind und ihm kann man nicht trauen, weil er ein Kind ist und die immer etwas Böses vorhaben." Der Mann ging mit Geschrei auf Max los. Doch dieser reagierte gekonnt und gab dem Mann einen Tritt. Dann fragte er: „Warum sollte ich böse Absichten haben? Ich warne euch doch nur, dass ihr verrückt werden könntet durch diese ganze Prüfung. Sie ist auf jeden Fall nicht normal, das kann ich euch versprechen, denn diejenigen, die so etwas machen, sind einfach nur dumm und schwach. Die eigenen Teamkameraden zu hintergehen, damit man selbst weiterkommt, ist einfach nur schlimm. Manche Menschen töten nämlich fast ihre ganze Mannschaft und sie bereuen das noch nicht einmal. Das ist doch einfach nur unverschämt. Und hier habe ich euch gezeigt, wer von uns beiden der stärkere Mann ist. Ich habe ihn besiegt, was sehr peinlich für ihn ist, da ich nur ein Kind bin." Da fragte einer der anderen Männer: „Aber was bringt es uns, das zu wissen, wenn wir hier gerade gegen Wölfe kämpfen müssen? Denn was du gerade gesagt hast, bringt uns gar nichts in diesem Kampf. Wir brauchen nicht solche kindlichen Freundschaftsreden, wir brauchen einfach nur mehr Kraft. Dann sage mir bitte einfach, wie man stärker wird, denn man muss hierfür stärker werden. Und man müsse ein Team sein, meinst du, aber manchmal ist ein Team unnötig. Das ist einfach nur das Dümmste, was man machen kann. Bei euch zu sein ist einfach nur dumm, man sollte nicht bleiben, denn ihr seid einfach nur Schwächlinge, die niemand braucht. Aber was am schlimmsten ist, ist, dass ihr einfach alle nur dumm seid und dass man hier alles alleine entdecken muss. Ihr helft nicht mit, ihr seid einfach nur dumm. Ihr seid hoffentlich alle nicht so doof, denn wenn ich der Einzige bin, der hier so schlau ist, werdet ihr verlieren. Ich hoffe doch, dass jemand schlauer als ich ist, denn ich werde hier nicht alles für euch herausfinden. Ich bin hier nicht der Professor, der alles macht, ich bin eher der Typ, der euch allen den Arsch retten wird, weil ich euch die Schwachstelle verraten habe."

Keiner hatte auf Max' Rat gehört. Alle haben gekämpft, ohne auf Max zu hören und Teams zu bilden. Sie dachten, dass sie stark genug seien, um alle zu besiegen. Ein paar meinten angeben zu können und kämpften mit einer Hand, doch diese starben dann durch die mutierten Wölfe, die sich genüsslich über die Leichen hermachten, während die normalen Wölfe immer wieder in größeren Gruppen kamen. Max kämpfte mit und gab einfach alles ohne nachzudenken, um in die nächste Prüfung zu kommen. Dann erkannte er das Problem der mutierten Wölfe: Sie waren blind. Max wusste nun, warum sie nicht direkt auf die Menschen zugingen – sie sahen sie nämlich einfach nicht. Sie hörten die Menschen erst, wenn sie sich bewegten, deswegen gingen sie nur auf Menschen los, die sich ihnen näherten. Sie machten sich auch nur über die Leichen her, weil sie das Blut rochen, das die Toten verloren. Max sagte laut zu den Menschen: „Leute, die Wölfe sind alle blind. Sie kämpfen nur gegen die Menschen, die auf sie zulaufen, weil sie deren Schritte hören. Und sie fressen die Leichen, weil sie sie riechen. Sie sind noch gar nicht auf Menschen losgegangen, die ruhig stehen." Jeder hatte gehört, was Max gesagt hatte, und jeder regte sich deswegen auf. Doch sie hörten auch von der Schwachstelle der Monster. Jeder versuchte, so leise wie möglich an sie zu kommen, doch jeder, der es versuchte, ist einfach nur gestorben. Da schrie ein Mann wütend: „Du bist ein Lügner, die sind ja gar nicht blind. Wie kannst du uns einfach so reinlegen, ohne selber enttäuscht von dir zu sein? Du bist einfach nur unverschämt. Du hast jetzt so viele Menschen auf dem Gewissen, das kannst du nicht glauben. Du bist ein Mörder und das ist nicht schön. Findest du das etwa zum Totlachen, wenn du über andere lachen kannst? Verstehst du es nicht? Du hast einfach so viele Menschen auf dem Gewissen, dir kann man nicht verzeihen, denn du bist einfach nur sehr dumm. Man macht so etwas nicht, denn das, was du gemacht hast, sind Dinge, die Mörder machen. Du hast jetzt deine eigenen Kumpanen getötet und dafür solltest du dich eigentlich schämen." Da meinte Max beleidigt: „Ja, es tut mir leid, ich habe doch nur gesagt, was ich gesehen habe, und das macht Sinn. Da brauchst du dich nicht zu beschweren. Ich finde es aber echt komisch, dass du dich nicht mal bedankst, denn ich habe euch allen diese Informationen gegeben." Da meinte der andere Mann wütend: „Du hast uns nur falsche Sachen gesagt. Ich wünschte, man hätte dir nie geglaubt, dann wären alle noch am Leben, aber du hast alles kaputt gemacht, indem du gesagt hast, die Wölfe seien blind." Da meinte Max zu seiner Verteidigung: „Was kann ich denn dafür, wenn die anderen nicht mal richtig schleichen können, um die Wölfe zu töten?" Max schlich sich langsam an die Wölfe heran, wobei der eine dann direkt zuschlug. Doch Max sprang auf den Arm des einen Wolfes, während der andere auch auf ihn einschlagen wollte, doch da übersprang Max einfach den Arm und lief ein paar Meter an demselben hoch, dann zerschlug er mit seinem Schwert beide Köpfe. Max gab dann an: „Siehst du das? So macht man das normalerweise. Nicht wie ihr, wie blutige Anfänger, ihr könnt einfach mal gar nichts, und du meinst, sie seien nicht blind. Man erkennt an ihren Augen, dass sie blind sind, denn die sind weiß. Sie können einfach nur verdammt gut hören, das ist das größte Problem bei ihnen. Also brauchst du dich nicht so aufzuregen und zu behaupten, dass ich euch reingelegt hätte. Ich habe doch nur versucht, euch zu helfen aber wie hätte ich ahnen sollen, dass die Wölfe sehr gut hören können? Ich bin doch nicht Gott, aber wenn du willst, kannst du mich so nennen." Da meinte der Mann verzweifelt: „Schön, dass du es geschafft hast, aber das Problem ist, dass wir es nicht schaffen können. Du kannst das und das ist sehr leicht für dich, aber wir sind nicht so stark wie du. Wir können dir hier nur zugucken und nicht mehr, denn wir können dir nicht helfen. Wir sind doch nur arme Schlucker, die nie trainiert haben, und schwach sind wir auch. Die Leute, die immer hinten sitzen und nichts machen können, egal was man machen soll. Wir sind nur eine Last für dich. Wir kämpfen nicht mit, denn sonst würden wir dir nur zum Tode verhelfen. Vertraue uns nicht, das willst du nicht als Kind, denn du hast noch so ein langes und schönes Leben vor dir, da darfst du es nicht einfach wegwerfen. Wir können nicht helfen." Da meinte Max: „Seid nicht solche Verräter. Wenn ihr kämpft und sterbt, dann seid ihr mit Ehre gestorben. Ich wäre dann stolz auf euch. Aber ihr seid Leute, die niemals ihr Leben für irgendetwas hergeben würden. Ihr seid einfach nur sehr gierige Menschen, die ihr eigenes Leben beschützen wollen. Das ist einfach nur das Schlimmste, was passieren kann." Da meinte ein Mann, der gerade aufgestanden war: „Wir können so etwas echt nicht durchziehen, denn wir werden hier sowieso sterben. Wir müssen im Kampf sterben, denn dann können wir sagen, dass wir etwas erreicht haben, aber das können wir nicht sagen, wenn wir einfach nur sehr schlau sind. Es ist doch eine Entehrung, wenn wir ein kleines Kind für uns kämpfen lassen, so etwas macht man nicht, denn wir sind echte Männer und werden wie echte Männer in die Schlacht gehen. Wer wird mit mir kämpfen?" Da sagte jeder, der noch lebte: „Ich werde kämpfen." Da meinte der Mann: „Wir werden alles für Max tun, denn er hat Recht gehabt und uns soeben beschützt. Wir erwarten ihren Ansturm, Herr." Da sagte Max lächelnd: „Ja, so gefällt mir das, wenn jeder nett zu mir ist und lächelnd in die Schlacht geht, so muss das sein. Denn sonst wäre es einfach nicht perfekt, wir sind aber Perfektionisten. Wir sind einfach die Besten und die Besten werden das schaffen. Also Männer, ab in die Schlacht." Jeder kämpfte hart. Viele Männer fielen zu Boden. Max meinte aber dann: „Los, Männer, wir werden das durchstehen, auch wenn wir schwer verwundet sind. Wenn wir das hier geschafft haben, sind wir gut, und das muss dann einfach sein. Wir müssen das einfach schaffen." Jeder Mann, auch wenn er schwer verwundet war, stand wieder auf und kämpfte weiter. Da meinte einer der Männer: „Los, Leute, als Team schaffen wir alles. Wir sollten immer zusammenarbeiten. Wir kommen viel besser voran als beim letzten Mal. Wir sind die Besten, wir können das, und zwar so mühelos, dass jeder eifersüchtig auf uns wird. Wir sind eine Gruppe, die versucht voranzukommen, und das werden wir auch schaffen, wenn wir uns anstrengen. Und das werden wir, so lange, bis Blut fließt." Sie kämpften dann so lange, bis sie alle Monster besiegt hatten.

Da drehte sich Max um und meinte zufrieden: „Männer, wir haben es geschafft, wir haben die Wölfe in die Flucht geschlagen, nein, wir haben sie getötet und sie werden bestimmt nicht mehr so schnell wiederkommen, denn wir sind die Auslöscher der mutierten Wölfe." Alle meinten dann: „Ja, der Junge ist der Knaller, ohne den hätten wir es bestimmt nie geschafft, egal, wie viele Menschen wir gewesen wären. Es ist einfach unglaublich, wie stark der Junge ist." Plötzlich aber spuckten alle Männer Blut und hörten nicht damit auf. Sie alle starben. Max fragte sich, was geschehen war. „Warum sind all diese Männer gestorben? Nichts hatte sie doch mehr geschlagen, das ergibt gar keinen Sinn, oder ist es das, was ich denke?" Max ging zu einem mutierten Wolf, fasste seine Krallen an und sagte: „Es ist so, wie ich dachte. Die Wölfe hatten Gift an ihren Klauen, deswegen sind alle gestorben. Das ist doch echt unmöglich und unfair. Ich bin erstaunt, dass sie das selber machen können. Ich frage mich, wie sie das geschafft haben, denn das ist doch eigentlich so gut wie unmöglich. Wie sollen es mutierte Wölfe schaffen, Gift auf ihre Krallen zu bekommen? Wie haben sie das Gift übertragen? Das geht doch gar nicht, sie haben es doch nur auf die Haut bekommen, oder? Ach ja, sie haben sich ja sehr oft verletzt und dabei haben sie sehr viel Gift abbekommen. Das ist wirklich sehr traurig. Hoffentlich hat wenigstens einer überlebt." Doch als er gucken wollte, ob sie noch leben, standen sie wieder auf. Max war zuerst glücklich, aber nach ein paar Sekunden merkte er, dass ihre Gesichter bleicher wurden. Er wusste, dass die Menschen mutiert waren. Er sagte dann: „Oh nein, oh nein. Das kann doch einfach nicht wahr sein. Genau in dem Moment, als ich gucken will, ob es noch Überlebende gibt, werden alle zu Zombies, die ich auch noch besiegen muss. Ich möchte lieber Dreck essen, als diese Zombies bekämpfen." Als Max gerade kämpfen wollte oder musste, sagten die Zombies: „Max, wir können nichts dagegen tun. Was sollen wir machen? Wir werden zu dir hingezogen, warum riechst du so lecker? Wir wollen dich essen." Da fragte Max: „Echt jetzt? Warum müssen sie noch ihre alten Gefühle besitzen? Das ist doch vollkommen ungerecht. Das darf man einfach nicht machen, denn das ist einfach nur schlimm. So etwas Übles sollte eigentlich niemandem zustoßen. Ich bin zum Glück noch gar nicht getroffen worden. Hoffentlich werde ich auch jetzt nicht getroffen, denn wenn ich gebissen werde, werde ich bestimmt auch zu einem solchen Monster und muss Menschen essen oder sterben, und das ist eben das Schlimmste, was mir passieren kann. Was noch sehr schlimm ist, und zwar genauso schlimm, ist, dass ich gegen meine eigenen Männer kämpfen muss, was so gut wie unmöglich ist und zu schwer, denn ich bin ein Mensch mit sehr großem Stolz. Ich werde sie bekämpfen müssen oder ich werde selber zu so einem Teil."

Max fing an anzugreifen. Doch als er tötete, sah er am Ende den Mann, der als Erster mit ihm gegangen war. Als dieser starb, wurde er kurzzeitig wieder zu einem Menschen und sagte: „Danke, dass du mich gerettet hast. Ich konnte mich einfach nicht mehr kontrollieren, ich wollte dich essen, aber das geht nicht. Ich wurde zum Glück getötet, und zwar von dir. Zum Glück hast du wenigstens überlebt und bist nicht gestorben. Ich wünschte, ich könnte viele Abenteuer mit dir erleben, aber jetzt bin ich eben tot." Der Mann weinte komischerweise, dann starb er. Max schrie weinend: „Ich werde es dir zeigen. Menschen haben ihr Leben dafür gegeben, dass ich das hier schaffe. Du bist zu böse. Man muss dich einfach zügeln, du bist einfach zu dreckig, man hätte dich schon längst absetzen sollen. Ich musste so viele Menschenleben hergeben, damit ich das hier schaffe, das war unnötig. Ich hätte das lieber nicht sagen sollen, weil sie dann nicht mit mir gekämpft hätten, und das hasse ich. Ich hätte sie niemals dazu auffordern sollen, an meiner Seite zu kämpfen, denn dann hätten sie wenigsten überlebt und ich wäre tot. Ich habe viele Leben gegeben, um das hier zu schaffen. Ich hätte eigentlich mein Leben geben sollen, damit die anderen überleben, aber ich war zu egoistisch. Ich sollte das bei meinen nächsten Freunden nicht so machen, weil sie sonst direkt sterben. Ich mache so oft Fehler. Ich sollte damit aufhören. Sie hatten auch Recht damit. Ich hätte sie einfach nicht dazu überreden sollen zu kämpfen, dann hätten sie wenigstens überlebt und ich wäre als Einziger gestorben. Ich hätte sie nie in diese

Situation mit hineinziehen dürfen. Ich hätte mit ihrem Leben nicht spielen dürfen, ich hätte darauf aufpassen müssen. Ich bin einfach nur dumm. Warum habe ich all das nur getan? Ich habe meine eigenen Männer getötet, weil sie einfach nicht mehr zu retten waren. Ich hätte sie so leicht retten können, aber ich habe es nicht getan, ich habe sie immer wieder dazu gezwungen aufzustehen und dann wurde es immer schlimmer und schlimmer, weil sie mehr Gift abbekamen. Ich hätte wirklich lieber sagen sollen, dass sie liegen bleiben sollen. Hätten sie dort weiter am Boden gelegen, wären sie gar nicht gestorben. Ich hätte wohl niemanden sterben lassen sollen, denn dann hätte ich eine Armee gründen können. Ich glaube, ich sollte lieber keine Freunde haben, weil ich sie sonst nur alle töten würde und das will ich nicht, denn ich bin ein Mensch, der seine Freunde nicht in Gefahr bringen will, und das ist auch gut so. Aber ich kann das einfach nicht, denn ich will meistens einfach nur, dass sie mitkämpfen, und dann entsteht das Problem. Man hätte mich nicht hierher schicken sollen, weil ich jeden behindere und töte. Obwohl ich nur gute Absichten habe, geht es dann schief. Ich hätte das einfach nicht machen dürfen. Sie hätten für sich selber kämpfen müssen, nicht für mich, dann wäre all das nicht passiert. Oder doch? Die Wölfe sind doch diejenigen, die sie angegriffen haben, und sie wären in jedem Fall gestorben. So sind sie im Kampf gestorben, und zwar in Ehre. Ich respektiere es, dass sie so etwas getan haben, denn es ist einfach nur wichtig. Meine Freunde wären sowieso an dem Gift gestorben, also ist es nicht meine Schuld, dass sie tot sind. Sie sind immerhin mit Ehre gestorben und man hat sie gewürdigt. Denn sie haben echt hart gekämpft. Das habe ich von Erwachsenen eigentlich gar nicht erwartet. Ich dachte, sie würden sich jetzt weigern, mit mir zu kämpfen, doch sie sind einfach so mit mir in die Schlacht gegangen, was sehr wichtig ist. Man sollte ihrer immer in Ehren gedenken. Denn sie waren auch noch glücklich, dass ich sie angeführt habe. Sie waren nicht wütend, dass sie nicht die Anführer waren. Sie haben mich als Freund angenommen. Das finde ich einfach nur gut. Ich hätte nicht erwartet, dass sie so etwas machen. Ich hätte eher gedacht, dass sie alle sogar mich töten wollten. Dieser eine verrückte Typ, der mich töten wollte, ist anscheinend auch unter den Toten. Ich frage mich aber, ob er überhaupt mitgekämpft hat, denn das würde man eigentlich nicht tun, wenn man geschlagen wurde. Aber was soll ich nur sagen? Das war Notwehr, sonst hätte der mich allen Ernstes getötet."

Max war komischerweise gar nicht blutbefleckt. Da meinte er: „Ich hatte echt Glück, dass ich nicht schmutzig wurde, denn es ist ganz schön schwer, mit einem sauberen Shirt durch die ganze Prüfung zu gehen und es ist ekelhaft, wenn du die ganze Prüfung mit einem schmutzigen Oberteil machen musst. Dann muss man die ganze Zeit in etwas Schmutzigem kämpfen und du hast ja auch nicht genug Zeit, denn wenn du dich gerade umziehen willst, hast du Angst, dass man dich direkt teleportiert. Das ist echt komisch, dass ich gerade ein Selbstgespräch führe, weil einfach niemand hier ist. Ich hasse es, alleine zu sein, das ist für mich nämlich sehr schlimm. Wenn ich alleine bin, werde ich langsam verrückt und führe Selbstgespräche."

Als Max weiterging, stand einer der Zombies auf. Max wollte gerade sein Schwert ziehen und ihn töten. Er dachte, er hätte zu spät reagiert, weil der Zombie schon auf ihn losging. Er hatte Angst, er wusste nicht mehr, was er tun sollte, deswegen gab er dem Zombie einfach einen Stoß mit seinem Knie in den Magen. Bevor der Zombie auf den Boden fiel, spuckte er noch eine Menge Blut aus und traf Max. Dieser konnte es nicht fassen. Aber nach dieser Spuckerei fiel der Zombie tot um. Max meinte nur erstaunt: „Wie ekelhaft war das denn? So etwas geht doch gar nicht. So etwas ist vollkommen unnormal. Toll, jetzt sind meine Klamotten schmutzig und mir geht es schlecht. Das ist doch einfach nur ekelhaft. Der Zombie musste ja unbedingt aufstehen und noch nicht ganz tot sein. Warum musste er dann aber auch noch Blut spucken? Meine Kleidung war mal sauber und warum muss es unbedingt dieses Vieh sein, das meine Klamotten beschmutzt? Warum? Man erwartet so etwas einfach gar nicht, das ist doch nicht menschlich. Das, was auf mich gespuckt hat, war ja auch kein Mensch, deswegen hätte ich auch keine menschliche Reaktion erwarten sollen. Man denkt, es sagt: Es tut mir leid, ich werde dich jetzt nicht zu fressen versuchen, ich werde in die andere Richtung kotzen. Wenn du willst, kannst du einen Tee trinken und etwas mit mir essen, und zwar etwas Veganes. Das wäre dann einfach keine normale Welt mehr, denn so etwas macht man nicht. Aber ich weiß ja nun auch nicht, was Zombies denken. Vielleicht denken sie ja, ich sei eine Aubergine. Ich verstehe Zombies jedenfalls nicht, denn das ist einfach zu schlimm. Ich würde auch nicht wirklich gerne Zombies verstehen, weil sie einfach nur verrückt und richtig ekelhaft sind. Ich finde sie richtig ekelhaft. Ich finde es auch schlimm, dass es hier überhaupt Zombies gibt, denn die machen deine besten Verbündeten zu den schlimmsten Feinden und das ist nicht schön. Man macht so etwas doch nur in Experimenten. Das ist doch echt komisch, dass sie unbedingt hier Zombies einführen. Sie machen einfach jeden zu Zombies und das mag ich nicht wirklich, das ist nämlich zu schlimm wenn deine Freunde Zombies werden, denn dann muss man sie töten, weil sie als Zombies dich töten wollen. Sie wollen Menschen fressen und das ist einfach nur schlimm, aber die Menschen, die dann gebissen werden, werden auch zu Zombies. Deswegen wird es so viele von denen geben, dass man sie gar nicht mehr zählen kann, und das ist einfach nur verrückt. Man will doch nicht mehr Zombies machen, denn dann werden sie bald die Welt überfluten und jeder Mensch wäre ein Zombie. Diese Seuche ist wirklich sehr schlimm. Denn diese Seuchen verbreiten sich, aber niemand unternimmt etwas dagegen, das ist zu komisch. Vielleicht werden in der Prüfung ja unbekannte Seuchen genutzt und die Entwickler wollen das der Welt nicht mitteilen, weil sie nicht wollen, dass die Menschen geheilt werden."

Komischerweise kamen plötzlich Gedärme von oben angeflogen. Seine Kleidung wurde wieder blutbefleckt. Max konnte nicht anders: Er musste sich übergeben. Noch nie überkam ihn so eine Übelkeitswelle. Noch nie hatte er Blut von Menschen gesehen, außer bei Schnittwunden. Max konnte das Blut auch nicht ausstehen, denn es stank so ekelhaft. Max fragte sich, als er sich genug übergeben hatte: „Was sollte das denn? Ist das dein Ernst,

Prüfung, das ist einfach nur langweilig und uninteressant. Warum sollte es schon so schlimm sein, dass ich kotze? Ich bin ein starker Junge und das hilft nicht gegen mich, denn ich bin einfach nur stark. Mich macht so etwas noch lange nicht so schnell runter. Ich habe auch schon Schlimmeres erlebt, als so etwas, das ist einfach nur schwach und schlecht. Ich habe zwar noch nie so viel Blut gesehen, aber ich sage dir, ich werde mich daran gewöhnen. Damit trainierst du mich nur dazu, noch stärker zu werden und meine Ängste zu besiegen. Du prüfst mich nicht, du trainierst mich eher. Du bist einfach nur schlecht." Als er aus dem Fahrstuhl rauskam, war seine Kleidung wieder sauber. Max sagte dann: „Ich wollte schon fast sagen, dass es einfach nur unglaublich ist, wie schmutzig sie sind, und dann wollen sie noch nicht mal meine Klamotten saubermachen. Es ist einfach zu schlimm, dass man in so einer Prüfung direkt zu einem Tier werden muss, um zu überleben. Aber ich will, wenn ich die Prüfung mache, sauber bleiben. Ich hasse es, wenn ich mich umziehen muss, und ich hasse es, wenn ich duschen muss, ich aber nicht duschen kann, weil es hier keine Dusche gibt. Ich finde es aber auch echt komisch, dass sie überhaupt so etwas machen, weil das so unnötig ist. Ich finde es auch einfach nur dumm, dass sie immer etwas Unerwartetes machen. Dass nämlich Gegner zu dem Fahrstuhl kamen, war doch einfach nur klar. Ich finde es aber trotzdem gut, dass sie mich dann saubergemacht haben, denn sonst wäre ich wütend und hätte diese Prüfung angeklagt. Ich finde es auch gut, dass in meinem Gesicht kein Blut mehr klebt, denn das finde ich auch ekelhaft und widerwärtig. Ich finde, man sollte hier Duschen einbauen, damit niemand mehr schmutzig ist. Bestimmt beschweren sich auch viele, dass hier keiner sauber gemacht wird. Es ist doch einfach nur ekelhaft, mit blutigen Klamotten zu kämpfen, die dann auch noch schwerer werden. Wenn dein Oberteil Blut aufsaugt, ist es schwerer zu kämpfen. Ich finde es einfach nur schlimm, dass es hier keine Duschen gibt. Man braucht mich nicht zu säubern, das kann ich selber. Ich will eigentlich nur, dass man uns alle hier mit Duschen versorgt. Das wäre besser und nicht mehr so aufwendig. Man sollte jemanden doch nicht einfach so beschmutzen. Man sollte auch nicht solche Aufgaben machen, bei denen man so schmutzig wird. Ich finde es auch noch schlimm, dass die Prüfung immer so verwirrend ist. Immer sind so viele Gegner da. Das ist doch wirklich nur unmöglich. Ich erwarte von der Prüfung, um ehrlich zu sein, etwas mehr Disziplin und Ordnung und nicht nur überall Blut. Das ist eine sehr gute Empfehlung an euch, denn die Menschen behindern sich nur gegenseitig, das ist auch das Schlimme an Menschen. Habt ihr nicht gerade gesehen? Ich habe fast mit jemand anderem gekämpft. Das wolltet ihr nicht so, deswegen macht es so, wie ich es gesagt habe.

10. Kapitel

Freunde für immer?

Es gab eine laaaaaaaange Schlange. Max versuchte die ganze Zeit über, sich vorzudrängeln, was aber von einem Jungen verhindert wurde. Dieser stand vor ihm und war in seinem Alter. Max sagte: „Hi, ich heiße Max, wie heißt du denn? Ich weiß nämlich gerne, wie die meisten Menschen hier heißen, auch wenn es ein dummer Name ist. Wie geht es dir?" Da meinte der Junge unhöflich: „Geh weg von mir, du bist ein Freak." Da fragte Max ihn: „Haben deine Eltern überhaupt erlaubt, dass du an dieser Prüfung teilnimmst? Und das, was du da gerade gesagt hast, war nicht sehr höflich von dir, es war sogar eine schlimme Beleidigung. Ich finde es echt komisch, dass du mich so beleidigst, obwohl ich dich nur nett angesprochen habe. Ich versuche, nett zu sein, und du redest dann so." Der Junge antwortete: „Haben deine Eltern überhaupt erlaubt, dass du an dieser Prüfung teilnimmst? Sie ist sehr gefährlich, sogar zu gefährlich. Also frage mich nicht, ob meine Eltern das erlaubt haben, weil es eben nicht so ist. Ich weiß selbst über alles Bescheid, da braucht mir niemand etwas zu sagen. Ich finde es aber auch sehr ungerecht, dass man mich einfach so anspricht." Max antwortete sehr ehrlich und kichernd: „Nein. Und das finde ich auch nicht schlimm. Den Grund brauchst du nicht zu wissen, genau, wie du es zu mir gesagt hast." Jetzt lachten beide. Max fragte: „Wo und was ist deine Waffe? Das interessiert mich sehr, du trägst nämlich keine. Du sagst zu mir, dass hier alles gefährlich werden kann, dabei hast du noch nicht mal eine Waffe bei dir, aber korrigiere mich, wenn du doch eine hast oder wenn du mit deinen Händen ums Überleben kämpfst." Der Junge sagte enttäuscht: „Ich habe gar keine Waffe. Sie wurde mir auf dem Weg hierher gestohlen. Ich konnte mich nicht wehren, denn sie kamen von hinten. Jetzt muss ich mich kampflos den Monstern stellen, und das ist schlimm. Wer erwartet so etwas denn schon? Ich finde es einfach zu schlimm, dass man meine Waffe gestohlen hat, denn nun bin ich sehr verängstigt, weil ich mich nicht richtig verteidigen kann, aber was soll ich denn machen? Ich werde einfach so sterben, ohne zu kämpfen und ohne einen Schlag ausgeführt zu haben. Das ist traurig, denn ich wollte unbedingt Himmelskrieger werden, um reich zu werden, und das ist ja das Schlimme daran." Max sagte: „Das ist kein Problem für mich, denn ich habe eine Feuerkugel. Wenn du die isst, kannst du Feuer bändigen. Und die Kraft, die du dann bekommen wirst, ist bestimmt gut, vertraue mir. Ich habe diese Informationen von dem Quest-Geber vom Central City bekommen." Der Junge sagte: „Aha, und wie soll ich dir das glauben? Wir kennen uns nicht mal länger als zehn Minuten. Da kann ich dir nicht vertrauen. Und du willst mich doch sowieso nur reinlegen, weil es gar keinen Mann gibt, der Aufgaben verteilt. Du bist doch einfach nur ein Lügner, dir kann man nicht vertrauen und das ist schlimm." Max sagte: „Vertrau mir einfach. Ich bin dein Freund und Kumpel, wie kannst du mir nicht vertrauen? Ich will doch nur das Beste für dich. Ich will dich doch nicht verletzen. Ich will nicht, dass du stirbst. Ich weiß, dass du es kannst und dass in dir etwas steckt. Also nimm jetzt diese Kugel und iss sie. Oder willst du keine Kräfte, die dir das Leben retten werden? Das wäre dann nämlich sehr schlimm für dich, weil du dann von den Monstern getötet wist. Du musst also dieses Risiko wagen und die Kugel essen, sonst wirst du zerfleischt. Stell dir doch mal vor, was du dann so alles machen könntest."

Der Junge sagte: „Wie soll ich die fette Kugel denn essen? Ich bin doch kein Tier, das seinen Mund dehnen kann. Wofür hältst du mich überhaupt, wenn ich fragen darf? Du hältst mich doch nicht für minderwertig? Das wäre echt beleidigend und nicht nett für einen Freund. Ich vertrau dir einmal und da behandelst du mich wie ein Tier. Das finde ich echt sowas von ungerecht. Und wie hast du diese Kugel überhaupt bekommen? Ich finde es wirklich kompliziert, dieses Teil zu essen." Max sagte: „Keine Ahnung, wie du das machen willst. Lutsch die Kugel einfach. Das macht mir nichts aus. Hauptsache, du hast sie im Mund. Aber ich warne dich, ich habe keine Ahnung, was für eine Kraft sie enthält. Du solltest aufpassen, es kann sein, dass dieses Teil vergiftet ist oder so, denn der Mann hatte mich schon vorher einmal reingelegt, aber nicht damit. Da habe ich einfach ein Gefühl dafür. Ich mag es einfach, nett zu sein. Ich finde es gut, dass wir hier sind, aber ich finde es sinnlos, dass du hier einfach teilnimmst, obwohl du gar keine Waffen oder eine Ausrüstung hast. Ohne Waffen sind deine Hände hilflos. Ich bin einfach erstaunt, dass du das gemacht hast. Aber wie auch immer, wir müssen das überleben oder wir haben alles verloren, was uns lieb ist. Ich wette mit dir, es gibt sehr viele böse Leute, die uns direkt abmurksen. Aber dieser Mann ist nicht schlecht, er ist einfach nur cool. Ich finde es genial, was er so alles getan hat, und er kann echt gut Leute belügen, aber glaube mir ruhig, er ist ein sehr netter Mensch und vor ihm brauchst du keine Angst zu haben." Der Junge schrie auf: „Ah!!! Ich habe verstanden, dass wir es gemeinsam schaffen müssen. Aber die Kugel ist ja sehr scharf, wie eine Chilischote, du hast mich jetzt richtig verarscht. Nicht du, sondern dieser Typ, von dem du mir erzählt hast, und du redest etwas zu viel. Ich glaub nicht, dass das, was du mir gegeben hast, viel bewirkt hat. Dir glaube ich nie wieder. Das ist ja eine richtige Verarsche. Okay, sag die Wahrheit, wo sind die Kameras, die hier alles filmen? Sag mir wo, damit ich sie zerstören kann. Bestimmt sind hier Kameras und die Leute lachen mich aus, weil ich das Ding, das du mir gegeben hast, gegessen habe. Du bist echt ein Witzbold. Ich hätte dir nicht vertrauen dürfen. Du bist ein sehr großer Lügner, der viel redet." Max antwortete: „Es gibt hier keine Kameras, du Dummkopf. Es ist hier purpurroter Himmel. Wie soll es hier Kameras geben, wenn es hier noch nicht mal Wände gibt, an die man sie hängen könnte? Echt, wie kann man denn so dumm sein? Und ich verrate meine Freunde nicht, sondern helfe ihnen mit allen Mitteln, die ich zur Verfügung habe. Ich bin nicht so eine kleine Ratte, die ihre Freunde aus dem Hinterhalt angreift, damit sie selbst weiterkommt." Der Junge sagte: „Dir werde ich es zeigen. Ich hasse es, wenn Leute mich dumm nennen und mich reinlegen. Ich bin nicht mehr dein Freund, weil du mich …"

Weiter redete er nicht, denn er fiel in Ohnmacht. Nach etwa fünf Minuten stand er wieder auf: „Du hast mich ja richtig verarscht und mir ein Gift gegeben. Ich hätte dir wirklich nicht trauen sollen. Das war einer meiner größten Fehler. Ich werde bestimmt bald sterben wegen dieses Giftes, bestimmt werde ich in ein paar Stunden sterben. Ich habe noch nicht mal ein Gegengift. Warum habe ich dir nur vertraut, ich Dummkopf? Warum habe ich es nur getan? Es ist genau, wie meine Mutter gesagt hatte, ich soll Fremden nicht einfach so vertrauen, weil sie einen direkt umbringen können. Ich werde ab jetzt alles alleine machen, egal was jetzt passiert, ich werde auf jeden Fall niemandem hier mehr vertrauen, sei es einem sehr netten Menschen oder einem sehr bösen." Max sagte: „Wie, ich habe dich verarscht? Ich habe dir nur die Feuerkugel gegeben, damit du endlich dieses schlimme Feuer bändigen kannst. Das dauert ja echt lange. Du kannst jetzt wirklich Feuer bändigen. Ich lege dich doch nicht einfach so rein, da müsste ich mir schon etwas anderes einfallen lassen. Die Sache ist bestimmt einfach. Versuche es mal. Konzentrier dich genau auf etwas. Vielleicht kannst du es dann in Brand stecken. Aber bitte nicht mich. Oder irgendeinen anderen Menschen, denn das könnte gefährlich werden. Sie könnten dich dann rausschmeißen." Der Junge sagte: „Von mir aus. Auf welchen Gegenstand soll ich mich konzentrieren? Ich habe auch Lust, dich in Brand zu setzen. Aber das werde ich nicht machen, weil ich Mitleid mit dir habe. Ich habe keine Ahnung davon. Ich konzentrier mich mal auf den Boden. Der Boden kann zwar nicht brennen, aber es soll Feuer auf dem Boden entstehen. Hoffentlich brennt der Boden nicht so gut." Und keine Sekunde später entstand ein Feuer auf dem Boden. Max sagte: „Habe ich dir das nicht versprochen? Jetzt bist du aber hin und weg. Ich habe es dir doch gesagt. Ich bin kein Lügner. Ich bin ein ehrlicher Junge, warum sollte ich lügen? Ich bin doch kein Verräter. Verräter sind nur dumme Leute, die jemanden töten wollen. Du bist ein wahrer Freund, ich mag dich, denn du ähnelst mir irgendwie sehr. Ich hatte sehr wenige Freunde.

Außerdem hasse ich es, wenn Leute jemand anderen anlügen. Ich hasse es, angelogen zu werden. Wer hasst das schon nicht? Ich will einen ehrlichen Freund, der mich nicht anlügt und mit dem ich spielen kann. Aber egal, ich will jetzt nicht von meinen Gefühlen sprechen, denn das ist langweilig." Der Junge sagte weiter: „Das ist das Beste, was mir überhaupt passiert ist. Darüber bin ich glücklich. Was soll ich jetzt denn überhaupt machen? Ich bin einfach nur glücklich. Ich weiß nicht, wie ich dir danken soll. Entschuldige, dass ich dich für einen Lügner gehalten habe. Du bist wirklich keiner. Du bist ein sehr guter Freund. Ich bin ein sehr dummer Mensch und wollte dir schon fast nicht vertrauen. Aber dieses Mal habe ich es genau richtig gemacht und dir vertraut. Ich bin ja so ein schlauer Junge. Was sollen wir jetzt überhaupt machen? Mir ist nämlich langweilig. Diese Umgebung sieht so langweilig aus, da muss ich einfach irgendwo etwas verbrennen. So eine Lust habe ich. Und ich hasse auch Leute, die lügen, denn die sind einfach nur Verräter und ich hasse solche Leute, denn die sind einfach nur dumm. Aber wen interessiert das schon, Hauptsache du bist nicht so eine Ratte. Du bist einfach nur nett und nicht böse." Max sagte: „Warte mal einen Augenblick. Mir ist genauso langweilig, dass ich schlafen möchte. Was sollen wir machen? Wir haben noch eine lange Schlange von Leuten vor uns. Da müssen wir doch irgendwas machen können, das uns beschäftigt. Sonst werden wir uns während des Wartens langweilen. Ich möchte irgendetwas Aktives machen, damit ich meine Kraft rauslassen kann. Aber was soll ich denn machen? Ich habe sehr viel Ahnung von jeder Sache. Aber was am wichtigsten ist, ist, dass wir aktiv sein müssen." Der Junge sagte: „Du musst ja wirklich etwas auf 180 rauslassen. Das wird dann aber sehr heftig. Dann wirst du die Welt dreimal oder viermal zerstören und dann müsste ich dich töten, weil du sonst alles Leben auslöschen würdest und du kein Mitleid besitzt. Die Starken trauen sich meistens alles zu, egal was es ist, und dann sterben sie, weil sie sich so vieles eingebildet haben." Max fragte: „Ich verstehe nicht, was du meinst. Ich habe es zwar gesagt, aber nicht so wie du. Ich nehme es ernster als du. Ich verstehe gar nichts mehr. Du willst jetzt kindisch sein." Der Junge sagte: „Hallo, kapierst du diesen genialen Witz nicht? Es muss hier furchtbar stinken, wenn du alles auf 180 rauslässt. Dann würde hier alles in die Luft gehen und das wortwörtlich, und das wäre für uns alle nicht schön." Max sagte: „Kapier ich immer noch nicht, wie meinst du das?" Der Junge antwortete: „Ja, ich meine das Teil, an das du denkst. Das immer so einen fürchterlichen Gestank auslöst und das aus unbekannten Gründen." Max sagte: „Ach so, dann ist das, was du meinst, gar nicht so schlimm. Denn du meinst ein Rennauto. Das ist doch eigentlich ganz cool, finde ich. Es ist nämlich superschnell. Ich verstehe nicht, was daran lustig ist. Egal. Was sollte ich nur ohne Rennautos anstellen? Ich habe zwar keinen Führerschein, aber egal. Ich will zumindest einmal in meinem Leben ein Rennauto gefahren sein. Dann wäre ich stolz, was ich alles in meinem Leben so vollbracht habe. Das würde dann bedeuten, dass ich berühmt wäre oder Rennfahrer. Aber ich finde auch, dass Leute, die berühmt sind, viel zu viel verdienen und das sogar ohne Recht. Sie kaufen sich einfach solche sinnlosen Sachen wie zum Beispiel ein Unterlavatauchset, das man nie braucht, und dann holen sie sich noch Lava, was auch unnötig ist." Der Junge sagte zu Max enttäuscht: „Du bist echt dumm. Ich meinte damit, dass du dann richtig furzen musst, aber du kapierst ja Witze so wenig wie ein Stück Schokolade. Du bist auch so dumm wie Brot. Was soll ich nur mit dir anstellen? Welchen schlauen Freund sollte ich sonst haben, der wenigstens meine Witze kapiert? Ich will keine dummen Freunde, denn die haben irgendwie immer nur sinnlose Sachen im Kopf, die sie dann echt in die Tat umsetzen wollen." Max sagte: „Ach so, du meintest damit furzen, jetzt habe ich deinen Witz kapiert. Der ist ja nicht so richtig witzig. Ich kann bessere Witze als deine, die nicht mal eine Bronzemünze wert sind. Du bist nicht witzig und wirst nie ein Hofnarr. Du wirst nie jemanden zum Lachen bringen, selbst wenn du die wichtigsten Witze der Welt draufhättest, niemand würde darüber lachen, denn du hast kein Witzgesicht." Der Junge entgegnete: „Ich will auch kein Hofnarr werden, sondern ein berühmter Fußballspieler. Dazu brauche ich nicht besonders witzig zu sein. Ich kann auch sehr lustig sein, ich muss nur wollen. Es liegt nicht am Können, jeder hat genau dasselbe Talent, man muss einfach nur wollen, dann kann man es schon. Das hat mir jedenfalls meine Mutter immer vor dem Einschlafen gesagt. Das war mal sehr schön, als ich ihr gesagt habe, ich könne die Schule nicht schaffen. Da hat sie mir dann gesagt, man kann alles, Hauptsache man will es. Das habe ich getan und dann habe ich die Schule sehr leicht geschafft. Das ist cool, dass man in unserer Stadt nur vier Jahrgangsstufen hat. Die Schule ist auch ganz leicht. Ich will dir damit nur sagen, dass ich gute Witze erzählen kann, wenn ich will. Also bin ich sowas von genial, dass ich fast alles machen kann, was ich nur will. Aber mit dem Fliegen klappt das auf jeden Fall nicht. So übertrieben geht das nicht. Damit habe ich schon Erfahrung, weil ich das schon einmal selbst versucht habe. Dabei bin ich heftig auf den Boden gefallen und habe mir meinen Fuß gebrochen. Das war schmerzhaft. Ich musste ins Krankenhaus. Aber es tat nicht so weh, wie ich dachte. Es war jedenfalls nicht schmerzhaft während meiner Narkose. Ich habe dort sehr friedlich geschlafen. Das hat mir sehr gutgetan. So musste ich mich einfach mal ausschlafen. Das war eine sehr schöne Erinnerung, außer die Stelle, als ich mir meinen Fuß gebrochen habe. Ich mag einfach dieses Knacksen des Fußes nicht. Das finde ich eklig." Max sagte: „Ich verstehe nicht, warum du dieses Geräusch nicht magst. Ich finde eigentlich nichts Ekelerregendes daran. Du bist einfach die Art von Mensch, die nichts mag und alles hasst. Du bist ein negativ denkender Mensch und du bist einfach sehr gemein. Niemand wird dich so mögen, wie du gerade bist. Niemand wird dich dann je ernst nehmen, wirklich niemand, denn niemand mag solche Leute, die andere immer nur demotivieren." Der Junge sagte: „Nein, das stimmt gar nicht. Du sagst Dinge, die gar nicht stimmen. Das ist jetzt aber richtig doof. Kaum haben wir uns angefreundet, gehst du auf mich los. Wenn ich will, kann ich auch nett sein. Und ich dachte, du wärst mein Freund. Du bist ein schlechter Freund. Niemand würde so einen Freund wie dich haben wollen. Weißt du denn überhaupt, warum?" Max antwortete: „Nein, warum sollte ich denn nicht dein Freund sein? Weil Baum oder wie? Das ergibt auch am meisten Sinn. Die sinnlosesten Antworten machen manchmal am meisten Sinn, das ist aber auch irgendwie sinnlos. Ich rede schon wieder irgendwelche sinnlosen Sachen." Der Junge antwortete: „Nein, doch nicht deswegen, das würde überhaupt keinen Sinn ergeben. Du redest zu viel. Weil wir uns nicht mal kennen, ist die richtige Antwort. Du hast mir noch nicht mal deinen Namen verraten, deswegen bist du ein schlechter Freund. Ein guter Freund hätte seinen Namen am Anfang gesagt. Ansonsten kennst du den Namen des Mannes oder des Jungens nicht, den du angesprochen hast, und das ist sehr schlecht." Max sagte: „Wir kennen uns doch. Wir haben uns gerade kennen gelernt. Oder erinnerst du dich nicht daran, du vergesslicher Idiot? Und ich dachte, du wärst schlau. Ich verstehe nicht mal, was du damit genau meinst." Der Junge sagte: „Ich bin sehr wohl schlau. Du bist wirklich kein echter Freund, denn ich kenne nicht mal deinen Namen. Wir haben die ganze Zeit über irgendetwas anderes geredet, das keinen Sinn gemacht hat. Mich interessiert es sehr, wie du überhaupt heißt. Wir sind Freunde, obwohl wir uns nicht mal kennen." Max sagte: „Oh, ich habe mich gar nicht vorgestellt, ich bin einfach so vergesslich und dumm. Das passiert mir in letzter Zeit sehr oft. Wenn du meinen Namen nicht erfährst, ist das sehr schlecht für dich, denn dann finden wir uns nicht wieder und können nicht mehr im Team zusammen kämpfen. Dann verlieren wir und sind wieder ganz am Anfang. Das wäre richtig schlecht. Dann sterben wir vielleicht sogar. Dann gibt es keinen Spaß mehr für uns. Dann gibt es nichts mehr, was wir tun können. Und das wäre echt schlimm, denn ich brauche einfach Freunde, sonst habe ich gar keine Freunde, die mir helfen können, oder Leute, denen ich helfen kann, das ist dann einfach nur sehr traurig. Ich will nicht zu deiner Beerdigung gehen, weil wir als Team sterben müssen." Der Junge sagte: „Hallo, du lenkst vom Thema ab. Du sagst die ganze Zeit, wie schlimm es wäre, wenn wir unsere Namen nicht wissen, aber deinen Namen sagst du mir nicht. Sag doch verdammt noch mal deinen Namen. Sag ihn einfach, es kann sonst sehr schlimm werden. Okay, dann nenne ich zuerst meinen Namen. Das kann ja nicht so schwer sein. Also, ich bin zwölf Jahre alt und heiße Leon. Oh Mann, das kommt mir irgendwie dumm vor. Weißt du, warum? Ich komme mir wie in einem Kindergarten vor. Deswegen ist mir langweilig. Also, was machen wir nun? Ich glaube, die einzige vernünftige Sache, die wir machen können, ist uns zu langweilen." Max antwortete: „Eh weißt du was? Mein Vater war ein berühmter Himmelskrieger. Er hatte eine Bestimmung. Er hat sich geopfert, damit er die Welt retten konnte. Ohne ihn wären wir gar nicht hier. Ohne ihn könnten wir nichts machen. Das wäre dann sehr traurig. Mein Vater hat alles gegeben, damit die Welt heute noch besteht. Das ist gut. Die ganze Welt erzählt Geschichten über ihn, als wäre er noch am Leben. Ich bin so stolz auf ihn. Das ist sowas von cool. Wir leben trotzdem wie normale Stadtbewohner. Das finde ich nicht wirklich schlimm. Ich bin sogar froh darüber. Es regt mich nämlich auf, wenn jetzt jemand sagt: ,Oh, mein Herrscher, was soll ich tun? Ich würde mein Leben für euch aufs Spiel setzen.' Ja, sowas würden sie sagen. Weißt du, warum mich das aufregt? Weil mein Vater die Welt gerettet hat. Da muss ich es auch machen. Und es regt mich auf, weil ich nicht höher als jeder andere sein möchte. Dann ist es sehr schwer, mit anderen Kindern zu spielen, weil ich vergöttert werde. Und da habe ich richtig Mitleid mit den Armen. Aber das Gute daran ist, ich werde dann vergöttert und kann auch Armen etwas spenden. Das finde ich sehr cool. Hauptsache, niemand auf der Welt stirbt einen grausamen Tod. Ich kann auch nicht zusehen, wenn jemand so stirbt. Dann muss ich fast immer weinen. Ich denke auch an die anderen Kinder." Leon sagte: „Okay, das interessiert mich gar nicht, aber egal. Sag verdammt doch mal einfach nur deinen Namen. Wie heißt du denn? Peter, Hans oder Marek? Sag ihn einfach nur, ich will ihn wissen, damit ich dich jedes Mal wieder-finden kann. Dann können wir auch diese verdammte Prüfung schaffen. Sag mir deinen Namen." Max sagte: „Okay, ich sage meinen Namen. Werde doch nicht so aggressiv! Das ist schlecht. Beruhige dich doch." Leon sagte: „Okay. Kannst du mir dann bitte deinen Namen sagen, es ist nämlich sehr wichtig." Max sagte witzig: „Du Dummkopf, ich weiß doch selber, dass es so wichtig ist. Und deswegen rastest du direkt aus. Das ist aber nicht gut. Das ist gar nicht gut. Sag doch bitte etwas, was ich noch nicht weiß. Ich wusste bis jetzt alles, was du mir gesagt hast. Sag etwas, was wichtig ist. Ach ja, ich wollte nicht vom Thema abkommen. Ich heiße Max. Ist doch gut, dass ich Max heiße, oder?" Leon sagte: „Nein, ist es zwar nicht, aber endlich hast du deinen Namen gesagt. Das hat so lange gedauert. So lange, dass ich schon dachte, dass die Welt bald untergeht. Das war doch gar nicht so schwer, oder? Das ist gar nicht schlimm und ich kapier es immer noch nicht, warum du deinen Namen nicht direkt gesagt hast. Du bist einfach ein Meister im Ablenken." Max sagte: „Was? Ich sollte einfach nur die ganze Zeit meinen Namen sagen? Ich sag dir meinen Namen. Ich heiße Max. Die ganze Zeit wolltest du meinen Namen wissen, was ich Dummkopf nicht wusste. Hätte ich das nur gewusst, hätte ich ihn dir wie aus der Pistole geschossen gesagt, aber jetzt habe ich ihn dir ja schon gesagt. Unser größtes Problem jetzt ist ein so schreckliches, dass ich gar nicht darüber reden will, denn es ist das der Langweile. Das ist ein Horror. Das ist wirklich so schrecklich, denn damit ist es möglich, die Zeit zu verlängern. Oder sogar die Zeit zu verlangsamen, dann kann dich jeder sehr schnell fertigmachen. Spaß, ich hab dich reingelegt. Ich lach dich jetzt sowas von aus, dass ich lachen muss. So etwas gibt es gar nicht, aber du musstest es ja glauben. Bist du leichtgläubig! Und ich dachte, du fällst nicht darauf herein. Aber das bist du doch. Ich kann leider nichts gegen deine Dummheit tun. Tut mir leid, aber Sie sind hirntot und daran kann man nichts ändern. Sie dummer Patient, wir bringen Sie in die Klinik, in der Sie für immer bleiben werden. Das ist gut. Dann können Sie dort drinnen ihr Unwesen treiben und das bedeutet dann, dass Sie niemanden mehr verletzen dürfen. Das dürfen Sie sowieso nicht tun, aber egal, Sie sind ja schon so dumm, dass Sie nichts von dem kapieren, was ich sage. Wenn doch, sprechen Sie mir jetzt nach: Ich bin dumm und ein Verrückter, der fast jeden verletzt, was mich aber einen Dreck interessiert, denn ich kapiere trotzdem nichts, selbst wenn der schlaueste Doktor der Welt versucht, mich zu unterrichten. Und jetzt sind Sie Herr Wahnsinniger." Leon meinte: „Du bist nicht der beste Doktor und kannst mich nicht unterrichten, sondern einfach nur so schlecht, wie ein Korn groß ist. Das ist das Besondere an dir. Du kannst nichts, außer schlecht sein, um andere dann auch noch schlechter zu machen. Damit stehst du den Menschen sehr im Weg. Man will dich überfahren, aber du bist einfach unzerstörbar und damit eines der größten Probleme der Welt. Du hältst dich für superschlau, was du aber nicht bist. Du verletzt, obwohl du das gar nicht willst. Das ist auch eines der schlimmen Dinge an dir. Sehen wir es mal so. Du bist mein Patient im Irrenhaus. Also, was liegt Ihnen auf der Seele? Sind Sie einfach nur dumm oder was? Sie machen wohl schlechte Witze. Sie leiden auch unter der Schlechte-Witze-Krankheit. Das ist sehr schlecht, denn dann können Sie nur noch schlechte Witze machen und auch keine Frau haben. Dann hat auch die Geschichte kein Happy End mehr für Sie. Das ist doch wohl scheußlich, denn ich bin einer der besten Ärzte. Das würde meine Arbeit schlechtmachen. Deswegen vergraben Sie sich selbst." Max meinte enttäuscht: „Ja was meinst du denn? Du bist doch mein Patient, wie sollst du dann der Chefchirurg sein? Ich bin doch hier der Boss. Dumm oder was? Du bist wohl ein sehr verrückter Patient. Aber egal, das lass ich noch gelten, und zwar meine ich es so: Du bist zwar richtig verrückt, aber es rettet dich trotzdem deine Schlauheit. Weil ich so ein netter Chirurg bin. Und welcher Dumme hätte gedacht, dass er hier geheilt werden würde? Der ist wohl echt dumm. Ach ja, Sie sind ja von alleine hierhergekommen. Entschuldigung, gehen Sie jetzt nicht weg, Ihre Dummheit könnte mir Geld einbringen, denn Sie sind der dümmste Mensch der Welt. Ach ja, ich habe vergessen, Sie sind ja zu dumm, um von hier wegzugehen. Oh Mann, ich bin echt dümmer als Sie. Warte mal, das geht ja zum Glück nicht, weil niemand dümmer als Sie ist. Das bedeutet, ich kann gar nicht dümmer als Sie sein. Das ist dann wohl ein Happy End, wenn Sie immer dumm bleiben und ich für immer schlau bleibe." Leon meinte: „Ey, lass uns nicht mehr streiten. Das regt mich total auf. Ich habe einen Riesenhunger, also lass uns hier etwas essen. Hier soll es das beste Essen des Kontinents geben. Aber es kostet sehr viel, deswegen müssen wir leider zum ersten Mal in unserem Leben eine der schlimmsten Sachen überhaupt machen, und zwar stehlen. Aber das müssen wir ja nur tun, weil wir kein Geld haben. Es geht hier ums nackte Überleben, das bedeutet, wir sind auf uns alleine gestellt." Max sagte: „Bist du dumm? Wir brauchen gar nichts zu klauen, denn wir sind keine Diebe, die die Himmelskriegerprüfung ausrauben, das wäre sehr schlimm. Sonst endet es für uns schlimmer als schlimm. Wir werden dann wortwörtlich auseinandergenommen, und das möchtest du auf keinen Fall. Wir werden dann gesucht und als Kriminelle angesehen und das möchte ich nicht, denn dann möchte man uns tot oder lebendig. Ich möchte keine Fahndung nach mir." Leon sagte: „Was sollen wir denn sonst machen, Herr Besserwisser? Sie etwa fragen, ob wir ihr Essen klauen dürfen? Oh, dürfen wir uns euer Essen klauen? Oder wie? Sag, hast du dann auch eine bessere Lösung als diese? Oder willst du hier sterben? Jeder muss hier Geld dabeihaben, sonst ist er vollkommen Geschichte." Max zeigte ihm das Gold in seiner Tasche und sagte: „Ja, ich habe eine bessere Lösung, und zwar diese. Siehst du, ich habe Geld dabei. Ich werde uns, wie normalen Menschen, etwas kaufen. Das kennst du aber bestimmt nicht, denn du hast ja nie Geld dabei." Leon fragte: „Woher hast du das Gold denn? Etwa von jemandem geklaut? Das sollst du doch nicht, Max. Du sagst zu mir, ich solle nicht klauen, aber dann tust du es selber, um zu überleben. Das ist sogar noch dümmer als meine Idee. Jetzt werden wir gesucht, tot oder lebendig. Jetzt können wir nie mehr in die Öffentlichkeit, oder man wird uns töten." Max aber meinte: „Was kann ich denn dafür, du meintest ja, wir müssen hier überleben, und da habe ich mir schnell eine Tasche voller Geld geschnappt. Ich habe Hunger und will hier nicht verrecken. Das war Spaß!! Du hast wohl schon Angst gehabt. Ich habe alles Gold durch ehrliche und harte Arbeit bekommen. Ich musste ein Monster bekämpfen und dann habe ich automatisch die Stadt gerettet, und die Monster, die ich auf dem Weg hierher getötet habe, haben mir auch noch Geld gegeben. Das war mein Jackpot. Der Quest-Geber hat mir sogar noch 2000 Gold zusätzlich gegeben. Somit bin ich dann der reichste Kandidat der ganzen Himmelskriegerprüfung, und darüber bin ich sehr froh." Leon sagte: „Oh mein Gott, du hast mich tatsächlich gerade zu Tode erschreckt. Ich hätte mir fast in die Hosen gemacht. Mein Herz war schon in die Hosen gerutscht, das war richtig furchteinflößend. Mach das nie wieder, denn wenn du das doch noch einmal machst, werde ich sterben und das will ich nicht, denn ich will an deiner Seite kämpfen. Das ist ja kaum zu glauben, dass du so stark bist. Ich habe so etwas gar nicht von dir erwartet. Ich dachte, du wärst einer, der genauso ist wie ich: unvorbereitet. Was bist du denn dann für eine Sorte Mensch? Und falls ich dich fragen darf, bist du überhaupt ein Mensch? Du bist echt nicht normal. Und ich dachte, du wärst ein normaler Mensch. Egal, lass uns uns erst mal richtig satt essen. Mit leerem Magen kann niemand reden. Wenn du Hunger hast, wirst du bestimmt viel essen, denn das tut jeder Mensch, der stark ist." Sie gingen in das Restaurant und wollten gerade etwas bestellen, da sah Max den Quest-Geber. Dieser sagte erfreut, während er seinen Mund mit einer Serviette abwischte: „Hallo Max, ich hätte eigentlich gar nicht erwartet, dass du hier auftauchst. Du hast also den Dschungel durchquert? Interessant. Ich hätte nicht erwartet, dass du das überlebst, aber das Schlimme kam erst, als du im Aufzug warst. Du hast auch deinen Freund dabei. Max, wenn du hier auftauchst, bedeutet es sicher, du hast Hunger. Warum sollte man denn sonst in ein Restaurant gehen? Ihr könnt so viel essen, wie ihr wollt, das geht aber aufs Haus, denn du hast unserer Stadt den sogenannten Glanz zurückgebracht. Du bist ein echt starker Junge. Dein Vater wäre sicher stolz auf dich."

Max sagte zu Leon: „Guck. Habe ich dir das nicht gesagt? Ich habe wirklich eine Stadt gerettet und viele Monster bekämpft, und ich habe sogar gegen eine Räuberbande gesiegt, und das war eine ziemlich lange Zeit. Und das große Monster hat mich besonders aufgeregt. Es war sogar total hässlich. Ich war sehr glücklich, als ich es nicht mehr sehen musste. Darüber lächle ich sogar jetzt noch. Das war auch sehr schwer. Und zwar richtig schwer. Das hat mir sogar viel Gold eingebracht. Ich bin jetzt sehr reich,

ich könnte sogar locker eine ganze Villa mit allem Drum und Dran kaufen, und dann hätte ich sogar immer noch richtig viel Gold. Mir würde sogar ein einfaches Haus reichen. Aber gegen eine Villa hätte ich eigentlich auch nichts. Ich wäre sogar überglücklich und meine Familie ebenfalls. Ich bin immer glücklich, wenn meine Familie glücklich ist. Das finde ich richtig cool. Das ist auch besser als alles. Jedenfalls für mich. Ich liebe es einfach. Ich finde fast alles, was mit der Familie zu tun hat, einfach nur cool. Und woher kennen Sie denn meinen Vater? Woher wissen Sie, wer er ist?" Da antwortete der Quest-Geber ruhig: „Ich habe mit deinem Vater die Himmelskriegerprüfung abgeschlossen. Das waren noch schöne Zeiten." Max sagte überrascht: „Wirklich? Das hätte ich Ihnen überhaupt nicht zugetraut, denn sie sehen etwas älter aus." Da sagte der alte Mann beleidigt: „Ich weiß, dass ich nicht mehr wie ein junger Mann aussehe, aber das ist halt so, was soll ich dagegen tun?" Leon sagte quengelnd: „Max, ich weiß, dass du deine Familie liebhast, aber lass uns einfach endlich anfangen zu essen, ich habe nämlich einen so riesigen Hunger, ich könnte ein ganzes Pferd verdrücken, wenn es nicht bald etwas zu essen gibt. Ich habe tierischen Kohldampf, ich könnte alles essen, was sie mir auftischen würden." Max sagte: „Futter bekommen die Tiere und Menschen bekommen Essen. Bist du ein Mensch oder ein einfaches Tier, das aussieht wie ein Mensch, sprechen kann und unsere Sprache versteht? Das ist wohl etwas Seltenes. Ich könnte dich dann an einen Zirkus verkaufen und wäre noch reicher, was mir aber überhaupt nichts nützt, denn was ich bis jetzt habe reicht mir schon. Zusätzliches Gold könnte sogar eine Last für mein ganzes Leben sein und meine Familie könnte dann in Gefahr geraten und genau das möchte ich nicht. Meine Familie ist mir nämlich sehr wichtig, ich würde sogar mein Leben für sie geben, aber du verstehst nichts davon, weil du ein einfaches, dummes Tier bist. Ich bin sogar glücklich, dass ich dich habe, sonst wäre ich ganz alleine in der Wildnis und das möchte ich auch nicht. Ich möchte nicht so grausam sterben wie andere Menschen. Ich möchte sogar anderen Menschen das Leben retten, aber ich bin leider nicht Superman. Aber ich bin überhaupt glücklich, dass ich geboren wurde. Ich bin wahrscheinlich einer der glücklichsten Menschen der Welt." Leon sagte wütend: „Haha, sehr lustig von dir, Herr Max, der wie ein großer Professor redet, obwohl er ein sehr großer Idiot ist. Ich möchte jetzt nicht meinen Spaß verderben wegen dir Spaßverderber. Man kann hier nicht mal essen. Ich bin zum ersten Mal hier glücklich, da kommt aber der Spaßverderber. Ich will hier meine Arbeit verrichten, womit ich automatisch Geld verdiene, aber du kennst ja keine Arbeit. Aber nun lass uns zum Festmahl übergehen und es uns sehr gemütlich machen. Du wirst für mich alles Geld verdienen, das ich brauche. Du wirst dann mein Sklave. Spaß." Sie setzten sich alle an einen Tisch und sahen sich die Speisekarte an. Leon sagte mit einem lächelnden Gesicht: „Was sollen wir uns heute von der Speisekarte bestellen? Vielleicht eine gebratene Gans mit Trüffeln. Aber ich esse am liebsten Pizza. Ich hätte gerne eine Pizza und Pommes mit Zwiebeln und dann noch am besten scharfe Soße oben drauf. Als Nachspeise hätte ich gerne ein Eis mit Schokoglasur und mit einer Kirsche. Max, das macht dir doch nichts aus, dass ich so viel bestelle, oder? Denn ich möchte dir nicht zur Last fallen, du bist ja mein Freund." Max meinte beruhigend: „Nein, überhaupt nicht, du darfst so viel bestellen, wie du willst, denn wir haben das Geld. Und wenn wir hier essen, geht das ja alles aufs Haus." Der Ober wartete ungeduldig: „Könnten Sie sich jetzt beeilen, meine Herren, denn ich habe nicht unendlich viel Zeit." Da sagte Max: „Oh, tut mir leid. Ich war gerade in ein Gespräch versunken. Ich hätte gern genau das Gleiche wie mein Freund, aber bei der Nachspeise hätte ich gerne noch einen Klecks Schokopudding oben drauf. Ansonsten möchte ich nichts mehr. Ich bin dann voll zufrieden. Das macht mich wieder kampffähig. Ich hätte sowieso Lust, auf irgendetwas draufzuschlagen. Wenn es hier etwas wie ein Trainingslager gäbe, wäre das perfekt, um uns für die nächste Prüfung vorzubereiten. Dann gäbe es hier nämlich das beste Essen und dann auch noch das beste Trainingslager. Was sollte man dann noch wollen? Bestimmt nichts mehr. Dann wäre jeder hier genauso zufrieden, wie ich es jetzt bin. Ich bin dann sogar noch glücklicher und kann richtig gut gegen Monster kämpfen. Sogar jetzt gefällt es mir hier." Leon sagte: „Du hast Recht, Max. Ich bin hier auch zufrieden. Nur, dass die Prüfung schwer sein soll, verunsichert mich ein bisschen, aber ich kann ja Feuer bändigen und du gut mit dem Schwert kämpfen, deswegen kann ich mich etwas beruhigen. Ich bin auch einer der glücklichsten Menschen der Welt. Ich bin sowas von super zufrieden, dass ich mit dem Lachen fast gar nicht mehr aufhören kann. Das ist auch sehr komisch. Wie geht das nur? Bin ich kein Mensch, oder wie? Das ist wirklich sehr heftig. Oh Mann, das ist echt schlimm. Ich muss es mir abgewöhnen. Das ist nur deinetwegen. Du machst mich zu glücklich. Hör mal auf damit, so nett zu mir zu sein. Das provoziert mich regelrecht. Man würde dich am liebsten so heftig zusammenschlagen. Spaß. Warum sollte man dich hassen, wenn du sehr nett bist und jemandem etwas sehr Teures kaufen willst? Das würde jedem gefallen. Ich bin jedenfalls zufrieden mit dir. Ich finde, du solltest einfach so bleiben, wie du bist. Ich finde dich auch cool und lustig. Ich muss mich nur noch verbessern. Ich bin echt gemein zu dir und mache dumme Witze über dich. Das muss ich wirklich ändern, sonst bin ich nicht mehr dein Freund. So sage ich das und du kannst nichts dagegen sagen. Haha. Ich bin dein Herrscher. Ich werde mich selbst vernichten, wenn ich nicht besser zu dir werde. Ich werde meinen Selbstzerstörungsknopf drücken und dann bin ich nicht mehr da. Dann bist du der Herrscher. Das ist mein genialer Plan, bei dem ich draufgehe, damit du Herrscher wirst. Das ist der beste Plan, den ich entwickelt habe. Dann wird die Welt mit mir zufrieden sein und ich werde in Frieden ruhen." Max aber meinte dazu: „Ich würde aber mein Leben aufs Spiel setzen, damit du Herrscher wirst. Ich will nämlich gar nicht Herrscher der Welt werden. Du bist mein Freund und da muss ich unbedingt etwas tun, anstatt zuzusehen, wie du gerade stirbst. Das wäre so dumm von mir. Ich hätte mich selbst getötet oder versucht, dich zu rächen, selbst wenn der Gegner stärker ist als ich. Ich bin auch dein Freund. Und wozu sind wohl Freunde da? Um zusammenzuhalten. Ich würde dir auch einen Teil meines Geldes geben. Denn du bist mein Freund und hast mir in schwierigen Situationen geholfen. Da gebe ich dir doch nicht als Geschenk nichts. Sonst wäre ich nicht dein Freund. Ich bin dein bester Freund, da kann ich dir doch nichts Schlechtes geben. Das wäre zu töricht von mir und falls du mal Hilfe benötigst, werde ich dir jederzeit helfen." Leon sagte: „Okay, ich habe es ja kapiert, jetzt brauchst du echt nicht mehr zu übertreiben, sonst regst du mich wirklich noch langsam auf. Ich weiß, dass du mein Freund bist, und jetzt reg dich ab. Du bist ein guter Freund. Sonst wäre ich erst recht nicht dein Freund. Du redest ja wirklich wie ein Wasserfall. Bei dir fließt ein Wort nach dem anderen raus. Du bist echt nicht mehr normal, das muss wohl ein Weltrekord sein. Ich hätte nie gedacht, dass ich mal einen Menschen kennen würde, der so viel auf einmal reden kann. Egal, du bist mein Freund und mit dir sollte ich nicht so reden. Das wäre unverschämt. Du bist ein cooler Freund, warum sollte ich dich überhaupt beleidigen? Du bist sehr cool und voller Überraschungen."

Kaum hatten sie das Gespräch beendet, kam schon ihr Essen. Sie aßen sich satt. Sie aßen viele Portionen, das erkannte man an den vielen Tellern auf dem Tisch. Der Koch kam persönlich zu ihnen und sagte erschöpft: „Sie haben ganz schön viel gegessen, das hätte für 30 Personen gereicht. Das macht dann eigentlich 60 Gold. Ich habe mich so bemüht und dann habe ich noch nicht mal Geld verdient. Es ist eine große Qual für mich, zu arbeiten, obwohl ich dafür kein Geld bekomme." Max meinte: „Och, wie billig. Ich hätte das sehr leicht bezahlen können, ich habe nämlich reichlich Geld. Das ist hier für uns kein Problem. Wir können nämlich das Mehrfache zahlen. Hier ist es echt lecker. Ich verstehe jetzt, warum viele Leute sagen, dass es hier sehr gut ist. Da kann ich wirklich nicht widersprechen. Die Menschen sind sowieso sehr ehrlich. Ich vertraue ihnen, weil meine Mutter auch ein ehrlicher Mensch ist. Ich bin glücklich, dass ich eine Mutter habe. Ohne sie wäre ich gar nicht erst so weit gekommen. Dann wäre ich selbst heute noch einsam und hätte keine Freunde. Aber ich glaube, beim nächsten Mal werde ich nicht wieder hier essen, weil der Koch dann sehr wütend sein würde. Das will ich nicht, denn wütende Köche sind meistens die härtesten Nüsse." Der Quest-Geber meinte: „Leon, ich muss dir wirklich Recht geben. Max redet definitiv zu viel. Deswegen würde ich ihm am liebsten den Mund mit allem stopfen. Aber egal. Ich wollte euch eigentlich erklären, was das hier ist. Als Erstes wollte ich sagen: Es ist auf jeden Fall nicht leicht. Es ist ziemlich schwer. Ich weiß das, denn ich habe früher auch daran teilgenommen und wäre fast dabei gestorben, wenn ich nicht gerade noch rechtzeitig meine wahren Kräfte entdeckt und sie freigesetzt hätte. Das waren damals harte Zeiten. Dieses Jahr wird die ganze Prüfung geändert und noch schwerer. Aber es werden auch Prüfungen gemacht, die fast keiner erwartet. Ihr werdet dort eventuell durchfallen, denn wirklich nie im ganzen Leben wird so etwas erwartet." Max meinte sofort zu Leon: „Leon, eine der Prüfungen wird auf jeden Fall Kochen sein. Denn das erwartet fast keiner. Man denkt, hier geht es nur ums Kämpfen. Aber das ist wahrscheinlich falsch. Und kochen ist eigentlich nicht wirklich einfach. Alles ist nicht einfach, wenn man es nicht übt. Aber man muss ja kochen können, damit man das Essen überhaupt essen kann, um zu überleben, und man muss erkennen, welche Pflanze oder welches Tier giftig ist, denn sonst ist es sehr schnell oder sogar zu schnell vorbei mit dir." Der Quest-Geber sagte: „Mist, das habt ihr natürlich direkt erraten, das kann nicht jeder. Oh, jetzt habe ich es sogar noch zugegeben, das war sehr dumm von mir. Bitte, tut so, als hättet ihr das nie von mir gehört, denn sonst werde ich gefeuert. Ihr seid etwas Besonderes. Ihr seid zwei dieser besonderen Kinder, die fast alles können. Das ist echt unglaublich. Man sagt, in jeder Heiligen Nacht kommen solche Kinder auf die Welt. Und man weiß nie, wann dieser Heilige Abend ist. Ihr werdet wahrscheinlich die Prüfung schaffen und die anderen werden euch beneiden. Obwohl ein paar Menschen euch sogar schon jetzt beneiden. Aber ihr wollt es doch schaffen. Oh, jetzt rede ich langsam zu viel. Ich verrate schon gleich die ganze Prüfung. Ich wollte euch eigentlich nur sagen, dass das Kochen sehr schwer wird für Kinder. Kaum jemand hat diese Prüfung ge-schafft, nur ganz wenige. Die, die es geschafft haben, waren nicht so muskelbepackt wie die anderen, aber haben es dennoch geschafft. Das ist eine unglaubliche Leistung. So etwas ist öfters passiert. Das war fast immer normal bei dieser Prüfung. Mal sehen, ob es in dieser Prüfung auch so sein wird. Wahrscheinlich nicht. Aber ihr werdet die Prüfung auf jeden Fall schaffen."

Max und Leon gingen. Als sie weg waren, kamen noch andere Menschen, zu denen der Quest-Geber genau das Gleiche sagte. Da schrie eine Stimme aus dem Nichts: „Ihr sollt jetzt bitte Gruppen zu vier Personen bilden! Es ist sehr wichtig. Wer aber alleine sein möchte, kann auch alleine kämpfen. Ich wiederhole: Bitte bildet Gruppen zu vier Personen. Wer möchte, kann aber auch alleine kämpfen." Max und Leon hatten bis jetzt keine anderen Partner gefunden. Max meinte: „Egal, wetten, es gibt nur noch Mädchen, und ich möchte nicht mit Mädchen zusammen kämpfen, auch wenn sie gut kochen können. Ich habe es auch früher im Kindergarten nicht gemocht, mit Mädchen zusammenzuarbeiten, da wurde mir immer mulmig. Und sie reden fast nur über Lipgloss und solche Dinge. Und natürlich nicht zu vergessen über Schminke. Nie dürfen die Jungen reden, wenn man in der gleichen Gruppe ist, und sie meckern einen die ganze Zeit über an, falls man einmal etwas falsch gemacht hat. Und deswegen will ich auch nicht in einer Mädchengruppe sein. Sie werden sonst noch zu meinem Verhängnis." Da sahen sie zwei Mädchen, die auch noch keine anderen Partner gefunden hatten. Max aber verdrehte seine Augen und sagte schweren Herzens: „Aber ein Team von vier Personen ist besser als nichts. Also lass uns zu ihnen gehen, bevor noch andere eine Gruppe mit ihnen bilden wollen, sonst sind wir beide ganz alleine." Max ging zu den Mädchen und fragte sie schüchtern: „Wir haben noch keine Gruppe, also wollten wir euch fragen, ob wir uns euch anschließen können. Weil hier eine Gruppe besser ist, als alleine zu kämpfen. Sonst wird man alleine sterben und das wollen wir alle nicht, richtig?" Das eine Mädchen sagte enttäuscht: „Das könnt ihr ja gerne, aber meine Schwester hat nichts zum Kämpfen. Wir würden euch nur zum Verhängnis werden. Habt ihr vielleicht eine Waffe, die noch zu gebrauchen ist? Egal welche, irgendeine, denn meine Schwester hat so ein Talent, dass sie mit allem umgehen kann, was sie nur für zwei Minuten in der Hand hält." Max sagte nett: „Ja, ich habe noch einen Bogen, der verzaubert ist. Er schießt im Dunkeln Finsterpfeile und bei Helligkeit Lichtpfeile. Das ist bestimmt eine gute Waffe, denn ich habe ihn auch schon benutzt. Und ich lüge nicht. Das könnt ihr mir glauben. Für den Bogen braucht man keine Pfeile, er hat also unbegrenzte Munition und damit kann jeder umgehen, denn es ist nicht gerade kompliziert." Leon meinte vertraulich: „Leute, das könnte ihr ihm glauben, mir hat er nämlich Pillen gegeben und ich hatte ihm nicht vertraut. Aber nachdem ich sie gegessen hatte, konnte ich wirklich Feuer bändigen. Das war echt krass. Es wäre sehr dumm, wenn ihr ihm nicht glauben würdet, denn er ist eine sehr vertrauenswürdige Person." Max gab dem Mädchen den Bogen. Er war sicher, dass diese Mädchen nicht von schlechtem Hause waren. Leon sah Max komisch an und er merkte, was er meinte. Max fragte die Mädchen: „Wenn ich fragen darf: Wie heißt ihr denn überhaupt?" Das größere Mädchen antwortete: „Ich heiße Tina und das da ist meine kleine Schwester Lea." Max fragte dann: „Mit welcher Waffe kämpfst du denn überhaupt? Es ist nicht besser, wenn deine Schwester etwas hat und du nicht. Denn wir wollen dich auch beschützen, aber noch besser wäre es, wenn du dich selber verteidigen könntest." Tina antwortete freundlich: „Ich habe natürlich eine Waffe, und zwar einen Zauberstab, der sehr mächtig ist. Der wurde von meiner Oma an mich weitervererbt. Man sollte die Macht des Zauberstabes nicht unterschätzen, denn dann kommt eine Faust in dein Gesicht." Max sagte: „Okay, und ist jeder bereit für die Prüfung? Denn wir müssen vorbereitet sein. Denn nur so können wir alles viel besser schaffen, wir müssen planen." Alle sagten: „Nein, wir haben nämlich keine Rüstung. Und passende Schuhe brauchen wir auch noch." Max meinte dann: „Dann kauft euch halt eine Rüstung. Denn ich will nicht, dass ihr bei der Prüfung direkt beim ersten Schlag zu Boden fällt." Tina fragte: „Wie sollen wir es denn machen, wenn wir kein Geld haben? Woher bekommen wir das?" Max antwortete: „Ganz einfach, von mir. Nehmt es und kauft euch eine Rüstung. Ich habe nämlich schon eine und außerdem viel Geld. Ich habe alles, was man hier braucht. Wie schon gesagt, ich bin vorbereitet." Max gab jedem 200 Gold und sagte: „So viel sollte eigentlich für jeden reichen, denn so viel kostet eine Rüstung normalerweise. Egal, ich glaube sogar, das ist zu viel Geld. Damit könnt ihr die beste Rüstung kaufen. Falls es nicht reichen sollte, werde ich noch mehr Geld geben." Tina fragte besorgt: „Woher hat er so viel Geld? Egal, Hauptsache ich kann Gutes kaufen. Ich glaube kaum, dass er lügt, denn sein Gesicht erinnert mich an das meines Vaters." Also verteilten sich die Freunde quer über die Läden. Nach ungefähr einer halben Stunde trafen sie sich wieder. Leon kam mit einer Kettenrüstung, die sehr leicht war, aber dennoch sehr guten Schutz bot. Lea kam mit einer sehr stark gepanzerten Rüstung zurück, die aus Eisen bestand. Tina hatte sich ein magisches Gewand gekauft, das angeblich ihre magischen Kenntnisse verbesserte. Sie hat den Verkäufer verprügelt, damit er es endlich herausrückte. Das erklärte sie den anderen: „Der Mann wollte es einfach nicht herausrücken, weil er meinte, ich hätte gar nicht so viel Geld, also habe ich ihn geschlagen. Er ist in Ohnmacht gefallen, da habe ich mir das Gewand genommen und 20 Gold dorthin gelegt. Und ich habe noch viel Geld übrig. Die anderen bestimmt auch. Dieses Gewand ist verzaubert, es kann nämlich Illusionen hervorrufen, dann kann mich der Gegner nicht so gut treffen. Das ist sehr gut. Und es soll noch meine magischen Kenntnisse verbessern. Ich dachte auch, hier auf den Märkten wäre alles teurer, weil es hier die besten Sachen gibt." Max meinte: „Sehr interessant! Und was habt ihr für Dinge gekauft? Es müssen sehr gute Sachen sein, sonst verlieren wir sehr schnell, dann war alles umsonst. Wir dürfen nicht so schnell aufgeben." Tina meinte: „Du lenkst vom Thema ab. Also, was habt ihr?" Leon sagte: „Ach, nichts Besonderes, nur eine Eisenrüstung, die mich während des Kampfes nicht behindert. Sie ist natürlich auch feuerfest. Und was hast du gekauft, Lea?" Sie antwortete: „Ein leichtes Gewand, das aber verzaubert ist und unsichtbare Metalle beinhaltet. Es ist ebenso leicht, weil ich keine Rüstung brauche, da ich aus der Entfernung kämpfe. Das reicht schon, es kann eigentlich schon losgehen. Wir sind nämlich bereit." Max meinte: „Da hast du Recht. Und wie wir bereit sind. Ich freue mich schon auf das, was uns als Nächstes erwartet." Da kündigte die Stimme an: „Jeder Teilnehmer ist bereit. Und die Himmelskriegerprüfung dieses Jahres geht ... LOS."

11. Kapitel

Was ist hier los?

Sie wurden ganz plötzlich an einen Ort teleportiert, wo alles brannte. Plötzlich waren aus dem Nichts Zombies gekommen. Sie alle wussten nicht, was sie machen sollten, und gingen einfach auf die Zombies los. Leon meinte fröhlich: „Das ist das Beste für meine Feuerkräfte." Leon verbrannte einen Zombie so lange, bis nur noch Staub und Asche übriggeblieben waren. Max zerschnitt einen Zombie, sodass er noch lebte, aber nicht mehr gehen konnte, und stach ihm noch in den Kopf. Lea durchlöcherte ein Monster mithilfe ihres Bogens. Tina zauberte eine Kuh auf einen Zombie, von der er dann zerquetscht wurde. Jedes Monster löste sich in Rauch auf und hinterließ 155 Silber, aber niemand achtete darauf, weil sie alle gerade zu beschäftigt waren, um Geld einzusammeln. Ein paar andere haben versucht, das Geld einzusammeln, wurden dann aber getötet. Max meinte: „Die Gier der Menschen tötet sie selber." Ein paar der gestorbenen Menschen lagen auf dem Boden. Die Zombies beschäftigten sich mit jedem Zombie, den es gab. Es war so, als nähme das gar kein Ende. Immer kamen neue dazu. Ein brennender Zombie kam plötzlich auf sie zugelaufen. Max konnte nicht zuschlagen, weil er Angst hatte, dass sein Schwert schmelzen würde. Die Pfeile von Lea prallten einfach am Zombie ab. Tina konnte auch nichts tun, denn komischerweise wirkte auf diesen Zombie kein Zauber. Nur Leon hatte eine Idee. Er entnahm das Feuer des Zombies. Max, Lea und Tina hatten das Zeichen verstanden und zugeschlagen. Max hatte etwas vorbereitet, und zwar hatte er gewartet und sich dann sehr schnell gedreht. Alle Zombies wurden besiegt. Plötzlich erschien ein riesenhafter, brennender Zombie. Leon entnahm ihm das Feuer, aber es kam komischerweise wieder zurück. Nicht nur das Feuer regenerierte sich, sondern auch das Monster wurde bei jedem Mal wütender. Sie wussten nicht, was sie tun sollten.

Das Monster schlug Lea und Tina weg, sodass sie in Ohnmacht fielen, und es sagte: „Ich bin das schreckliche Feuermonster Gorlok. Ich werde euch alle besiegen und dann auffressen." Max rannte so schnell wie möglich zu Tina und Leon zu Lea. Sie sagten weinend: „Bitte steh jetzt auf, ich liebe dich nämlich, ohne dich kann ich nicht leben." Aber die beiden Mädchen konnten nicht aufstehen. Deshalb schrien Max und Leon vor Wut auf das Feuermonster Gorlok: „Du fettes, mieses Schwein. Du hast sie in Ohnmacht versetzt. Dafür gibt es keine Gnade. Du wirst den Schmerz deines Lebens spüren. Denn wir können uns sehr gut rächen und die Mädchen werden uns dann sehr mögen. Dann haben wir endlich unsere Ziele erreicht. Dann haben wir alle etwas davon und sind zufrieden." Das Feuermonster meinte: „Ihr seid echte Menschen mit Träumen, die aber wegen mir nicht in Erfüllung gehen, denn ich töte euch, dann habt ihr beide nichts davon. Nicht nur ihr, sondern auch die Mädchen. Denn die werde ich auch erlegen, dann ist alles weg und nichts habt ihr mehr. Kommt trotzdem, wenn ihr wollt, ich habe immer Zeit, euch zu töten. Das ist auch meine Arbeit. So verdiene ich mir mein Fleisch, das sehr gut schmeckt. Je stärker die Person, desto besser schmeckt es mir. Und bei euch werde ich wahrscheinlich kotzen, deshalb werfe ich euer Fleisch weg oder gebe es schwachen Monstern, weil ihr denen sehr gut schmeckt, so richtig vorzüglich. Ich werde mir hier nur die Starken rausnehmen und fressen. Das wird mal eine der Zeiten, wo ich wieder richtig zulange. Das werde ich mir dieses Mal auf jeden Fall schmecken lassen. Ich hatte lange nicht mehr so ein Mahl. Überall gibt es feine Raritäten. Ich hätte nicht erwartet, dass es so ein Festschmaus wird. Ich werde mich da hinlegen und dann noch ruhig das Blut von euch heraussaugen, denn das schmeckt immer am besten vom Menschen." Max schrie wütend: „Das werden wir ja sehen. Ich will dich auseinandernehmen, weil du die Liebe meines Lebens fast umgebracht hast. Dafür werde ich dich auslöschen. Nein, ich werde dich mehr als nur auslöschen, das wäre viel zu wenig Schmerz für dich, das wäre dann nicht ausgeglichen. Also dann los. Ich werde dir zeigen, wer wen auseinandernehmen wird, denn ich werde dich dreimal auseinandernehmen. Ich schwöre dir, es wird die Mindestzahl sein. Du wirst Schmerzen spüren, die du noch nie gespürt hast." Max startete ganz einfach mit einem schnellen Angriff, doch das Monster war schneller und schlug gegen seinen Nacken, wodurch Max hinfiel. Er konnte sich nicht mehr bewegen. Leon entfachte einfach Feuer auf dem Monster, was es aber nur stärker machte. Das Monster schlug nur einmal gegen Leon und der fiel auch regungslos zu Boden. Es sagte: „Das wird lecker. Ich knöpfe mir erst mal eure Freundinnen vor. Das wird bestimmt gut schmecken." Max und Leon schrien: „Fasse sie nicht an!" Max' Schwert verwandelte sich plötzlich in ein Eisenschwert mit einem goldenen Griff, der mit Diamanten geschmückt war. Und Leon hatte plötzlich blaues Feuer um die Haut. Max ging als Erster auf den Gegner los. Das Monster wich aus. Max ahnte das und schlug mit dem Griff nach hinten. Und Leon schoss blaues Feuer auf das Monster, wodurch es dann komischerweise verbrannte. Max sagte: „Ich wusste gar nicht, dass man Feuer verbrennen kann. Und du kannst jetzt das Feuer um deine Haut wegmachen. Wir kämpfen jetzt nicht mehr. Ich habe gerade mal 20 Prozent meiner Kraft verwendet. So ein Waschlappen." Leon sagte: „Wusste ich auch nicht, aber egal, ich finde diese Feuerrüstung cool. Durch sie kann ich durch normales Feuer nicht verbrennen. Das finde ich echt nützlich, so kann ich, während ich brenne, Fußball spielen. Okay, nicht wirklich, denn dann verbrennt der Fußball. Egal, ich kann auch normal spielen. Und ich kann dann ein Hühnchen in fünf Sekunden anbraten, falls wir mal in der Wildnis richtig Hunger haben und es uns aufregt, so lange zu warten. Und Max, ich wollte dich etwas fragen." „Was denn?"

Aber in diesem Moment sind die Mädchen aufgewacht. Sie fragten: „Wo ist das Monster denn hin?" Max antwortete: „Wir haben es besiegt, was sonst?" Lea fragte: „War Max' Schwert nicht bronzen und Leons Feuer nicht blau?" Aus dem Nichts kam wieder eine mysteriöse Stimme, die sagte: „Der Legende nach sollen vier Kinder an der Himmelskriegerprüfung teilneh-

men und die Welt retten. Und sie sollen auch alle eine Kampf-
kunst beherrschen. Die Waffen jedes Kindes, dessen Wut steigt,
sollen sich verbessern. Ihr seid die einzigen Kinder, die überlebt
haben. Ihr seid die Kinder, die unsere Welt vom Bösen retten
sollen." Max sagte: „He, das ist doch albern. So eine Legende
habe ich noch nie gehört." Leon sagte: „Wir können der Stimme nicht vertrauen, denn es ist einfach eine unbekannte Stimme
aus dem Nichts. Wie soll denn so etwas sein? Das ist bestimmt
ein Witz. Dann sind wir nämlich umsonst hier. Das wäre zu
krass. Warum sollten wir denn überhaupt so stark sein? So etwas
gibt es nicht. Das Böse ist viel zu schwer für uns. Stimmt doch.
Was sagst du dazu, Max?" Max antwortete zuerst nicht. Dann
sagte er: „Das war genau dieselbe Stimme, wie sie mein Vater
hatte." Die Stimme sagte: „Max, ich bin es wirklich, ich bin dein
Vater!!! Ich konnte knapp flüchten. Das Böse ist stark. Du musst
etwas unternehmen, denn das Monster wird immer stärker. Du
musst dich beeilen. Die Welt wird ohne deine Hilfe zerstört. Du
musst die Welt einfach retten, denn sonst wird nichts mehr so
sein, wie es war. Nichts wird mehr Spaß machen, weil alle Menschen tot sind." Max sagte: „Ach, wenn du wirklich mein Vater
bist, dann sag mir doch mal, wie deine Frau heißt und wie alt
ich war, als du mich verlassen hast. Denn du könntest das Böse
selbst sein, deshalb vertraue ich dir nicht ohne weiteres." Die
Stimme sagte: „Sie heißt Sandra und du warst damals sechs Jahre alt, als ich dich verlassen habe. Ich weiß, es war sehr schwer
zu verkraften, aber hätte ich nichts getan, wärst du gar nicht mehr
hier auf der Welt, ebenso deine Freunde. Max, stimmt es, was
ich da gerade gesagt habe? Es tut mir leid, dass ich dich verlassen habe, aber was hätte ich denn sonst tun können? Zusehen,
wie alle Menschen der Welt sterben?" Max sagte: „Alles, was du
gesagt hast, war richtig. Vater, du bist es wirklich. Nach all den
Jahren endlich mal seinen Vater wieder zu hören ist schön. Viele sagen nämlich, du seist tot. Aber ich wusste doch, dass mein
Vater nicht so schnell aufgibt. So ein Typ ist er auf jeden Fall
nicht, sonst würde er sich selbst töten, weil er so feige war. Ich
wollte euch noch sagen, dass mein Vater ein Retter der Welt ist.

Na, was sagt ihr, Freunde?" Sie waren so erstaunt, dass sie gar nicht reden konnten. Aber da ergriff Leon das Wort: „Ich glaube, dass er der Retter der Welt ist, weil es einfach so plötzlich kommt. Das ist doch echt viel zu krass für uns. Wir können die Prüfung niemals schaffen, wenn er sie nicht geschafft hat. Ach ja, das gehört ja gar nicht zur Prüfung. Ich bin immer so dumm, Entschuldigung. Ich bin immer so tollpatschig. Ich bin echt dumm, das hat gar nichts mit Tollpatschigkeit zu tun. Egal, das kann doch jedem mal passieren, aber besonders oft mir. Das ist halt so typisch ich. Dafür war ich früher bekannt. Ich habe fast die Schule nicht geschafft, obwohl es die leichteste Schule der ganzen Stadt war. Aber ab jetzt werde ich mich bessern. Ich lenke zu viel vom Thema ab, nicht wahr?" Alle bejahten. Max meinte: „Das ist so typisch Leon. Er sagt zu mir, ich solle nicht zu viel vom Thema ablenken, aber jetzt macht er es sogar selbst. Ich bin echt enttäuscht. So etwas passiert aber wirklich jedem. Aber egal, lassen wir uns nicht weiter vom Thema ablenken. Also, Vater, was willst du mir denn hier sagen? Sprich es aus. Keine Angst, ich mach mit dem Wissen nichts Schlimmes, jedenfalls verletze ich damit keine Menschen, zumindest keine guten. Also, Vater, hiermit gebe ich dir die Erlaubnis zu sprechen. Und bitte mache keinen Blödsinn, denn darauf habe ich jetzt definitiv keine Lust. Ich will, dass du ernst bist, und zwar ernster als ernst." Die Stimme sagte: „Max, ich weiß, dass es schwer wird, aber bitte schaff diese Prüfung mit deinen Freunden, damit du stark genug bist, um die Welt zu retten. Ich glaube an dich. Ihr schafft es schon. Und Max, ich will noch etwas ganz Wichtiges sagen: Das Böse versucht alles, um dich zu töten. Es versucht sogar zu zaubern, es versucht alles Mögliche, Hauptsache du stirbst. Ich möchte, dass du überlebst, und am Ende kannst du mich wiedersehen. Dafür musst du aber erst mal das Böse aus dem Weg schaffen, damit die Welt wieder in Frieden leben kann. Die Welt ist zwar noch nicht den Monstern in die Hände gefallen, aber du und deine Freunde, ihr solltet dennoch üben. Man weiß ja nie, was kommen wird. Ich habe Angst, dass du stirbst. Deine Freunde kannst du vergessen, sie sind zu schwach. Die können es nie im Leben schaffen, zu überleben. Ich dachte zuerst, deine Freunde wären gut, aber dann habe ich gemerkt, dass sie dich verraten könnten. Deswegen will ich nicht, dass du mit Freunden zu den Prüfungen gehst. Das ist eine der schlechtesten Sachen überhaupt. Aber ich vertraue dir jetzt. Du bist ja mein Sohn und triffst schon die richtigen Entscheidungen. Du bist nämlich mein Nachfolger, da kann ja eigentlich nichts schiefgehen. Ich vertraue euch allen, denn ihr seid Helden." Leon sagte: „Lass uns doch endlich mal weitergehen." Die Mädchen lachten und sagten: „Leon, du bist echt dumm. Wir können noch gar nicht weiter, denn man muss uns teleportieren. Benutz doch endlich mal dein Gehirn. Wozu hat man das denn sonst? Zum Doofsein oder was? Bei dir ist das schon die normalste Sache auf der Welt. Es ist sehr wichtig, dass du schlau wirst. Denn wenn du es nicht bist, werden wir alle untergehen." Leon sagte: „Wenigstens habe ich ein Gehirn, im Gegensatz zu euch. Aber wie auch immer." Max sagte: „Können wir mal aufhören, uns hier zu mobben? Wir wissen nicht mal, wie es jetzt weitergeht. Dann wird alles mit einer Katastrophe enden. Wir müssen uns mal beeilen, sonst ist es zu spät. Was sollen wir denn jetzt machen? Hier einfach nur rumsitzen? Dann wird erst recht die Welt untergehen. Was sollen wir dann machen, wenn wir hier jetzt festsitzen? Sollen wir einfach nur rumsitzen und nichts tun? Wir müssen zusammenhalten, denn sonst werden wir alle zusammen sterben." Tina meinte: „Es wird bestimmt wieder eine Stimme kommen, die uns eine Anweisung geben wird, wie wir endlich aus diesem Loch rauskommen können. Das wäre das Beste, was zurzeit passieren könnte. Nein, noch besser wäre es, wenn wir direkt die Prüfung geschafft hätten. Oh Mann, dann wäre endlich mein Traum in Erfüllung gegangen. Das wäre schön und dann, wenn wir noch die Welt retten könnten, wäre alles hier perfekt. Sogar besser als perfekt. Obwohl das auch gar nicht geht." Nach diesen Worten sagte eine Stimme aus dem Nichts: „Es haben 226 von 430 Prüflingen überlebt. Zwei haben gemogelt. Es ist weniger als letztes Mal. Und nun ab zur zweiten Prüfung." Dann gab ein Muskelprotz an: „Nur her mit der zweiten Prüfung. Ich schaffe sie nur mit meinen Fingern, die auch trainiert worden sind. Die neue Prüfung kann nicht so schwer sein wie die vorherige, das ist nämlich unmöglich. Also ruhig her damit, das wird nämlich Spaß machen, wie die andere Prüfung davor. Wir wissen alle, dass ich sowieso der Einzige bin, der das hier überleben wird. Ich bin hier der härteste Mann. Ich habe jetzt extra Mann gesagt, damit ich nicht die Frauen damit beleidige, denn die Frauen haben auch Rechte, und deswegen sollte man nett zu ihnen sein. Aber okay, ich will jetzt nicht so viel von Frauen reden, denn meistens sind sie echt kompliziert und man versteht nicht, was sie wollen, das ist echt schlimm. Und jeder sagt dann immer wieder ‚Heirate doch, heirate doch‘. Das ist echt nervig, auch wenn meine Frau eine der schönsten Frauen der Welt ist. Ich liebe sie für immer, egal was passiert. Was auch immer passiert, sie wird mich für immer lieben und ich werde sie für immer lieben, und uns wird immer etwas verbinden und ich will sie nicht verlieren. Ich habe Angst, dass sie, wenn sie alt wird, stirbt, und das will ich nicht, denn sie ist eine Frau, die so schön ist, und man darf ihre Kochkünste nicht unterschätzen. Denn sie ist einfach eine Meisterköchin. Niemand würde sie im Wettkochen schlagen." Die Stimme aus dem Nichts sagte: „Lass mich doch erst mal zu Ende sprechen. Wie ich schon gesagt habe, gleich kommt die nächste Prüfung. Es klingt zwar überraschend, aber ihr müsst in der zweiten Prüfung für eine Himmelsköchin, die auch eine Kriegerin ist, ein Mahl zubereiten. Und du, Muskelprotz, wirst sehen, du wirst in dieser Prüfung nicht bestehen, jedenfalls hoffe ich, dass du es nicht schaffst. Kein Mann kann so gut kochen." Der Muskelprotz sagte schlecht gelaunt: „Wozu kochen? Können wir nicht einfach laufen oder irgendetwas mit Sport machen, denn ich kann nicht kochen. Ich will etwas, worin man seine Kräfte misst. Ich möchte draufhauen, egal worauf, auch auf einen Menschen." Die Stimme sagte: „Ich kann leider nichts dran ändern. Das ist eben die Prüfung, ich kann ja nichts dafür, und kochen sollte man können, damit man in der Wildnis nicht verhungert. Das ist eben so. Oder möchtest du an Hunger sterben? Das wäre eine viel zu große Schande für einen Muskelprotz wie dich. Du musst auch mal alles lernen. Nicht einfach versuchen, dich durchzukämpfen. Das ist eine der dümmsten Sachen, die du machen kannst. Dann hast du direkt verloren. Das ist der allgemeine Grund. Kochen wird eben immer benötigt." Der Muskelprotz sagte: „Was? Das kann ich kaum glauben. Meine Frau kann kochen. Aber ich kann noch nicht mal Eier zubereiten. Ich weiß nicht mal, wie man Kartoffeln schält. Das wird sehr schwer. Verdammt, wieso habe ich nicht dafür geübt, ich sollte doch auf alles vorbereitet sein. Aber ich habe nicht mal gedacht, dass das hier vorkommt. Natürlich guck ich wieder mal dumm aus der Fratze. Wozu braucht man schon das Kochen? Ich kann mich einfach von wilden Beeren ernähren oder dem Feind das Essen klauen. Ich dachte, in der Natur geht es nur ums nackte Überleben. Dort hat man doch keine Töpfe oder sowas in der Art." Max sagte frech: „Das wird noch so schwer, dass du mehrere Finger brauchen wirst. Du solltest nicht immer so angeben, das ist für jeden hier schlecht. Das ist allgemein schlecht. Ein großes Mundwerk bringt niemandem etwas Gutes. Also empfehle ich dir, nicht so viel zu reden." Der Muskelprotz sagte: „Was hast du gerade zu mir gesagt? Du bist ein unverschämter kleiner Bengel, der ein großes Maul hat, sogar ein zu großes. Deine Eltern haben dich nicht erzogen. Oder habe ich mich doch verhört? Wiederhole das bitte mal! Wenn das eine Beleidigung war, werde ich dich töten. Und das meine ich ernst. Auch wenn du ein Kind bist. " Da mischte sich eine andere Stimme ein und sagte: „Du bist groß und stark und die nächste Prüfung wirst du sehr leicht schaffen. Das wird doch sowieso kein Problem. Du bist der stärkste Mensch der Welt. Du bist einfach unglaublich. Ich habe noch nie so einen starken Menschen wie dich gesehen und ich glaube, niemand wird dich je besiegen können, also brauchst du diesen Typen nicht zu töten." Der Muskelprotz sagte mit einer weniger aufgeregten Stimme: „Ach, ich dachte schon, du sagst, es sei nicht so einfach für mich. Die nächste Prüfung wird für mich wirklich kein Problem darstellen. Ich wünsche dir Glück, kleiner Junge. Ich hoffe, du wirst die Prüfung auch bestehen, damit wir wie Rivalen werden. Ich sehe in dir nämlich einen starken Menschen mit einem sehr großen Kampfgeist, du wirst alles schaffen. Nur wenn du daran glaubst, wirst du immer alles schaffen. Ich werde auch alles schaffen, aber dafür muss ich es nicht wollen, ich brauche es nur zu können. Ich kann eigentlich alles außer kochen. Auf jeden Fall will ich, dass so viele wie möglich die Prüfung schaffen, auch wenn sie kein Klacks für mich ist." Max fragte seine Freunde flüsternd: „Warum habt ihr gesagt, er wäre gut? Das stimmt nicht. Er ist eigentlich nur eingebildet. Er meint, er wäre der beste Mensch, den es je auf der Welt gegeben hat. Aber er ist nur ein Lügner, es gibt zehnmal bessere Leute als ihn, nämlich jene, die sich nichts einbilden." Ein Mann antwortete: „Ich möchte nicht, dass du stirbst, denn der Kerl ist stark genug, um dich zu töten. Er würde dich richtig wegschlagen. Du solltest lieber Angst vor ihm haben." Max fragte: „Woher weißt du denn das? Weil du selbst schon mal von ihm umgebracht wurdest, oder wie? Erkläre es mir, ich verstehe es nämlich nicht. Das stimmt doch nicht, was du gesagt hast. Das ist doch eine sehr große Lüge." Der Mann antwortete: „Ich habe gesehen, wie er vorher ein Monster auseinanderriss und wie Blut daraus strömte. Gegen den komme ich nie im meinem Leben an; sogar wenn er ein alter Opa wäre, hätte ich große Angst vor ihm. Ich respektiere ihn auch. Seine Muskeln sind so groß wie Kanonenkugeln und er ist schnell. Dieser Typ ist nicht mehr normal. Ich kann es kaum glauben. Er musste als Kind bestimmt jeden Tag ein paar Stunden trainieren. So etwas schafft man nicht so einfach in zwei oder drei Jahren, man schafft das nur, wenn man sehr lange trainiert. Ich würde sagen, dass man ein sehr heftiges Aktivtraining machen muss, so ein Training würde niemand schaffen, bestimmt niemand. Egal wer oder was man ist." Max sagte gechillt: „Ich glaube, du überschätzt diesen Herren von Dummhausen. Er ist so dumm wie seine Muskeln dick sind. Mein Vater ist noch erstaunlicher. Es ist dreimal so stark wie Herr Muskelprotz und er kann auch perfekt kochen, aber wirklich perfekt. Er ist nicht dumm, er ist der schlaueste Mensch, den ich je gesehen habe. Er ist definitiv nicht mehr normal, denn er ist einfach nur unglaublich. Ich kann dir etwas hundertprozentig versprechen: Man würde nie im ganzen Leben glauben, dass er ein

Mensch ist." Der Mann sagte aufgeregt: „So einen Mann gibt es?! Ich kann es kaum glauben, das ist eigentlich unmöglich! Der muss sogar ein ganzes Flugzeug tragen können. Was rede ich da?! Ich meine, ich glaube es nicht. Ich glaube es einfach nicht, dass es jemand Stärkeren gibt als diesen monsterhaften Muskelprotz. Und ich hätte es fast geglaubt. Pah! Bin ich ein Idiot oder sehe ich so aus?! Ein paar Menschen kannst du ja verarschen, aber mich nicht. Und ich wäre fast auf diesen Trick reingefallen. Zeig mir erst diesen Mann und dann glaube ich es dir. Es gibt keinen Menschen, der so etwas kann, das ist einfach nicht möglich. Ich denke schon, dass es so einen Menschen gibt, doch er ist bestimmt nicht dein Vater. Das ist sicher so ein alter Sack, der nicht mal zehn Meter gehen kann." Max erwiderte mit wütender Stimme: „Aber mein Vater kann wirklich ein ganzes Flugzeug tragen. Der ist stärker als dieser Typ, aber er ist nicht hier. Er musste etwas Wichtiges erledigen, und zwar die Welt retten, also kann ich das Beweisstück nicht vorweisen. Das ist nicht so einfach, wie du denkst. Alles ist schwierig. Und wann sind wir endlich bei dieser zweiten Prüfung? Das dauert aber lange. Sollen wir jetzt einen Zauberspruch sagen oder wie, das regt mich langsam auf. Ich erfinde mir einen Zauberspruch. Schikahischlaka. So, jetzt werden wir zur zweiten Prüfung teleportiert." Und kaum hatte er das gesagt, waren sie in einer Küche.

12. Kapitel

Auf die Plätze, fertig, kochen!!!

Von den Prüfern kam eine Stimme: „Willkommen in der Himmelsküche. Hier gibt es alle möglichen essbaren Sachen. Es ist hier wie im Himmel, es gibt alles, was man will. Man kann hier so viel essen, wie man will. Hier gibt es nur das Beste vom Besten. Das Beste vom Huhn: Hühnerbrust. Es gibt nur die besten Sachen, die schlechten Sachen werden einfach weggeworfen." Jemand fragte: „Wer war das denn?" Da sagte ein Mann: „Ich bin die Prüferin, die sich als Mann verkleidet hat. Ich dachte, ihr hättet mich durchschaut, aber nein, ihr seid einfach zu schlecht, so habt ihr direkt verloren. Ihr hättet mich mal genauer untersuchen sollen, aber nein, ihr seid einfach nur Dummköpfe. Fehler können zwar jedem passieren, aber euch unterlaufen sie besonders oft, weil ihr so dumm seid. Dummheit tut weh. Warum gibt es solch dumme Menschen auf der Welt? Die sollten lieber nicht an der Prüfung teilnehmen." Da sprang sie aus dem Kostüm und auf den Tisch. Plötzlich schrie der Muskelprotz: „Das ist ja meine Frau, die sehr gut kochen kann. Ich kann es nicht glauben. Und ich fragte mich immer, warum sie so gut kochen kann. Sie ist ja die Prüferin. Das hätte ich nie erwartet." Seine Frau meinte angeberisch: „Natürlich kann ich gut kochen, was sonst? Ich habe all die Jahre heimlich gearbeitet und durch Zufall sehen wir uns mal. Franzi, bist du zu den Menschen nett und zu den Monstern böse? Das ist ja eine dumme Frage, ich weiß, dass mein Franzi zu allen Monstern gnadenlos ist, egal, was für Monster es sind. Aber ob er zu Menschen nett ist, das ist schon so eine Frage." Der Muskelprotz sagte beschämt: „Schatz, ich habe dir doch gesagt, dieser Name ist tabu. Er passt nämlich gar nicht zu mir. Aber zu den Menschen war ich nett und zu den Monstern böse. Ich habe auch mehrere auseinandergerissen. Ich war gut. Was sollte ich sonst tun, um die erste Prüfung zu bestehen? Mit den Monstern Tee trinken, der nicht gut schmeckt, damit sie sich zu Tode kotzen? So hätte ich die Prüfung nicht bestanden. Die war aber auch sehr einfach. Ich liebe diese Aufgaben. Die Leute würden mich auslachen, wenn ich mit echtem Namen angesprochen würde. Ich bin ein blutrünstiger Kämpfer und wenn ich dann Franzi genannt werde, wer soll mich da noch ernst nehmen außer dir? Das ist einfach nur peinlich. Ich bin ein Mörder, kein süßer, kleiner Bär, der mit jedem kuscheln will." Die Frau sagte: „Franzi, auf die nächste Prüfung solltest du achten, denn sie wird schwer. Du solltest sie nicht auf die leichte Schulter nehmen und du solltest nicht übertreiben. Du wirst diese Prüfung vielleicht nicht mal schaffen, wenn du angibst und sie nicht ernst nimmst. Denn diese und die dritte Prüfung werden schwer." Da flüsterte ein Mann zu Max: „Das mit dem Kochen wird schwierig, was sollen wir nur tun? Nichts? Nein, dann verlieren wir erst recht. Das wird nämlich sehr schwer. Das kam wirklich sehr unerwartet. Was sollen wir nur tun? Wir sollten überlegen, was Köche machen würden. Sie würden auf jeden Fall nicht sagen, dass sie aufgeben. Wir müssen die Prüfung zusammen bestehen." Max fragte entsetzt: „Warum denn wir? Bist du in mich verliebt oder wie? Oder spinnst du einfach nur? Kommst du aus dem Irrenhaus oder warum verfolgst du mich? Warum fragst du überhaupt mich, ich bin doch nicht die Lösung für alles." Er antwortete: „Nein, ich bin nicht in dich verliebt, spinnst du oder wie? Erstens sind wir vom selben Geschlecht. Zweitens bist du jünger als ich. Drittens ich bin viel schöner als du, das sieht man doch. Viertens kannst du mich mit deinem Teleportzauber zur nächsten Prüfung wegteleportieren. Dann bin ich im Allgemeinen zufrieden. Aber dann kommt eine noch schwierigere Aufgabe, wo ich dann erst recht verliere, was sich dann nicht lohnt. Ich habe keine Lust, wieder die ganze Zeit hier herumzureden, denn das hier ist das allerletzte Drecksloch, das niemand haben will, und wer will denn in so einem Ding bleiben? Ich jedenfalls nicht. Ich würde dich wie Dreck behandeln, könntest du den Teleportzauber nicht." Max bemerkte: „Also willst du mich nur ausnutzen? Diesen Zauber habe ich einfach nur erfunden, falls du überhaupt nachdenken kannst. Du bist ein echter Lappen. Und die nächste Prüfung sollten wir nicht unterschätzen. Es könnte ein Zweikampf unter den Prüflingen sein, und wenn das so wäre, würde ich ausflippen. Aber wir sind ja gerade immer noch in der zweiten Prüfung. Ich hoffe, es wird kein Zweikampf, sonst passe ich, wenn ich gegen meine eigenen Freunde kämpfen muss. Und ich kann diesen Teleportzauber nicht mal, denn ich bin ein Schwertkämpfer und kein Magier. In meiner Gruppe gibt es bereits eine Magierin. Man braucht auch etwas anderes, damit der Gegner einen nicht durchschaut." Die Prüferin schrie: „Genug mit dem Getuschel, jetzt wird gekocht. Ratet mal, was ihr kochen müsst. Es kommt aus dem Meer und ist eine Speise, die manchmal mit Soße zubereitet wird." Jemand schrie: „Ahhh, das sind bestimmt mehrere Blauwale. Aber wie sollen wir das denn machen? Die sind ja tonnenschwer. Wir brauchen Riesenmesser oder einen sehr starken Menschen. Und stehen Blauwale nicht unter Naturschutz?" Die Prüferin sagte beleidigt: „Das kann ich kaum glauben, dass jemand so eine leichte Frage falsch beantwortet hat. Und außerdem, wer will schon Blauwale essen? Die haben doch bestimmt nur Fett und andere fettige Dinge in ihrem ekelhaften Körper. Und Blauwale stehen unter Naturschutz, das stimmt. Und es ist echt schwer, so einen Blauwal herzubekommen. Und das Tier aufzuschneiden ist eigentlich das Schwerste bei einem Blauwal. Ich meinte Lachs mit Soße, du Opfer. So oft passiert das hier eigentlich nicht. Nur dieses Jahr sind alle so dumm, sogar mein Franzi. Hoffentlich sind die Kinder, die hier teilnehmen, nicht doof, denn sonst wäre es so, als würde ich eine ganze Klasse mit doofen Schülern unterrichten, und das ist sehr schwer. Bestimmt sind die Frauen, die hier teilnehmen, schlau, das hoffe ich zumindest, denn sonst ruinieren sie unseren Ruf und das hasse ich."

Alle Männer und Jungen machten ein dummes Gesicht. Die Prüferin erklärte: „Lachs ist gesund und köstlich. Lachs enthält Fischöl, das sehr gesund ist. Und diese Speise ist in jedem Land berühmt. Weiter sage ich nichts mehr. Fangt endlich an zu kochen. Ich werde die Zubereitung nicht erklären. Ihr müsst das selbst machen. In der Wildnis muss man halt alle Rezepte kennen. Das ist völlig normal. Also viel Glück beim Kochen. Und vergesst nicht, alles gut zu machen, um die Prüfung zu bestehen. Und vergesst nicht: Alles ist erst gut, wenn es gut schmeckt." Max erklärte seinen Freunden: „Meine Mutter hat mehrmals Lachs gekocht. Es hat sehr gut geschmeckt. Sie hat mir erklärt, wie man Lachs am besten zubereitet. Um den Lachs zu verfeinern braucht man eine Zitrone, geschnitten in Scheiben, nicht zu dünn und nicht zu dick. Das gibt vielleicht Bonuspunkte. Das andere habe ich leider vergessen." Tina sagte: „Schade, dass wir kein Kleeblatt haben, denn das könnte uns Glück bringen." Da sagte Max hocherfreut: „Jetzt weiß ich, was die andere Zutat war, danke Tina. Es war Petersilie. Das war eigentlich ganz einfach. Hat jemand von euch drei Petersilienstängel und eine Zitrone dabei?" Leon sagte: „Ich habe zufällig eine Zitrone dabei." Alle sahen jetzt Leon an. Er sagte dann schüchtern: „Was? Ich liebe Zitronen so sehr, dass ich sie küssen könnte, und ich dachte, ich könnte eine nehmen. Ich wollte daran lutschen, wenn ich Angst habe, weil ich die durch den Geschmack vergesse, aber ich habe bis jetzt keine Angst gehabt, weil ihr hier seid und mich beschützt. Dann habe ich die Zitrone völlig vergessen. Ich liebe Zitronen, weil sie so einen sauren Geschmack haben. Meine Mutter hat einmal einen Zitronenkuchen gebacken und ihr wisst gar nicht, wie lecker der schmeckte. Ich habe über die Hälfte alleine gemampft. Die Zitrone, die saure, leckere Zitrone soll bei mir bleiben. Ich bin süchtig nach Zitronen. Ich brauche sogar mehr als nur eine einzige Zitrone." Max sagte mit ernster Stimme: „Du darfst entscheiden, Leon. Entweder wir kriegen Extrapunkte und bestehen die Prüfung oder du gibst sie nicht her und wir fallen durch und verrecken. Und ich will dir nur eins sagen: Es gibt genug Zitronen auf der Welt." Leon sagte locker: „Mach schon wegen einer Zitrone keinen Riesenaufstand. Na klar gebe ich dir die Zitrone. Für die Prüfung würde ich fast alles geben, außer euch natürlich. Wir schaffen alles, wenn wir zusammenarbeiten. Es gibt wirklich genug Zitronen auf der Welt. Und wenn ich es mir recht überlege, gibt es so viele Zitronen auf der Welt, dass ich keine Zitronen mehr will, die nerven langsam!" Max sagte auch mit gelassener Stimme: „Das ist sehr gut. Also brauchen wir nur noch drei Petersilienstängel, damit es besser aussieht. Dann haben wir fast alle Bonuspunkte. Wir brauchen nur noch diese Winzigkeit. Wir müssen uns auch beeilen. Denn gleich wird sie sagen, dass die Prüfung vorbei ist."

Ein Teilnehmer beleidigte den Muskelprotz: „Was tuschelt das Opfer da?" Der Muskelprotz sagte beleidigt: „Dann nimm das, du Beleidiger." Der Muskelprotz warf einen Fisch, genauer gesagt einen Lachs, gegen den Mann. Der Muskelprotz sagte lachend: „Das ist das Komischste, was mir im Leben passiert ist. Was sagt man dazu noch mal? Ach ja, genau. Du bist ein Fischgesicht! Das kommt davon, dass du mich beleidigt hast, das ist deine Schuld." Der Mann fiel zu Boden. Da sagte der Muskelprotz: „Du bist vergammelt worden und mir hättest du sowieso nicht gut geschmeckt. Du warst schon faul und warum hast du mich beleidigt, du Fischopfer?" Jeder lachte. Da kam die Prüferin, fühlte den Puls des Mannes und sagte wütend: „Quatsch mit Soße. Hört auf damit. Das ist nicht lustig, du hast ihn umgebracht. Das war schlecht, er kann jetzt nicht mehr die Prüfung bestehen. Beim nächsten Mal muss ich dich leider disqualifizieren, Franzi. Auch wenn es mir noch so leidtut." Tina sagte: „Ich habe Petersilienstängel, fragt aber nicht wieso. Ich sage es schon selber. Ich habe eine Petersiliensammlung, das ist jetzt nicht unnormal, oder? Egal. Hauptsache, ich habe Petersilie, und ich gebe sie auch freiwillig. Ich habe sogar extra meine besten Petersilien hergebracht, damit wir besonders gut ankommen. Ich nehme auch immer nur die besten, aber ich gebe sie nur, weil wir sonst keine Petersilie haben." Sie holte aus ihrer Tasche drei blattgrüne Petersilienstängel raus. Sie glänzten auch, was sehr besonders für Petersilien war. Lea sagte erstaunt: „Ich wusste gar nicht, dass du eine Petersiliensammlung hast. Ach, egal, hoffentlich kommt das gut bei der Prüferin an. Was die Prüferin gerade gesagt hat, war echt lustig. Wir sollen ja Lachs mit Soße kochen. Der Muskelprotz hat einen Lachs auf einen Menschen geworfen und er sagte dann: Fischgesicht. Die Prüferin hat dann auch gesagt: Quatsch mit Soße. Das passt doch alles zusammen. Sie haben daraus ein köstliches Witzgericht zubereitet." Beim Kochen hatten sie keine Probleme, denn sie arbeiteten als Team zusammen und versuchten alles zu beachten.

Da schlug die Prüferin gegen den Gong und schrie: „Die Zeit ist um. Ich werde eure Endergebnisse jetzt ansehen. Ihr sollt euch alle in einer Reihe aufstellen. Es werden jetzt die Lachse probiert. Wenn mir ein Lachs nicht schmeckt, wird der Koch verloren haben, das kann ich ihm versichern. Und ich sage euch: Ich beurteile Dinge sehr streng, das könnt ihr mir glauben." Alle stellten sich schnell in eine Reihe. Alle schrien wie im Krieg. Sie waren sogar so schnell, dass eine Rauchwolke erschien. Niemand konnte mehr sehen, aber der Muskelprotz hatte ja trainiert. Er nutzte diesen Moment aus und drängelte sich vor. Die Rauchwolke verschwand und alle sahen den Muskelprotz ganz vorne. Sie beschwerten sich, dass er sich vorgedrängelt hatte. Die Prüferin sah das Ding vom Muskelprotz an. Es war vollkommen roh. Die Prüferin sagte beleidigend: „Das soll Lachs mit Soße sein? Echt? Sogar wenn ich Spülmittel mit Lachs gegessen hätte, wäre es besser als das hier, was du in der Hand hältst. Wo ist denn überhaupt die Soße? Bestimmt ist es wirklich ein Spülmittel. Und was soll dieser Schnitt in deinem Fisch? Hast du ihn etwa operiert, damit er auch im Ofen lebt? Oder hat ihn ein Babyhai gebissen, weil er Hunger hatte? Oder hast du ihn selber angebissen, weil du Hunger hattest? Und ich wollte da noch etwas sagen: Wer mit seinem Team am besten kocht, hat freie Wahl, was ich für ihn koche. Und Franzi, ich wollte dir nur sagen, dass du die Prüfung nicht bestanden hast, denn dein Fisch schmeckt wie ein Stück Scheiße, das vom Himmel gefallen ist. Echt, ich habe schon mal bessere Scheiße gegessen. Ich bin nicht so dumm, wie ich aussehe, auch wenn ich blond bin. Wer hat die Blondinenwitze überhaupt erfunden? Den bringe ich auf jeden Fall um. Ich bin die schlaueste aller Blondinen. Ich bin auch wirklich schlau, ich kann nämlich eins plus eins rechnen, es ist nämlich zwei. Seht ihr? Wer will sich hier mit mir anlegen? Der wird die härteste Abreibung seines Lebens bekommen, das versichere ich euch, ich bin nicht ohne Worte, ich bin immerhin auch einer der Prüfer.

Ich bin sehr hart, wenn es um die Prüfung geht, aber ansonsten bin ich immer weich, denn ich bin fast immer nett." Da fragte jemand plötzlich: „Wann machen wir endlich weiter? Sie haben so lange geredet und das war echt unnötig, was sie da alles gesagt haben." Die Prüferin sagte enttäuscht: „Seht ihr, solche dummen Fragen meine ich. Das ist nicht mehr normal, ich brauche jetzt unbedingt Kopfschmerztabletten. Mir tut schon vor der Kontrolle der Kopf weh. Ihr seid die Schlechtesten, die ich bis jetzt gesehen habe. Ich bin viel besser als ihr. Egal, jetzt geht es weiter mit der Kontrolle. Wo war ich noch mal stehen geblieben? Ach ja, ich war bei meinem Schatz. Du bist einfach nur schlecht. Du hast die Prüfung zu 100 Prozent nicht bestanden. Auch wenn es mir weh tut, du bist disqualifiziert und wirst die Prüfung nicht wieder machen können." Der Mann sagte beleidigt: „Erstens: Warum habe ich die Prüfung nicht bestanden, ich sollte eigentlich jede Prüfung bestehen. Ich bin einfach der Beste. Zweitens: Wo der Schnitt ist, wurde die handgemachte Soße reingequetscht. Und um den Schnitt zu machen, habe ich da einfach reingebissen. Es hat dann gar nicht so schlecht geschmeckt, auch wenn es roh war. Deswegen dachte ich mir, roh würde es dir auch gut schmecken, und um den Fisch zu braten, war keine Zeit mehr da. Also habe ich ihn so vorbereitet. Probiere mal. Das wird dir sicherlich gut schmecken. Wir haben nämlich fast denselben Geschmack. Du bist meine Frau, deswegen sollten wir fast genau denselben Geschmack haben. Aber egal, du wirst sehen, wie gut das schmeckt." Der Muskelprotz drückte den Fisch in den Mund der Prüferin, diese musste aber kotzen. Sie sagte wütend: „Du hast jetzt auf jeden Fall nicht bestanden, weil du mich vergiften wolltest. Mit dem Essen könntest du viele zum Kotzen bringen. Ein Lachs von dir würde reichen, um bestimmt 400 Leute zu vergiften und hundert davon würden daran sterben. Zum Glück habe ich so einen kräftigen Magen, deswegen sterbe ich nicht. Aber ich bin echt enttäuscht von dir, Franzi, weil du so schlecht kochen kannst. Ich habe dir immer vorgemacht, wie man kocht, und du hast dabei gar nichts gelernt. Das ist einfach jammerschade. So was macht man einfach nicht, Franzi, jemanden vergiften. Du bist doch kein Auftragskiller." Der Muskelprotz sagte: „Was? Das schmeckt doch gar nicht übel. Das ist das beste Stück, das ich in meinem ganzen Leben gegessen habe. So etwas nennt man kulinarisches Essen, es ist nicht wie dein Möchtegern-Essen. Ihr versteht alle nichts von Feinschmeckerei. Das schmeckt so gut, dass es sogar in ein Sechs-Sterne-Restaurant passt. Ich bin der beste Koch der Welt, ich kann nämlich alles mit der Hand oder mit dem Kopf zerteilen, egal, was es ist." Er aß den ganzen Fisch mit einem Bissen auf. Jeder musste sich dann fast übergeben, denn der Fisch sah nicht gerade wunderschön aus. Aber der Muskelprotz ignorierte diese Würgegeräusche und dann fragte er: „Was wird jetzt mit mir passieren? Werde ich jetzt die ganze Zeit gezwungen, Eis zu essen? Oder irgendetwas anderes? Bestimmt muss ich jetzt warten, bis ich weiterkomme." Die Prüferin antwortete darauf traurig: „Du wirst leider in einen Raum gebracht, wo man dich umbringen wird. Ich kann daran leider nichts ändern." Der Mann fragte: „Warum denn das? Ich kann doch nur nicht kochen. Und die werden mich nicht umbringen können, ich bin definitiv zu stark für sie. Ich nehme sie so einfach auseinander." Die Prüferin antwortete darauf: „Ich wusste, dass du mich das fragst, also habe ich mich darauf vorbereitet. Du wirst umgebracht, damit es für die anderen gerecht wird. In der Prüfung davor hatte man nicht bestanden, wenn man gestorben ist. Also ist es nur gerecht, wenn man auch hier stirbt, wenn man nicht bestanden hat. Aber Ich werde die Herren dazu überreden, dass sie nur dein Gedächtnis löschen. Sie sind aber streng, wenn es um solche Sachen geht. Sie sind sehr böse, das kann ich euch versichern."

Der Mann sagte: „Warum denn das? Ist es so schlimm, dass ich weiß, was ihr in der Prüfung macht? Ich werde doch nichts Schlimmes mit diesem Wissen anstellen, warum sollte ich auch? Ich mach doch keine andere Himmelskriegerprüfung, das wäre nämlich sinnlos. Ich bin auch nicht wütend genug, um jeden hier umzubringen. Vielleicht nur jemanden, der mich aufregt. Aber davon geht doch die Welt nicht unter. Ich würde dann gerne noch ein Abschiedslied über die Himmelskriegerprüfung singen, wenn ich nur eins kennen würde. Dann erfinde ich am besten eins: Die Prüfung ist für die Krieger geschaffen. Jaja, ich bin der Beste. Rappen kann ich und das kann auch jeder. Das ist doch klar. Jetzt weiter mit dem Rap. Ich bin schlecht im Denken, ich habe nämlich keine Fantasie. Rappen kann jeder. Rappen kann ich sehr gut und es ist an sich sehr cool. Was geht? Ich bin der Beste und ich bin der Coolste, aber ihr seid sehr schlecht. Was geht ab? Wir feiern die ganze Nacht. Hey, was geht ab? Wir machen nichts die ganze Nacht. Das ist das Beste an der Nacht. Ich nicht traurig sein. Ich komisch spreche. Ihr nicht machen können wie ich, weil ihr schlecht sein. Ich Beste der Welt. Man nennt mich auch den Boss. Ich bin der Meister und du bist der Lehrling, der gar nichts weiß, du bist einfach nur dumm, ich meine dich, ja dich, du bist der Dümmste. Was geht ab? Ihr seid dumm die ganze Nacht."

Alle tanzten jetzt, sogar die Prüferin. Der Muskelprotz machte glücklich weiter. Nach einiger Zeit war die Musik zu Ende und alle warfen gefälschtes Geld, außer der Prüferin, die warf Steine, aber als Geschenk. Alle jubelten nach Zugabe. Der Muskelprotz nahm das Geld natürlich. Er sagte: „Ich nehme das Geld, um irgendetwas Dummes zu machen. Egal, es macht Spaß. Also ich werde euch auf jeden Fall nicht noch mal etwas vorsingen, das passt nämlich gar nicht zu mir. Ich bin eher so ein Kampftyp, wisst ihr. Ich schlage eher etwas zu Boden. Das macht mir am meisten Spaß, das ist so typisch für mich. Ich liebe es." Die Prüferin sagte: „Du hast es dir zwar nicht verdient, aber das ist eigentlich egal, da kann ich mir endlich einen neuen Mann aussuchen. Spaß, du bist mein einziger Schatz. Ich werde dich niemals vergessen, auch wenn du vergisst, dass ich deine Frau war. Es wird ein einziger Stich in meinem Herzen sein und du wirst auf jeden Fall in meinem Herzen bleiben. Und es wird bestimmt auch einen anderen guten Mann geben. Hoffentlich ist er genauso gut wie du, Schatz. Ich will dich eigentlich nicht verlieren, aber das Schicksal will es eben so, was soll ich denn schon dagegen machen? Ich bin doch nicht der Herrscher der Welt. Ich werde dich auf jeden Fall vermissen. Was sonst, ich habe doch ein Herz und auch Gnade, aber leider musst du diesen Weg gehen, daran kann ich nichts ändern. Ich werde dich immer lieben. Du musst aber bald weg, ich darf auch nicht so tun, als hättest du bestanden, das ist illegal, das darf ich leider nicht, sonst werde ich getötet. Das ist noch schlimmer, als Erinnerungen verloren zu haben. Ich kann nichts machen, also musst du deine Erinnerungen löschen lassen. Du musst dann wahrscheinlich etwas richtig Hartes durchmachen, was sehr schwer für mich ist und worüber ich dann Tag und Nacht weine." Der Mann antwortete: „Weiß ich doch, du kannst nichts dafür, aber wir müssen dem schrecklichen Schicksal entgegengehen. Ich werde jeden von euch vermissen, denn es wird hart, ein Leben ohne meine Frau zu haben. Niemand soll sie bekommen, jetzt soll niemand meine Frau anmachen, sonst werde ich ihn umbringen, denn das ist meine Frau. Besonders hat mir dieser kleine Junge gefallen, er erinnert mich irgendwie an meinen Sohn. Ja, ich meine diesen Jungen in der dritten Reihe dort." Er zeigte mit dem Finger auf Max. Max meinte: „Und ich werde Sie nicht vergessen, ich werde Sie vermissen. Sie wären bestimmt ein starker Gegner. Wenn ich gegen Sie kämpfen müsste, wäre das für mich sicher viel zu schwer. Sie sind bestimmt auch ein Pro Gamer, oder? Sie cheaten bestimmt überall, selbst im Reallife. Was sind Sie denn für ein Hacker? Ein ganz besonderer, wie? So etwas sehe ich sehr selten oder sogar gerade zum ersten Mal. Egal, ich spiele nicht so oft. Ich weiß nicht mal, ob ich überhaupt ein Spiel habe. Irgendwie habe ich das Gefühl, dass ich jeden hier bei einem Spiel besiegen könnte, aber ich weiß nicht, ob ich das tun kann. Ich bin kein Programmierer wie die anderen, ich bin kein Cheater oder so." Die Prüferin hat dann weiter kontrolliert. Bestimmt die Hälfte ist durchgefallen. Es dauerte 15 Minuten, bis sie fast alle kontrolliert hatte. Als sie bei den Freunden war und den Fisch sah, lächelte sie und sagte: „Aha, ihr habt die besonderen Zutaten auch dazugetan? Ihr werdet auf jeden Fall eine besondere Spezialität von mir kosten." Max freute sich: „Ja, wir haben die Prüfung geschafft, wir sind weiter." Da meinte die Prüferin: „Nicht so voreilig, ich habe nicht gesagt, dass ihr bestanden habt, sondern nur, dass ihr eine Spezialität zu kosten bekommt." Dann ging sie zu den anderen Prüflingen. Am Ende fragte sie die Freunde: „Ihr könnt entscheiden: Ihr könnt das Essen genüsslich verzehren oder einem anderen geben, der hungrig ist. Aber ich weiß, dass ihr sagt, dass ihr es selber essen wollt, weil ich so gut kochen kann. Niemand kann mich im Kochen einholen, ich bin nämlich besser als besser. Ich bin die Beste. Da kann niemand meinem Essen widerstehen." Aber sie entscheiden sich dennoch dafür, das Essen einem kleinen Mann zu geben, der gerade nichts mehr zu essen und bestanden hatte. Da meinte die Prüferin dann: „Was? Das Essen von mir esst ihr nicht? Dafür bekommt ihr noch eines zubereitet." Die Kinder verstanden nicht, warum die Prüferin noch etwas zu essen machte. Da erklärte sie: „Ich gebe euch dann einen Tipp. Ihr wisst, dass eine Prüfung zu bestehen sehr wichtig ist. Aber ich sage euch nur eins: Wer seine Mission nicht erfüllt, ist Abschaum, aber wer seinen Freund nicht rettet, der ist noch größerer Abschaum. Das ist eine der wichtigsten Sachen überhaupt, denn das ist etwas, was euer Leben entscheiden wird. Die Mission wird meistens ernster genommen als die Person selbst. Es ist wichtiger für sie, dass sie die Mission schaffen. Das ist doch echt dumm, denn wenn sie immer wieder Leute im Stich lassen, dann haben sie bald keine mehr und verlieren, ohne überhaupt etwas zu sagen. Am Ende wird immer alles gut, denn habt ihr auch Verluste gemacht, seid ihr am Ende einander verbunden und so stark wie tausend Mann. Spaß, ihr seid einfach viel stärker und dann habt ihr keine Angst und das ist sehr gut. Dann könnt ihr euch am besten durchkämpfen, das ist das Beste, was ihr euch im Kampf überhaupt wünschen könnt. Und ihr gebt euch dann gegenseitig Rückendeckung, das ist auch sehr gut, und ihr könnt noch Partner-Kombinationen machen, das ist dann auch sehr stark." Da meinten alle Teilnehmer: „Sie sind so nett, wie sollen wir Ihnen denn nur danken, dass Sie so gutmütig sind? Was sollen wir denn nur ohne sie machen?" Sie legte für ungefähr 120 Personen Lachse auf den Grill. Dieser Duft stieg in die Nasen der Teilnehmer. Sie fragten sich alle, wie das wohl schmecken würde. Alle leckten sich schon die Lippen, weil sie so aufgeregt waren. Einer schrie rum: „Das riecht ja himmlisch gut! Wie das wohl schmecken wird? Bestimmt schlechter als der Himmel. Nein, bestimmt genauso gut, weil wir hier bei der Himmelskriegerprüfung sind, und da haben wir eine sehr gute Himmelsköchin, die nicht umsonst so heißt. Bestimmt schmeckt das sehr gut. Zum Glück habe ich bestanden, denn nun kann ich mein Essen doppelt gut genießen. Ich hätte niemals erwartet, dass ich so weit komme." Die Prüferin pfiff. Das bedeutete wohl, dass sie fertig war. Da meinte sie: „Leute, lasst es euch gut schmecken, denn das ist das erste und letzte Mal, dass ihr sowas Köstliches in den Mund bekommt. Denn ich kann einmalig gut kochen und sowas kostet eigentlich 20 Gold, was ziemlich teuer ist, sogar noch teurer als Kaviar. Ich bin auch zur Feinschmeckerin des Jahres gewählt worden. Also bin ich hier die, die am besten kochen kann. Ich kann genauso wie der Himmel kochen, ich heiße nicht umsonst Himmelsköchin. Dieses Mal hab ich mir sogar besondere Mühe gegeben, also genießt es, als wäre es eure letzte Mahlzeit, was sie tragischerweise auch ist, denn das ist einfach unbezahlbar. Eure Geschmacksknospen werden davon wegfliegen, denn ich bin halt so gut. Niemand kann mich hier überhaupt toppen. Ich bin die Beste hier drinnen. Wer will mich hier schon besiegen? Niemand kann das, sonst wäre die Welt nicht mehr normal. Dann würde ich denken, wir haben hier hirnlose Zombies in diesem schrecklichen Haus, was sollen wir dann dagegen unternehmen. Euch alle töten, oder was?"

Der Muskelprotz sagte zu seiner Frau: „Ich werde jetzt noch ein Lied singen, aber diesmal einzig und allein für meine Frau. Und nur für meine Frau, nicht für euch. Monsterbody. Mit ihren Monsterohren mag ich sie. Mit ihren roten Lippen lieb ich sie. Und mit ihren blauen Augen ist sie ein Topmodel. Ich bin mit ihr verheiratet, weil sie so schön ist. Ja, sie ist die schönste Frau auf der Welt und es gibt keine bessere. Sie heißt: Sina. Ich liebe sie mehr als all meine Sachen, sogar mehr als mein Leben, und gut kochen kann sie auch. Also eine Frau mit allem Drum und Dran. Sie ist eine perfektionierte Frau. Nichts Besseres auf der Welt gibt es als sie." Die Prüferin sagte geschmeichelt: „Das sagst du doch bestimmt nur, damit du dich einschleimen und weitermachen kannst. Das ist aber ungerecht gegenüber den anderen, also sei gerecht und mach solche Sachen nicht. Und wenn du mich wirklich von ganzem Herzen liebst, dann zeig mir doch mal den Ring, den du da gerade trägst, damit ich sehen kann, ob du mich wirklich liebst, du hast ihn mir nämlich vor zehn Jahren geschenkt." Da zeigte der Muskelprotz einen goldenen Ehering, der an seinem Ringfinger war, und der glänzte so heftig, dass man seine Augen schließen musste. Es war ein sehr grelles Licht, und da schrie der Muskelprotz: „Das ist der Beweis dafür, dass ich dich liebe, oder glaubst du mir immer noch nicht? Ich liebe dich von ganzem Herzen, aber ich werde leider für immer aus deinem Leben verschwinden, was sehr tragisch ist. Dann kann ich dich nicht mal vermissen, wie krass ist das denn? Es ist sehr schwer, ohne so eine schöne Frau wie dich zu leben. Was soll ich da machen? Immer schlechtes Essen oder wie, das kann doch nicht sein, dein Essen kann man nicht toppen. Was soll ich denn ohne dich machen, mich jeden Tag langweilen und hoffen, dass ich dich irgendwann im Leben wiedersehe? Das kann doch nicht normal sein, dann bin ich ein Stalker und ausgerechnet das möchte ich nicht. Denn ich liebe dich. Und ich werde dich immer lieben, selbst wenn mein Gedächtnis gelöscht ist. Du bist die beste Frau, die ich je im Leben gehabt habe. Ich werde dich vermissen, das sage ich dir."

Gerade als der Muskelprotz ihr einen Abschiedskuss geben wollte, ist er verschwunden. Da schrie die Prüferin: „Nein, mein Mann, mein schöner Mann. Ich werde dich vermissen, ich werde dich überall suchen und versuchen, dir zu erklären, dass ich mal deine Frau war, damit wir wieder glücklich zusammenleben können. Aber du bist jetzt leider weg und da habe ich keinen Mann mehr, der witzig ist oder sowas in der Art. Ich werde dich immer vermissen, auch wenn du gar nicht mehr hier wohnen wirst, ich werde versuchen, dich zu finden. Ich werde dich niemals vergessen. Ich werde dich immer in meinem Herzen behalten. Und ich darf dich nicht mehr heiraten. Das ist alles so schwer zu überstehen." Aber danach regte sie sich sehr schnell ab und fragte die Prüflinge: „Na, wie schmeckt euch meine Delikatesse? Ich weiß, was ihr antworten werdet, ihr werdet mit vollem Mund sagen: Das ist einfach zu himmlisch. Was soll man denn zu so etwas Köstlichem sonst sagen? Ich bin nämlich eine so gute Köchin, das könnt ihr euch gar nicht vorstellen. Das hier ist keine normale Küche, das sage ich euch, die hat der Chef extra für mich bestellt, diese Küche ist einfach so groß und schön, da schmeckt das Essen gleich doppelt so gut. Das Essen riecht auch gut." Da meinte Max: „Ja, Sie haben recht, diese Küche ist riesig, die hat bestimmt ein Vermögen gekostet. So viel würde ich jedenfalls nicht für eine Küche ausgeben und dieser Lachs schmeckt einfach nur göttlich. Das ist einfach so genial, dass man gar nichts mehr tun will, sondern lieber all das genießen, als wäre es die letzte Mahlzeit. Dann muss man es einfach langsam essen und genießen, aber das würde nicht zu einem Eis passen, definitiv nicht, das wäre echt furchtbar. Wer will schon Eis mit Fisch essen, auch wenn der Fisch gut schmeckt. Fische schmecken an sich gar nicht so schlecht, aber mit Eis will ich mir das echt nicht vorstellen. Eis mag ich und Fisch mag ich, aber ich mag kein frisches Fischeis aus dem Meer oder aus der Gefriertruhe. Ich mag aber Erdbeereis, das schmeckt so nach Erdbeere und ist eiskalt. So muss das eigentlich schmecken. Zitroneneis mag ich auch sehr und gemischt schmeckt das Eis für mich am besten. Solche Qualität muss jedes Eis haben, so ist Eis perfekt. Fisch schmeckt, wenn er frisch und nicht roh ist. Ich mag rohen Fisch nicht, denn er ist so glitschig und es ekelt mich so sehr davor, dass ich ihn nicht mal ansehen möchte, das ist eine Schande." Max meinte: „Vielleicht würden es die Menschen dann bald essen? Vielleicht wird es eines Tages der Hit, man weiß ja nie, wie ich schon sagte, es ist eben unbekannt und wird unbekannt bleiben, oder stellen Sie sich einen Fisch als Alien vor, oder was? Aus denen platzt doch nicht gleich ein Alien raus, sonst haben wir gerade gebratene Aliens, die gut geschmeckt haben, aber wie ich schon sagte: Man weiß ja nie. Es kann jetzt sein, dass aus unseren Körpern Aliens rausplatzen. Aber das ist sehr unwahrscheinlich. Seien wir froh, dass es nicht passiert. Das wäre doch echt krass, wenn so etwas passieren würde. Ich meine es ernst. Aber zum Glück sind wir ja keine

Aliens, das ist unser großes Glück, sonst würde jeder Mensch uns direkt töten." Da meinte jemand: „Ey, das wäre wirklich viel zu heftig, und das würde einem Kind wie dir Angst machen, also hoffe ich, du wirst so etwas nicht sehen, weil es uns dann wahrscheinlich töten wird, und das wäre kein schöner Anblick für dich. Da wärst du bestimmt abgehauen, ich kenne Kinder nämlich sehr gut, weil ich selbst mal eins war. Denn für mich wäre es auch zu heftig, auch wenn ich schon ein Erwachsener bin, aber ich habe trainiert, damit ich stärker werde und es schaffe. Mit dieser Prüfung habe ich aber nicht gerechnet, doch ich konnte schon zuvor sehr gut kochen. Hat die Prüfung etwa nicht mehr auf Lager als zu kochen, das ist doch nichts Schweres. Das ist kein Problem für den King, also ist es eigentlich gar nicht so schwer. Ich bin froh, dass ich bestanden habe. Denn es ist gar nicht einfach zu kochen."

Da meinte die Prüferin: „Es ist noch lange nicht vorbei, Freundchen, es gibt noch tausende von Prüfungen, die ihr bestehen müsst. Im Gegensatz zu den anderen Prüfungen ist die hier doch die einfachste bis jetzt. Es kommen noch viel härtere Gegner. Die hier sind noch nicht mal küsschenschwer. Ihr hattet bis jetzt nichts Schwieriges durchzumachen. Das war ein Kinderspiel. In der nächsten Prüfung gibt es einen sehr harten Gegner, und nicht nur einen, das versichere ich euch. Das ist nichts von den leichten Sachen, da sage ich nun die Wahrheit. Dabei bin ich selber fast gestorben, das ist wirklich viel zu schwer für euch, denn das hier ist die letzte Prüfung, die nicht ohne Worte ist. Aber keine Angst, ihr schafft das schon, wenn ihr zusammenhaltet. Dabei ist die Freundschaft eine Hilfe, zusammen werdet ihr es bestimmt schaffen. Also, wie schmeckt euch mein Lachs, wenn ich mal fragen darf? Ich will einfach nur hören, wie ihr ihn lobt, denn ich liebe es, wenn jemand mein Essen lobt. Niemand auf der ganzen Welt kann besser kochen als ich. Einfach niemand, das verspreche ich euch." Max meinte: „Das schmeckt einfach genial, ich frage mich, welches Gewürz Sie für diesen Lachs hier verwendet haben. Ich habe es noch nicht gekannt. Wie geht das denn, das ist doch normalerweise unmöglich, dass etwas so gut schmecken kann. Ich würde gerne Ihr Geheimnis kennen. Verraten Sie es der ganzen Welt, da kommt doch keiner zu Schaden. Also los. Ich weiß, dass Sie es kennen, also nun endlich raus damit. Es kann für uns lebenswichtig sein. Es hat so gut geschmeckt. Ich kriege sonst gleich einen Ausraster und werde zum Monster. Ich bin dann auch viel stärker als ihr, aber auch viel langsamer, also könnet ihr mich dann locker packen, das wäre gar kein Problem für euch. Ihr seid dann sofort die Sieger, das steht auf jeden Fall fest. Aber dann will ich wenigstens dieses verdammte Geheimnis wissen, denn das Essen ist einfach so lecker. Falls wir zum Beispiel auf eine Reise gehen, wo wir dann aber leider keinen Proviant mehr haben – was sollen wir tun? Wie lautet also dieses verdammte Rezept? Ich will Sie deswegen nicht umbringen, aber ich will es unbedingt wissen, denn so etwas Leckeres gibt es eigentlich überhaupt nicht. Das ist einfach unbeschreiblich, wenn man es auf der Zunge zergehen lässt." Lea meinte: „Das ist mein Spezialgebiet und ich kenne keinen Spruch, der das Essen überhaupt verfeinern kann, sonst würde das jetzt noch besser schmecken. Es kann doch ein Zauber dahinterstecken, aber soweit ich weiß, gibt es so etwas nicht. Es muss etwas Besseres als Zauber dahinterstecken, das sage ich euch, denn selbst mit Zauberei würde es nicht so lecker sein." Da grinste die Lehrerin und erklärte: „Das liegt an den feinen Gewürzen. Sie sind kräftiger als fast alle anderen Gewürze der Welt. Sie sind sehr selten und man kann sie nicht mit der Hand machen. Und dieses hier ist besonders für Lachs gedacht, also passt das so gut wie Schuh und Fuß. Es ist einfach genial, das Gewürz kann keiner toppen. Es ist sozusagen ein legendäres Gewürz, das man nicht so leicht bekommt. Ich meine es ernst, es ist sehr schwer zu finden." Max sagte aufgeregt: „Na sagen Sie doch endlich, wo man das Gewürz bekommt und wie man es verarbeitet, denn stellen Sie sich mal vor, wir sind auf einer Reise und haben nichts zu essen. Ich muss dieses Gewürz einfach haben, denn es ist legendär. Aber ich denke, der Fisch schmeckt einfach auch deswegen so gut, weil Sie so gut kochen können." Die Prüferin erklärte: „Erstens: Das kannst du nicht von Hand machen, also kannst du es nur schwer herstellen. Um das Gewürz herzustellen, benötigt man richtige Maschinen, die ein Vermögen kosten und einfach nur gigantisch sind. Es ist fast unmöglich, sie zu tragen, das schaffst du als Kind erst recht nicht. Und ich erkläre euch jetzt, wo es sich befindet. Vielleicht wollt ihr es ja einfach nur nehmen, weil ihr es irgendwie danach zum Gewürz machen wollt. Und wenn das Gewürz selten ist, dann ist die Pflanze oder die Frucht, je nachdem, auch sehr selten. Die ist dann auch sehr teuer. Also, ich würde euch empfehlen, selbst wenn ihr die Maschine nicht habt, diese Pflanze zu verkaufen, damit könnt ihr auch reich werden und dann das Gewürz kaufen. Der Wert der Pflanze beträgt ein ganzes Gold, was sehr teuer ist, beinahe unbezahlbar, das können sich fast nur die Reichen leisten. Auf diesem Wege wollen sie ihren Reichtum zur Schau stellen." Max meinte: „Reden Sie nicht etwas zu viel? Sie reden so viel, dass ein Mensch nicht mal so viel reden könnte. Aber Sie sind eine Frau, deswegen ist es ja vollkommen normal. Frauen reden nämlich fast immer zu viel. Ich habe jetzt ‚fast immer' gesagt, um nicht alle Frauen zu beleidigen." Da meinte Lea: „Aber du redest doch auch so viel und noch Sinnloseres. Das ist ja zum Lachen. Auch wenn sie viel redet und Sinnloses sagt – du redest viel mehr als sie. Ihr redet beide viel zu viel, um ehrlich zu sein. Also, nun habe ich eine Frage. Ist die nächste Prüfung schwer? Ich möchte es wissen, damit wir uns darauf vorbereiten können. Ich will auch jetzt nicht verlieren, weil wir so weit gekommen sind. Ich will jetzt nicht sterben und alles umsonst gemacht haben. Ich will lieber überleben, ihr etwa nicht? Deswegen mache ich mir so große Sorgen, denn ich will euch nicht verlieren. Ihr habt auch bestimmt Angst, wenn euch Sachen, die euch wichtig sind, in Gefahr sind, da hat bestimmt jeder Angst davor. Ich will euch beschützen und will nicht, dass ihr sterbt. Aber wir sind bis jetzt ganz gut durchgekommen, ich will jetzt erst recht nicht verlieren, weil wir schon Prüfungen geschafft haben. Das ist echt gut für uns, da wir die einzigen Kinder hier sind. Ich verstehe nicht, warum wir weiter als Erwachsene gekommen sind, das ist theoretisch unmöglich, denn sie sind größer und sollten eigentlich auch stärker und schneller sein. Aber was sind denn das für Erwachsene, Schwächlinge, die es noch nicht mal bis zur zweiten Prüfung schaffen? Das müssen ja richtig schwache Erwachsene sein."

Die Himmelsköchin meinte dann: „Lass uns mal uns von diesem doofen Thema absehen, denn es ist einfach nur dumm. Wer redet heutzutage schon noch darüber? Ich bin zufrieden mit meinem Leben. Ich habe keine Probleme und habe Geld, mit dem ich mir Essen kaufen kann, besser kann das Leben doch gar nicht sein. Meine Eltern waren schon gestorben, als ich gerade sechs Monate alt war. Ich wurde von einem Mann großgezogen. Also so ein Leben habe ich mir niemals wirklich vorgestellt. Als ich groß geworden bin, hat der Mann mir angeboten, dass ich dort arbeite, wo er arbeitet. Als er in seiner Schicht gestorben ist, habe ich seinen Platz eingenommen. Ich habe lange geweint, ich konnte das sehr schlecht wegstecken, ich habe stundenlang geweint. Er hat mich wie seine Tochter behandelt. Ich fand ihn sowas von cool. Aber dann ist er leider von mir gegangen, was sollte ich da noch tun. Da habe ich mich entschieden, den Job anzunehmen, aber dafür musste ich selber die Prüfung bestehen, und das war kein Klacks, das versichere ich euch. Die war viel schwerer als eure, denn wenn man hier arbeiten will, muss man eine andere Prüfung bestehen. Für diese musste ich sehr viel trainieren, bis mir die Arme so weh getan haben, als würden sie gleich abfallen, aber das hatte noch lange nicht gereicht, ich musste auch meine Beine trainieren, das tat auch sehr weh. Auch meine Reflexe mussten trainiert werden, und das war nicht einfach. Es war schwer für mich, diese Prüfung zu bestehen Und ist das Schwert, das du da benutzt, ein Himmelsschwert, Max?" Der Junge antwortete: „Ja, natürlich, womit soll ich denn sonst kämpfen, mit einem Himmelspömpel oder wie? Ich mache dann einfach die Gegner schmutzig, oder soll ich sie lieber reinigen, damit sie an Sauberkeit sterben? Das wäre dann die beste Waffe, die es gibt. Oder der Himmelspömpel ist vielleicht gar nicht zum Kämpfen gedacht, sondern macht von selbst die Toilette sauber. So etwas wünscht sich bestimmt jede Frau, dann müsste sie sich nicht immer beschweren, dass sie Toilette machen muss. Dann ist jeder im Haus zufrieden, dass die Toilette immer sauber ist. Das macht alle auf der Welt glücklich und die Erfinder verdienen dann sehr viel Geld. So eine Entdeckung würde die ganze Welt verändern. Nicht nur die Welt, sondern das ganze Universum, denn dann schießen sie eine Pömpelrakete zu anderen Planeten ab, damit die Aliens es auch noch mitbekommen. So etwas ist doch eine der besten Sachen überhaupt, dann würde die Welt die Entdeckung des Jahrtausends machen. Das ist jetzt aber eigentlich nicht wirklich wichtig." Die Prüferin meinte erstaunt: „Ist es überhaupt möglich, dass man so lange reden kann, ohne nach Luft zu schnappen? Das ist doch einfach unmöglich, dass man so lange redet, ohne einen hörbaren Atemzug zu machen, das kann doch einfach nicht sein. So etwas habe ich noch nie gesehen, das ist bestimmt ein Weltrekord, aber egal. Ihr habt Recht, das muss ich zugeben. Ich rede zwar sehr viel und sogar sinnlose Dinge, aber er redet definitiv mehr. Aber egal, warum du über so viel sinnloses Zeug redest. Also, Aliens gibt es noch nicht mal und du redest davon, deine Familie vor Aliens zu beschützen, obwohl es sie nicht mal gibt. Was einem Kind heutzutage so alles in den Kopf kommt. So etwas entspringt einer blühenden Fantasie, die eigentlich zu groß ist für so einen kleinen Jungen, aber okay, ich will nicht die Fantasie eines kleinen Jungen einschränken. Aber wer so eine Fantasie besitzt, muss einfach nur krank sein, denn so viel passt unmöglich in den Kopf eines kleinen Jungens rein. Dafür müsste man eigentlich mindestens zwei Gehirne besitzen." Max erwiderte: „Das meinte ich doch auch, aber Sie haben mich doch schon die ganze Zeit über ignoriert und das ist nicht gut, weil ich genau das Gleiche gesagt habe. Das finde ich gemein und ich komme dann nie wieder hierher. Und dann haben Sie mich nie wieder in dieser Prüfung zu sehen, weil sie einfach die Sachen ignorieren. Dann wird niemand mehr hierher kommen und alle werden Sie kritisieren. Und das, was Sie gerade gesagt haben, kann sehr schnell wahr werden, weil Sie sehr viele Leute ignorieren und die Welt wird dann einfach untergehen wegen ihnen. Das wird dann alleine eure Schuld sein. Ihr zählt dann theoretisch zu den bösen Knastrowdys und werdet dann immer von allen am härtesten bestraft. Man wird euch dann niemals vergessen, man wird sich immer wieder an euch als böse Menschen erinnern. Man wird euch immer quälen, bis zu eurem Tod. Aber so böse bin ich doch nicht, dass ich das sogar noch tu. Sowas machen doch fiese Jungs und ich möchte immer nett sein und meinen Freunden zur Seite stehen, egal, was passiert, selbst wenn die Gegner stärker sind als ich. Die Freunde werden dann natürlich auch mit dir die Welt beschützen und dann kannst du auch noch länger die coolen Dinge machen, die es so gibt. Dann kannst du zum Beispiel wieder gegen Monster kämpfen und auf jeden Fall kein Karussell fahren, denn das ist nur noch für kleine Kinder." Da meinte die Prüferin: „So viel Fröhlichkeit sehe ich eigentlich sehr selten, aber egal. Du bist doch sowieso immer fröhlich, wieso versuchst du, dich zu ändern? Das macht doch alles nur noch schlimmer und dann passieren die schlechten Sachen. Bleib einfach so, wie du bist. Du munterst alle auf, das macht alle fröhlich, das ist das Beste, was es überhaupt geben kann, denn du versuchst, das Beste aus dem Schlechten herauszufischen, aber du meinst dann, das sei das Schlechteste." Lea meinte: „Da hat die Prüferin aber sehr Recht, du solltest nicht denken, dass da ist das Schlechteste, sondern das ist sehr gut, das kann ich sogar noch verbessern, das gibt es doch nicht, dass ich es so gut gemacht habe. Du merkst dann, du hast das Unmögliche doch möglich gemacht. Aber wenn du so negativ denkst, hast du die schlechteste Zukunft überhaupt. Versuche doch endlich, positiv zu denken, sonst ist es das Schlechteste überhaupt. Kapiert?" Max antwortete: „Kapiert. Okay." Die Prüferin meinte dann: „Dann lass uns mal wieder zu deinem Vater übergehen. Er ist sehr gut gebaut und ich habe ihn mit diesem Schwert gesehen, das du hast, Max. Ich habe ihn gesehen, als er in der ersten Prüfung zwei Monster mit einer Hand getragen hat. Das war eine sehr große Kraft. So einen Menschen hatte ich noch nie gesehen. Er kann so viel tragen, ein Monster wiegt bestimmt 500 Kilo, oder sogar mehr, und er schafft es, sie mit einer Hand zu tragen. Ich habe auch mal im Zirkus gesehen, wie ein Artist einen gigantischen Felsen getragen hat, aber am Ende hat er gezeigt, dass dieser aus Pappmaschee war."

Max meinte: „Man sagt doch, man sollte niemals aufgeben, da haben sie bei diesem Spruch recht. Ich würde mich schämen, wenn ich eine Frau wäre und ich mich nicht für meinen Mann opfern würde, man sollte mal Opfer bringen können. Ich würde sofort zu meinem Mann gehen und ihn retten, selbst wenn es für mich zu schwer wäre. Ich versuche, meinen Mann zu retten, weil er mir sehr viel bedeutet. Wie Sie gesagt haben, wer die Mission nicht erfüllt, ist Abschaum, doch wer seine Freunde im Stich lässt, ist es noch mehr. Aber Sie befolgen Ihre eigenen Ratschläge selber nicht wirklich. Sie versuchen ja nicht mal Ihren Mann zu retten, und bei Freunden hätten Sie es auch nicht getan. Sie würden ihn nicht mal retten, wenn er Ihr Kind wäre. Darauf könnte ich wetten. Was sind Sie denn für eine Frau? Ich würde mich an Ihrer Stelle schämen. Sie hätten es ja vielleicht schaffen können. Sie haben es dummerweise nicht versucht, aus Angst. Sowas ist echt ein dummes Verhalten. Sogar ein Kind würde versuchen, seinen Vater zu retten, und seine Mutter, selbst wenn es um sein Leben ginge. So sind Kinder eben, sie versuchen einfach alles, um ihre Eltern zu retten, egal, was kommt. Sie werden durch ihre Eltern angefeuert und so versuchen sie es durchzuziehen, doch die Mutter traut sich nicht mal, ihren Mann zu retten. Was würde das Kind wohl dazu sagen?" Die Prüferin sagte: „Weißt du, wie schlimm es da ist? Bestimmt so schlimm wie in der Hölle, man sollte es da noch lange nicht unterschätzen. Man weiß nie, was als Nächstes kommt. Sie nehmen deine Albträume als ihren Vorteil. Die haben damit kein Problem. Sie werden immer etwas anderes nehmen, aber immer etwas, was dir Angst machen wird. Vom Monster zum Gummibärchen, sie haben da einfach alles, was dir Angst macht und dich umbringen kann. Die können aus normalen Gummibärchen eine Killermaschine machen, genau wie Kinder, die so versessen darauf sind, nach langer Zeit wieder jemanden zu töten. Das ist das Spiel der Rächer, sie lieben es einfach, jemanden zu töten, und mit dem Rest des Körpers machen sie, was sie wollen. Ach ja, und sie werden manchmal nicht gefüttert, damit sie das Fleisch essen. Sie erziehen sie sogar so, dass sie manchmal Fleisch essen müssen.

Und denen schmeckt es sogar, was soll man dazu nur sagen? Verrückt oder dumm? Man könnte alles dazu sagen. Das sind die schrecklichsten Eltern der Welt, die ihren Kindern das antun. Wer tut das schon? Oder sind die Kinder adoptiert worden? Und die Kinder denken, die Erwachsenen seien sehr nett, obwohl sie das nicht sind. Sie denken wahrscheinlich, dass das hier alles ein virtuelles Spiel ist und dass die Eltern Spaß machen. Ich kenne mich einfach mit fast allem aus, obwohl ich nicht mal eine Mutter bin. Leute, was sagt ihr dazu?" Max meinte: „Das ist nicht verrückt, das ist überdimensional. Und wenn die Kinder Eltern haben, wäre es verrückt, wenn die sie freiwillig weggeben haben. Sowas tut man doch seinem eigenen Kind nicht an. Man sollte es liebevoll erziehen, sonst endet es wirklich so wie die anderen. Aber so habe ich mir die Prüfung nicht vorgestellt, so etwas ist doch echt psychopathisch. Sonst töten die Kinder eines Tages ihre Eltern und dann heulen sie rum und dann fällt es ihnen auf, dass es ihnen Spaß gemacht hat, und dann bringen sie noch viel mehr Menschen um. Dann machen sie immer weiter, bis sie leider auch Menschen umbringen, die noch nicht mal erwachsen waren, und dann trauert man um die. Und dann sehen die anderen Kinder, was die gemacht haben, und wollen es auch können, und dann trainieren sie die ganze Zeit, bis sie auch so stark sind. Dann bildet sich eine Kette daraus und es geht so viele tausend Jahre weiter. Und wir fragen uns, was die Probleme sind. Sie lassen es noch zu, dass ihre Kinder so etwas Brutales sehen, was sind das denn bitte für Eltern? Egal, es gibt natürlich schlimmere. aber das ist doch einfach unmöglich. Kinder sind eigentlich gar nicht brutal, sie denken, sie machen nur Spaß und das ganze Leben wäre einfach nur ein Spiel. Aber was wollen wir schon daran ändern?", sagte die Prüferin. Da meinte Max: „Wir werden dann aber wirklich keine Albträume bekommen, dafür lege ich meine Hand ins Feuer. Ich und ein Albtraum, das ist doch völlig unmöglich, ich kenne doch keine Angst. Was rede ich denn da alles, ich rede gerade sinnloses Zeug. Ich höre auch ab sofort damit auf, ich bin echt ein Riesendödel. Also ich bin sehr dumm! Gibt es denn hier überhaupt noch etwas Schlimmeres als diese Kinder, denn die sind schon etwas dumm." Die Prüferin sagte: „Wie du schon sagtest, das ist viel zu schlimm für euch Kinder, ihr bekommt sehr schnell Albträume." Und da sagte Max: „Und wie ich schon gesagt habe, ich kenne keine Angst, denn ich bin schon so gut wie ein Mann." Da meinte die Prüferin: „Okay. Da du angeblich so mutig bist, erzähle ich dir, was es noch so gibt. Es gibt da Dämonen, die nachts versuchen, euch einzuschüchtern, und dann die ganze Zeit mit einer Psychostimme sagen: ,Komm zu mir, ich weiß, dass du es willst. Ich befreie dein Leben endgültig von allen Qualen.' Du würdest dann natürlich ja sagen, wer würde das nicht? Und wenn du mit ihm gehst, nimmt er deinen Körper in Besitz. Hallo, denk mal nach, du hast soeben mit einem Dämon einen Vertrag abgeschlossen. Er bekommt deinen Körper und du bist irgendwo in seinen Gedanken und trinkst etwas und liegst gemütlich rum. Der Dämon wurde gefangengenommen und brauchte einfach einen Körper. Und egal in welchem Körper, er hat immer genug Macht, um die Welt zu zerstören. Seine Macht ist unvorstellbar. Solche Dämonen gibt es eigentlich selten, doch sie werden immer wieder geboren. Und dann wird es für dich immer schlimmer, du kannst dich nicht mehr aus dem Körper des Dämons befreien. Falls der Dämon abgeschossen werden sollte, zerreißt er einfach den Vertrag und dein Körper wird wieder getauscht. Du stirbst, doch der Dämon kann einfach in Ruhe weiterleben und andere Menschen belästigen. Es geht immer so weiter." Max meinte: „Aliens sind wirklich so. Obwohl ich noch nie etwas in der Art gesehen habe, vermute ich es. Das ist völlig normal, denn schlaue Menschen stellen auch ihre Vermutungen an. Es gibt so viele Sachen, die ich sagen kann, die aber leider nicht zum Thema passen. Ich bin so ein Mensch, der einfach sein Thema beim Sprechen wechseln muss. Entweder rede ich so oder gar nicht. Aber lass uns wieder zum Thema kommen. Was ist die nächste Prüfung? Wir wollen genaue Angaben." Die Prüferin sagte: „Es folgt die Prüfung der Verdammnis. Cooler Name, oder? Den habe ich erfunden. Also kommen wir zum Hauptsächlichen: Da gibt es Zombies, die nicht direkt sterben, sondern wiederkommen und dann noch stärker sind. Diese Prüfung war für mich die schwerste, denn es war sehr schwer, die Zombies zu besiegen. Was soll man da noch machen? Sie sind in der Überzahl und werden mit jedem Mal stärker, wenn du gegen sie kämpfst. Aber das werdet ihr schon hinkriegen, ihr seid stark genug das zu schaffen, denn ihr seid besondere Menschen. Es ist selten, dass so viele Menschen so weit kommen. Das ist aber nicht unmöglich, man kann vieles schaffen, man sollte nur daran glauben. Alles ist eigentlich leicht, aber man muss auch üben, wie der Spruch ‚Übung macht den Meister' besagt. Da haben sie aber verdammt noch mal ins Schwarze getroffen. Und die Zombies sind nicht gerade langsam. Sie würden locker beim Marathonlauf gewinnen, sie würden Weltrekord aufstellen, wenn es ums Laufen geht. Wir brauchen viel mehr Himmelskrieger und auch noch viel mehr Köche, wer soll die Krieger denn sonst ernähren? Wenn ihr nicht satt werdet, erholt ihr euch auch nicht, und dann verliert ihr den Kampf und werdet vom Gegner aufgefressen. Dann werdet ihr ja auch zu Monstern, das will ich nicht, weil es vollkommen eklig ist. Stellt euch das mal vor: Ihr seid Monster, das ist doch wirklich eklig. Wer würde das nicht eklig finden?"

Max sagte: „Das ist wahr, dagegen habe ich nichts einzuwenden. Ich finde, es stimmt alles, was sie gesagt haben, aber ich will auch etwas dazu sagen. Es gibt eigentlich vieles, was ich dazu sagen will. Und ich will euch etwas klarmachen, Leute: Ich rede nicht viel, denn es gibt Leute, die können so viel mehr und schneller reden. Seid lieber froh, dass ich überhaupt so spreche, sonst würde ich vielleicht auf Aliensprache reden und das wollt ihr ja eben nicht, also solltet ihr euch nicht beschweren. Dann wäre ich im großen Vorteil, also seid zufrieden. Aber lasst mich jetzt zum Hauptteil kommen. Ich wollte sagen, es ist wirklich vieles normal. Ich bin normal und sie ist normal. Er und er sind auch normal. Wir alle sind normal, doch wer aus Hass tötet, ist kein Mensch mehr, weil so etwas eine sehr große Schandtat ist. So etwas ist doch einfach nur schrecklich, wer kann sich schon freuen, wenn jemand gestorben ist? Ja, toll, es war der Mörder deines Vaters, aber vielleicht wollte er die Tat büßen und dich um Verzeihung bitten. Aber nein, du lässt ihn nicht zu Ende reden und kurz, bevor er den Satz beenden kann, bringst du ihn herzlos um. Das ist wirklich grauenhaft. Und nachher merkt man, dass er doch eigentlich sehr nett war, doch es ist zu spät. Du hast ihn schon umgebracht und weinst sehr lange. Das ist deine eigene Schuld, du hättest ihn zu Ende reden lassen sollen. Jetzt kannst du gar nichts mehr machen, nur noch rumliegen und weinen." Da sagte die Prüferin: „Da hast du sehr Recht, Max, ich rede auch nicht zu viel, aber ihr meint, wir reden sehr, sehr viel. Schämt euch, ich bin nämlich älter als ihr, und seid nett zu ihm, er ist immerhin euer Freund. Man denkt schon, ihr wollt immer nur Streit, also geht nett miteinander um. Und man sollte sich in dieser Situation wirklich eine Arbeit suchen, Max, das ist wirklich sehr korrekt. So etwas finde ich gut, aber das macht man wirklich selten. Aber trotzdem gut, ich will mich nämlich nicht beschweren, sonst wäre das auch sehr unhöflich, und wie ihr wisst, will ich mich nett mit euch unterhalten und euch nicht anschreien oder beschimpfen. Wer hat dann noch Spaß? Niemand, deswegen verhalte ich mich nicht so fies. Ich will wirklich nett mit euch umgehen, was für ein Mensch wäre ich sonst? Ich wäre ja noch schlimmer als eine Hexe, und das will ich nicht. Oder wollt ihr etwa, dass ich böse mit euch bin und euch schlage? Ich will das jedenfalls nicht, ich will nämlich nicht gemein sein. Ich will euch wirklich nicht verletzen, ich finde so etwas echt fies, so etwas macht man doch nicht mit Kindern und mit Menschen. Ich wollte ihn dann nicht mal kochen sehen, weil dieses Verhalten einfach nicht mal das eines Tieres übertrifft. Das ist total gemein, wenn man dich so hängen lässt. Meistens haben bestimmte Ausländer, die vielleicht etwas braun sind, diese Probleme, und dann ist es total unhöflich, einfach zu fragen, warum der so eine Haut hat oder warum er so aussieht. Als hätte man noch nie etwas Ähnliches gesehen." Da sagte Max: „Da gebe ich Ihnen vollkommen Recht, denn man sollte nichts anfassen, was gefährlich ist oder was nicht schlimm aussieht und schlimm ist. Man sollte sich immer davor informieren, sonst ist man so gut wie tot, weil man nie weiß, was sicher ist oder nicht. Man sollte sich über alles informieren lassen, egal, was es ist, selbst wenn es ungefährlich aussieht. Die meisten Leute interessieren sich nicht dafür und kaufen meistens alles, was der Sohn will. Die Monster, ich meine Aliens, das war eine Beleidigung, wären in echter Gefahr. Man sollte wirklich niemals mit etwas herumexperimentieren, wenn man das Endergebnis nicht vorhersagen kann. Aber um ehrlich zu sein, Ihr Mann war echt dumm und etwas verrückt. Wer will schon seine Frau aus Spaß töten? Das macht man doch nicht, auch dann nicht, wenn einem besonders langweilig ist. Dann sollte man sich eine Beschäftigung suchen, und wenn man keine findet, dann sucht man eben noch einmal. Das ist doch echt nicht so kompliziert, wie man denkt. Das ist eine sehr einfache Aufgabe, aber nicht die einfachste. Es gibt nämlich viel einfachere. Man sollte doch keine Frauenverschwendung betreiben, man sollte nämlich eine Frau holen, die diesen ganzen Quatsch überleben soll. Aber wenn der Mann zu weit geht, muss er wohl ohne eine Frau leben, sonst ist die Welt eines Tages wirklich noch gefährdet. Man sollte also aufpassen, was man mit der Frau macht. Man sollte nie etwas Schlimmes mit ihr machen, sonst wird es keine Erde mehr geben oder er wird keine Frau haben. Wie schon gesagt, diese Lösungen sind doch nicht so kompliziert."

Doch plötzlich wurden sie teleportiert und alle haben sich gefragt, wie das passiert war, doch die Antwort darauf konnten sie nicht finden. Max meinte: „Das ist hier aber ein schäbiger Ort, hier würde ich nicht gerne wohnen, denn hier sieht es einfach nur grottenschlecht aus und es riecht hier auch so, als würde niemand hier gerne wohnen. So etwas ist doch eine echte Bruchbude, in so etwas kann man nicht mal ohne sich zu schämen wohnen. Hier müssen wohl Oga und Trolle wohnen, denn nur solche haben so einen Geschmack. Er herrscht hier auch ein Oga-Geruch. Das ist jetzt aber nichts gegen Oga, denn sie sind stark und schnell. So ein Geschmack ist glaube ich in der Ogawelt sehr berühmt und nur der König kann in so etwas wohnen. Das gefällt den Ogas wohl sehr, aber ich will sie nicht kritisieren. Aber ich frage mich echt, was wir überhaupt hier tun. Was wollen wir hier überhaupt machen, in so einer Umgebung kann man doch kaum kämpfen. Ich mag diese Umgebung nicht, denn hier sieht es für uns Menschen nicht wirklich wunderschön aus." Da meinte Leon: „Max, du redest schon wieder so unnötig, das regt langsam auf, auch wenn du unser Freund bist, denn wir haben keine unendliche Ausdauer, wir brauchen auch mal Pause. Könntest du mal so langsam deinen Mund halten? Wir brauchen auch mal unbedingt eine Pause von deinem Gerede." Max meinte dann: „Das ist aber ungerecht. Es gibt so viele, die mehr als ich reden, aber zu denen sagt ihr nichts. Aber um ehrlich zu sein habe ich eine Frage: Wann fängt denn diese Prüfung an? Ich will nämlich, dass sie endlich anfängt, denn ich will mal, dass hier etwas Action reinkommt, und eigentlich sollten doch die Prüfungen direkt anfangen. So lange haben wir bis jetzt auf gar keine gewartet. Warum verzögern sie alles so? Wir wollen die Prüfung möglichst schnell machen, um endlich Himmelskrieger zu sein. Aber da wir jetzt nichts tun, dauert es länger, bis wir endlich unseren Traum verwirklichen können. Egal, wir haben genug Zeit, aber trotzdem sollten sie mal schnell machen, wir sind nicht umsonst hierhergekommen."

13. Kapitel

Die letzte Prüfung

Nachdem er das gesagt hatte, kamen, als hätte man ein Zauberwort gesagt, Zombies. Da meinte Leon: „Da hast du deine Prüfung, und jetzt beschwere dich nicht und konzentriere dich, sonst wirst du sterben, denn wie die Prüferin gerade gesagt hat, die Gegner sind sehr stark. Wir sollten uns also konzentrieren, sonst sind wir so gut wie tot." Da meinte Max: „Keine Angst, ich werde schon aufpassen, denn ich bin ja Max, und ich will und werde nicht so schnell sterben." Die Zombies kamen von überall her wie aus dem Nichts. Ein paar sind sogar auf die Prüflinge gefallen. Die Zombies waren aber so dumm und haben es nicht bemerkt, sie sind dann einfach von ihnen weggegangen. Man hat gesehen, dass ein Zombie einfach die Menschen schlägt und nicht beißt, wie in den meisten Filmen. Lea hatte es am leichtesten, denn sie schoss von weitem alle Zombies ab. So hatte sie nie wirklich große Probleme. Und Leon machte einfach eine sehr große Feuerwand, durch die die Zombies nicht durchkamen, und falls einer mal durchkam, wurde er direkt mit Feuerbällen attackiert. So konnte keiner wirklich in die Nähe von Lea. Lena zauberte ganz viele Stiere, die die Zombies aufspießten, und wenn ihr doch einer zu nahe kam, schoss sie einfach Stierhörner und tötete so die Zombies. Doch Max war in einer sehr ernsten Situation. Von jeder Richtung kamen Zombies, um ihn zu töten. Er versuchte sich dennoch zu verteidigen. Doch erst nach dem dritten Versuch waren die Zombies tot. Max fand das interessant und sagte zu seinen Freunden: „Leute, die Zombies sterben nach dem dritten Versuch, sie zu töten." Da kamen plötzlich sehr viele Zombies und alle bewegten sich auf Max zu. Er konnte sich nicht mehr so gut verteidigen und wurde von allen Zombies attackiert. Er wurde sehr schwer verwundet. Niemand konnte etwas machen.

Max war sehr wütend auf die Zombies, er wollte sie gerne einen schlimmen Tod erleiden lassen. Doch er konnte nichts tun, denn seine Energie hatte ihn verlassen. Da kam plötzlich ein Pfeil und ein Zombie war tot. Es war Lea, doch sie konnte nicht mehr tun, weil sie auch gerade von Zombies angegriffen wurde. Sie musste sich erst mal selber beschützen, sonst hätte sie nachher gar nicht mehr helfen können. Max wurde immer weiter von den Zombies attackiert und nach einiger Zeit kamen immer mehr. Niemand konnte Max beschützen. Plötzlich sah er einfach nur schwarz. Da erschien sein Vater und sagte: „Na, Sohn, wie geht es dir? Ich habe dich sehr vermisst. Ich habe dich lange nicht mehr gesehen. Leider bin ich, als du noch klein warst, weggegangen, doch ich hatte keine andere Wahl, sonst hättest du sterben müssen, und auch jeder andere Mensch auf diesem Planeten. Die Erde war in großer Gefahr, denn das Böse näherte sich. Ich war dann auch noch der Einzige, der die Welt retten konnte, doch jetzt kannst du es auch. Ich vertraue dir, der Traum war eine Vision, die ich dir geschickt habe, damit du mein Zeichen verstehst." Er begann jetzt zu weinen: „Max, bitte rette die Erde erneut. Tu es für mich, tu es für deine Mutter, tu es für alle auf der Welt. Dann kannst du dein Leben genießen, doch bitte rette davor die Welt. Du wirst sonst nicht mehr lange leben und dann ist gar keiner mehr auf der Welt glücklich. Wahrscheinlich würden sie sich dann bei dir beklagen, weil du die Erde nicht gerettet hast. Doch wie ich meinen Sohn kenne, wird er versuchen, die Welt zu retten, weil er so mutig ist. Du bist auch besonders stark. Ich habe nicht umsonst früher mit dir geübt und dir mein besonderes Schwert hinterlassen. Du schaffst das bestimmt, sonst wärst du nicht mein Sohn. Ich weiß, dass mein Sohn sich alles traut, denn er ist sehr stark und unglaublich mutig. Sei froh, dass du so einen Vater wie mich hast, denn ich bin ein sehr guter Vater. Ich habe dich nicht umsonst als Sohn gewählt, du bist sehr stark. Ich bin stolz auf dich. Aber gehe bitte auf meine Aussagen ein. Ich bitte dich, ich will deine Mutter, deine Freunde, einfach jeden von euch retten. Bitte Sohn, tu es für alle Menschen auf der Welt, damit sie nicht so große Qualen erleiden müssen." Max meinte dann: „Natürlich würde ich es für alle Menschen versuchen, aber damit ich nicht sterbe, brauche ich neue Kräfte, und die musst du mir geben, sonst kann ich das leider nicht schaffen, egal, wie sehr ich mich auch anstrenge. Ich bin meinem Untergang geweiht, ich werde gerade von Zombies attackiert und es braucht nicht mehr lange, bis ich sterbe. Ich werde gerade sehr stark attackiert, das spüre ich doch. Ich habe eine Frage: Wie ist dieser Raum im meinem Inneren entstanden? Ich kann mich gar nicht daran erinnern, dass ich so etwas habe." Der Vater meinte dann: „Diesen Raum habe ich für dich geschaffen, als ich gegangen bin. Ich habe in deinem Inneren einen Raum freigemacht, damit ich in der Not mit dir reden kann. Ich spüre es, wenn du in großer Gefahr bist, weil ich dein Vater bin und vieles über meinen Sohn weiß. Ich bin doch kein schlechter Vater, ich mache mir immer Sorgen um dich und ich werde dir schon neue Kraft geben, damit du das hier überlebst. Doch ich weiß, dass du ab dann selber üben und stärker wirst. Ich habe viel Hoffnung in dich, du wirst es bestimmt schaffen. Ich habe dir das Bronzeschwert hiergelassen, damit du in der Not seine wahre Kraft entfesselst, denn dieses Schwert ist ein ganz besonderes. Es wird das Himmelsschwert genannt und es kann den Zorn des Donners spüren und Donner schießen. Was es noch kann, musst du selbst herausfinden, indem du immer damit kämpfst und Erfahrungen machst." Max rannte zu seinem Vater und umarmte ihn. Doch schon war er wieder in der echten Welt. Er glänzte überall und das Schwert auch. Der Körper von Max wurde komischerweise direkt geheilt und sein Schwert hatte das Aussehen verändert. Es hatte nun drei Löcher und einen Griff, der mit Schriften geschmückt war. Max konnte diese Schrift nicht lesen, doch das interessierte ihn in diesem Moment recht wenig. Alle Zombies wurden von ihm weggeschleudert. Doch sie waren damit nicht automatisch besiegt. Da schrie Max wütend: „Schmeckt den Zorn des Donners! Ihr werdet elendig pulverisiert und dann zerfallt ihr zu Asche, nein, ihr seid dann schon Asche. Aber jetzt ist es egal, schmeckt einfach nur den Zorn des Donners. Ich bin um einiges stärker geworden, ich fühle und weiß das. Ich bin jetzt fast unbesiegbar.

Niemand kann mich ab jetzt so leicht besiegen, denn ich kann jetzt alles machen mit meiner Kraft, was ich will." Ein Blitz schoss aus dem Schwert und ging durch alle Zombies. Er verbrannte sie automatisch und komischerweise regenerierten sich die Zombies nicht wieder. Sie blieben tot liegen. Max meinte dann: „Das ist ja mal stark, genau so etwas habe ich gebraucht. So etwas sollte man mal im Krieg einsetzen, denn dann ist der Sieg ein Kinderspiel. In dem Schwert steckt ja Power, von der ich nichts wusste. Nicht das Äußerliche ist am Schwert wichtig, sondern das Innere. Viele hatten mich wegen diesem Schwert ausgelacht, doch ich werde heute wegen dieses Schwerts triumphieren und alle Gegner mit Leichtigkeit besiegen, während alle anderen mein Schwert bewundern und sich fragen, wo ich es wohl herhabe. Ich wusste doch, dass mein Vater noch viele Überraschungen in diesem Schwert versteckt hat, doch jetzt habe ich die Macht und werde sie nur für das Gute einsetzen. Ich werde niemals etwas Schlechtes damit anfangen. Ich bin ein guter Mensch und ich hasse es, wenn ich jemand, der unschuldig ist, angegriffen wird."

Max griff jetzt alle Zombies nacheinander ein. Da bemerkte er: „Dieses Schwert ist aber leicht, damit kann man ja die Gegner richtig niedermetzeln. So etwas braucht jeder, damit er sich verteidigen kann, es darf aber nicht in die falschen Hände geraten. Daher werde ich das Schwert mit meinen Leben zu beschützen versuchen. Aber jetzt ist wahrscheinlich nicht der richtige Zeitpunkt, um zu reden, werdet ihr wahrscheinlich sagen, und ich werde mich jetzt mehr auf den Kampf konzentrieren, sonst kann es echt eng werden. Der Kampf ist ein Kampf des Todes. Sagen wir es den anderen direkt ins Gesicht, es werden nicht mehr viele überleben. Das hier ist ein harter Kampf. Ich fühle es einfach, dass nur wenige überleben werden, denn ich habe, glaube ich, noch mehr Energie von meinem Vater bekommen. Oder es ist einfach nur mein Gefühl." Da kam plötzlich etwas Riesiges auf sie zu. Eine Stimme sprach aus dem nichts: „Es wird jetzt ein riesiges Monster auf euch zukommen, passt auf euch auf. Und es ist sehr stark. Ihr solltet euch lieber von ihm fernhalten. Es kann euch mit einem Happs verschlingen. Es kann auch andere schlimme Dinge mit euch machen. So etwas wollt ihr euch definitiv nicht vorstellen, aber das Wahrscheinlichste, was es jetzt machen wird, ist euch zu fressen, denn wir haben ihm seit Tagen nichts zu fressen gegeben. Und nun, liebes Monster, wünsche ich dir einen guten Appetit, lass es dir gut schmecken. Und falls du viele tötest, bekommst du nachher noch mehr Leute zu essen."

Max meinte: „Das ist ja mal cool, ich will mal sehen, ob das Monster brutal aussieht. Wahrscheinlich, sonst wäre es ja nicht in der Himmelskriegerprüfung. Auf so einen Moment habe ich gewartet. So etwas ist doch echt aufregend. Aber ich will nicht wirklich sehen, wie ein Monster einen Menschen in zwei Teile teilt und ihn am Ende dann sogar noch isst. Das ist doch echt eklig. Ich will nicht wissen, was aus einem Menschen alles rauskommt, aber es wird eklig und das will ich nicht. Aber wir werden das Monster schon besiegen, und es wird nicht wirklich viele von uns fressen, weil wir einander beschützen. Wir werden es sowas von auseinandernehmen. Es wird seinen Körper dort sehen, wo er eigentlich gar nicht hingehört. Wir werden seinen Spaß wirklich verderben. Er wird dann am Boden verrecken. So einen Typen sollte man eigentlich gar nicht haben und brauchen, vielleicht nur im Krieg, wenn man unbedingt gewinnen will."

Doch es passierte hier einfach nichts. Alle guckten gelangweilt auf den Boden. Max spielte mit einem Stock, den er gerade gefunden hatte. Er machte sich irgendwelche Notizen, die aber nicht gerade gut aussahen. Aber das interessierte Max nicht, er guckte immer weiter auf seine Zeichnungen. Er sagte nach einiger Zeit: „Was ist denn hier los, wir warten schon und nichts kommt. Es sollte doch irgendetwas Gigantisches kommen." Plötzlich wurde es dunkel und man hörte Schreie, als wäre gerade der brutalste Mörder zu Gange. Da hörten sie wieder eine Stimme aus dem Nichts, die sich aber sehr schrill und eher gruselig anhörte, nicht wie ein normaler Mensch, sondern wie ein Monster: „Willkommen im Horrorkabinett des Grauens. Alles, was ihr hier tut, wird nur Unglück bringen. Es wird uns aber viel Spaß machen, euch dabei zuzugucken, wie ihr euch umbringt. Ihr werdet sehr viel Angst bekommen. Wir werden euch gemütlich zusehen und wenn ihr nicht sterbt, dann werdet ihr von uns genüsslich gefressen, denn wir haben gerade Hunger und unser Appetit wird langsam größer. Ihr werdet sterben, das schwöre ich euch. Ihr werdet euch vor Hunger sogar gegenseitig umbringen." Max schaute sich um, er war nämlich nur mit seinen Freunden da. Es schien, als wären alle aufgeteilt. Max fragte: „Was ist das denn für ein Ort? Für mich sieht das so aus wie eine Ausgeburt der Hölle. Das sieht hier noch schlimmer aus als vorhin. So etwas finde ich schon etwas gruselig, denn diese Stimme, die wir gerade gehört haben, kam nicht gerade vom Himmel. Das kam mir eher so wie der Teufel höchstpersönlich vor. Auf jeden Fall gehört das zur Prüfung, sonst wären wir nicht hier. Und wir sind nicht mehr mit der ganzen Gruppe hier. Es scheint so, als wären wir aufgeteilt worden oder die anderen sind direkt gestorben, was sehr sinnlos wäre. Unsere Männer sind stark, sie würden so etwas bestimmt durchhalten. Die anderen müssen hier irgendwo sein. Aber wahrscheinlich sollten wir uns um uns selbst kümmern. Wir sind die Personen, die überleben sollten, sonst können wir gar nicht nach den anderen suchen." Lena meinte: „Finde ich auch. Das macht mir hier allmählich Angst, doch so lange wir zusammen sind, sind wir stark. Deswegen würde ich gerne immer mit euch zusammen bleiben, damit wir keine Angst haben und dann so einfach alle Gegner besiegen können: Doch weil es hier so dunkel ist, kann ich euch nicht richtig erkennen, ich brauche unbedingt Licht, sonst kann ich nichts sehen, und wenn ein Monster kommt, dann kann ich mich nicht verteidigen und sogar euch verletzen und am Ende bin ich dann doch noch allein. Dann kann ich mich auch nicht mehr so gut verteidigen, weil ihr nicht mehr da seid und dann kann ich mich nicht mehr so gut weiterbewegen, weil ich zu große Angst habe, ich muss aber auch dann noch mutig sein. Es kann auch sein, dass wir Licht bekommen und dann alles gut läuft, egal, was passiert, weil wir unsere Teamkraft sehr gut ausnützen, um uns und einander zu verteidigen. Auf jeden Fall sollten wir uns lieber verletzen lassen, als jemanden von uns sterben zu lassen. Ich jedenfalls würde lieber eine Verletzung haben, als Leons Leben zu riskieren." Max meinte:

„Da hast du auf jeden Fall Recht, denn wenn wir uns hier einmal verirren, werden wir niemals zurückfinden. Dann haben wir verloren, weil wir alle nacheinander getötet werden. Die Prüfer sind echt schlau. Sie versuchen uns sehr gut zu testen. Aber das gehört zur Prüfung, sonst wäre sie ja nicht schwer und jeder auf der Welt könnte ein Himmelskrieger werden und einfach alles mit seinem Ausweis anstellen, was er will. Und dann lernt man hier ja nichts, weil man die Sachen schon kann. Das würde dann bedeuten, dass die Prüfungen alle überflüssig sind. Dann würde ich sogar im Gefängnis mehr Spaß haben als hier. So etwas ist doch echt lahm." Lena meinte: „Ich habe gerade einen Schrei gehört, und um ehrlich zu sein, ich will nicht sehen, wer diesen Schrei ausgestoßen hat, denn der ist jetzt bestimmt schon tot und sieht nicht mehr wie ein Mensch aus. So etwas kann eklig sein." Max meinte: „Vor so etwas braucht man keine Angst zu haben, denn so etwas kommt nachher bestimmt in deinem Leben vor. An Leichen musst du dich gewöhnen, sonst kannst du hier nicht mitmachen. So etwas ist in der Prüfung ganz normal. Du musst dich daran gewöhnen, erst dann bist du hierfür geschaffen. Sonst wirst du in Ohnmacht fallen, wenn du Blut siehst. Dann solltest du lieber nicht hierher kommen. Du solltest lieber ein Programm machen, das dich gegen Blutsehen immunisiert. Dann hast du nichts mehr gegen Blut und schaffst die Prüfung bestimmt. Man sollte vor Blut keine Angst haben. Dann kannst du fast jeden Job machen, den du willst. Wenn du Angst vor Blut hast, kannst du fast gar keinen Job machen." Lea meinte dann: „Max, du redest schon wieder zu viel, das ist nicht gut." Max widersprach: „Ich habe darüber schon mit euch geredet, es gibt viele Leute, die viel mehr als ich reden. Das habe ich schon sehr oft gesagt, hört mir mal zu." Lena meinte: „Du hast Recht, es gibt wirklich viele Leute, die mehr reden als du. So jemanden gab es in meiner alten Klasse zum Beispiel." Max meinte: „Ja, so ist es gut, wenigstens gibt es einen, der mir Recht gibt. Du solltest keine Angst vor Blut haben, außer es ist dein eigenes. Aber Blut tut dir doch gar nichts. Du solltest, wenn schon, Angst vor Monstern haben, denn die lassen dein Blut fließen und fügen dir Schaden zu. Aber wehe, du hast jetzt Angst vor Monstern, das wäre noch schlimmer, dann kannst du gar nicht mehr gegen sie kämpfen. Aber du solltest keine Angst haben, weil wir sie besiegen und sie uns gar nichts tun können, weil wir gut trainierte Kämpfer sind, die sich fast vor gar nichts fürchten und sehr stark sind. Wir können gar nicht sterben. Wir werden diese Prüfung schon schaffen. Wir machen gute Teamarbeit und sind stark, da sind doch die Monster gar nichts für uns. Wir machen sie gemeinsam so fertig, dass sie vor Angst den Boden fressen würden." Da meinte Lea: „Max, du redest langsam echt zu viel. Man sollte nie zu viel reden." Lena meinte: „Max, das ist langsam echt zu viel. Du solltest weniger reden." Max meinte: „Nein, ich werde immer wieder weiterreden und du kannst nichts daran ändern. Ich will auch immer weiterreden, ich bin süchtig danach. Daran wirst du nichts ändern können. Man kann nie etwas an mir ändern, ich liebe es zu reden. So etwas ist doch perfekt. Dann kann ich wenigstens über meine Probleme reden, die ich nicht mal wirklich habe. Ich weiß nicht, warum ich so süchtig danach bin, viel zu reden. Es macht mir einfach Spaß, das passt dann zusammen, weil ich ja angeblich viel Spaß habe. Dass so etwas in meinem Leben mal vorkommen sollte, habe ich nicht gehofft. Das ist eine meiner großen Hoffnungen. Spaß, ich muss zwar nicht reden, aber es macht mir einfach nur Spaß. Ich werde auch dann reden, wenn es mir passt, niemand kann mir das Reden wegschnappen, denn es ist normal zu reden. Ein paar können es einfach nicht ausstehen, das ist aber die Natur des Menschen, daran kann man nichts ändern. Meint dann ein Mensch, der die Brille sieht: ‚Schön, dich zu sehen'." Darüber lachten natürlich alle Freunde, denn dieser Witz hatte es in sich. Leon meinte: „Da hast du dir definitiv keinen von den schlechten Witzen rausgefischt. Sogar die, die nicht lachen können, würden dann bestimmt lachen und auch glücklich sein. Mit diesem Witz hättest du sogar Tote zum Lachen gebracht. Aber ich will jetzt auch einen raushauen: Was denkt sich ein Löwe, wenn er in Deutschland Menschen im Auto trifft? Er denkt sich dann: Ja, Essen auf Rädern. Heutzutage fahren die Touristen schon fast in meinen Mund." Schon wieder brach Gelächter aus.

Jeder Witz, den er erzählte, war kein schlechter. Da meinte dann Tina: „Jetzt bin ich damit dran, Witze zu erzählen. Aber meiner wird nicht gerade besser als eure sein. Ich wünschte, ich würde bessere Witze als ihr kennen. Ich vertraue euch wie meiner Schwester, denn ihr seid unsere besten Freunde. Witze müssen auch nicht sein, deswegen erzähle ich auch keinen, denn die größte Priorität ist, meine Freunde zu beschützen. Ich bin auch schon genug ermutigt. Ich will viele Ziele erreichen, eines davon ist, Freunde zu haben." Da meinte Lea: „Mir geht es ebenfalls so, ich möchte euch alle beschützen." Da meinte Max: „Dann lass uns starten, denn es ist keine Zeit zu verschwenden. Wir wollen endlich diese Prüfung bestehen. Ich fühle auch, dass wir uns dem Ende nähern. Ich freue mich schon so darauf, denn dann brauchen wir nicht mehr so eine langweile Prüfung zu machen. Ich meinte nicht langweilig, ich meinte lange. Diese Prüfung ist nämlich verdammt lange. Ich finde es aber cool, dass wir plötzlich hier sind, das ist echt eine Überraschung. So etwas hätte ich nicht von der Prüfung erwartet. Es kam so unerwartet, so etwas sollten sie immer machen, das ist echt beeindruckend. Ich frage mich ernsthaft, wie sie das immer machen, denn so etwas ist doch eigentlich echt unglaublich. Es ist wie in einem Spiel, wir sind auf einem neuen Level. Und das sind natürlich nur die, die wir bis jetzt bestanden haben. Aber es werden bestimmt auch danach noch Prüfungen kommen, denn wir haben noch nicht das Riesenvieh besiegt. Und auch danach werden bestimmt noch Prüfungen kommen, sonst wird das doch nicht als schwer bezeichnet. Ich würde das dann auch gar nicht gut finden, denn ich will echte Herausforderungen und habe bis jetzt noch gar keine gesehen." Plötzlich hörten sie Schritte. Lena meinte: „Leon, hör auf, uns zu erschrecken." Da meinte Leon: „Das bin ich doch gar nicht, ich bin doch die ganze Zeit bei euch. Ich mach auch keinen solchen Lärm beim Gehen. Das war definitiv nicht ich." Die Schritte wurden lauter. Sie wussten nicht, was das war. Lea meinte: „Das macht mir Angst. Wir wissen nicht mal, was da auf uns zukommt." Max meinte: „Haltet eure Lichter fest, damit ihr seht, was auf euch zukommt. Es kann etwas sehr Großes und Schreck-

liches sein." Da kam ein Zombie mit voller Wucht auf sie zu-
gelaufen. Lea schrie auf und hielt einfach nur ihre Fackel davor.
Der Zombie zerfiel zu Staub und alle waren erleichtert. Max bemerkte: „Aha, das ist also ihre Schwäche. Wir sollten also die
Fackel immer in der Nähe haben, ihre Schwäche ist nämlich das
Licht. Das ist gut, denn wir haben Fackeln. Die sind also für mehr
als nur die Sicht gut. Jetzt haben wir einen deutlichen Vorteil.
So etwas ist gut. Man sollte alles ausnutzen, was man so in der
Nähe hat. Auch wenn es nicht nützlich aussieht, kann es vielleicht
die Schwäche des Feindes sein. Das ist mein Tipp und der ist sehr
nützlich, denn wenn man auch die richtige Ausrüstung hat, ist
nichts zu schwer. Man sollte alles mitnehmen und auch ein paar
Menschen in seiner Umgebung haben, damit man mehrere Quellen
hat, die den Gegner fertigmachen. Es kann auch sein, dass der
allerstärkste Gegner Angst vor Puppen hat oder vor Spinnen oder
vor Jungen. Man weiß nie, was seine Schwäche ist, außer man
forscht über den Gegner nach. Aber wie kann man das tun, wenn
man nicht weiß, wer oder was der Gegner ist? Man sollte versuchen, die gegnerische Schwäche zu finden, dann ist der Sieg
so gut wie sicher. Man sollte auch keine Angst haben und zögern,
sonst wird man noch sterben. Man sollte auf jeden Angriff des
Gegners gefasst sein. Man sollte dann so schnell wie möglich
seine Waffe ziehen und den Gegner töten. Dieser will einem
ohnehin nur Angst machen, damit er ruhig angreifen und einen
töten kann. Der ist noch nicht mal stark, deswegen braucht man
vor dem keine Angst zu haben. Man sollte dann offensiver sein,
um ihn schneller zu töten. Das ist doch eine der klarsten Sachen,
wenn es um den Kampf geht. Doch man sollte auch im richtigen
Moment defensiv sein, denn wenn man die ganze Zeit angreift,
erkennt der Gegner die Schwächen. Deswegen ist es schlau, so
zu handeln und etwas defensiver zu sein." Lena fing an: „Also
wir waren nicht gerade glücklicher als Leon, wir hatten nämlich
gar keine Eltern und somit waren wir unversorgt. Das Einzige,
was sie uns hinterlassen haben, waren der Stab und ein Brief, dass
wir zu dieser Prüfung sollten. Wir hatten nicht sonderlich viel
davon gehört. Ihr fragt euch jetzt bestimmt, wie wir es ohne

Eltern überlebt haben. Also, es war da ein sehr netter, junger Mann, der uns großzog. Er behandelte uns wie seine Kinder. Doch seine Frau konnte uns einfach nicht leiden. Sie hasste uns. Eines Tages, als der Mann bei einem Unfall starb, warf uns die Mutter raus. Und wir mussten ein Jahr lang betteln, damit wir überleben konnten. Als wir uns auf den Weg zur Prüfung gemacht haben, kam ein noch größeres Problem auf. Lea hatte keine Waffe. Als sie bei dem Mann war, hat sie lange das Bogenschießen geübt. Aber wir hatten einfach keinen Bogen. Sie konnte mit allem umgehen. Und wir konnten nicht mehr zurück, aber dann kamst du als unser Retter und gabst uns den Bogen. Das war jetzt unsere komplette Geschichte, wir haben nichts ausgelassen. Aber Max, dein Gefühl kann ganz schön vieles sagen, doch musst du auch bedenken, dass es manchmal nicht stimmt. Du musst dir sicher sein. Und wenn du sicher bist, dass dein Vater da ist, dann werden wir natürlich mit dir gehen, aber es wird da auch sehr gefährlich werden. Du hast ja schon gesagt, dass wir auf dem Weg dahin trainieren werden, weil wir noch zu schwach sind. Aber wir müssen uns auch noch um das Essen kümmern, sonst verhungern wir ja. Und um ehrlich zu sein habe ich Angst vor den Dämonen, denn ich habe einmal gehört, dass sie es lieben, Menschen zu quälen und sie aufzufressen, wenn sie tot sind. Aber manchmal fressen sie sie auch lebendig auf, das macht ihnen einen Riesenspaß. Und sie werden dich noch mit all deinen schlechten Erinnerungen quälen." Max sagte darauf: „Wie schon gesagt, wir werden auf dem Weg so gut trainieren, dass sie das nicht machen können, weil wir so gut trainiert haben. Und die Erinnerungen sind ja Vergangenheit, vor ihnen solltest du keine Angst haben, denn wir sind auch bei dir. Freunde halten ja zusammen. Und die werden doch sowieso nur bluffen. Denn die sind einfach nur schwach. Ich finde das eigentlich ein unfaires Mittel, dass sie dem Gegner Angst machen, um ihn zu schwächen, doch das sind Dämonen, was ist von denen schon zu erwarten. Sie versuchen, jedem Angst zu machen, damit sie ihn besser töten können, doch sie kennen keine Angst, habe ich gehört. Doch bald werden sie Angst haben, und zwar vor uns. Wir werden die neuen Feinde der Dämonen sein. Sie haben es auch verdient getötet zu werden, denn sie haben bestimmt viele schlimme Dinge getan, die sie aber durch uns büßen werden. Sie werden unsere Füße küssen müssen, um zu überleben, doch sie werden bestimmt auch versuchen, einen Überraschungsangriff zu starten, auf den wir dann vorbereitet sind. Aber wir sind noch nicht in der Unterwelt." Tina fragte: „Ist dein Vater etwa der glänzende Krieger? Ich habe gehört, dass er so kämpfen soll, dass schon dann eine Druckwelle auf dich zukommt, wenn er auf dich zuschlägt." Lea meinte: „Und ich habe gehört, dass er so mit seinem Schwert umgehen konnte, dass der Gegner schon geschnitten wurde, wenn er sich in die Nähe des Schwertes wagte." Leon sagte: „Ich habe gehört, dass er einen Körper aus Stahl hat. Das muss mal ein Mann sein, der ist ja unglaublich heftig. Wie soll man den schon besiegen? Er ist doch nur ein pures Monster mit Herz." Max meinte dann: „Ich weiß, dass mein Vater stark ist, das müsst ihr mir nicht erzählen." Dann schrien alle auf außer Max: „Was, dein Vater?" Max antwortete: „Ja, er ist mein Vater und er ist kein Monster, sondern sehr barmherzig und nett. Er würde euch niemals wehtun, auch wenn es um Geld gehen würde, denn er tötet niemals in seinem Leben Menschen, weil er danach ein sehr schlechtes Gewissen hat. Bis jetzt hat jeder geschrien ‚Was, das ist dein Vater?' Aber hört mal damit auf, denn das ist einfach vollkommen unnötig. Man kann doch auch ganz normal fragen, ob er mein Vater ist." Da verteidigte sich aber Leon: „Was soll man denn tun, wenn man gerade aufgeregt ist, weil man vor dem Sohn einer Legende steht? Ich glaube, niemand hat dir das geglaubt, denn viele denken, du würdest sie reinlegen. Doch da wir deine Freunde sind, vertrauen wir dir natürlich. Ich habe da eine Frage: Ist dein Vater denn so stark, wie jeder sagt? Irgendwie kommt es mir so vor, als würde einfach jeder übertreiben. Ein Mensch kann doch nicht so stark sein." Da meinte Max warnend: „Ich sage dir, unterschätze meinen Vater nicht. Wenn man ihn einmal richtig kennenlernt, dann sieht man, wie stark er ist. Aber er hat auch Gefühle und ist nicht so gnadenlos, wie jeder denkt, nur weil er so stark ist. Er liebt Kinder über alles. Er hat sogar fast jedes Mal Geschenke für sie, falls mal eines vorbeikommt. Mein Vater würde euch sehr gut behandeln, weil ihr sogar noch meine Freunde seid. Mann, habt ihr ein Glück! Und meine Mutter macht die besten Kekse. Aber ich wollte eigentlich mehr Kekse, deswegen erlaube ich es euch nicht, meine Freunde zu sein. Spaß, ihr kennt mich doch. Ich liebe es einfach, Vertrauen mit Freunden herzustellen. Außer deinen Freunden ist bestimmt niemand so nett und du kannst niemandem besser Geheimnisse erzählen als deinen eigenen Freunden. Die sind dir eben ans Herz gewachsen, daran kann man definitiv nichts ändern."

Und so teilten sie sich auf und gingen in entgegengesetzte Richtungen. So konnten sie diese Welt viel besser und schneller erkunden. Als die Jungen alleine waren, fragte Max Leon: „Ey, Kumpel, kannst du ein Geheimnis wahren?" Leon antwortete dann: „Ja, wie du schon gesagt hast, Freunden kann man einfach alles anvertrauen, also sag es mir ruhig. Ich sag es schon niemandem. Ich bin dein bester Freund. Würdest du etwa meinen, dass ich, dein Freund, so etwas Schlechtes tun würde? Was hältst du von mir? Ich bin doch kein Verräter. Ich setze mein Leben wegen dir aufs Spiel und da denkst du, dass du mir nicht mal ein Geheimnis anvertrauen kannst? Du wirst es nicht bereuen, mir dein Geheimnis erzählt zu haben, das sage ich dir. Dann sage ich dir auch mein eigenes Geheimnis. Komm schon, wir sind doch die besten Freunde, also sag es schon." Max sagte dann: „Ähm, es ist eben so, dass ich … ähhhh … dass ich Angst vor Kaninchen habe." Leon meinte dann: „Ahh ja, du hast Angst vor Kaninchen, du starker Kerl?" Max sagte dann: „Ja, das ist eben so, ich kann nichts dagegen tun, ich bin eben so und meine Natur ist so." Leon meinte dann: „Warum sagst du das nicht gleich, du solltest keine Angst haben, wir beschützen dich schon! Ich bin ein perfekter Beschützer, in jeder Situation. Also bin ich immer für dich da. Aber ich weiß sowieso, dass das nicht dein Geheimnis ist." Max fragte: „Woher weißt du das? Du kannst doch nicht meine Gedanken lesen oder so etwas, oder bist du etwa ein Magier? Du bist einfach zu krass. Also sag es mir schon, woher wusstest du, dass ich keine Angst vor Kaninchen habe? Sonst würde es mir wahrscheinlich jeder glauben, weil ich so überzeugend bin. Aber du bist anders, du kennst mich nämlich sehr gut." Da antwortete Leon: „Weil ich dein Freund bin und dich so gut wie meine eigene Westentasche kenne. Das gehört eben zur Freundschaft – Freunde müssen sich gegenseitig gut kennenlernen. Also kann ich dir das nicht glauben. Und ich wusste es, weil du es gerade selber zugegeben hast. Das ist dumm, man sollte das nicht immer machen, das rate ich dir, sonst ist man so gut wie verloren."

14. Kapitel

Wahre Liebe!

Max sagte dazu: „Oh Mann, ich bin so dumm. Ich hätte mich nicht selber verraten dürfen, das war echt dumm von mir. Ich sollte mehr schweigen als reden, das wäre das Schlaueste, was ich machen könnte. Aber okay, du hast mich besiegt, ich sage dir jetzt die reine Wahrheit: Ich liebe Tina. Ich liebe sie über alles. Und das ist die Wahrheit." Leon meinte: „Okay, jetzt glaube ich es dir, weil du sehr überzeugend redest. Ich muss dir dann einfach glauben. Aber das ist echt unglaublich, dass du sie liebst, weil ich nämlich Lea liebe. Sie ist eben meine große Liebe. Doch sie ist sehr gemein zu dir, das mag ich nicht so an ihr. Sie ist erst perfekt für mich, wenn sie auch nett zu dir ist. Ich erwarte viel mehr von ihr. Sie soll auch ein besseres Teamwork machen, sonst bin ich nicht dabei. Aber ich liebe Lea so sehr, ich kann sie einfach nicht verlassen. Ich liebe sie so sehr." Max meinte dazu: „Das passt doch gut. Wir lieben beide. Ich werde dein Geheimnis für mich behalten. Aber das ist echt komisch. Doch ich wäre traurig, wenn du Tina lieben würdest, weil sie meine wahre Liebe ist. Ich habe aber leider keine Ahnung, was sie für mich empfindet. Hoffentlich denkt sie nicht, dass ich ein eingebildeter Idiot bin. Ich will mich eigentlich nur von der besten Seite zeigen und ich bin ein unschuldiger, kleiner Junge. Ich will mich eigentlich gar nicht fies darstellen, das wäre sehr peinlich für mich. Ich will nur nett sein und nicht böse. Aber ich will nicht, dass Lea mich liebt, weil sie deine große Liebe ist. Ich will sie dir doch nicht einfach so wegnehmen. Manchmal kann Verachtung ein Anzeichen für Liebe sein. Aber es kann auch sein, dass es wirklich nur Verachtung ist. Ich hoffe, dass sie mich nicht liebt, weil ich sie nicht liebe." Leon meinte dazu: „Ja, ich hoffe auch, dass Tina nicht in mich verliebt ist, weil sie deine große Liebe ist, und ich will meinem Freund doch nicht die größte Liebe nehmen. Aber wir wissen nicht, ob sie uns lieben, deswegen sollten wir nichts sagen. Vielleicht lieben sie jemand anderen, den wir gar nicht kennen. Aber ich finde, Liebe ist einfach großartig, denn man kann zeigen, was man füreinander empfindet. Das finde ich am besten. Ich würde gerne ein Lied darüber singen, aber ich kann nicht wirklich gut singen. Ich bin ein sehr schlechter Sänger. Niemand auf der Welt ist perfekt, sonst wäre die Welt ja wunderschön. Aber wie schön wohl unsere Welt wäre, wenn wir eine perfekte Kombination aus netten Menschen hätten. Doch heutzutage gibt es nicht mehr so viele nette Leute und die Menschen werden immer schlimmer. Niemand ist dann mehr gut, wir müssen eigentlich die Welt bereinigen, weil es auf der Welt so viel Dreck gibt." Leon sagte: „Das klingt aber alles sehr unlogisch und die Fantasie ist nicht real." Max sagte: „Aber wenn du es dir so vorstellst, kann die Fantasie auch real sein. Sag niemals nie, sonst wären alle deine Träume zerstört. Aber was du sagst, kann auch stimmen, denn ich stelle mir immer alles in der Fantasie vor. Deswegen gibt es für mich viele Möglichkeiten, doch dass sie ein Zombie werden kann, kann definitiv stimmen, weil es hier sehr viele Zombies gibt. Aber habe keine Angst, sie sind bestimmt schon stark genug, sie haben ja nicht umsonst die Waffen und die Fackel. Sie sind in Sicherheit, es gibt eine sehr geringe Wahrscheinlichkeit, dass so etwas passieren kann. Hoffentlich passiert ihnen nichts und sie kommen heil zurück. Sie werden das bestimmt überleben, weil sie einfach nur verdammt stark sind und ich verlasse mich auf sie. Sie werden doch nicht knapp, bevor wir es geschafft haben, einfach so sterben. Wer auch immer sie tötet, ich werde es nie im meinem Leben verzeihen. Ich werde mich an ihm rächen, weil sie einfach das perfekte Mädchen ist." Da meinte Leon: „Lass uns doch zu einem anderen Thema kommen. Was ist denn so mit deinem Vater? Ist er stark? Wieso musste er die Welt retten und kein anderer? Es gibt so vieles, was ich über deinen Vater wissen möchte, weil er einfach nur genial ist." Max antwortete: „Ja, das war alles sehr interessant. Lass uns jetzt zu einem anderen Thema kommen." Da bemerkte Leon: „Ach so, dir gefällt es nicht, über dieses Thema zu reden, weil du deinen Vater lange nicht mehr gesehen hast. Dieses Gefühl kenne ich nicht, weil mein Vater mich schlecht behandelt, deswegen interessiert es mich nicht, wenn er lange weg ist. Ich empfinde keine Liebe für meine Eltern. Aber du hast es gut. Deine Eltern machen sich immer Sorgen um dich und lieben dich. So ist es bei meinen Eltern nicht, sie freuen sich sogar, wenn ich lange weg bin. Deswegen bin ich froh, dass ich sie verlassen habe, denn meine Eltern sind schlecht. Warum sie so sind, weiß ich nicht. Aber darüber möchte ich auch nicht reden, weil sie mich einfach teuflisch hassen. Lass uns lieber Witze machen, denn dadurch muntern wir uns gegenseitig auf. Dann sind wir motiviert und schaffen einfach alles. Also, ich fange an: Meint der Eine: Ich bin so motiviert, ich bin fast schon motifünft. Der Witz war gut, ich erzähle noch einen. Weint jemand im Park. Fragt der Eine: Warum weint er denn? Antwortet der Andere darauf: Seine Geldbeutel wurde gestohlen. Fragt dann wieder der Erste: Woher weißt du das denn? Der Andere antwortet: Ich hab ihn. War der nicht gut?" Jetzt war Max dran mit Witze erzählen: „Spielen zwei Leute ‚Mensch ärger dich nicht'. Meint der Eine: Schach. Sagt der Andere: Du Idiot, bei Halma gibt es keine Elfmeter. Jetzt noch einen: Wollen zwei aus der Irrenanstalt ausbrechen. Meint der Eine: Wir springen einfach durch das Schlüsselloch. Dann rennt er mit voller Wucht gegen die Tür. Meint er dann so: Mist, der Schlüssel steckt." So lachten beide über die Witze.

Da meinte Max: „Deine Witze waren besser als meine. Über sie konnte ich einfach herzlich lachen. Solche Witze solltest du öfter erzählen." Doch Leon meinte: „Meine Witze sind zwar gut, aber deine sind viel besser. Ich konnte mich darüber fast totlachen. So etwas höre ich selten. Du solltest später eher Komiker werden. Okay, jetzt nicht übertreiben. Man sollte im Leben nicht zu viel lachen. Ich will mehr Action, dann ist mein Problem geklärt, doch wir besiegen die Gegner sehr leicht, weil wir Licht haben und sie direkt im Umfeld sterben. Und dann kann ich einfach keinen Spaß haben und werde mich langweilen." Max erwiderte: „Du kannst aber mehr reden als ich. Du meinst immer, ich rede zu viel, obwohl du auch viel reden kannst. Da habe ich jetzt einen Beweis. Also darf ich ab jetzt mehr reden. Das ist normal, dass man so viel redet, ein Mensch muss ja in seinem Leben viel geredet haben, damit er sich mit den anderen verstehen kann. Und wenn ich einmal viel rede, dann werde ich auch bestimmt ein andermal weniger reden. Das ist so. Bei jedem Menschen ist das eben so. Aber manchmal kann man auch gleichmäßig viel reden. So etwas gibt es bestimmt, weil so etwas nicht selten im Leben vorkommt. Aber egal. Wie auch immer. Ich finde es gut, dass wir reden können, um uns zu verständigen, doch dem ist nicht immer so, weil Menschen manchmal eben eine andere Sprache sprechen. Es wird immer eine andere Sprache geben. Aber ich will keine andere Sprache erfinden, sonst wird es für mich langsam zu viel. Ich kann nicht alle Sprachen der Welt können, das wäre unmöglich."

Da meinte Leon: „Wir sehen dich auch nicht als Boss an, wir sehen dich als einen unserer besten Freunde. Wir sind sowieso alle gleich hoch, also ist doch alles okay. Und wir helfen dir doch, wir sind einfach sehr gute Partner. Wir fragen aber meistens dich um Rat, weil du so gute Ideen hast, das hat hier nichts mit dem Boss zu tun. Ich rate dir, nicht so zu denken." Max sagte dann erleichtert: „Das ist gut, dass ihr mich nicht so seht. Ich will euch doch nur erfreuen. Ich will mit euch glücklich sein, doch dafür müssen wir das hier alles schaffen, ohne zu sterben. Wir sollten vorsichtig sein, weil wir doch nicht wollen, dass jemand von uns stirbt, also passt auch auf, dass ihr nicht eure eigenen Freunde trefft. Sonst werdet ihr es noch bereuen. Wir wollen nicht, dass ein Freund auch nur einen einzigen Kratzer abbekommt. Man soll auch niemanden aus Zorn besiegen, sondern nur aus Freude, außer er ist verdammt böse und will dich töten. Aber auch das ist kein Grund, ihn mit Zorn anzugreifen, sondern man sollte ihn einfach nur töten. Man sollte eigentlich nie im Zorn töten." Dazu meinte Leon: „Ich kenne auch eine komische Serie, sie heißt ‚Fünf Idioten für alle Fälle'. Darin geht es um solche Idioten, die versuchen, einen Fall zu klären, doch sie schaffen es nicht, nur durch Zufall finden sie alles heraus, etwa weil sie dringend auf

Klo müssen oder weil sie versuchen, mit einer Echse Knochen auszugraben. Die Feinde sind schlau, doch die Idioten wissen noch nicht mal, dass es Feinde sind. Manchmal laufen die Feinde dann auf die fünf Idioten los, doch nur als sie Fußball gespielt haben, haben die Gegner verloren, weil sie sie andauernd nicht fangen konnten. Das ist alles eigentlich ganz lustig, aber ich finde, dass es langsam langweilig ist, sodass ich beim Gucken einschlafe." Da meinte Max: „Dann kennst du wohl die neuen Folgen nicht." Da fragte Leon: „Was, es gibt schon neue Folgen? Das ist ja fast unmöglich! Ich habe so lange darauf gewartet!" Da erzählte Max: „Es kam eine neue Person dazu, die Dussel hieß. Er war der Dümmste und wurde fast immer gefangen genommen. Er entkam nie, nur seine Freunde halfen und die waren schlau, doch Dussel blieb immer noch dumm, deswegen mussten sie die ganze Zeit auf ihn aufpassen. Das war sehr schwer, doch er machte immer weiter mit seinen Dummheiten, daher wurde er am häufigsten verletzt. Die Freunde haben immer große Angst um ihn. Doch ich mag diese Serie nicht so gerne, ich mag eher ‚Burry Surry'. Er ist ein verrückter Erfinder und sein Labor ist in einem Pappkarton. Er baut zum Beispiel eine Dusche, die sich immer selber wäscht oder andere verrückte Dinge. Er muss aber eben sehr dumm sein. Was der für Erfindungen macht, ist echt unglaublich. Man muss ihn loben für all die verrückten Dinge, die er gebaut hat, doch nichts davon ist nützlich, es ist einfach nur da. Man will sich doch selber duschen und nicht die Dusche. Man sollte ihm nie vertrauen! Ich möchte kein Erfinder sein, denn ich will nicht so verrückt enden. Wie verrückt müssen seine Eltern sein, wenn er selber so verrückt ist? Ich will und habe keine verrückten Eltern. Man muss nicht immer schlau sein, man muss auch nicht immer der Beste sein, das muss ich zugeben, auch wenn ich immer der Beste sein will. So muss das bei mir einfach sein, wenn nicht, fühle ich mich wie der größte Idiot überhaupt." Sie hörten schon wieder Schrittgeräusche.

Lea meinte an ihre Schwester gewandt: „Mach dich auf alles gefasst. Es kann sogar etwas sehr Schlimmes sein. Wir müssen das schlimmste Monster erwarten, das es hier überhaupt gibt, denn die Frau vorhin hatte uns ja vorgewarnt" Doch da kamen einfach nur Max und Leon. Sie meinte dann: „Okay, diese Kugel ist nicht wirklich rund, wir haben uns jetzt schon getroffen. Was rede ich da, ich meinte, hier wiederholt sich alles. Wir haben uns schon so schnell wiedergetroffen, das ist nicht normal. Die Welt muss ja richtig klein sein. Komisch, es hört sich so an, als würde ich von einem Spiel reden." Da atmeten die Mädchen auf und sagten, während Leas Gesicht errötete, weil sie dachte, Leon hätte sie gehört: „Ihr habt uns echt erschreckt, das war sehr schwer zu erkennen, dass ihr das seid. Wir dachten schon, es wäre ein sehr schlimmes Monster auf uns zugekommen. Ihr habt uns zu Tode erschreckt, das war echt schlimm, dass ihr das gemacht habt. Ich habe sowas von unter Druck gestanden. Meine Schwester und ich hatten gerade etwas Wichtiges besprochen, das ist einfach unmöglich, dass ihr da reinplatzt." Da fragte Max: „Habt ihr über uns geredet? Es hat sich so angehört, als hättet ihr über uns gesprochen. Nur damit ihr es nicht falsch versteht, wir folgen euch nicht auf Schritt und Tritt, das wäre nämlich etwas übertrieben." Da antwortete Tina: „Nein, nicht wirklich, wir haben uns nur gefragt, wo ihr wohl zurzeit seid. Wir wollten euch schon fast angreifen, da ihr so komische Schritte gemacht habt, das hat uns echt fast zu Tode erschreckt. Ich dachte schon, ich sterbe hier vor Angst. Aber zum Glück wart das doch nur ihr." Max meinte dann: „Wir wollten euch ebenfalls angreifen, aber dann haben wir gesehen, dass ihr das seid. Das hat uns ziemlich überrascht. Ich bin glücklich, dass wir wieder zusammen sind. So ist es doch am besten. Ich muss einfach glücklich sein. Aber irgendetwas wird noch passieren, das fühle ich, und zwar etwas ganz Gewaltiges. Diese Welt ist böse, sogar sehr böse. Aber egal, das ist viel zu unnötig, ich rede ab und an zu viel. Aber wie auch immer, wir müssen hier auf jeden Fall alles gut absichern, doch das werden wir schon schaffen." Da meinte Tina: „Du fühlst es nicht? Ich fühle es auch, denn es ist ein Erdbeben, wir sollten aufpassen, dass wir nicht umgestoßen werden." Die Freunde wurden durch einen Riss getrennt, sodass jeweils die Jungen und die Mädchen noch zusammen waren. Sie wurden immer weiter voneinander weggeschoben. Da kam plötzlich ein Zombie auf die Jungen zugelaufen, doch sie hatten Licht dabei, daher musste der Untote elendig in Asche zerfallen, und das war für sie viel zu einfach. Dann hörten sie eine gruselige Stimme, die sagte: „Meine Untertanen sind eurem Licht nicht gewachsen, deswegen muss ich das wohl selber in die Hand nehmen, aber ich werde sie nachher schon bestrafen. Sie sind einfach zu dumm und zu schwach für euch. Ich werde euch noch töten, ihr seid nur kleine, dreckige Würmer. Ich werde euch töten und dann fressen, ihr seid einfach nur schwach und schlecht. Niemand wird euch je respektieren, das schwöre ich euch. Niemand mag euch."

Da kam ein Dämon herunter, der sehr menschlich aussah. Dieser sprach weiter: „Ihr werdet gleich meine Wut zu spüren bekommen, was euch nicht sehr gefallen wird. Licht macht mir auf jeden Fall gar nichts aus, deswegen versucht es erst gar nicht, weil es sich gar nicht lohnt, auch nur in meine Nähe zu kommen. Ich habe meine Kraft im Körper eines Menschen gebündelt." Als der Dämon zu Boden kam, griff er direkt an, doch Max wich leicht aus und verpasste ihm einen Stoß mit dem Schwert gegen den Kopf. Dann fiel der Dämon einfach nur dumm. Er lachte nur und sagte: „Jetzt kann ich meine wahre Gestalt zeigen, ihr solltet euch jetzt schon fürchten. Denn ich bin einfach so stark, das könnt ihr mir glauben. Ich bin zu mächtig für euch, ich bin legendär. Niemand hat mich bis jetzt besiegt und ihr werdet es auch nicht, da ich wie schon gesagt viel zu mächtig für euch bin, aber wirklich viel zu mächtig. Ich bin der mächtigste Dämon, den es je gegeben hat. Nein, bin ich nicht. Ich bin einfach stark. Verschwindet von hier, ich werde euch töten." Dann platzte sein menschlicher Körper und es kam eine teufelsähnliche Gestalt raus. Dann meinte er noch: „Jetzt könnt ihr mich nicht mehr aufhalten, meine Kraft steigt gerade noch. Versucht es nicht mal, mich anzugreifen. Und wenn ihr auch nur einen falschen Schritt macht, seid ihr tot. Nein, ihr seid dann schon dreimal tot. Niemand wird mich besiegen können, jedenfalls keiner von euch. Bis jetzt hatte jeder, der hierhinkam, ein großes Maul. Menschen haben immer ein großes Maul, aber dann sterben sie. Das hasse ich einfach an

Menschen, sie reden zu viel und geben ständig an. Ich habe bis jetzt jeden Menschen, der meinen Weg kreuzte, getötet, und zwar gnadenlos." Max meinte angeberisch: „Aber wir werden nicht mal einen Schritt falsch machen, deswegen brauchst du nicht zu lachen, denn du wirst heute zum zweiten Mal von uns geköpft. Und ich sage dir, du willst es nicht fühlen, wenn dein Kopf nicht an der richtigen Stelle ist. Das haben schon viele meiner Gegner zu spüren bekommen und sie wollten es nicht nochmal spüren, das war schon genug. Mit dir jedoch werde ich es anders machen, ich werde dich nämlich zu Hackfleisch verarbeiten und dann werde ich dich verspeisen. Das war dein Fehler, uns herauszufordern, denn bis jetzt hat kein Dämon uns besiegt. Wie du siehst, sind wir noch lebendig, das ist der Beweis, dass wir noch nicht gegen Dämonen verloren haben, und das ist auch gut so." Da meinte der Dämon: „Wir werden ja noch sehen, wer den Kürzeren zieht. Aber ich werde dich besiegen, sonst würde ich ja nicht so heißen. Egal, ich greife jetzt an, mach dich auf etwas gefasst. Denn ich haue schlimmer zu als ein Truck. Ich werde euch euren eigenen Untergang zeigen, es wird aber ganz schnell gehen, das verspreche ich euch. Es wird auch nicht sehr schmerzvoll, das ist ja nicht so schlimm, wenn ich dich aufspieße, denn jeden Menschen habe ich bis jetzt aufgespießt. Du bist nur ein kleiner Wurm von vielen. Du bist auch nur ein Angeber wie jeder andere. Du wirst mich auf jeden Fall nicht besiegen können, das verspreche ich dir, denn ich bin einfach zu stark für dich. Ich bin der stärkste Mensch der Welt, niemand wird mich besiegen können." Max meinte dann angeberisch: „Deine Angriffe kann man doch locker abwehren, die sind für niemanden ein großes Problem. Du bist allgemein kein großes Problem. Bestimmt hat ein Mensch dich vor hundert Jahren angegriffen, aber Dämon, ich sage dir nur: Dieses Jahr ist jeder Gegner bestimmt dreimal stärker, deswegen unterschätze uns nicht, denn wir können ganz schön reinhauen." Da meinte der Dämon: „Aber wie wäre es, wenn es zehn von mir gäbe?" Dann teilte sich der Dämon in zehn auf und schlug Max und Leon. Da fragte der: „Was ist denn plötzlich mit euch los? Mir wird langsam langweilig und ich verwende nicht mal meine volle Kraft. Doch jetzt gibt es für euch beide einen Gnadenstoß. Ihr seid Großmäuler, es war keine Ehre, gegen euch zu kämpfen. Es war sogar eine Schande für euch. Ich bin echt enttäuscht, ich dachte, ihr wärt mal ehrenhafte Gegner für mich, aber anscheinend seid ihr auch nur Angeber, die langweilig sind. Niemand interessiert sich für euch."

Max kam wieder zu sich. Er war komischerweise wieder in der normalen Prüfung und alle anderen auch. Da erklärte eine Stimme aus dem Nichts: „Das war nur ein Teil der Kraft des Gottes der Unterwelt. Seid froh, dass ihr überlebt habt, er hat nicht mal seine ganze Kraft benutzt. Seid froh, dass ihr nicht für immer darin gefangen seid, es ist schwer, daraus zu entkommen. Doch jetzt kommt der Gegner, auf den ihr alle gewartet habt, Gorlok, der Riesenzombie von großer Dummheit. Ihr solltet ausnutzen, dass er so dumm ist. Greift ihn von hinten an. Das ist aber auch der einzige Tipp, den ich euch gebe. Seid vorsichtig, er kann manchmal sehr gefährlich sein. Er ist nicht gerade flink. Er wird euch aber, wenn ihr gerade nicht aufpasst, mit einem Happen fressen. Er ist fett, weil er so viele Menschen gegessen hat. Ihr solltet euch lieber vor ihm fürchten und vor ihm fliehen." Doch dann brach die Stimme ab. Sie hörten große Schritte und ein kleines Erdbeben stand bevor. Der Riesenzombie brannte. Max versuchte, einen Donnerschuss auf ihn zu machen, doch das funktionierte leider nicht. Max meinte dann: „Das wäre jetzt echt cool, wenn wir ihn besiegt hätten. Das wäre das Beste, was hätte passieren können. Es soll hier schon eine große Herausforderung geben, nicht dass er gleich umkippt. Natürlich durften sie die Prüfung nicht einfach machen, natürlich musste dieses Monster nicht direkt umkippen, das wäre ja viel zu einfach. Das ist doch echt fies." Doch er konnte den Satz nicht beenden, weil der Gegner zuschlug. Max bemerkte: „Der ist wirklich ganz schön langsam. Aber wir sollten zu seinem Rücken und dann draufschlagen, das wäre bestimmt sehr effektiv und der Gegner würde direkt umkippen. Aber wir sollten darauf achten, dass genau das nicht passiert, sonst gäbe es eine große Verletzungsgefahr. Ich würde nicht gerne davon getroffen werden, weil das bestimmt wehtut.

Er ist zu langsam, um euch zu treffen. Ihr könnt so einfach ausweichen und ihn dann sehr leicht besiegen. Ich verstehe nicht, warum das Monster einfach nicht satt wird. Es isst und isst, aber wird nicht satt. Wie viele Menschen er wohl essen wird? Doch wer will schon so einen Fettsack in der Prüfung haben? Niemand außer dem Prüfer wiedermal. Nie dürfen die Teilnehmer etwas über die Prüfung entscheiden, das wäre ja wirklich zu einfach." Sie taten, was sie angekündigt hatten. Gorlok stieß nach einiger Zeit einen Schrei aus und es kamen viele Monster. Er drehte sich und traf dann Lea und Tina. Sie fielen beide in Ohnmacht. Das ließen sich Max und Leon nicht gefallen und schrien wütend: „Du Affe, du wirst ihnen nichts mehr antun, jetzt sind wir an der Reihe." Max' Schwert leuchtete und wurde dann länger und silbern, Leon erschuf inzwischen blaue Flammen. Max schrie: „Verrecke, du Biest. Blitze des Untergangs." Es ergoss sich ein Hagel aus Blitzen auf den Gegner. Leon meinte: „Das reicht nicht. Schmeck das, du Biest. Heilige Flammenwut der Götter!" Da kam ein Strahl aus blauem Feuer, der das riesige Monster verletzte. Max meinte: „Wir müssen ihm den Gnadenstoß geben. Lass uns unsere Attacken kombinieren." Leon antwortete darauf: „Ich bin einverstanden. Damit werden wir ihn bestimmt direkt umhauen." Also schoss Max erst mal einen Blitz, den Leon dann mit seinen Flammen umhüllte.

15. Kapitel

Abschluss

Der Blitz durchbohrte den Gegner, der dann hinfiel und seine Untertanen tötete. Eine Stimme sagte: „Jeder, der überlebt hat, hat gewonnen. Wir werden jetzt alle heilen, die im Koma sind oder anderes erlitten haben, damit alle wieder fit sind. Jetzt werdet ihr zur Heilstation teleportiert." Die Sonne kam zum Vorschein und alles sah so aus, als wäre man in der normalen Welt mit Wiese und Natur. Nachdem Lea und Tina zu Verstand gekommen waren, fragten sie: „Wie habt ihr das geschafft? Ihr hattet uns nicht mal an unserer Seite. Das war bestimmt schwer und ihr müsst erschöpft sein. Wir können es kaum glauben, dass ihr das geschafft habt. Ihr seid so stark, das hätten wir beide gar nicht erwartet." Kaum hatten sie das gesagt, fielen die Jungs vor Erschöpfung zu Boden.

Als sie wach wurden, waren sie in einem Restaurant. Lea sagte: „Wir wussten, dass ihr Hunger habt, deswegen haben wir euch hierher geschleppt. Und jetzt sollt ihr beide das Essen genießen, weil ihr bestimmt viel durchmachen musstet. Die, die gerade die Prüfung bestanden haben, bekommen hier alles umsonst. Wir haben gehört, dass es hier die besten Köche geben soll, deswegen solltet ihr es sehr genießen. Also ich will ein Steak, das gut durchgebraten und saftig ist. Es soll auch gut gewürzt sein, das soll man auf keinen Fall vergessen. Ich will auch noch Pommes dazu." Leon sagte: „Wie komisch, ich wollte genau dasselbe bestellen, denn das ist mein Lieblingsgericht." Max sagte: „Ich will Hähnchenschenkel, die gut gewürzt sind, und guten Reis dazu. Ich mag kein Fastfood, deswegen hole ich mir so etwas." Lea meinte: „Wir haben denselben Geschmack. Gut gewürzte Hähnchenschenkel mit Reis, das ist einfach die beste Kombination. Mich interessiert es nicht, ob ich viel oder wenig esse, Hauptsache, wir haben uns alle satt gegessen." Dann kam der Ober mit dem Essen. Max fiel aber etwas auf: „Wir haben doch noch gar nicht bestellt. Woher wollen Sie denn dann wissen, was wir wollen? Es kommt mir so vor, als würden Sie uns ausspionieren, und das mag ich nicht. Wie können Sie das denn machen?" Der Ober meinte aber nur: „Wir wissen, was ihr mögt, sonst wäre das hier kein gutes Restaurant. Wir müssen einfach immer so sein. Wir müssen auch immer das beste Restaurant sein. Wir dürfen die Kunden nicht hänseln und sollten sie nicht zu lange warten lassen, weil das töricht wäre. Mein Traum war es früher immer, Ober zu sein, und jetzt habe ich es geschafft. Ich wollte auch in dem besten Restaurant arbeiten, weil ich immer der Beste sein möchte. Ich verdiene hier sehr viel Geld und bin zufrieden mit meinem Gehalt. Das ist das Wichtigste, was man in seinem Leben bekommen kann: Zufriedenheit." Max meinte: „Ihr Lebenslauf ist sehr interessant, aber dürfen wir erst mal essen. Wir haben nämlich alle einen sehr großen Kohldampf und müssen jetzt einfach essen, sonst halten wir es nicht mehr aus. Ich esse erst mal davon und beurteile das Restaurant dann danach, wie gut es ist. Denn wenn Sie so lange reden, gebe ich diesem Restaurant auf jeden Fall einen Minuspunkt, denn niemand, wirklich niemand will Ihre Lebensgeschichte hören. Wen interessiert es, dass Sie Ober werden wollten? Niemanden außer Ihnen. Sie finden es höchst interessant, was Sie in Ihrem Leben so alles durchgemacht haben, aber niemand anderen interessiert das. Immer erzählen die Erwachsenen von ihrem Lebenslauf, obwohl das total unnötig ist. Sie sind unglaublich, immer interessieren sie sich nur für sich selbst. Aber ihr Leben ist einfach nur stinklangweilig: Ich meine es ernst." Der Ober gab den Freunden stöhnend das Essen. Alle genossen, was sie gerade aßen. Max meinte dann: „Volle Punkte, so ein Restaurant sieht man nicht alle Tage. Also ich will als Nachspeise ein leckeres Eis mit Karamell, doch es soll Vanillegeschmack haben, das ist mein Lieblingsgeschmack. So etwas will ich immer essen, es ist eben ein Genuss. Tina will dasselbe, das wissen wir ja schon. Das weiß ich, da wir den gleichen Geschmack haben." Lea sagte: „Also ich will gebrannte Mandeln, Leon auch." Kaum hatten sie das ausgesprochen, kam der Ober und gab ihnen die Speisen: „Also so muss es immer in einem Restaurant sein, man muss stets pünktlich sein und den Wunsch des Gastes besser kennen als der Gast selber. Das sollte immer eine Aufgabe des Obers oder des Koches sein. Hier haben sie das beste Personal, das es überhaupt gibt. Man muss aber auch sehr nett zu den Kunden sein, sonst würden sie nie wieder kommen, das ist ganz klar. Man muss auch immer darauf achten, wie der Gast es will. Es muss nach seinen Wünschen laufen. Man muss auch sehr nett sein, falls er sich nicht entscheiden kann, man braucht dann eben Geduld. Jeder braucht Geduld. Aber ich hasse es, in Restaurants zu warten, die brauchen jedes Mal so ewig lange. Das ist einfach nur unmöglich, dass man in den Restaurants so lange warten muss." Der Ober sagte dazu: „Du hast recht, deswegen ist meine Arbeit sehr schwer, doch ich habe sehr viel Geduld. Man sollte aber auch darauf achten, dass man das Essen nicht verschüttet und dass man nichts vergisst. Wir können hier keine Fehler dulden, denn sonst wären wir nicht das beste Restaurant. Wir müssen immer alles sehr genau machen, dafür ist bei uns nichts günstig. Man kann hier normal speisen und Geld bezahlen oder man kann die Prüfung machen und dann kostenlos essen. Ein paar Leute haben sogar nur deswegen die Prüfung gemacht, damit sie hier kostenlos speisen können. Das ist echt verrückt, wer will das schon? Aber ich habe langsam keine Lust mehr, als Ober zu arbeiten, weil dann immer so undankbare Kinder wie ihr kommen, die aber sehr gut bezahlen müssen." Max meinte: „Ja, Sie haben Recht, es ist sinnlos, einfach nur deswegen die ganze Prüfung zu machen. Das ist auch echt zu schwer. Man will doch nicht, dass es zu schwer wird. Aber wir haben die Prüfung ja nicht deswegen gemacht. Wir haben sie aus vielen Gründen gemacht, aber nicht deswegen. Wir wussten noch nicht mal, dass es so ein Restaurant gibt. Aber gut, lasst uns zum genießerischen Teil kommen, ich will nämlich das Eis essen, weil es einfach himmlisch ist. Und es soll nicht geschmolzen sein, sonst würde das einen schlechten Eindruck machen. Ich liebe es, wenn ich ein kaltes Eis in den Mund bekomme. Wenn es dann warm ist, werde ich diesen Laden ganz zerstören. Spaß, so etwas macht man doch nicht. Ich mag diesen Laden, daher würde ich ihn auch nie zerstören, weil das sehr unnötig wäre. Ich mag auch warmes Eis, aber nicht zu warmes. Doch wie ich euch kenne, kann es nur kalt sein, denn ihr seid die genauesten Leute überhaupt. Ich mag euch jetzt schon, auch wenn ich euch fast gar nicht kenne. Ihr seid eine sehr genaue Truppe von Leuten, die ihren Kunden sehr nette Angebote macht. Einfach perfekt seid ihr, und so genau, schon fast zu genau. Ich mag es nicht, wenn man zu genau ist, denn so etwas ist ganz schön sinnlos. Man soll die Kunden auch nicht aufregen, sonst werden die sehr schnell davongehen. Wenn jemand ein Restaurant hat, darf er entscheiden, wie die Regeln sind, aber man sollte nett sein, damit man viel Geld hat und sich dann etwas gönnen kann. So ist das Leben doch eigentlich schön. Jedes Leben ist schön, wenn man Geld hat, weil man damit fast alles kaufen kann. Das ist nicht gerade das Schönste, dass Geld das Leben entscheidet, denn Charme und andere Dinge sollten auch entscheiden, das ist vollkommen ungerecht. Alles darf nicht so sein, wie es gerade ist. Aber stellt euch mal vor, die reichsten Männer der Welt holen sich schöne Frauen mit Geld, was echt unmöglich ist. Und reiche Menschen erlauben sich dann fast alles. Was zu unverschämt und kaum zu glauben ist, denn alles mit Geld zu kaufen ist einfach nicht richtig." Der Ober sagte: „Ja, das hatte ich auch vor, weil wir im Monat sehr viel Geld verdienen, doch manchmal kommen einfach keine Kunden, weil es hier angeblich zu teuer ist, aber das stimmt gar nicht. Jeder bezahlt hier gleich viel und meint, es sei ein Schnäppchenpreis. Dann kommen sie aber nach einer Woche und meinen, das sei völlig überteuert und sie würden bei uns nie wieder essen gehen. Wir machen den Leuten sogar manchmal ein Angebot, doch auch dann ist es ihnen noch zu teuer. Ich verstehe die Welt nicht mehr! Soll ich alles umsonst geben, damit sie zufrieden sind? Sie wären dann bestimmt immer noch nicht zufrieden. Doch ihr seid nicht so, das sehe ich euch an, ihr seid ganz anders. Ihr seid nett und mit euch kann ich über meine Probleme reden. Diese Kunden haben ein großes Maul. Sie können nur reden, doch selber kochen, das können sie nicht. Sie können nur meckern und sich am Ende beschweren, warum das Essen so teuer ist, dabei hat man es ihnen schon zuvor erklärt. Doch sie wollen es einfach nie verstehen, sie können einfach nicht aufhören und müssen immer weiterreden. Ich will mal selber so viel reden, doch die Kunden erlauben es einfach nie, sie wollen immer nur selber reden und niemanden aussprechen lassen. Ich muss nett sein, sonst wären wir nicht so gut dran. Man muss einfach nett sein, wer will das schon nicht sein? Also ich will, dass jeder nett ist, und nicht, dass jeder traurig ist. Jeder hat wahrscheinlich diesen Wunsch, das ist doch klar. Aber es wird nie so eine Welt geben. Noch nie habe ich jemand Netten in diesem Laden gesehen, obwohl ich hier schon zehn Jahre lang arbeite. Aber egal. Das ist das Unwichtigste. Warum gibt es einfach keine netten Leute? Das geht irgendwie gar nicht, das finde ich sehr komisch."

16. Kapitel

Überfall

Doch weiter konnte er nicht sprechen, weil der Laden dann überfallen wurde und der Banditenchef sagte: „Raus mit dem Geld, falls ihr noch leben wollt, oder wollt ihr sterben? Mir ist es jedenfalls egal, wir wollen diesen Laden hier überfallen, weil ich gehört habe, man verdient hier viel Geld. Das lasse ich mir nicht so einfach entgehen, ich will mir damit etwas ganz Fettes kaufen. Aber schnell, denn ich habe nicht ewig Zeit. Her mit der Kohle oder jeder in diesem Laden ist Geschichte, das schwöre ich euch hoch und heilig. Ich bin ein dreckiger Bandit, da steht es fest, dass ich euch töten werde, wenn ich das Geld bekomme." Max stand auf und sagte: „Falls du das Geld haben willst, musst du erst mal an uns vorbei, und das willst du definitiv nicht, falls du noch leben willst. Ich kann dir schon einige Knochen brechen und das willst du definitiv nicht. Tretet zurück und euch wird wirklich gar nichts passieren, kommt einen Schritt näher und ihr werdet sterben." Der Ober sagte: „Nicht, ihr Kinder, ihr seid zu schwach. Ich kann nicht zulassen, dass ihr sterbt. Wir müssen ihnen das Geld überreichen. Wir können nichts dagegen tun. Wir müssen ihnen das Geld einfach überlassen." Max aber sagte nur: „Wir haben nicht umsonst diese Prüfung bestanden. Wir sind dazu ausgebildet, so etwas zu tun und wir werden so lange kämpfen, bis das Geld in Sicherheit ist. Die Arbeiter haben es sich verdient und ich mag den Ober. Ihr seid einfach nur feige, ihr kämpft gegen Wehrlose. Kämpft mal gegen Leute auf eurem Niveau. Ihr werdet sehen, wie es euch gefallen wird, gegen uns zu kämpfen." Der Räuber sagte: „Och, was für nette und reizende Kinder! Ich werde euch dann allesamt in die Hölle schicken! Ihr seid es nicht wert, am Leben gelassen zu werden. Wir können uns auch von euch Geld nehmen lassen, weil wir schon so viel haben, aber ich will mehr, also her mit eurem Geld oder ihr werdet sterben. Wir haben ja so große Angst vor euch und werden auch immer Angst haben. Am besten laufen wir gleich weg, damit ihr uns nicht verletzt. Ihr seid doch nur Kinder. Ich würde euch mit einem Fingerschnippen besiegen, ihr Würmer. Jeder würde euch besiegen, sogar meine Untertanen. Ihr seid einfach nur Angeber, die so tun, als wären sie Helden. Ich hasse solche Leute. Ich werde euch nicht verschonen. Ihr seid einfach nur Angeber!" Max nahm Anlauf. Da meinte der Boss: „Ach, so ein Kind will es mal versuchen. Also nur her mit dir, ich werde dich verschlingen, als wärst du eine Kuh und ich ein Drache. Du bist ein Winzling, der es nicht mal schafft, mich umzuwerfen. Dir werde ich zeigen, wer der Boss ist. Ich schwöre dir, ich werde so lange auf dich einschlagen, bis du in alle deine Körperteile zerteilt bist. Ich werde keine Gnade mit dir haben. Dein Kopf wird nicht mehr dort sein, wo er vorher war. Du wirst auf jeden Fall nicht überleben. Niemand konnte bis jetzt vor uns entkommen, wirklich niemand. Ihr wollt uns töten und habt angeblich die Prüfung geschafft? Das ist doch eine Lüge. Ihr seid nur dumme Menschen, die Helden sein wollen, es aber nicht schaffen. Warum seid ihr überhaupt hier? Verschwindet von hier, ihr habt hier nichts zu suchen. Ihr werdet von Monstern getötet werden. Nur die Stärksten können hier leben, nicht die Jüngsten." Der Boss wollte gerade zuschlagen, als Max unter seine Beine rutschte und dann mit seinem Fuß auf den Kopf des Bosses trat. Zuerst meinte dieser: „Das war ja gar nichts. Ich werde dich fertigmachen. Sogar Babys können härter zuschlagen als du. Du bist einfach nur ein Waschlappen, ich hätte härtere Tritte von dir erwartet, nicht solche Kicks, die nicht mal Kuchen kaputt machen. Auf jeden Fall werde ich dich zerquetschen. Du bist einfach gar nichts, ich habe schon viel härtere Tritte gesehen. Am besten wäre es, wenn du direkt aufgeben würdest. Ich zeig dir mal, wie ein echter Tritt aussieht." Doch schon nach diesen Worten fiel er um. Da meinte Max: „Also so viel zum Zerquetschen. Du kannst mich nicht mal treffen, wie willst du mich dann zerquetschten? Du bist viel zu langsam und viel zu fett! Und dich wollen deine Banditen respektieren? Das ist ja dann ein Weltwunder! Wieso haben deine Banditen unbedingt dich ausgewählt, du bist doch einfach viel zu unnötig für das Team. Du bist fett und dumm, dich sollte man lieber nicht respektieren, denn du bist so hohl, dass du nicht bemerkst, was für einen Fehler du begangen hast." Alle Banditen lachten und traten dann einen Schritt zurück. Der Boss lachte und seine Muskeln wuchsen. Dann stand er auf und sagte wütend: „Ich werde dich zerquetschen wie eine kleine Ratte, doch es wird bei dir definitiv schmerzhafter und ich werde dabei auch noch mehr Spaß haben. Ich liebe es besonders, Kinder zu zerquetschten. Sie schreien dann so, das beruhigt meine Nerven. Besonders dieses Kind wird bald um Gnade betteln. Aber ich zerquetsche es dann dennoch. Dieser Schrei von Kindern ist wie Musik in meinen Ohren. Denn sie schreien und schreien, aber keiner kommt ihnen zu Hilfe ich habe schon oft Kinder getötet. Sie sind auch so dumm und rennen nicht. Ihr seid einfach nur schlecht. Kinder sind einfach nur dumm, damit meine ich dich, du eingebildetes Kind. Ich werde dich jetzt zerstören, das schwöre ich dir." Max sagte: „Das werden wir ja sehen. Ich kann sogar wetten, dass ich dich schneller besiege als meine Freunde den Nachtisch essen, aber dann wird mein eigener Nachtisch schmelzen. Deswegen mache ich das nicht, das wäre pure Geldverschwendung. Ich esse erst mal meinen Nachtisch zu Ende, denn sonst schmilzt er echt und das finde ich ekelhaft. Geschmolzenes Eis zu essen ist wie Wasser zu trinken, das glibbert durch deine Speiseröhre hört sich ekelhaft an. Lass uns bitte alle die Nachspeise essen, dann reden wir weiter." Der Boss sagte: „Das werden wir dann mal sehen, denn du darfst mich echt nicht unterschätzen. Ich werde dich nämlich zerquetschen und deinen Nachtisch essen, dann wirst du richtig rumheulen. Du wirst mein Nachtisch sein, und zwar umsonst. Ich habe jetzt schon Hunger. Und deinen Nachtisch werde ich auch noch essen, denn ich habe lange Zeit schon kein Eis mehr in meinem Magen gehabt. Deines sieht gut aus." Max sagte: „Also heute treffe ich echt fast nur Angeber, die einfach nichts draufhaben außer zu sprechen. Und dann können sie einfach nicht aufhören zu reden. Ich muss kurzen Prozess machen. Ich werde dich in die Mülltonne werfen, weil du eigentlich nur Dreck wert bist, oder sogar noch weniger, wie ein abgekratzter Kaugummi. Also ich werde dich nicht mehr in den Mund nehmen. Und du bist ein zu schwacher Gegner und schon zu fett, deswegen solltest du mich nicht essen, sonst nimmst du zu viel zu und explodierst dann am Ende noch. Danach will ich ein neues Eis. Ich mache mir mehr Sorgen um mein Eis als um dich, denn du bist nicht mal der Rede wert. Mein Eis ist wertvoller als dieser ganze Kampf, deswegen möchte ich nicht kämpfen."

Der Ober gab Max einen Ellbogenstoß und sagte: „Hör auf, du provozierst ihn nur, sodass er sich noch mehr aufregt." Da rastete der Boss aus und rannte auf Max zu, doch dieser sprang einfach über ihn und streichelte ihn am Kopf, um ihn zu provozieren. Da rannte er noch schneller gegen Max, doch der wich zur Seite und gab ihm eine Ohrfeige. Jetzt rannte er so schnell er konnte. Max wich wieder aus, doch diesmal tat er gar nichts und der Bandit rannte gegen einen Pfosten. Er stürzte und fiel in einen Kessel voller heißer Suppe. Er sprang dann schreiend auf, rannte auf seine Männer zu und schrie: „Rückzug! Die sind hier alle verrückt! Wir sollten nie wieder hierherkommen! Er hat uns sogar noch schneller besiegt, als sein Eis schmolz! Das war echt dumm, ich werde diesen Laden nie wieder betreten. Wer weiß, was für verrückte Typen hier noch herumlungern. Es ist echt peinlich, dass ich gegen ein einziges Kind verloren habe. Und was haben die denn für heiße Suppen? Das ist echt unheimlich. Das ist auf jeden Fall kein normales Kind. Es hat mit Sicherheit die Prüfung bestanden, das steht fest, es ist so stark. Bestimmt sind auch alle seine Freunde so stark. Er musste sich gar nicht anstrengen und seine Freunde haben auch nicht mal mitgeholfen, er hat uns alleine besiegt. Dieser Typ ist einfach verrückt, er hat noch nicht mal sein Schwert gezogen. Er hat mich mit den bloßen Händen besiegt. Stellt euch mal vor, wie stark er mit seinem Schwert wäre! Er hat mir sogar mein Kinn gebrochen. Das hat richtig wehgetan. Sie sind hier alle einfach zu stark. Ich könnte ab jetzt jedem zutrauen, dass er die Prüfung gemacht hatte." Und so rannten die Verbrecher raus. Der Ober schrie: „Danke, du hast meinen Laden gerettet, das passiert echt selten, dass jemand so etwas macht. Du bekommst natürlich noch ein Eis, das ist das Mindeste, was ich für den Retter meines Ladens machen kann. Ich muss dir einen Teil unseres Geldes geben. Ihr seid nämlich Helden. Das war echt unglaublich, wie du die Banditen bekämpft hast, du brauchtest noch nicht mal Hilfe von deinen Freunden, das war einfach nur ein Wunder. Das hätte ich nicht von so einem Kind erwartet. Ich dachte, ihr sagt das mit der Prüfung nur, um sie abzuschrecken, aber das habt ihr anscheinend nicht. Ihr seid echt mutig, jedenfalls du, Max. Ich kann über die anderen nichts sagen, denn ich habe sie noch nicht mal kämpfen sehen, aber bestimmt sind sie genauso stark. Ihr seid sicherlich das stärkste Team hier. Ihr habt Kräfte, die gar nicht von euch zu erwarten sind. Ihr seid einfach nur Wunderkinder, das steht fest. Ihr werdet bestimmt alles schaffen, wenn ihr es wollt, denn ihr habt unglaubliche Kräfte. Bestimmt werdet ihr die Prüfung bes ... Oh, ich habe da wohl schon zu viel geredet. Meine Worte sind wirklich vollkommen unnötig und niemand braucht sie, da ich nicht der Held bin." Max meinte aber nur: „Ich tat das nicht wegen eurem Geld, da sollt ihr es auch behalten. Ich mag es, Leute zu beschützen, das ist eben mein Job und meine Aufgabe. Außerdem war es noch nicht mal schwer, sie zu besiegen. Der Boss war einfach zu aggressiv. Das ist meistens sehr dumm von Banditen, dass sie so aggressiv sind. Die dummen Leute sind auch meistens die aggressivsten Leute. Ich habe mir schon gedacht, dass dieser Boss dumm ist, aber ich hätte nicht gedacht, dass er so dumm ist. Die meisten Menschen gehen, wenn sie wütend sind, auf jemanden los und achten dabei nicht auf ihre Deckung. Das war sehr dumm von dem Banditen. Ich dachte eher, er würde ausweichen. Und er hat vorhin gelogen, als er sagte, dass es nicht wehtat, denn ich habe ein Knacken gehört, als ich ihn gekickt habe. Er versuchte nur, cool auszusehen. Er war einfach nur eingebildet. Der Boss hat am Ende sogar noch zugegeben, dass es wehgetan hat. Niemand hätte so einen Kick gut verkraften können." Dann genoss Max noch sein Eis und ging. Als er gerade bezahlen wollte, meinte der Ober: „Nein, das brauchst du nicht! Da du unser Lokal gerettet hast, respektieren wir dich. Deswegen geht diese Rechnung aufs Haus. Ihr braucht gar nicht zu bezahlen. Und beehrt uns bald wieder." Max freute sich, dass sie nicht bezahlen mussten, und sagte glücklich: „Seht ihr? So muss ein nettes Lokal sein – wenn man es rettet, muss man hier auch gar nichts bezahlen. Ich habe immer noch genug Geld. Das reicht bestimmt für Jahre. Ich würde jetzt aber gerne wissen, wohin wir müssen, denn nichts führt uns zur nächsten Prüfung." Da sagten Lea und Tina glücklich: „Als ihr in Ohnmacht fielt, haben wir von der Stimme gehört, dass wir alles bestanden haben."

Als sie dann rausgingen, waren sie komischerweise in einem Raum, in dem sehr viele Leute eine Party feierten. Max fragte jemanden: „Wo sind wir hier? Was soll das, warum feiert jeder hier? Das ergibt alles keinen Sinn." Der Mann antwortete: „Wir sind auf einer Party, bei der ihr mitmachen dürft, aber nur, wenn ihr die Himmelskriegerprüfung aufgebt. Das ist die Party des Jahrhunderts, hier wird jahrelang gefeiert. Das ist eine legendäre Party, die einfach nie aufhört. Entscheidet euch. Ich gebe euch noch einen Tipp: Diese Party ist einfach zu abgefahren. Ihr solltet sie sehen, denn sie ist so cool." Max sagte dann: „Niemals würde ich sie aufgeben, sie ist mir einfach zu viel wert. Die Prüfung habe ich gemacht, damit ich stärker werde, nicht, damit ich abfeiern kann. Das wäre wirklich viel zu schlimm. Ich habe mich auf diesem Weg einfach so bemüht. Da will ich nicht gleich alles aufgeben, das wäre etwas sehr Dummes. Man fängt etwas an, um sein Ziel zu erreichen, nicht, um es gegen etwas Anderes zu tauschen. Bestimmt haben das bis jetzt viele gemacht, aber wir nicht. Das ist bestimmt sowieso wieder eine Falle." Der Mann sagte dann: „Das war eine weitere Prüfung der Entschlossenheit. Man muss es schon durchziehen wollen. Dann führe ich euch schon mal zu den zwei Maschinen, von denen euch eine nach Hause bringen wird. Aber ich warne euch, eine ist sehr gefährlich! Wenn ihr wollt, könnt ihr euch immer noch für die Party entscheiden. Ich bin euch kein Hindernis. Ich sage nur: Wählt, was ihr wollt ..." Da sahen sie eine Dusche und eine Kapsel. Der Mann sagte: „Ihr müsst euch entscheiden, welche die richtige

Maschine ist. Eine Entscheidung ist ein sehr großer Fehler. Ihr dürft euch nur einmal entscheiden, wenn ihr etwas Falsches auswählt, werdet ihr direkt sterben, doch wenn ihr das Richtige wählt, werdet ihr direkt nach Hause teleportiert." Max sagte: „Es kann entscheidend sein welche die Richtige ist. Das ist aber eine schwere Entscheidung. Nicht das Äußere, sondern das Innere ist wichtig. Also, es kann wie eine Maschine aussehen, doch es kann dennoch etwas anderes sein, deswegen sage ich, die Dusche ist die richtige Wahl. Denn man soll nicht immer nach dem Äußerlichen bewerten, das Wahre in der Maschine ist wichtig, das ist auch bei Menschen so. Man sollte nicht die innen Hässliche und die äußerlich Hübsche nehmen, sondern umgekehrt. Das ist so, als müsstest du dich zwischen einer Frau entscheiden, die schön ist und dich nur wegen deines Geldes liebt, und einer Frau, die hässlich ist, dich aber wegen deiner inneren Werte liebt." Der Mann sagte: „Du hast Recht! Das ist die richtige Maschine. Geht schon rein! Die andere Maschine hätte euch getötet. Deine Worte waren richtig. Das hätte ein Erwachsener nicht so erklärt. Er hätte sich für die Kapsel entschieden." Als sie reingingen, wurden sie aber nicht nach Hause teleportiert, sondern in einen Wald. Max fragte: „Wo sind wir denn hier? Diesen Wald kenne ich nicht. Lass uns durch den Wald gehen. Dann werden wir bestimmt mehr Hinweise finden. Dieser Typ hat uns reingelegt, der hat ja mal dreckige Tricks auf Lager. Er hat uns extra auf die falsche Spur geführt. Das ist ja mal gemein, ich dachte, das wäre wenigstens ein Erwachsener, der die Wahrheit sagt, aber es musste natürlich wieder ein Lügner sein. Das ist echt unverschämt, immer meinen die Erwachsenen, wir sollen nicht lügen, dabei tun sie es selber. Das hätte ich von der Prüfung nicht erwartet. Das sind echt unverschämte Erwachsene. Hoffentlich kommt kein Lügner mehr, denn das wäre wirklich schlimm. Wenn jetzt nur noch nette Erwachsene kommen, hätte es sich wieder ausgeglichen."

Und er hatte Recht, da war ein Schild. „Kikiri Wald", las Lea vor. Max sagte dann: „Ach so, wir sind also in dem Wald, das ist aber mal sehr interessant, weil wir hier sehr viel entdecken können. Das wird bestimmt ein großes Abenteuer. So etwas sollte man öfter machen. Genau so etwas fehlte der Prüfung. Man sollte etwas sehr Überraschendes machen, das ist dann einfach perfekt, und wie sie vorhin einfach Kikiri nur mit Früchten gemacht haben, war sehr interessant. Es ist so, als würden sie all meine Ratschläge befolgen. Ich schlage nun nichts mehr vor, sonst wird die Prüfung definitiv viel zu lang für mich. Man sollte sie nächstes Jahr viel kürzer machen. Man sollte auch nicht immer wieder dasselbe in der Prüfung machen, weil das dann bald viel zu langweilig wäre und niemand mehr daran teilnehmen würde. Man muss hier immer nur kämpfen was das Zeug hält, man sollte auch mal damit aufhören, immer dasselbe zu machen, denn jeder langweilt sich deswegen. Auch ich langweile mich langsam, weil die Prüfung fast nicht mehr zu bieten hat. Also das ist doch mal der größte Müll überhaupt, weil niemand so etwas braucht. Okay, ich rede jetzt etwas komisch. Jeder hat eine vollkommene Freiheit und das hier ist eben keine Freiheit, das ist ein mieser Dreck. Ich will meine Freiheit wieder zurück. Ich brauche etwas Pause von der Prüfung, aber wir müssen uns immer anstrengen. Das erwartet man eben von Prüfungen. Das hat Vor- und Nachteile. Jeder muss jetzt mal Opfer bringen und das ist eben so. Man muss das durchziehen, was man angefangen hat, was auch immer passiert. Etwas zur Hälfte zu machen bringt einen schlechten Ruf ein. Aber wir werden diese Prüfung schaffen, denn sie ist bestimmt die leichteste Prüfung, doch wir müssen erst mal einen Ausgang finden, damit wir aus ihr herauskommen, das wird bestimmt nicht so leicht. Es gibt hier bestimmt keinen Notausgang wie bei einem normalen Haus, wir müssen den Ausgang hier auf eigene Faust finden und das wird bestimmt schwer, also müssen wir hier alles durchsuchen, was auffällig aussieht. Warum mussten wir auch in einem Urwald landen?" Da zeigte Lea auf einen Stein: „Also brauchen wir einen Tipp wie diesen hier. Der wird uns, glaube ich, sehr nützlich sein." Max sagte: „Aber wir sollten ihn nicht verlieren, denn sonst werden wir echt noch länger hier verweilen. Ich hätte dann nie saubere Klamotten, was ich aber nicht will. Ich will schleunigst weg, denn hier ist es nicht sonderlich schön. Hier ist es eher tarzanmäßig. Ich habe aber echt keine Lust, Tarzan zu werden, ich will wenigstens mit Hosen rumlaufen. Kann ein Stein ein Tipp sein? Das ist doch echt eine dumme Frage, die ich hier stelle, aber was soll er uns denn nützen? Eigentlich gar nichts, wir brauchen keine Steine. Worauf wolltest du uns aufmerksam machen? Bist du etwa blöd? Nein, warte, ich wollte es nicht so sagen. Es tut mir leid! Man denkt, ein Stein zeigt uns den Weg, doch wie soll das gehen? Gar nicht, das verspreche ich dir. Denn dass ein Stein etwas machen kann, ist völlig unnormal. Aber wie kannst du überhaupt glauben, dass ein Stein uns den Weg weist? Hast du in der letzten Zeit irgendetwas Falsches gegessen?" Tina stöhnte: „Hier auf dem Stein steht, dass ein Notausgang in der Nähe ist, also bin ich doch nicht so blöd, wie du dachtest. Ich bin schlau, also hör auf, mich zu beleidigen. Ich wollte nur helfen. Wenn ihr wollt, bin ich gar nicht mehr in euren Team, denn anscheinend wollt ihr mich einfach nicht. Das ist einfach nur traurig und ungerecht. Ich habe noch nie jemanden gesehen, der so ungerecht war wie du. Ich hätte nicht erwartet, dass ihr so undankbar seid. Da hätte ich lieber nicht in die Gruppe einsteigen sollen, das war der größte Fehler meines Lebens. Ich hätte euch nie vertrauen dürfen. Das war eine böse Falle, die ihr mir gestellt habt. Ich hätte mich einer anderen Gruppe anschließen sollen." Max sagte: „Ich habe mich ja entschuldigt. Ich wollte das gar nicht sagen, das war sehr gemein von mir. Es tut mir ja sehr leid. Ich wollte dich nicht beleidigen, ich wusste, dass du etwas gefunden hast. Du darfst mich da nicht falsch verstehen. Ich will immer nett sein, doch das funktioniert irgendwie nicht. Ihr seid immer böse auf mich. Es tut mir wirklich leid, ich werde es nicht mehr wieder machen. Ich werde mich ab jetzt immer bei dir bedanken. Danke, Tina, dass du diesen Hinweis gefunden hast. Das bringt uns jetzt nämlich einen Schritt weiter. Ich danke dir, dass ich diese Erfahrungen von dir hören durfte, sie waren nämlich sehr wichtig. Bestimmt hätte den Stein mit dem Hinweis niemand außer dir gefunden. Jeder will dich in seinem Team, doch du solltest lieber bei uns bleiben, weil wir besser als jedes andere sind, das schwöre ich dir. Aber wenn du wirklich gehen willst, kann ich nichts dagegen tun, so leid es mir auch tut. Aber ich will nicht, dass du weggehst, denn du bist stark und schlau. Wir brauchen dich einfach, Tina! Du bist uns nämlich sehr wichtig und ohne dich ist unser Team unvollständig."

Doch dann konnten sie nicht weiterreden, weil eine Armee aus Krokodilkriegern kam, die sie angriff. Doch sie verteidigten sich und machten alle schnell und einfach zunichte. Das war nicht sonderlich schwer, bis sie ein Grollen hörten. Daraufhin kam ein großer Krokodilkrieger, der wütend war und schrie: „Warum habt ihr meine Söhne verletzt? Ich habe sie doch geliebt! Sie suchen doch nur nach etwas zu essen, weil sie tagelang nichts im Mund hatten, und ihr tötet sie ohne Gnade. Das werdet ihr bereuen. Sie waren noch Kinder und so süß, Ich habe sie alle so geliebt und man macht so etwas nicht mit Kindern, ihr seid die Einzigen, die so gnadenlos sind. Seit dem letzten Jahrtausend war niemand mehr hier, ich hätte euch eigentlich wie Ehrengäste behandelt. Aber ihr musstet ja unbedingt meine Söhne töten und konntet nicht warten, bis ich komme. Hättet ihr meine Kinder nicht getötet, hätte ich euch zum Essen eingeladen, aber das passiert jetzt definitiv nicht mehr, denn ihr habt einfach zu schlimme Dinge mit meinen Söhnen gemacht. Ich hätte mehr erwartet von Menschen, die hierherkommen, ich dachte, sie wären nett. Warum habt ihr das getan? Sie waren doch nur nette, kleine Krokodile, die niemanden verletzen wollten." Max sagte: „Deswegen haben wir sie ja auch nur in Ohnmacht versetzt. Wir fanden die Tiere süß, sie sind einfach zum Anbeißen und sehr schnuckelig. Die konnten wir nicht verletzen, weil wir Mitleid mit ihnen hatten. Was haben Sie denn gedacht? Dass wir sie töten oder was? Das wäre ein bisschen verletzend. Wir sind keine Mörder, sondern nette, unschuldige Leute. Aber was auch immer ich gerade gesagt habe, war nicht so wichtig, denn jeder weiß, dass wir unschuldig sind. Wir würden sowieso keine Tiere töten, die uns anfallen, wirklich nicht. Wir wollten uns hier nur zurechtfinden, und hätten wir ihre Kinder nicht in Ohnmacht versetzt, hätten sie uns gefressen, weil sie Hunger hatten, wie Sie schon gesagt haben. Das haben wir erkannt und deswegen haben wir sie nicht getötet. Ich denke auch, Sie sind ein bisschen verspielt. Sie sollen es nicht zu ernst nehmen, aber Sie sollten sie lieber runterzügeln, sonst fallen sie jeden auf dem Weg einfach an. Dann ist es kein Wunder, dass es nicht so viele Gäste bei ihnen gibt: Sie haben einfach Angst vor ihnen."

Die Freunde sahen Max erstaunt an, weil er mit einem sprechenden Krokodil sprach, was nicht gerade normal war. Sie verstanden einfach nicht, warum Max nicht überrascht war. Da meinte dieser aber: „Ich habe schon mal sprechende Tiere gesehen, da braucht ihr mich nicht so anzugucken. Da ist es nicht unnormal, wenn man mit einem sprechenden Krokodil spricht." Der Krokodilvater meinte: „Das stimmt nicht, dass meine Kinder nur ohnmächtig sind. Das sagt ihr nur, um mich auszutricksen. Alle, die das bisher versucht haben, landeten am Ende in meinem Magen. Und ich sage euch, die haben einfach nur vorzüglich geschmeckt. Ich habe keine Angst davor, euch auch noch zu verschlingen. Ihr wollt mich bestimmt aus dem Hinterhalt angreifen. Ihr seid auch Lügner wie alle anderen." Max sagte: „Ich bin jemand, der nur mit fairen Mitteln kämpft und niemals etwas Schlechtes mit kleinen Tieren machen würde. Ich hasse es, jemanden von hinten anzugreifen. Das ist doch langweilig. Wenn ich kämpfe, dann meine ich es ernst. Jemanden hinterrücks anzugreifen wäre dann nicht mal ein ernster Kampf. Das wäre zu einfach, und warum sollten wir Sie angreifen oder Ihre Söhne töten? Dafür gibt es überhaupt keinen Grund, also brauchen Sie uns nicht zu beschuldigen." Der Vater drehte sich um und sagte bissig: „Falls ihr es auch nur einmal versuchen solltet, mich anzugreifen, werdet ihr zu Hackfleisch. Und dann verfüttere ich euch an meine Kinder. Aber auf jeden Fall werdet ihr eine Möglichkeit haben, meinen Magen zu sehen, das verspreche ich euch." Also ging er zu seinen Söhnen und versuchte, sie wach zu rütteln. Sie wachten auch gleich auf. Da war der Krokodilvater erleichtert und sagte: „Ich wusste doch, dass ihr keine solch schlechten Personen seid, ich wusste von Anfang an, dass ihr sie nicht getötet habt. Das ist gut, dass ihr es so gemacht habt! Wenn ihr wollt, kann ich euch zum Essen einladen oder auf eine Tasse Tee. Ihr könnt Kekse essen oder etwas Anderes. Und es tut mir leid, dass meine Kinder euch überfallen haben. Ich kann nichts dafür, sie sind eben ein bisschen verspielt und dagegen kann ich nichts machen, wisst ihr? Sie wollen immer irgendetwas spielen oder essen. Sie sind voller Energie. Man kann sie nie auf einer Stelle halten, immer müssen sie spielen. Aber könnt ihr mir verzeihen? Dann hätte ich neue Freunde und ich will nicht, dass sie enttäuscht von mir sind, wisst ihr?" Max antwortete: „Also wir haben schon gegessen. Wir wollen eigentlich nur etwas Wasser oder Milch, weil uns diese Aufregung echt durstig gemacht. Und wir können die Sache mit den Kindern vergessen, das sind eben Kinder und daran kann man wirklich nichts ändern, die sind immer so verspielt. Ich will Sie sowieso nicht hassen, denn ich fühle, dass Sie eigentlich ganz nett sind. Und Ihre Kinder sind bestimmt auch nett, wenn man sie erst mal näher kennenlernt. Sie wollen bestimmt sogar immer noch spielen." Der Vater sagte: „Solchen netten Gesellen gebe ich gerne Wasser. Ich sehe selten, dass Menschen meine Söhne nicht getötet haben. Ich bin eigentlich kein Kämpfertyp, sondern eher ein Weiser. Da die meisten Leute versuchen, meine Söhne zu töten, habe ich mir eine Strategie ausgedacht, damit sie sie verschonen und in Ruhe lassen und sich dann nie wieder blicken lassen. Die meisten sind darauf reingefallen, doch Kinder sehe ich in letzter Zeit sehr selten. Ich habe nur die legendären Kinder gesehen, das waren auch die einzigen Kinder, die die Prüfungen bestanden. Ich bin froh, dass es überhaupt jemand geschafft hat. Doch die Einzigen, die nett waren, waren eben die legendären Kinder. Sie sind leider gestorben, doch es kann sein, dass ihr die Nachfahren seid. Anzeichen sind schon mal, dass ihr an dieser Prüfung teilgenommen habt, und ihr habt meine Kinder nicht getötet. Ihr findet es auch nicht schlimm, dass meine Kinder euch angegriffen haben. Das muss einfach ein Anzeichen dafür sein, dass ihr die Nachfolger der Legende seid. Es geht einfach nicht anders, denn dieses Jahr sollen die Nachfahren der legendären Kinder kommen. Ach, ich rede zu viel. Ignoriert, was ich gesagt habe, denn es war einfach nur unnötig." Max bat: „Könnten Sie uns bitte die Legende von diesen Kindern erzählen? Ich will sie unbedingt hören, weil sie bestimmt interessant ist. Dann erfahre ich etwas über diese Kinder, ich habe nur wenig von ihnen gehört. Sie sollen Sachen vollbracht haben, die niemand sonst hätte vollbringen können. Die Geschichte ist doch bestimmt interessant, deswegen möchte ich sie unbedingt hören. Erzählen Sie sie bitte mal, ich möchte unbedingt wissen, was mit den Kindern so geschehen ist. Denn das ist anscheinend unheimlich wichtig." Das Krokodil antwortete: „Die erzähle ich liebend gern. Also, es waren mal sehr nette Kinder, die immer miteinander spielten und Spaß hatten, doch dann sagte der Älteste voraus, dass das Böse die Welt regieren würde, wenn niemand es aufhält. Der Älteste sagte, die weisesten und stärksten Kinder könnten die Welt davor bewahren. Niemand hätte gedacht, dass sie das schaffen würden, alle hatten Angst, dass die Welt untergehen würde. Die Kinder bekamen besondere Waffen wie ein Schwert. Keines der Kinder konnte mit diesen Waffen umgehen, doch sie mussten alles schnell machen, deswegen schickten die Erwachsenen sie auf eine Reise. Die Kinder entdeckten auf der Reise ihre wahren Kräfte. Sie machten sich auf den Weg, um das Böse zu bekämpfen. Als sie dachten, es wäre besiegt, haben sie sich in den Ruhestand gesetzt. Doch das Böse hatte es geschafft, durch die Energie seiner eigenen Untertanen wieder aufzuerstehen. So wurde es dann wiederbelebt. Also musste man ihm sein endgültiges Ende setzen, und das sollte der geheimnisvolle Krieger machen. Er versuchte, das Böse zu besiegen, doch er wurde nie wieder gesehen und man weiß nicht, ob die Gefahr gebannt ist. Man sagt, dass das Böse noch lebe, doch das will keiner glauben. Man sagt, dass die legendären Kinder noch leben, aber ein paar wegen des dunklen Meisters verflucht worden seien. Wo sich der dunkle Herrscher jetzt befindet, weiß leider niemand. Und es wurde vorausgesagt, dass das Böse in diesem Jahr wieder zuschlagen wird, doch niemand hat das geglaubt. Alle sind davon überzeugt, die legendären Kinder hätten es besiegt." Max sagte dann: „Also der geheimnisvolle Krieger, der mein Vater ist, hat es mal versucht. Das muss bestimmt schwer gewesen sein. Niemand hat es so wirklich leicht als Beschützer der Welt. Es ist eine sehr schwere Aufgabe, die Welt zu retten, sogar eine zu schwere Aufgabe. Aber warum sollte man ihr nicht nachgehen? Niemand wird dich respektieren, wenn du dich weigerst, die Welt zu retten, aber wenn du es tust, wird dich jeder vergöttern, selbst wenn du es noch nicht mal willst. Es würde sich auch dann lohnen, die Welt zu retten, wenn du stirbst. Dein Leben für die Rettung der Welt zu geben wäre das einzig Richtige, was man tun kann. Wenn jemand die Welt rettet und dann stirbt, gerät er aber manchmal auch in Vergessenheit. Das ist echt schlimm. Aber es hat sich dennoch gelohnt, die Welt zu retten, denn du hast ja die Welt nicht gerettet, damit du angebetet wirst, sondern damit jeder Mensch auf der Welt noch lebt und das feiern kann." Da fiel dem Krokodilvater der Mund auf: „Was, du bist der Sohn des Legendären? So ein Glück hat niemand auf der Welt, das ist doch echt unglaublich. Jeder will den Titel des Sohnes des Legendären. Ich habe es auch irgendwie auf den ersten Blick gespürt. Das ist echt unglaublich! Ich bin so froh, dass du an der Prüfung teilnimmst. Du solltest denselben Rang wie dein Vater erreichen. Du musst die Welt retten, wenn du wirklich der Sohn des Legendären bist, denn sonst ist alles verloren. Ihr alle müsst die Welt retten. Ihr seid alle die neuen legendären Krieger, ihr müsst das Böse bekämpfen!" Da sagte Max: „Nichts ist unmöglich, das kann ich dir direkt sagen, es ist so gut wie alles auf der Welt möglich, doch hierfür muss man harte Sachen machen. Ich werde einen besseren Rang als mein Vater erreichen, um zu beweisen, dass alles möglich ist. Doch ich wollte dir unbedingt etwas sagen. Ich habe eine schlimme Befürchtung." Der Krokodilvater fragte: „Was für eine schlimme Befürchtung hast du denn? Wir müssen alle Informationen bekommen, um uns damit einen Vorteil zu verschaffen. Aber was am wichtigsten ist, ist, dass du alles versuchst, was du kannst. Also komm, leg los." Da sagte Max: „Ich habe geträumt, dass das Böse wiederkommen wird und uns dann alle niederstrecken will, deswegen bin ich hierhergekommen. Ich wollte trainieren, damit ich es auch schaffe. Bis jetzt hat es ja niemand geschafft, das Böse zu besiegen, deswegen will ich es schaffen. Ich will meinen Vater überbieten. Das alles ist bestimmt kein Zuckerschlecken. Ich muss alles geben, sonst wird alles zerstört, was mir lieb ist. Bestimmt ist das Böse nun stärker als zuvor. Aber ich werde es schaffen, wenn ich es will und mich anstrenge." Der Krokodilvater sagte: „Also das kann wahr sein, was du geträumt hast, denn dein Vater hatte es auch geträumt. Du bist ein sonderbares Kind. Alle anderen würden versuchen, vor dem Bösen zu fliehen. Diesen Wunsch kann ich verstehen, mir ginge es gleich, wenn ich vor dem Teufel stünde, aber das wirst du bestimmt schaffen. Die Hauptsache ist aber, dass ihr euch anstrengt, da seid ihr schon stär ..."

Das Krokodil konnte nicht mehr weiterreden. Irgendetwas schien ihm die Luftzufuhr zu versperren. Ein Pfeil war direkt durch seinen Körper gebohrt. Das Krokodil fiel blutend zu Boden und gab keinen Ton mehr von sich. Da kam die Bande, die Max im Restaurant besiegt hatte. Doch dieses Mal waren sie deutlich mehr Personen als zuvor. Da sagte der Banditenchef: „Ja, Boss, das waren diese kleinen Racker, die mein Gesicht so zugerichtet haben, aber eigentlich war es nur dieser eine Junge, der es geschafft hat. Er hat mich dumm provoziert und am Ende habe ich mich selber besiegt. Das war dumm von mir, doch diese Bengel haben es verdient, getötet zu werden. Sie haben auch sehr viel Geld dabei, ich habe ihre Taschen gesehen und die waren randvoll mit Gold, Chef. Wenn du willst, kannst du sie ruhig umhauen. Dann haben wir richtig fette Beute gemacht! Aber Boss, ich warne dich, der hier ist einer von den größeren Fischen, er wird dich vielleicht auch dich selber besiegen lassen." Da kam ein sehr flinker Mann, der dünn war und ein Schwert in der Hand hielt. Er sagte: „Im Pfeil, den ich gerade abgeschossen habe, war doch Gift, oder? Ja, das ist so. Ich will nicht, dass dieser Krokodilkrieger überlebt. Er hat eine hässliche Fratze, deswegen will ich ihn töten. In dieser Welt dürfen nur schöne und starke Männer überleben, was ich aber hier sehe, sind nur hässliche, kleine Kinder. Und die sollen stark sein? Das glaube ich kaum. Bis jetzt hat mich noch niemand besiegt, da wird mich doch nicht so ein kleines Kind besiegen. Das ist bestimmt so stark, dass es schon einen Baumstupf werfen kann. Das ist ja mal stark für sein Alter. Hahaha. Ich lach mich schlapp! Dieser Typ schafft es noch nicht mal, einen Teddybären umzuwerfen. Sie schaffen es noch nicht mal, die Luft umzuwerfen. Die schaffen eigentlich gar nichts ohne Erwachsene, sie sind dann nämlich so schwach wie eine Ameise und einfach nur Heulsusen." Da bemerkte der andere Chef: „Ach ja, im Restaurant hatten sie ja den Ober bei sich, deswegen waren sie so stark Er hat sie ermutigt. Genau." Da legte sich aber Max vor seine Füße und weinte wegen des großen Opfers. Da zeigte der Banditenchef auf Max und sagte: „Seht ihr? Das habe ich gemeint, sie sind einfach nur Heulsusen und weinen wegen jeder Kleinigkeit. Aber mich interessiert es nicht, dass dieses Monster jetzt tot ist, denn es war einfach nur abgrundtief hässlich. Für solche Monster darf man keine Gnade zeigen. Also was nun, ihr Kinder, werdet ihr jetzt alle weinen oder wie? Das wäre schön, dann kann ich euch nämlich leicht töten. Das wäre einfach nur cool. Aber es wäre auch gut, wenn ihr direkt sterben würdet, das wäre eine ganz schöne Erleichterung." Da wurde er wütend und schrie: „Ich schwöre euch, ihr werdet es nicht überleben, wenn ihr gegen mich kämpft. Ihr werdet es nicht schaffen, mich auch nur zu berühren. Ich werde Vergeltung bringen! Ihr seid die schlimmste Bande überhaupt, deswegen bringe ich euch um. Ihr seid einfach nur dumm und greift Leute an, die ihr nicht mal kennt. Warum seid ihr so? Das muss einfach bestraft werden." Da meinte der Bandenanführer angeberisch: „Warum sollte ich mich schon schämen? Ich darf umbringen, wen ich will, und als Nächster stehst du auf der Liste, weil du meine Bande nicht rauben lassen hast. Und danach kommt mein Untertan dran, denn er ist einfach zu dumm, um euch Kinder zu töten, obwohl er das schon so oft gemacht hat, dass er es schon können sollte. Alle, die bei ihm waren, sollen ebenfalls sterbe, denn auch sie konnten die Kinder nicht töten und das ist doch die leichteste Sache der Welt. Warum könnt ihr das dann nicht? Weil ihr einfach nur dumm und schlecht seid, und das ist ein Grund, euch zu töten. Nicht mal als Sklaven wärt ihr mir nützlich, lieber würde ich euch töten, als euch als meine Slaven zu haben, denn dann würde mich ja jeder auslachen, weil ich so peinliche Sklaven habe, die nicht mal ein Kind töten können." Das meinte der Vizechef: „Ja hört, ihr werdet alle von ihm getötet. Warte mal, Chef, willst du mich auch umbringen? Dann sollte ich jetzt schon fliehen. Aber warum willst du mich denn töten? Es gibt niemanden in der Gruppe, der so stark ist wie ich, das verspreche ich dir. Bitte töte mich nicht, ich habe noch so ein langes Leben vor mir und möchte noch sehr wichtige Sachen machen." Er rannte weg, doch sein Chef warf einen Pfeil nach ihm und sagte: „Niemand kann mir entkommen, nicht mal mein eigener Untertan. Ich habe dich gut getroffen. Deine Verletzung ist nicht tödlich, aber du wirst durch das Gift im Pfeil sterben, denn das Gegengift müsstest du innerhalb von 24 Stunden finden, das wirst du nicht schaffen. Wo waren wir? Ach ja, genau, ihr steht als Nächste auf meiner Liste. Ich kann dich nämlich genau so wenig leiden wie meinen Partner. Meine Wurfkraft ist einfach unglaublich und niemand kann meinen Pfeilen je entkommen, das schwöre ich dir." Er meinte, an seinen verletzten Untertanen gewandt: „Wenn du dich in diesem Kampf nützlich machst, werde ich dir sagen, was und wo das Gegengift ist, denn das Gift kann dich sehr schnell töten. Du wirst, wenn ich dir nicht helfe, sterben, deswegen streng dich mal ein bisschen an, du nutzloser Bandit. Ich meine es ernst, jeder andere hätte dich direkt getötet. Bedanke dich bei mir, dass ich dich am Leben gelassen habe." Max sagte: „Wer so gnadenlos ist und sogar seine eigenen Männer umbringt, kann kein würdiger Meister sein, er kann nur selber der Lehrling sein, aber da du ihn gerade getötet hast, bist du sogar noch weniger als ein Prüfling wert. Du bist jetzt nur noch Dreck am Boden, den man abzukratzen versucht. Du bist sogar noch weniger wert als das. Eigentlich gar nichts. Ich verstehe nicht, wie du unter solchen Umständen erwarten kannst, dass dich deine Bandenkollegen als Anführer anerkennen. Warum hast du deinen Mann umgebracht? Du hättest ihn doch zwingen können, in einem Kampf zu sterben, dann wäre er wenigstens nützlich gewesen und hätte sich verteidigen können. Niemand hätte das mit seinen eigenen Männern gemacht, das schwöre ich dir. Du bist einfach nur dumm und schlecht." Der Chef lachte und sagte: „Kind, ich darf entscheiden, wer hier der Lehrling ist. Das kann mir keiner befehlen, besonders kein kleiner Bengel wie du. Du bist sogar noch unverschämter, das ist ein Grund mehr, dich zu töten. Ich werde kein Stückchen von dir übriglassen, aus dir mache ich Hackfleisch. Du bist hier der Dumme, denn du legst dich mit mir an. Ich werde dich Stück für Stück auseinandernehmen. Wahrscheinlich tötest du dich selber, denn du kannst nicht mal dein Schwert richtig halten. Das erkennt man an deinen Augen, dass du nicht richtig kämpfen kannst, und einer von euch ist nicht mal bewaffnet. Und ihr denkt, ihr könntet mich so besiegen. Pff. Ihr seid vollkommen unvorbereitet und noch klein und unerfahren. Ihr seid sogar noch nutzloser als meine Männer." Max erwiderte: „Da will aber jemand ein kurzes Leben haben. Ich bin eine sehr starke und reife Person, und gegen dich zu kämpfen ist mit Sicherheit langweilig, weil du ein Lappen bist. Ich werde gegen dich nicht meine volle Kraft einsetzen, weil der Kampf sonst zu kurz wird. Ich will das alleine mit dir klären, niemand soll sich einmischen, denn das ist meine Sache. Ihr versteht das hoffentlich, denn ich habe viel für das Krokodil empfunden. Tina sagte: „Max, du hast den Einen alleine erledigt, jetzt erledigen wir den hier gemeinsam. Wir wollen auch mitkämpfen, denn dadurch trainieren wir. Und wir wollten auch alles gemeinsam klären, aber du machst irgendwie voll den Alleingang. Und außerdem mochten wir das Krokodil genauso wie du. Wir wollen uns auch für ihn rächen. Du bist nicht der Einzige, der Schmerz fühlt." Da sagte Max: „Du hast Recht, ich will immer alles alleine machen, was aber nicht richtig ist, weil ihr auch trainieren wollt, also könnt ihr ruhig mitmachen. Wir sind ein Team und als Team müssen wir zusammenarbeiten. Ich will euch auch nicht verraten. Ihr könnt von mir aus mit draufhauen, ich habe damit kein Problem damit, ihr könnt so oft zuschlagen, wie ihr wollt." Also fing der Kampf an. Der Anführer tat fast gar nichts außer hinten zu stehen und Pfeile zu werfen. Seine eigenen Partner traf er zwar auch, aber das interessierte ihn nicht. Er wollte hauptsächlich Max und seine Freunde treffen, doch die hatten die Banditen relativ schnell besiegt. Da blieb nur noch der Anführer. Er meinte eingebildet: „Ich brauche meine Männer nicht, um zu gewinnen. Ich kann das auch alleine schaffen gegen solche Bengel, die nicht stark sind. Meine Stärke ist eigentlich der Schwertkampf, nicht das Werfen von Pfeilen. Ich bin ein ausgezeichneter Schwertkämpfer, nicht so ein kleiner Junge, der mit seinem Schwert rumfuchtelt. Das ist eine Beleidigung für die Schwertkunst. Du bist ein Angeber, der nichts kann und nichts auf die Reihe bringt. Man muss vieles machen, um so viel zu erreichen wie ich, man muss viele Leute töten. Jetzt zeige ich euch, wie ein richtiges Schwert aussehen muss. Das nennt man ein gutes." Er zog sein Schwert, das rot war. Dann meinte er: „Dieses Schwert wurde extra für mich angefertigt und besteht aus puren Drachenknochen. Es tut mir nicht gerade leid, dass ich die Drachen verletzt habe. Das hat eher Spaß gemacht. Dann wurden die Knochen noch mit Diamanten geschliffen und mit Gift eingerieben, damit sie pechschwarz sind. Das ist das perfekte Schwert. Weil ich kein Geld hatte, brachte ich den Hersteller einfach um und das war gar nicht so schwer, deswegen bin ich danach Räuber geworden. Ich bin auch stolz darauf, denn jetzt bin ich reich und kann mein Leben ganz gut leben. Es macht mir auch Spaß zu töten. Das ist schon immer mein Traum gewesen, ein Räuber zu sein, doch das schätzt niemand wirklich, jeder verabscheut mich. Aber jetzt werde ich es allen zeigen. Und ich sage euch, es ist rot geworden, weil ich so viele Leute damit getötet habe. Das hat mir großen Spaß gemacht. Und ich kämpfe wirklich zu gerne mit Gift, denn das ist taktisch gut und die Leute sterben leidend. Ich liebe es, wenn Leute um ihr Leben betteln. Ich empfinde kein Mitleid mit Menschen. Es sind nur Menschen, keine Götter." Also schwang er sein Schwert und griff Max an. Doch Max parierte den Schlag und gab ihm einen Tritt, dass er nach hinten flog. Dann kam Max auf ihn zugesprungen und gab ihm einen Schlag mit der Faust ins Gesicht, sodass seine Nase blutete. Der Räuber lachte nur und fragte: „Mehr hast du nicht drauf? Da hat sogar meine Oma mehr drauf! Wenn du siehst, wie ich kämpfe, wirst du in Ohnmacht fallen, bevor ich dich angreife. Dann wirst du davor noch um Gnade betteln, doch ich mache kurzen Prozess mit dir. Wenn du willst, kann ich dir auch Qualen zufügen und dich dann töten. So wäre das jedenfalls schöner für mich. Aber ich werde dich lieber direkt töten, weil du so dumm bist." Er warf jetzt zuerst Pfeile auf Max, doch der blockte sie natürlich ab. Dann rannte der Chef auf ihn zu und versuchte, mit dem Schwert auf ihn einzuschlagen. Max wich zwar aus, doch der Chef hatte ihn am Fuß getroffen. Da lachte der Chef und sagte: „Haha, du wirst innerhalb von 24 Stunden tot sein. Mein Gift fließt langsam in deinen Körper. Später werden deine Nerven gelähmt und am nächsten Tag wirst du tot sein. Aber wer hört schon zu, wenn er ohnehin nicht daran stirbt? Ich verspreche dir eine Sache: Ich mache gleich jetzt kurzen Prozess mit dir!" Doch dann schlug Max ihm mit dem Griff des Schwerts gegen den Kopf. Max meinte dann: „Das Problem wäre dann schon mal geklärt. Wenigstens haben wir eine Nervensäge weniger, denn dieser Typ hat meiner Meinung nach viel zu viel geredet. Den hat bestimmt niemand aushalten können, denn er hat zu viel geredet. Und ich konnte es dann echt nicht ausstehen, als er seinen eigenen Kameraden erschlagen hat, das war einfach nur zu schlimm. Er konnte nicht mal seinen Partnern eine Chance geben, das war ein Grund, ihm so hart auf den Kopf zu hauen, dass er in Ohnmacht fällt. Er war ein sehr böser Mensch, und zwar so böse, dass ihn niemand mehr haben will." Da sagte Tina besorgt: „Aber Max, du wirst innerhalb der nächsten 24 Stunden sterben, wenn wir das Gegengift nicht finden. Max, das bedeutet, wir haben ein Mitglied weniger. Wir müssen das Gegengift einfach finden, sonst wirst du sterben, und das will niemand von uns. Wir müssen uns beeilen." Da meinte Max: „Pah, der blufft doch nur. Das ist ein Lügner, dem sollte man kein Wort glauben. Er erzählt Lügen, die ihm jeder einfach glaubt. Bestimmt hat er sehr gute Dinge getan." Tina fragte: „Max, hast du irgendwelche falschen Sachen genommen oder warum redest du so komisch?" Da sagte Max lachend: „Hä, warum sollte ich so komisch reden? Ich rede doch nie komisch, ich bin doch nicht verrückt! Ihr seid verrückt und dumm, das müsst ihr nicht auf mich schieben. Ich bin nicht verrückt! Hört auf, mich als verrückt zu bezeichnen, Jon." Doch nach diesen Worten fiel er sofort in Ohnmacht. Dann stand er auf und es war dunkel. Er fühlte sich schwer. Da sagte Tina: „Du bist wegen des Giftes, das der Typ dir verabreicht hat, in Ohnmacht gefallen und dann hast du einfach lange geschlafen. Wir dachten schon, du seist gestorben. Das war eine echt schlimme Zeit. Anscheinend hat der Typ die Wahrheit gesagt. Vielleicht wirst du ja morgen wirklich sterben, das wäre echt schlimm, denn du bist uns sehr wichtig. Ich meine als Teamkamerad und als nichts anderes. Wir wollen dich nicht verlieren, du hast uns bis jetzt so viel gebracht, das war einfach alles so unglaublich, was du gemacht hast. Wir brauchen dich im Kampf, denn du bist dort der Beste. Ich meine es ernst, du bist so wichtig für uns." Max fragte: „Wo sind die anderen? Ich mache mir Sorgen um sie! Habt ihr den Anführer besiegt? Ich hatte tierische Angst um euch, weil ihr meine besten Freunde seid und ich euch einfach nicht verlieren will. Ich brauche euch an meiner Seite. Wir sollten aufeinander achten, und ihr müsst eure Reise weiterführen. Wir werden so lange wir leben gemeinsam kämpfen, und wenn es sein muss gemeinsam sterben. Das ist dann ein gutes Team, wenn jeder sich um seine Freunde sorgt. Und falls jemand stirbt, muss er gerecht begraben werden." Da weinte Tina. Max fragte: „Was ist los, es ist doch gar nichts passiert, niemand ist gestorben. Warum weinst du denn? Es ist doch alles in Ordnung, niemand hat dich verletzt. Ich werde doch bei euch sein. Es gibt überhaupt keinen Grund, traurig zu sein. Wenn jemand stirbt oder gestorben ist, dann sollte man weinen, aber warum weinst du denn jetzt? Das macht doch überhaupt keinen Sinn, denn ich habe es überlebt." Tina antwortete weinend: „Weil du bald von uns gehen wirst. Das Gift in dir ist einfach nicht aufzuhalten, es verbreitetet sich und wir haben das Gegengift nicht gefunden. Wir können Nichts dagegen tun. Wir müssen etwas finden, um das Gift zu neutralisieren, aber wir finden einfach gar nichts."

Da kamen Lea und Leon mit Wasser zurück. Sie freuten sich, dass Max aufgewacht war. Doch als sie zu ihm rannten, ließen sie aus Versehen das Wasser fallen. Und das ist auf Max' Fuß geflossen. Max schrie zuerst auf, weil der Fuß wegen des Wassers schmerzte. Aber irgendwie fühlte er sich plötzlich wieder gesund. Da meinte Leon: „Tut mir leid, dass ich das Wasser fallen lassen habe. Ich wollte, dass du es trinkst, damit du dich besser fühlst, aber jetzt haben wir kein Wasser mehr, es tut mir einfach so leid. Dein Bein tut jetzt bestimmt weh. Sicherlich wird diese Wunde jetzt infiziert, als ob du nicht schon genug Qualen vor deinem Tod erleiden müsstest. Auf jeden Fall tut es mir leid. Vielleicht habe ich den Vorgang sogar beschleunigt. Wir können außerdem nichts gegen das Gift tun. Tut mir leid, das sagen zu müssen. Wir haben im ganzen Wald gesucht, aber einfach nichts gefunden." Max sagte: „Das ist nicht so schlimm, weil das das Heilmittel war. Leon, du bist so ein Genie. Ich bin jetzt geheilt und der Chef hatte Recht. Wir hätten nie erraten, was das Gegenmittel ist, weil es Wasser ist. Niemand denkt an Wasser als Gegengift. Das ist zwar eine gemeine Taktik, aber auch eine schlaue. Also bin ich jetzt geheilt. Ihr könnt euch schon mal freuen, weil ich nicht sterbe. Ich bin so froh, dass wir das Gegenmittel bekommen haben. Aber die anderen wussten es nicht, es war das Geheimnis des Bosses. Ich fand das echt gemein, dass er seinen eigenen Kollegen umbrachte. Das ist ja nicht mehr normal, den würde ich noch nicht mal als Menschen bezeichnen. Wir müssen auch seine Bande heilen, selbst wenn sie das nicht verdient hat. Sie sind auch Menschen und wenn wir sie nicht heilen würden, wäre es schlimm für sie."

Also rannten sie so schnell wie möglich zum Platz, an dem sie gekämpft hatten. Dann schütteten sie das Wasser auf die Banditen und alle wachten auf. Jeder war durcheinander und fragte sich, was los ist. Der Vizechef fragte wütend: „Was sollte das? Ah, ich bin jetzt geheilt! Zum Glück, ich danke euch! Alleine hätte ich das nie überlebt. Aber warum habt ihr mich gerettet? Ich wollte euch töten. Das ist doch nicht normal, in dieser Situation wäre jeder Mensch auf mich wütend und hätte mich in diesem Augenblick getötet. Dann kommt ihr und rettet mich vor dem Gift, ich habe euch vollkommen unterschätzt. Und mein Boss ist eine unmögliche Ratte, ich hätte nicht erwartet, dass er mit solchen Sachen kommt. Ich habe ihn früher immer als unseren Helden betrachtet und hätte ihm immer verziehen. Früher schien es mir, als würde er alles gerecht aufteilen, doch ich habe bemerkt, dass er nur ein dummes Monster ist. Doch es war noch dümmer von mir zu glauben, dass er gut ist. Ich hätte ihm kein Wort glauben sollen, denn er ist ein elender Lügner, dem man nicht verzeihen kann. Und dann wollte er mich noch töten." Max sagte dann: „Du hast keinen Grund zu sterben. Du bist eigentlich gar kein schlechter Mensch, sondern ein guter, deswegen wollten wir, dass du überlebst. Wir wissen auch, dass du mich gar nicht töten wolltest, du wolltest nur, dass wir gehen. Du konntest uns eigentlich kein Haar krümmen, wir haben das an deinem Gesicht gemerkt. Du kannst kein Kind töten. Du hast absichtlich nicht Ernst gemacht. Du bist extra langsam gelaufen, um mir nicht zu schaden. Du hast auch absichtlich so angegeben, dass du Kinder getötet hast, damit wir Angst haben und fliehen." Der Vizechef fragte: „Wo ist unser Dödel, der uns alle töten wollte? Wir haben noch eine Rechnung mit ihm offen. Wir hätten ihn jederzeit überwältigen können, aber wir hatten Angst, dass er uns vergiftet. Doch jetzt kennen wir ja das Gegenmittel. Ich will mit meinen Männern gegen ihn kämpfen. Er tötet seine eigenen Männer. Und du, Junge, hattest Recht. Ich kann keine Kinder töten, sogar wenn sie weinen. Jeder wird mich zwar auslachen, aber ich weine selber, wenn ich das Weinen eines Babys höre, dessen Vater soeben gestorben ist. Ich ertrage diese Schuldgefühle nicht, ich werde dann in den Träumen von ihnen verfolgt und das finde ich zu schlimm. Mein Boss meinte, mein Feind schaffe es zwar, Kinder zu töten, doch ich muss davon einfach nur kotzen denn das ist grausam. Welch schrecklicher Killer würde es schon über sich bringen, ein Kind zu töten? Das ist einfach zu schlimm." Max zeigte auf den Platz, wo sie ihn besiegt hatten, doch da war er nicht. Da fragte sich Max: „Wo ist dieser Bandit geblieben? Wir haben ihn hier besiegt, da muss er doch hier irgendwo sein, oder ist er etwa geflüchtet? Was ist das denn für ein kleine Ratte, die einfach abhaut? Sie hatte bestimmt Angst, dass wir wiederkommen, deswegen hat sie sich einfach so vom Acker gemacht. Niemand schafft es, vor uns zu entkommen. Wir werden dich schon finden, egal, wo du bist. Bestimmt hast du Angst und bist weggelaufen" Da kam ein Pfeil von hinten auf Max zugeflogen, aber Max blockte ihn gekonnt ab und dann schrie er: „Wo bist du? Du kannst dich nicht mehr verstecken, wir werden dich finden und besiegen. Du kannst niemals entkommen, wir haben deine Freunde auf unserer Seite. Gib auf, du wirst es nicht schaffen. Ich werde dich nicht schlagen, sondern deine eigene Bande, also zeig dich. Deine eigenen Männer wollen dich töten, also komm raus. Du hast es auch verdient, getötet zu werden. Du bist echt gnadenlos und schamlos. Wir sind in der Überzahl, deswegen solltest du schnellstens aufgeben oder du wirst tot sein." Da kam der Bandit mit erhobenen Händen raus und sagte: „Okay, ich gebe auf, es lohnt sich eh nicht mehr zu versuchen, euch zu besiegen. Ihr seid einfach zu stark und in der Überzahl." Als er in Max' Nähe war, zog er ein Kurzschwert raus und wollte ihn erstechen. Max wusste das, wich aus und schlug ihn zu Boden. Er sagte: „Du sollst aufhören, solche Angriffe zu starten, das ist ungerecht. Und jetzt bist du mit deinen Freunden dran, du musst ja mit ihnen noch etwas besprechen. Du wirst sehr harte Schläge bekommen, weil man das, was du getan hast, nicht mit seinen Freunden macht. Du wirst vieles durchmachen, das kann ich dir versprechen. Auf jeden Fall wirst du morgen ein paar blaue Flecken haben und ein paar Wunden. Also, Leute, ihr könnt alles mit ihm machen, was ihr wollt, denn er hat es einfach verdient, er hat sehr schlimme Dinge mit euch gemacht." Also überreichte Max den Banditen den anderen und sie traten ihn aus Rache. Max sagte: „Das geschieht dir recht, du böser Bandit, wir hätten dir nie vertrauen dürfen. Auch deine Kameraden hätten dir nie vertrauen dürfen, sie hätten das von Anfang an mit dir machen sollen. Du hast unseren Krokodilfreund fast umgebracht. Wo ist er überhaupt? Wo ist er hin? Wir müssen ihn unbedingt finden und retten. Bestimmt haben seine Söhne ihn zu ihrem Wohngebiet gebracht, zum Fluss. Da wird ihm ja direkt das Gegengift gegeben. Lass uns zu dem Fluss gehen, denn sonst wird er noch sterben, bevor wir ihn überhaupt heilen können und das wollen wir alle nicht. Wir sollten ihm auch alles erzählen, damit er die Situation versteht, denn er soll nicht denken, wir hätten ihn angegriffen. Sonst wird er so richtig wütend, und das wollen wir ja nicht. Dann befiehlt er seinen Kindern uns zu töten und wir wehren uns. Dann denkt er wieder, dass wir seine Kinder getötet haben und so weiter, obwohl wir das alles gar nicht getan haben. Er soll uns vertrauen, nicht hassen." So machten sie sich auf den Weg.

Als sie am Fluss angekommen waren, sahen sie den Krokodilfreund und riefen nach ihm. Er kam aus dem Wasser und sagte: „Ich hätte niemals gedacht, dass das Wasser das Gegengift ist. Dank meinen Söhnen habe ich es geschafft zu überleben. Ich bin stolz auf sie, dass sie das geschafft haben. Warum habt ihr mich denn aber angeschossen? Das war nicht sehr witzig, ihr seid also doch Lügner. Ich bin enttäuscht. Ich hätte euch nicht vertrauen sollen. Ihr habt mich wie jeder andere reingelegt." Max sagte: „Ein Bandit hat den Pfeil auf dich geschossen, war nicht wir. Doch ich habe alle weiteren Pfeile abgeblockt und wollte, dass er rauskommt. Dann ergab er sich, jedenfalls tat er so. Als er dann in meine Nähe kam, versuchte er, mich zu erstechen. Ich bin dann ausgewichen und habe ihm einen Schlag auf den Kopf gegeben. Er ist umgefallen, aber er war nicht ohnmächtig, doch die anderen haben ihm den Rest gegeben. Wir haben ihn fertiggemacht. Du solltest also nicht auf uns wütend sein, wir haben gar nichts getan. Wir wollten dir nur helfen und dass in deinem Wald Frieden herrscht, nicht, dass sich hier solche Räuber rumtreiben." Da fragte das Krokodil: „Warum haben sie das denn mit ihrem Anführer gemacht? So etwas macht man doch nicht mit seinem Freund. Er hat ihnen doch geholfen, euch zu bekriegen. Tut ihr auch so etwas? Wenn ja, wäre ich enttäuscht von euch und es würde wenige geben, die mit euch mithalten würden. Ich habe jedenfalls noch nie solche tapferen und starken Menschen gesehen, ihr seid einfach nur mutig und tapfer. Ich finde es echt komisch, dass ihr die Einzigen im Wald seid." Max antwortete: „Nicht ganz. Er hat seine Bandenmitglieder auch mit Pfeilen beworfen und wollte in der Hauptsache uns treffen. Aber das ist nur eine Vermutung, weil er schon einmal einen Freund absichtlich mit einem Pfeil angeschossen hat, weil dieser uns nicht hatte besiegen konnte. Er ist echt ein schlechter Anführer, den würde ich niemals wollen. Er macht nur Probleme. Sie scheinen wütend auf ihn zu sein, weil er sie verraten hat, aber sie haben auch nicht mehr weitergemacht. Jedenfalls konnten wir nicht mehr sehen, als dass sie auf ihn eintraten. Aber das machte sie glaube ich glücklich. Und dann sind wir hierhergekommen. Das war alles ein ganz schön großer Aufwand." Da meinte das Krokodil: „Also, was man nicht weiß, das macht niemanden nicht heiß. Den Prüfern sind ihre Ideen einfach ausgegangen, da mussten sie improvisieren, das kann ich verstehen. Man kann von hier flüchten, das ist ganz einfach, denn es gibt einen Wächter, der das Tor zur eurer Stadt bewacht. Er hat dafür einige Voraussetzungen und die müsst ihr einhalten, was aber wirklich sehr schwer ist. Ihr müsst euch mal schämen, das hier ist die beste und härteste Prüfung, die es gibt, also kritisiere sie nicht. Man sollte auch nicht so voreilig sein, denn es kann sein, dass euch nach dieser Prüfung etwas hart ins Gesicht trifft. Aber das könnte euch zu viel verraten. Ich habe euch nur etwas erzählt, was vielleicht sein könnte, aber ich habe nur vielleicht gesagt. Es kann auch sein, dass sie es dieses Jahr geändert haben. Letztes Jahr gab es noch zehn weitere Prüfungen, die dreimal so lange dauerten wie diese hier. Ich würde euch vielleicht zu viel verraten, aber am Ende wird ein großes Feuerwerk stattfinden. Sie werden euch dann sozusagen fast anbeten, weil ihr es geschafft habt. Aber das ist normal, das ist bis jetzt jedes Jahr so gewesen und es wird bestimmt auch so bleiben, das kann ich nicht abstreiten. Ihr werdet es bestimmt schaffen, denn das zeigt das Licht, das ihr gerade ausstrahlt. Ihr seid sehr nette Kinder, ich mag euch, deswegen glaube ich auch, dass ihr es schaffen werdet. Aber hütet euch, hinter jeder Ecke könnte eine Überraschung auf euch warten. Ich würde hier nichts überstürzen und auf die leichte Schulter nehmen, denn das machen relativ viele Menschen, wenn sie einmal etwas geschafft haben. Man muss nicht immer so übertreiben. Manchmal ist es ja in Ordnung, zu übertreiben, aber ich tu das nicht. Und das will auch niemand, also ist das Problem geklärt. Ich will aber nicht zu viel mit euch reden, weil euch das zu sehr ablenkt. Ich will, dass ihr die Prüfungen beendet und sie schafft, aber das kann sehr schwer sein. Seid auf der Hut, hinter jeder Ecke könnte ein Feind lauern. Das sage ich, damit du auch wirklich auf der Hut bist. Ansonsten kann dich ein wildes Tier anfallen und dann kann dich niemand retten, denn die Tiere hier sind wirklich unglaublich stark, das sage ich dir." Max sagte dann eingebildet: „Ja, wir haben es verstanden, wir sollten auf der Hut sein, weil hinter jeder Ecke etwas lauern kann. Wir sind schon die ganze Zeit auf der Hut, sonst wären wir niemals so weit gekommen. Aber wir werden das ganz bestimmt schaffen, weil wir immer trainieren. Doch wir dürfen die Gegner nie unterschätzen, denn die könnten uns immer besiegen. Man sollte hier nicht mitmachen, wenn man weiß, dass man nicht überleben wird. Man sollte auch nicht einfach so hingehen und sich darauf anlassen, denn das kann dann sehr übel enden. Es ist ja kein Weltuntergang, wenn man einmal zu Boden geht, aber wenn man stirbt, ist es ganz schön schlimm. Aber man kann nicht immer gewinnen, das kann ich versichern. Man sollte auch immer nett sein, doch das hat jetzt nichts mehr damit zu tun. Ich will die Prüfung direkt durchhaben, denn das wäre total cool, aber ich weiß nicht mal, wie wir von hier wegkommen. Das ist nämlich ein großes Geheimnis und es ist bestimmt schwer, von hier wegzukommen. Der Anführer der Banditen war verrückt und dumm. Dennoch war er irgendwie ein harter Gegner, doch wir haben ihn sehr leicht besiegt. Das Dümmste von ihm war, dass er einfach seine Freunde abgeworfen hat. Er hat sich dann selber in die Falle gelockt. Das war ein sehr dummer Bandit, der seine eigenen Freunde draufgehen lässt, nur weil sie nicht stark genug waren. Man sollte dann die Leute besser trainieren, das ist nicht ihre Schuld und noch lange kein Grund, so gemein zu sein. Er macht etwas so Gnadenloses, obwohl er sich damit selbst schadet. Aber das ist doch echt verrückt, denn man beschützt eigentlich seine eigenen Kameraden und heilt sie, aber man verletzt sie nicht, egal, in welcher Situation man auch ist." Lea sagte: „Ja, du sagst definitiv zu viel, wer weiß. Aber du solltest das mal einschränken. Das ist nicht gut, was du hier machst. Man sollte nie zu viel von einer Sache machen, aber ebenso nicht zu wenig. Lasst uns aber aufhören und aus diesem Dschungel entkommen. Denn er gefällt mir überhaupt nicht und ihr müsst zugeben, dass es euch genauso geht. Das ist jetzt nichts gegen dich, Krokodil. Es gibt zu viele Monster, die gefährlich sind. Wir sind hier bis jetzt gar nicht weitergekommen. Wir haben hier nichts erreicht, außer die Banditen zu besiegen. Niemandem gefällt es hier. Wenn ein Mensch hierherkommen würde, könnte er keinen Tag überleben, denn ein Leben hier ist einfach zu mühsam, egal welche Ausrüstung du hast. Jede Sekunde kann dich etwas töten und das gefällt mir nicht." Max fragte: „Wie kann man hier raus? Wir müssen ja unbedingt die Prüfung abschließen, wir müssen es einfach schaffen. Ich will nicht ewig hierbleiben! Aber man kann auch übertreiben und sagen, dass das Tor, das uns dahin führt, ein paarhundert Kilometer von hier entfernt ist, aber ich wollte nur raten. jetzt will ich hören, was er uns sagt." Da sagte das Krokodil: „Ihr müsst mehr als ein paar Kilometer laufen. Wie lange ihr braucht, hängt davon ab, wie schnell ihr seid. Wir hoffen auch, dass ihr schnell seid, weil ihr das Ziel erreichen sollt. Aber der Weg ist sehr lang und anstrengend. Beeilt euch, denn das Tor kann nur alle zehn Jahre geöffnet werden." Da fragte Max: „Oh nein, wirklich? Ich habe keine Lust, zehn Jahre zu warten, falls wir jetzt das Tor verpassen." Da sagte das Krokodil: „Das habt ihr mir geglaubt? Ich habe doch nur einen Witz gemacht! Das wäre zu lange und zu aufwendig, der Wächter ist außerdem immer hilfsbereit. Aber ihr müsst etwas Sonderbares machen, was ich euch nicht sagen werde." Max schrie auf und freute sich: „Ja, zum Glück stimmt das nicht! Aber das mit dem langen Weg war doch auch nur ein Spaß, oder?" Das Krokodil antwortete: „Natürlich nicht! Ich mache niemals solche Witze." Max schrie: „Dein Ernst?" Darauf antwortete das Krokodil: „Nein, das ist nicht mein Ernst, es ist 200 Meter von hier entfernt. Ich habe euch schon wieder reingelegt, weil ich den Ausdruck in euren Gesichtern mag." Max sagte: „Du bist aber ein witziger Typ. Hör mal auf damit, uns zu provozieren, das meine ich im Ernst. Das ist nicht mehr lustig, aber du kannst gute Witze machen. Wir sollten jetzt gehen, auch wenn der Weg nicht lang ist."

Damit verabschiedeten sie sich. Das Krokodil hatte Recht, nach 200 Metern waren sie angekommen, aber sie waren komischerweise trotzdem erschöpft. Da sagte Leon: „Ich habe Hunger. Wir haben lange nichts mehr gegessen, oder war das erst vor acht Stunden? Bestimmt nicht, es kam mir viel länger vor, und ich bin durstig. Mann, warum habe ich das Wasser nur verschüttet? Damit wären wir jetzt nicht mehr durstig." Da beklagte sich Max: „Sollte ich etwa lieber sterben oder wie meinst du das? Willst du mich beleidigen?" Da erklärte Leon: „Nein, ich meinte damit nur, ich hätte nicht den ganzen Krug verschütten müssen. Wir hätten auch nur einen Tropfen verschütten können, dann hätten wir jetzt viel mehr Wasser und litten nicht mehr unter Wassermangel." Da erkannte Max: „Ach so, nur so meintest du das, dann ist ja alles okay. Es tut mir leid, dass ich dich falsch verstanden habe." Leon meinte dazu: „Du bist mein Freund, so etwas würde ich doch nie wollen. Du warst mein erster Freund, deswegen habe ich so großes Vertrauen in dich. Aber lass uns jetzt mal zur Wasserquelle gehen, um dort Wasser zu holen. Und Fische, weil wir ja so großen Hunger haben. Wir sollten aber aufpassen, dass wir nicht gegen irgendwelche giftigen Büsche rennen, die uns nachher unbemerkt töten. Lass uns jetzt losgehen, damit wir schnell Durst und Hunger gestillt haben." Also gingen die Jungs los. Da sagte Lea panisch zu Tina: „Wir haben ja noch nie richtiges Essen gekocht, wie sollen wir das denn machen? Das wird schwer. Aber wir müssen es erst mal ausprobieren. Wir müssen die Lachse richtig kochen, nicht dass sie nachher ins Feuer fallen oder dreckig werden. Wir müssen erst mal ganz viele Zweige holen." Also sammelten sie ebendiese. Dann bauten sie zuerst ein Gerüst, das leicht zu drehen war. Es sah wie ein Volleyballnetz aus. Doch sie wussten nicht, wie man ein Feuer macht. Da meinte Lea: „Lass uns doch warten, bis Leon zurückkommt. Er kann doch so gut Feuer machen, dann ist unser Problem gelöst." Da widersprach Tina: „Nein, wir können auch mal selber Feuer machen, wir brauchen nicht immer die Jungs." Also nahm sie zwei Steine und schlug sie aufeinander, sodass Funken entstanden, die auf das Holz fielen. Und damit entstand Feuer. Da fragte Lea:

„Woher kannst du das denn? Ich habe noch nie gesehen, dass du so etwas gemacht hast. Ich bin echt überrascht." Tina antwortete: „Ich habe das im Fernsehen gesehen, die zeigen so etwas echt oft. Aber egal, das ist nicht wichtig. Hauptsache, wir haben es geschafft, und das haben wir ja auch." In diesem Moment kamen auch Max und Leon mit Lachsen und Wasser zurück. Leon fragte: „Wie habt ihr denn das Feuer gemacht? Ich bin echt überrascht. So etwas kann nicht jedes Mädchen. Das habt ihr gut gemacht, genau jetzt, wenn wir kommen, seid ihr fertig. Nun können wir sofort mit dem Braten anfangen. Ich hätte das Feuer auch entfachen können, das wäre eigentlich gar keine große Sache. Aber ihr wolltet bestimmt Zeit sparen, das kann ich eigentlich gut verstehen. Lasst uns jetzt essen, denn wir haben Hunger, aber danach werden wir trainieren, weil wir es lange nicht mehr gemacht haben. Wir müssen eigentlich alles nachholen, weil das wichtig ist, um zu überleben. Doch mit leerem Magen kann man nicht kämpfen oder trainieren." Max sagte: „Wir sollten weniger reden und mehr essen, damit wir schneller fertig sind und nachher noch mehr Zeit haben, um zu trainieren. Das wäre sehr gut, weil wir dann stärker sind als jetzt." Also brieten sie den Fisch und aßen ihn genüsslich. Dann tranken sie erst mal richtig viel Wasser, um ihren Durst zu stillen. Danach mussten sie sich erst mal ein wenig strecken, bevor sie trainieren konnten, und schon fing Max an, etwas zu sagen: „Wir sollten unsere Sinne trainieren, damit wir besser kämpfen können. Also nehmt eine Leine oder etwas Ähnliches und verbindet eure Augen, damit ihr nicht seht." Also taten sie es, weil es vernünftig klang. Sie versuchten sich zu konzentrieren und sich nur auf ihr Gehör zu verlassen. Das lief eigentlich ganz gut. Sie trainierten an einem Fluss. Aus diesem kam komischerweise ein Fischmensch raus, der gerade sein Schwert zog, um Max niederzustrecken, doch dieser dachte gerade, jemand wollte auf ihn einschlagen. Max stach mit dem Schwert in die Kiefer des Fischmenschen, der daraufhin tot umfiel. Max sagte: „Gut, Leon, du hast versucht, mich mit deinem Feuerschwert anzugreifen." Da sagte Leon aber: „Ich bin nicht mal in deiner Nähe, wie soll das gehen?" Also nahmen alle die Augenbinden ab, um zu sehen, wer gestorben war, und dann fragten sie sich: „Wer ist dieser Kerl?" Max antwortete darauf: „Das war bestimmt jemand, der uns umbringen wollte, weil wir hier unerwünscht sind. Zum Glück habe ich ihn gehört. Leute, habt ihr gesehen? Hätte ich nicht gesagt, dass wir trainieren sollen, hätte der uns jetzt getötet. Gut, dass wir es gemacht haben. Lasst uns weitertrainieren." Also trainierten sie einen ganzen Tag so. Dann bemerkte Max: „Leute, es ist schon Morgen. Lasst uns aufhören und schlafen, wir haben uns gar nicht ausgeruht." Sie legten sich alle schlafen, damit sie ihren Körper ausruhten. Sie schliefen auf Blättern, weil es hier keine Betten gab. Alle träumten etwas Schönes, außer Max, er hatte Albträume. Er träumte, dass seine Freunde zu Monstern geworden waren und gerade seinen Vater aßen. Max schrie: „Hört auf, lasst meinen Vater in Ruhe, er hat euch gar nichts getan. Also lasst uns reden! Ich war immer ein guter Freund, aber jetzt seid ihr böse. Warum tut ihr denn so etwas? Ihr seid wahre Monster, ich hätte euch niemals vertrauen dürfen." Dann sahen sie ihn an und sagten nur noch: „Wir werden dich als Nächstes fressen. Du schmeckst besser als dein Vater." Da fiel Max ein: „Das hier ist ein Traum." Da sagten sie: „Ja, und du wirst in Wirklichkeit sterben, falls wir dich im Traum töten." Max sagte: „Wenn das hier mein Traum ist, dann werde ich schon selbst darüber entscheiden. Also, ich möchte, dass ihr von hier verschwindet, ihr seid nämlich unnötig in meinem Traum." Sie verschwanden plötzlich. Dann sprach er weiter: „Und da es mein Traum ist, hätte ich gerne, dass meine echten Freunde da wären und mein Vater noch lebendig." Und schon waren alle da. Da fragte Leon: „Ey, was ziehst du mich in deinen Traum? Ich habe gerade so schön geträumt. Aber was ist los? Ist es denn ein Notfall?" Max fragte: „Habe ich euch wirklich aus euren Träumen gezogen? Das geht doch gar nicht und das wollte ich gar nicht." Da antworteten sie: „Doch, du hast uns wirklich aus unseren Träumen gezogen." Leon fragte: „Wo sind wir denn hier, wenn ich fragen darf?" Da antwortete Max: „Wir sind in meinen Träumen, wo alles so läuft, wie ich das will. Zuerst hatte ich einen Albtraum, in dem ihr gerade meinen Vater gefressen habt, doch dann erkannte ich, dass das hier nur ein Traum ist. Dann habe ich es eben so gemacht, wie ich es will. Ihr seid jetzt hier, mein Vater lebt und wir sind in einer schönen Umgebung." Tina meinte: „Ich frage mich echt, wie du das geschafft hast, das ist doch eigentlich unmöglich. Du bist echt unglaublich. Ich würde auch gerne so etwas können." Max sagte dann: „Du kannst das doch auch, du brauchst es dir nur zu wünschen und schon bist du da." Er hatte das gesagt und dann waren sie schon in einem anderen Gebiet, wo es sehr märchenhaft aussah. Es waren überall Teddys, dadurch war es dort sehr gemütlich und ihnen gefiel der Ort sehr gut. Überall konnte man Eis essen. Da sagte Lea: „Willkommen in meinem Königreich, hier wohne ich. Überall kann man hier Spaß haben, an jeder Ecke. So habe ich es mir gewünscht zu leben." Dann waren sie schon wieder irgendwo anders. Max fragte: „Ist das ein Traum von euch?" Jeder schüttelte den Kopf. Dann sahen sie den Krokodilvater. Dieser fragte: „Was sucht ihr denn in meinem Traum? Ich habe mir euch doch gar nicht gewünscht, wie habt ihr das denn geschafft?" Da antwortete Max: „Das wissen wir selber nicht, wir haben uns einfach irgendetwas gewünscht in unseren eigenen Träumen. Dann konnten wir plötzlich in andere Träume, das fanden wir eigentlich ziemlich nützlich. So kann man einfach Spaß haben, auch wenn man nicht in der echten Welt ist, das finde ich unglaublich. Auf diese Art kann man sich besser ausruhen und sich dann auch im Traum etwas wünschen. Ich habe irgendwie Lust auf ein Eis, denn es schmeckt mir sehr gut. Aber wo soll ich denn jetzt ein Eis herbekommen? Aha, ich habe eine Idee – ich wünsche es mir einfach." So kam ein Eis in Max' Hand. Er sagte mit vollem Mund: „Guck, ich habe dir das doch gesagt, und dieses Eis schmeckt fantastisch. So etwas sollte ich öfter mal machen, so eine Tour irgendwohin, wo es uns Spaß macht. Hier können wir ja alles machen. Aber man sollte das nicht übertreiben, auch wenn es Spaß macht, denn vielleicht möchten die anderen Menschen auch mal alleine sein. Aber Erkundungstouren durch Träume wären echt cool, denn man hat da unendlich großen Spielspaß, weil man alles machen kann, was man will, egal was, und man kann nicht sterben, das ist einfach das Beste, was es überhaupt geben kann." Lea meinte: „Also ich finde das eigentlich auch ganz cool, weil man da endlich mal alles machen kann, was man will, aber man sollte wirklich nicht einfach so die Träume anderer Leute stören, weil sie vielleicht alleine sein wollen. Man will niemandem den Traum vermiesen, das wäre ja gemein. Und wir wollen hier definitiv nicht gemein sein, weil das einfach nicht nett ist. Du solltest nur in die Träume anderer, wenn sie es dir erlauben, denn sonst bist du sehr gemein und niemand mag dich. Wenn du hingegen als nett betrachtet wirst, wirst du dich sehr freuen und kannst dann ruhig zufrieden sein, dass du so viele Freunde hast, die dich mögen. Und gehe nicht in die Träume von Personen, die du nicht mal kennst, denn das kann echt übel enden, und glaubt mir, das wollt ihr nicht." Kaum hatte sie das gesagt, geschah es schon – Max hatte noch ein Eis in der Hand, das er genießen konnte. Alle freuten sich, dass man so etwas machen kann. Leon fragte sich: „Okay, wenn man hier alles machen kann, was man will, kann ich dann fliegen? Ach, bestimmt." Und schon flog er hoch in die Luft. Leon sagte: „Das ist aber echt cool, so etwas habe ich mir schon immer gewünscht und jetzt kann ich es. Es gibt von hier aus eine wunderbare Aussicht. Ihr müsst das auch mal ausprobieren, das ist einfach wunderbar und spaßig, das sollte man auch in der echten Welt können." Alle anderen flogen auch nach oben, um diese Aussicht zu genießen und es machte ihnen großen Spaß. Bis sie dann alle aufwachten. Max sagte: „Na, wie fandet ihr das? Ich finde, das sollte man öfter machen, weil das einfach ein großer Spaß ist und jeder sich dabei ausruhen kann." Lea meinte: „Du hast Recht, das sollten wir definitiv öfter machen, weil das einfach ein riesiger Spaß ist, den jeder genießen kann. Das sollte auch noch fantasievoller sein. Das wäre dann auch ein größerer Spaß für jeden, der mitmacht." Da sagte Leon: „Also ich fand, das war der beste Traum, den ich jemals hatte." Tina sagte: „Das war ganz okay. Alles hat Spaß gemacht, aber im nächsten Traum sollten wir einen Vergnügungspark haben, wo wir einfach alles machen können, was wir wollen. Und es soll dort kostenloses Essen für jeden, der Hunger hat, geben, aber es muss gut sein, sonst würde ich da nicht hingehen. Aber es ist bestimmt gut, weil wir uns das ja auch wünschen können. Das ist eine echt coole Fähigkeit. Aber wie haben wir sie erworben, wir haben doch gar nichts gemacht." Da fiel Max ein: „Wahrscheinlich, weil ich diese Horrormonster besiegt habe und sie uns diese Fähigkeit dann ermöglicht haben. Das ist aber eine echt coole Fähigkeit! Doch wäre ich jetzt im Traum gestorben, würde ich dann auch in der Realität sterben, aber nur wegen diesen Monstern. Doch ich habe sie ja besiegt, weil es mein eigener Traum war. Aber komischerweise ist mein Vater nicht da gewesen. Egal, wir hatten Spaß." Da meinte Leon: „Zum Glück hast du sie besiegt, denn sonst wärst du gestorben und hättest uns diese coole Fähigkeit nicht geben können, aber du hast es ja geschafft, also ist das alles kein Thema. Wir sind einfach nur froh, dass du noch lebst. Sonst wäre es echt knapp mit der Prüfung, weil wir immer einen Partner brauchen, der uns zur Seite steht und in jeder Situation hilft und rettet. Ohne dich können wir das einfach nicht schaffen. Ey, warte mal, ich rede so langsam sogar wie ein Mädchen, obwohl ich keines bin, das ist echt unglaublich. Aber das ist nicht beleidigend gemeint, ich meine es positiv, versteht es nicht falsch. Mädchen sind auch nett und müssen nicht immer heulen. Sie können auch wie Jungen sein und sie sind sehr oft nützlich und sehr nett. Aber sie werden halt immer so dargestellt. Immer so panisch, bis es nicht mehr geht, sagt man in Filmen, aber bei euch ist es ganz anders. Ihr habt vor fast nichts Angst und seid nicht panisch, also soll das keine Beleidigung sein, sondern eher ein Kompliment. Jeder wäre in eurer Lage vor Monstern geflüchtet, ihr seid sehr mutig. Man sollte euch loben und stolz auf euch sein. Wir machen das doch alles, wir loben euch und wir sind stolz auf euch. Zum Glück seid ihr zu uns gekommen, ohne euch hätten wir die Prüfung wahrscheinlich nie geschafft. Danke. Aber wir müssen uns noch mehr anstrengen, um es zu schaffen. Egal, jetzt müssen wir das Tor finden." Lea sagte: „Ich habe es gefunden." Leon fragte dann: „Wo denn? Ich sehe es gar nicht. Ist es denn hier irgendwo?" Lea antwortete: „Kann man denn echt so dumm sein? Es ist vor deiner

Nase, du Dummkopf. Nein, nicht Dummkopf, sondern Freund. Ich will nicht gemein sein. Ich will nur nett sein. Es ist mit Efeu bedeckt, deswegen sieht man es nicht so gut. Es tut mir leid. Wir sollten das Efeu abmachen, damit wir das Tor besser sehen können. Aber irgendwo muss doch stehen, wie wir es aufbekommen. Und wo ist der Wächter? Er muss doch hier irgendwo sein. Aber egal, lasst uns nach einer Steintafel suchen, die uns verrät, was wir machen sollen." Dann sagte Leon: „Ich habe sie schon gefunden. Sie ist auch mit Efeu bedeckt, das müssen wir entfernen, damit wir die Schrift lesen können, aber ganz langsam. Also lasst es uns jetzt machen." Und so nahmen sie das Efeu ab, um die Schrift auf der Steintafel lesen zu können. Tina las vor: „Um den mutigen Pfad zu betreten, muss man den Namen des Waldes mit Früchten bestätigen." „Also", erklärte Max „Wir sollen Früchte sammeln und den Namen des Waldes damit schreiben, dann öffnet sich das Tor. Lasst uns das doch mal machen, das ist bestimmt nicht schwer. Darüber brauchen wir jetzt nicht zu reden." Also fingen sie an, Früchte zu sammeln, die so aussahen wie Buchstaben. Es gab relativ viele, doch sie sammelten nicht alle, sondern nur die, die mit dem Namen des Waldes übereinstimmten. Schon nach einer knappen Stunde trafen sie sich wieder. Dann legten sie alles auf einen Felsen und schon bald kam ein stark gebauter Mann, der sagte: „Das habt ihr brav gemacht. Ihr habt alles getan, was auf der Tafel stand. So kann ich euch die Tür öffnen." Max fragte: „Wer sind Sie denn überhaupt? Und dieses Tor ist doch keine Tür." Der Mann antwortete: „Ich bin der Wächter dieses Waldes und achte darauf, dass alles glatt läuft. Wenn jemand etwas Schlechtes mit diesem Wald anstellt, dann kann ich ihm nicht verzeihen und muss ihn aus dem Weg räumen. So muss ich es eben machen. Und dieses Tor ist nur eine Täuschung. Falls es jemanden geben sollte, der stark genug ist, das Tor zu öffnen, kommen Pfeile raus, die ihn töten. Niemand darf hier rein ohne meine Erlaubnis. Alle denken, das sei das Tor zur anderen Welt, doch zu diesem Zweck haben wir es ja gebaut. Ihr habt es gut gemacht, jetzt kann ich meinen geliebten Smoothie genießen. Aber es kommen selten Leute, die versuchen, die Tafel zu lesen, doch ihr seid kluge Kinder. Ihr werdet jetzt in die echte Welt teleportiert. Darf ich fragen, wie ihr so weit gekommen seid? Das ist fast unmöglich für Kinder, sogar sehr viele Erwachsenen haben Angst vor dieser Prüfung. Ihr seid Kinder und besteht die Prüfung, ohne auch nur einmal zu zwinkern, das ist übermenschlich. Aber egal, das ist echt gut, dass ihr diese Prüfung geschafft habt. Ihr schafft es zu viert und seid noch Kinder, und es gab Erwachsene, die kamen zu zehnt und haben es nicht geschafft, dabei sollten Erwachsene definitiv mehr draufhaben als Kinder. Kein Kind hat es je bis hierher geschafft. Die heiligen Kinder auch nicht, weil sie das hier erfunden haben." Also nahm der Wächter seine ganze Kraft zusammen und stemmte die Tür auf. Max sagte dann noch zum Abschluss: „Hier war es echt schön, aber auch nervig, denn man musste andauernd kämpfen, egal wo man war. Und dann noch diese Banditen, die gar nicht so böse waren. Das war alles ganz schön schwer zu kapieren, aber man sollte nichts so lange hinauszögern. Wenn das benotet werden sollte, würde ich eine Drei darauf geben, weil das hier einfach zu lang ist. Wäre es kürzer, wäre es perfekt. Aber niemand denkt ja daran und macht sie einfach viel zu lang für die Prüflinge. Das würde jeden stören, der an dieser Prüfung teilnimmt. Aber das ist nicht schlimm, denn niemand ist perfekt. Eigentlich ist sie ihnen ganz gut gelungen, denn so etwas kann nicht jeder machen.

Dann gingen alle durch das Tor und waren plötzlich auf einem Schlachtfeld, wo viele Geschütze aufgebaut waren. Sie schossen alle auf die Kinder. Max schrie: „Verdammt, wir werden sterben." Danach hörte man nur noch Schüsse. Max wurde getroffen. Er fiel um und schloss seine Augen, doch als er erwachte, waren sie wieder alle vor dem Tor. Max fragte: „Was hat das hier denn zu bedeuten? Wo sind wir? Sind wir denn im Himmel? Haben wir die Prüfung geschafft? Ich glaube nicht. Mist." Doch da sagte Lea: „Doch, wir haben sie bestanden, das weiß ich. Das war vorhin nur ein Witz, niemand hat da echt geschossen. Mann, meine Hosentasche ist so schwer. Ich habe keine Ahnung, warum. Was auch immer da drinnen ist, ich werde es rausholen." Als sie den Gegenstand rausgeholt hatte, sah sie, dass es die Lizenz

der Prüfung war. Da stand sie auf und sagte: „Wir haben wirklich bestanden, denn ich habe meine Lizenz! Leute, wir haben es wirklich geschafft! Das war echt unglaublich, so etwas kann doch einfach nicht sein, denn ich hatte am Ende das Gefühl, ich würde sterben. Und dieses Gefühl war echt unglaublich. Ich bin froh, dass ich überlebt habe. Aber ich will nicht noch mal denken, dass ich sterbe. Das hat echt wehgetan, das war unglaublich, den Schmerz kann ich gar nicht beschreiben. Ich wäre enttäuscht von mir gewesen, wenn ich gestorben wäre, aber zum Glück ist es ja nicht dazu gekommen. Aber ich fand es gut, dass sie so etwas gemacht haben, damit jeder weiß, wie sich der Tod anfühlt, denn das ist wichtig. Wirklich alle sollen das wissen, damit sie nicht jede Gefahr eingehen. Jeder muss ja mal Opfer bringen, um etwas Bestimmtes zu machen, und die Welt zu retten ist ein Grund, weil ich dann mein Leben gegen sehr viele tausche. Aber man weiß ja nie, was man so macht, also ist das nicht so schlimm."
Da wurde es schwarz vor Max' Augen.

17. Kapitel

Herzlichen Glückwunsch

Da tauchte wieder sein Vater auf, der dann zu ihm sagte: „Max, ich bin sehr stolz, dass du diese Prüfung genauso wie ich geschafft hast. Du hast tolle Freunde, die dir auch in der schlimmsten Situation helfen. Das sind sehr gute Freunde, auf die kannst du dich auf jeden Fall verlassen, denn sie sind sehr nett und erfolgreich. Aber du musst jetzt in den Wald, um in die Unterwelt zu gelangen. Gehe in den Wald und schon wird dir der Weg gewiesen." Dann war Max wieder in der normalen Welt. Er sagte zu seinen Freunden: „Wir müssen in den Wald gehen, dann wird uns der Weg gewiesen. Ich meinte, er wird uns dann gezeigt." Da fragte Tina: „Woher weißt du das alles?" Max antwortete: „Das sind meine inneren Gefühle, die mir das sagen. Ich weiß deswegen so gut wie alles." Tina sagte: „Die führen uns immer auf die richtige Fährte, ich will auch solche Gefühle haben, denn die sind hier nützlich. Ich würde sie gut einsetzen, und zwar, um Menschen zu helfen. Das ist mein Lebenstraum. Aber lasst uns erst mal zum Wald gehen, um zu sehen, ob dort der richtige Weg ist. Wir sollten uns beeilen, das ist bestimmt ein weiter Weg." Da antwortete Max: „Nein, ich sehe ihn schon. Dann kann er doch bestimmt nicht so weit entfernt sein, also können wir auch mal eine Pause machen. Man muss doch nicht immer direkt hingehen." Da meinte Tina: „Aber wenn man die Welt retten will schon, dann muss man das machen. Man sollte sich dann immer beeilen, denn dann kann man die Erde schneller retten und dann ist sie auch schneller in Sicherheit. Außerdem müssen wir dann nicht mehr so viel machen." Max sagte: „Du hast Recht, wenn wir jetzt Pause machen, kann es schon zu spät sein, um die Welt zu retten. Lasst uns da hingehen, um in die Unterwelt zu gelangen und die Zerstörung der Erde zu verhindern. Dann können wir uns ruhig ausruhen, weil wir es verdient haben."

Also eilten sie zum Wald und sie waren schneller als erwartet dort. In die Bäume waren Pfeile geritzt. Max befahl: „Immer den Pfeilen nach. Sie führen uns auf den richtigen Weg." Doch alle Pfeile wiesen nur geradeaus. Da rastete Tina aus: „Kann das nicht mal aufhören? Wir sind schon genug gelaufen. Wir gehen schon seit einer Ewigkeit geradeaus, aber nichts geschieht. Lasst uns erst mal eine Verschnaufpause machen. Danach können wir weitergehen. Meine Beine schmerzen teuflisch. Als hätte man mit einem Schwert dagegen geschlagen." Max sagte: „Meine schmerzen noch mehr und ich mache weiter. Guck mal, was für eine Ausdauer ich habe. Aber du hast Recht, wir müssen uns auch mal ausruhen. Das ist wichtig." Lea meinte: „Du gibst ihr immer Recht, aber mir nie." Max sagte: „Das stimmt überhaupt nicht." Da sagte Tina: „Doch, sie hat Recht." Lea sagte: „Ich werde dir gleich zeigen, wo der Hammer hängt. Ich werde deinen Kopf wegschlagen und dann hast du keinen mehr." Max fragte: „Willst du dich etwa mit mir anlegen? Willst du Probleme haben? Ich kann dir welche geben, und zwar umsonst." Während sich die zwei stritten, schliefen Tina und Leon. Nach 10 Minuten sagte Max: „Lass uns aufhören und uns auch ausruhen, ich bin sehr erschöpft." Lea sagte dazu: „Ich gebe dir Recht, ich möchte mich auch mal etwas ausruhen und dich nicht die ganze Zeit anmeckern. Lass uns doch einfach Frieden schließen." Dazu sagte Max: „Klingt gut, lass uns genau das machen, sonst werden wir nachher schlapp aussehen. Ich möchte in die Träume der anderen surfen, weil ich mal sehen will, was die so träumen. Und ich möchte gute Träume machen. Aber lass uns jetzt Frieden schließen und schlafen." Also legten auch sie sich schlafen. Sie wachten erst am nächsten Morgen auf, jedenfalls Max. Da weckte er seine Freunde. „Leute, wir müssen uns auf den Weg machen, wir sind zu spät dran und das Böse verschläft nie, deswegen sollten wir uns beeilen. Das ist ganz wichtig. Aber lasst uns nichts überstürzen. Doch, lasst uns alles überstürzen." Plötzlich waren sie in einer Umgebung, wo es nur noch einen Baum gab, der in eine Richtung zeigte. Vor Max' Augen wurde schon wieder alles schwarz. Da erschien sein Vater. Max sagte: „Ich bin enttäuscht von dir, ich hätte nicht von dir erwartet, dass du uns so dermaßen anlügst." Da meinte der Vater: „Aber ich habe euch doch gar nicht angelogen! Wenn ihr jetzt weitergeht, seid ihr in der Hölle. Ich habe dich nicht angelogen, das ist hier einfach nur eine verdammt gute Tarnung. Ich bin dein Vater, vertraue mir doch einfach. Ich weiß es am besten, denn ich bin hier selber hergekommen. Also sage ich dir die reine Wahrheit. Ich bin doch kein Lügner! So hat mich bis jetzt niemand beleidigt, nur mein Sohn. Man hat doch sicher keinen Respekt vor seinem Vater, wenn man es so macht. Man sollte das eigentlich nicht tun, aber das ist jetzt egal." Dann war Max schon wieder in der normalen Welt. Da regten sich alle auf: „Max, du hast uns ja angelogen. Dir glauben wir nie wieder." Aber Max sagte nur: „Leute, ich habe Recht! Nachdem wir diesen Weg überquert haben, sind wir in der Unterwelt und haben keine Probleme mehr. Aber wer weiß." Also gingen sie noch zum letzten Baum, durch den sie durchgingen. Nun waren sie wirklich in der Unterwelt, das war echt unglaublich.

18. Kapitel

Die Unterwelt

So etwas sah man nicht jeden Tag. Als sie reingingen, kam ein Adler auf den Boden geflogen, der eine silberne Rüstung trug. Er meinte: „Ihr werdet spüren, wie ich euch mit meinem Speer durchbohre. Das wird euch keinen Spaß machen, das sage ich euch. Ich bin eine Eliteeinheit, die verhindert, dass ihr hier durchkommt. Ihr werdet das niemals schaffen! Ihr werdet so schwach sein, nein, ihr seid so schwach, ich brauche mich nicht wirklich anzustrengen. Ich werde euch ohne Gnade hinrichten, egal, was kommt. Ihr werdet nicht überleben. Ich hasse euch wie jeden anderen Menschen, denn ihr seid alle gleich und tötet meine Freunde, deswegen seid ihr meine Feinde. Widerstand ist zwecklos, ich habe nämlich eine Armee von tausend Mann. Menschen muss man einfach beibringen, dass die Dämonen jeden Menschen töten. Wir sind in der Überzahl und sehr stark. Ich hasse es, wenn ein Mensch in die Dämonenwelt einwandert, er hat dafür nämlich fast immer schlechte Gründe, zum Beispiel uns zu töten, deswegen beschütze ich diese Welt, denn sie ist mir wichtig." Da meinte Max: „Ey, chill mal ein bisschen ab. Wir sind hier gerade angekommen und so begrüßt man uns? Das ist doch echt unverschämt. So etwas macht man nicht mit Besuchern, das schreckt sie nur ab. Und Touristen wollen das hier alles besichtigen, da darf nicht einfach so ein Falke in die Quere kommen, denn sonst läuft jeder Mensch weg, besonders die Angsthasen. Ich finde es echt komisch, dass ihr hier so gemein zu neuen Gästen seid, obwohl sie euch sehr gut bezahlen würden. Doch kein Gast würde gerne in so einer dreckigen Umgebung wohnen, hier ist alles stockdüster und trocken. Hier kann man keine Äcker anlegen, denn hier brennt ja fast alles, bestimmt sogar die Pflanzen, außer es gibt welche, die besser wachsen, wenn sie brennen. In dem

Fall würde das hier dann alles gut aussehen, man könnte es überarbeiten. Wenn man an so einer Stelle eine Farm hätte, wäre das einfach viel zu perfekt, man könnte sich dann nämlich perfekt bräunen. Ich hasse es aber, wenn ich mich hier zu sehr bräune, denn das hier ist eine sehr schlimme Ecke. Bestimmt sind hier überall Verbrecher ohne Ende, deswegen werde ich doch lieber nicht hierherziehen. Ich finde es sehr schlimm, dass man hier in so einer unfreundlichen Umgebung wohnt. Ich muss hier doch irgendwie überleben und Sachen einnehmen können, das ist ja das Wichtigste, dass ich hier leben und überleben kann. Doch diese Landschaft ist die schlechteste, die ich je gesehen habe."
Der Vogel rastete direkt aus: „So eine Unverschämtheit, so etwas sagt man nicht zu Elitetruppen, die aus dieser Gegend kommen, sonst wird man direkt hingerichtet und du wirst einer von jenen sein, die umgebracht werden. Es werden hier keine Ausnahmen gemacht. Und du bist doch kein Tourist, denn das ist die Unterwelt und man kann hier nicht einfach so schlafen oder wohnen. Das würde nur ein verrückter Mensch machen, aber du siehst nicht wirklich so aus wie ein Monster oder ein Verrückter, du siehst eher so aus, als wärst du noch ein kleines Kind, das jede Sekunde losheulen könnte. Ich kann keine Menschen ausstehen, die eingebildet sind und meine Heimat beleidigen. Das ist die schönste Umgebung, die es gibt, und dagegen kann man einfach gar nichts sagen. Man soll nicht schlecht über fremde Länder reden, denn diese können euch jederzeit töten, und das ohne mit der Wimper zu zucken, deswegen solltet ihr aufpassen. Das meine ich ernst, ihr kleinen Menschlein. Die Menschen werden heutzutage immer unverschämter, obwohl sie so schwach sind und schwächer werden. Sie geben immer an, aber dann sterben sie. Ich finde das einfach nur dumm, dass sich die Leute überhaupt hierher trauen, denn sie werden hier direkt umgeschlagen. Sie sind einfach nur dumm, wenn sie denken, sie wären besser als Dämonen, denn niemand ist besser, nicht mal Personen, die sehr gut kämpfen können. Die Menschen sind die dümmsten Tiere, die es je gegeben hat, und das ist einfach nur schlimm. Es ist auch schlimm, dass ich sie töten muss, denn ich möchte auch mal etwas

mehr Freizeit. Ich möchte mit etwas Anderem Zeit verbringen und nicht nur die ganze Zeit Menschen töten, denn das wird langsam langweilig. Wie immer werde ich keinen Urlaub genehmigt bekommen, das ist einfach immer so, egal wann. Das hasse ich an meinem Boss, er lässt mich einfach nur arbeiten und nie darf ich mal eine kleine Pause machen. Man kann doch niemandem zwingen, rund um die Uhr zu arbeiten. Ich werde diese Arbeit aber tun müssen, denn was soll ein Mensch von mir denken, wenn ich eine Pause mache?" Max fragte: „Was ist so schlimm daran, wenn man jemanden begrüßt? Wer soll denn diese Welt mit solchen Regeln überleben? Und wer denkt schon, dass man durch Am-Geld-Riechen stirbt? Ihr seid ein bisschen zu naiv. Ich finde es echt komisch, dass jemand glaubt, man stürbe, wenn man dieses Geld anfasst. Das ist nichts Interessantes für mich, denn wir fassen diesen Schein jeden Tag mindestens hundert Mal an, man braucht keine Angst davor zu haben. Ihr seid doch auch nur Angsthasen, die sich nicht trauen, das anzufassen, was wir gemacht haben, weil wir einfach so gut sind. Das stimmt doch, das ist nämlich ein einfacher Fakt. Ihr habt Angst, dass ihr verflucht werdet, was aber nicht so viel Sinn macht, denn man wird nie verflucht, wenn man Geld anfasst. Ihr seid aber sehr abergläubisch." Der Adler schrie noch lauter und wütender: „Schon wieder eine Beleidigung! Du wirst der Erste sein, den ich auslösche. Dann werde ich deinen Körper als Trainingspuppe benutzen und wenn er 1000 Schnitte hat, werde ich ihn braten und fressen, weil du erst mal reifen musst. Das wird dir sehr wehtun, weil ich Schwerter benutze, die niemanden direkt töten. Deine Freunde werden genauso verarbeitet und dann werde ich sie zu meinen Kollegen mitbringen. Wir werden ein Festmahl veranstalten. Das wird bestimmt jeden freuen, denn es wird uns schmecken. Und ich werde euch niemals dienen. Mein Herr würde sich bestimmt freuen. So eine Rarität gibt es nämlich nicht so oft, ihr seid relativ selten. Und ich finde es einfach nur gut, dass jetzt Menschlinge kommen, die kann ich direkt vom Koch zubereiten lassen. ich werde dann erst mal eure Köpfe absägen, damit ich sicher sein kann, dass ihr tot seid. In weniger als einer Minute wird es so weit sein. Ich finde es einfach nur dreckig, dass man so etwas macht. Das ist echt inakzeptabel, denn wenn man in unser Gebiet kommt, soll man sich nicht beschweren. Ich finde, Dämonen sollten auch Rechte in der Menschenwelt haben, denn jeder Dämon ist auch eine eigene Person in seiner Welt. Ich werde euch wie ein hungriger Wolf zerfleischen. Ihr werdet vorzüglich schmecken, weil ihr sehr dumm seid, und dumme Menschen schmecken immer so fantastisch und neuartig. Ich finde, man sollte aus euch ein paar saftige Hamburger machen, das wäre nämlich lecker." Während er redete, meinte Tina „langweilig" und durchbohrte ihn mit drei Pfeilen. Max fragte: „Warum hast du das getan? Er sollte doch mein Haustier werden. Er konnte zumindest fliegen, das fand ich nützlich. Er sollte am Leben sein, damit wir noch Witze über ihn machen können. Ich hätte ihn für mich benutzen können, damit ich über Klippen fliegen kann, aber du bist einfach so gnadenlos gewesen und hast ihn angeschossen. Es ist einfach zu ungerecht, wie du das gemacht hast. Doch ich finde es einfach gut, dass wir endlich hier sind." Tina sagte: „Für den Chef einer Eliteeinheit sprach er ganz schön viel. Ich bin überrascht, dass wir ihn einfach so besiegen konnten. Ich finde es echt gut, dass das hier keine wahre Herausforderung war, denn ich hatte Angst, dass dieser Gegner unser Untergang wäre. Ich finde es seltsam, dass der Adler so komische Sachen macht, zum Beispiel, dass er reden kann, denn ich habe so etwas noch nie gesehen. Ich hätte erwartet, dass er uns direkt angreift, aber ich habe mich anscheinend getäuscht. Es ist wirklich unmöglich, dass man die ganze Zeit redet. Ich dachte, er würde uns als Erstes quälen. Zum Glück war er ja nicht in der Überzahl, denn das wäre ganz schön schlimm gewesen. Ich erwarte auch, dass man uns nicht direkt freundlich empfängt." Der Adler schrie: „Ich werde nicht dein Haustier und ich bin nicht schwach, ich habe und werde mehr Kräfte haben, als du dir in deinem ganzen Leben je erträumen kannst. Ich bin ein unglaubliches Wesen, während du ein Nichts bist, das immer unterschätzt, und jetzt werdet ihr meine wahre Macht sehen." Dann erschien ein Schatten, der den Adler verschlang, so als ob es ein Umhang wäre, und es kam dann am Ende ein Greif aus dem Schatten, der eine silberne Rüstung anhatte und ein goldenes Schwert als Waffe bei sich trug. Er sagte lachend: „Du wirst schon sehen, wer diesmal gewinnen wird. Ich habe meine wahre Form erreicht. Ich werde dich besiegen. Und dann wirst du sehen, was mit dir passieren wird. Du wirst auf jeden Fall nicht überleben, du bist nämlich zu dumm. Ich hasse es einfach nur, wenn man mich auslacht, und jetzt werdet ihr meine wahre Macht sehen. Ich hasse es, wenn man die Welt hier schlecht redet. Ihr seid nur normale Menschen, man braucht bei euch keinen Finger zu rühren, ihr seid nur jämmerliche Würmer, die man nicht braucht. Man kann euch zerquetschen, und zwar richtig leicht. Ich bin jetzt stärker geworden und ihr dürft mich nicht unterschätzen, ihr wisst nämlich nicht, auf das Wievielfache meine Stärke gewachsen ist. Ich kann nicht zulassen, dass ihr hier lebend rauskommt. Wir sind gebildete Monster, die alles erforschen und die Forschung erweitern. Wir wissen alles über die Technik, während ihr noch gar nichts revolutioniert habt. Wir haben die neuesten Maschinen, die euch helfen könnten, aber wir werden sie euch natürlich nicht geben, weil ihr Menschen seid und damit die größten Idioten, die es gibt. Man kann euch nichts anvertrauen. Ihr seid einfach nur Dinge, die man wegschmeißen kann, wenn man will. Man kann euch nur als Hauptgericht verwenden, da seid ihr die Besten, die es gibt. Ihr seid, wenn ihr gut durchgegart seid, einfach zum Anbeißen, das kann ich euch versichern.

Max trat vor und wollte gegen ihn kämpfen, doch Leon kam dazwischen und sagte: „Ich will auch etwas machen, nicht nur die ganze Zeit zugucken. Das ist echt ungerecht. Sowas wie du will ich auch machen, also lass mich auch mal. So etwas bräuchte ich unbedingt, das ist für mich so, als würde ich mich gerade entspannen, deswegen lass mir bitte diese Chance. Ich knöpfe mir den hier vor. Der wird mir bestimmt Spaß machen, weil er so stark ist. Wir hätten ihn echt nicht unterschätzen dürfen, denn er ist anscheinend sehr stark und wir haben es nicht bemerkt. Dann will ich auch mal einen interessanten Kampf haben und nicht die ganze Zeit zugucken. Ich finde es einfach nur schlimm, dass du alles alleine machen willst, obwohl wir Freunde sind, das hätte ich wirklich nicht von dir erwartet." Der Greif meinte: „Eigentlich wollte ich erst mal deinen Freund töten, aber wenn du willst, kämpfe ich gegen dich und benutze dich als Trainingspuppe. Das wird dann noch mehr Spaß machen, dich vor den Augen deiner Freunde zu töten. Dann werden sie weinen, bis es nicht mehr geht, und dann werde ich sie mir vorknöpfen. Ich werde es genießen, jeden zu Boden zu schlagen und zu hören, wie sie um ihr Leben betteln." Da meinte Leon: „Ja, wir wissen, dass du viel redest. Gibt es auch etwas Neues? Dann gibt es bei dir so viele Schwachstellen. Du bist jemand, der viel redet und am Ende einfach gar nichts draufhat. Ich würde nicht während eines Kampfes reden, das deckt alle meine Schwachstellen auf. Max macht das zwar, aber er bleibt dann weiterhin im Kampf stabil. Das ist ein Unterschied zwischen dir und den anderen. Aber ich weiß nicht mal, wer die anderen sind, und trotzdem sage ich es. Das ist doch wirklich etwas mies, wie ich es gesagt habe, denn ich habe es nicht so erwartet. Du bist bestimmt eine Enttäuschung für die Unterwelt, du bist doch ein Nichts. Man wird dich hier für immer verachten und hassen, und daran wirst und kannst du nie etwas ändern, das verspreche ich dir. Aber das ist bestimmt normal in dieser monsterhaften Welt. Niemand mag dich so wirklich, ich hasse dich nämlich auch." Der Greif schrie und griff an. Er konnte es anscheinend nicht dulden, dass Menschen ihn beleidigten. Aber Leon war vorbereitet, denn er wusste, dass das Monster sich dem Kampf stellen würde und er erzeugte ein Feuerschwert, mit dem er auch in den Kampf ging, weil er so siegessicher war. Das blaue Feuer, das er für sein Schwert erzeugt hatte, schien für den Greif interessant zu sein. Er fragte neugierig: „Woher hast du das ewig brennende Feuer? Du bist doch noch gar nicht so weit, dass du es haben solltest. Menschen, die es bisher besaßen, konnten es nicht kontrollieren und sind dann elendig verbrannt. Aber du kannst es beherrschen, du bist etwas Besonderes. Niemand hat es bis jetzt geschafft, dieses höllische Feuer zu bändigen, wirklich niemand, du bist anscheinend eine Rarität. Das ist etwas sehr Gutes. Der Herrscher wird sich dann

noch mehr freuen, wenn ich ihm eure Leichen zeige, oder jedenfalls deine. Dann wirst du auch kein Gegner sein, den ich so einfach besiegen kann, denn ich kann das Feuer nicht mal bändigen.
Aber das ändert nichts daran, dass ich dich besiegen werde. Egal,
welchen Vorteil du hast, ich werde immer gegen dich gewinnen.
Ich mag es, wenn ich auf einen würdigen Gegner treffe, dann
habe ich endlich mal eine Herausforderung. Aber am Ende stellt
sich immer heraus, dass meine Gegner Nieten waren. Ich wette,
du wirst auch gleich sterben, und zwar durch dein eigenes Feuer.
Ich habe viele gesehen, die mit ihrem Feuer angegeben haben,
sich dann aber selber getötet haben. Das ist einfach nur dumm von
dir, mir damit Angst einzujagen zu versuchen, denn ich kenne
schon jeden Trick des Menschen. Ich weiß nicht, ob du dich als
würdiger Gegner erweist und ob du auch wirklich so stark bist,
das kann ich alles nicht so gut einschätzen."

Leon machte sich eine brennende Rüstung und ein Feuerschwert. Er bereitete sich auf den nächsten Angriff vor, denn er
wusste, dass der Gegner schon etwas draufhatte. Er hatte aber
wirklich gar keine Angst vor ihm, denn er war sich sicher, dass
er diesen Kampf gewinnen würde. Der Greif attackierte Leon
direkt, doch der Junge blockte den Angriff gekonnt. Er konter-
te und schlug dann selber mit voller Wucht auf den Vogel drauf.
Doch der Greif wich mit den Schultern aus. Und so hatte niemand auch nur einen Kratzer abbekommen nach so einem langen und interessanten Kampf. Doch der war noch lange nicht zu
Ende. Er hatte gerade erst angefangen. Beide gingen wieder mit
ihrer ganzen Kraft aufeinander los. Alle schauten gespannt zu,
so, als wären sie gefesselt oder als würden sie gerade selber kämpfen. Leon konnte es anscheinend selber noch nicht fassen, dass er
kämpfte. Niemand konnte etwas sagen, da der Kampf einfach
spannend war. Jeder war begeistert, doch die Kämpfer machten
die ganze Zeit dieselben Bewegungen und konnten sich einfach
nicht angreifen. Immer hatten sie das Gleiche vor. Jeder wollte
wissen, wer gewinnen würde. Das ging einen ganzen Tag lang
so, bis Leon eine schwache Stelle des Greifs entdeckte und mit
seiner Hand in diese reinschlug. Der Greif fiel um. Leon hatte

sich diesen Kampf etwas schwerer vorgestellt, aber was konnte man dagegen schon sagen? Gar nichts, denn das war einfach nur unglaublich. Niemand wusste so wirklich, was los war. Jeder sah gespannt zu, was Leon jetzt machte, selbst der Greif. Er hatte Angst und Respekt, selbst wenn er durch Leons Aktion sterben würde. Aber Leon schlug nicht einfach seinen Kopf ab, sondern sagt: „Du hast Glück, dass ich gnädig bin. Ich töte niemanden, denn das ist mir zu schlimm und meine Faust ist nicht so stark. Du wirst noch sehen, was wahre Stärke ist, wenn du weiter gegen mich kämpfst." Der Greif sah nur noch, dass ein Schlag auf ihn zukam, danach wurde ihm schwarz vor Augen. Nach ein paar Stunden wachte er auf und sah die Freunde Vogelbeine essen. Da schrie er: „Ihr Monster, das macht man doch nicht. Ihr esst mich. Ich wollte doch euch essen. Das habe ich eigentlich nur gesagt, um euch zu verschrecken, ich wollte das gar nicht wirklich machen. Aber ihr seid einfach so gnadenlos. Von euch hatte ich eigentlich etwas anderes erwartet, doch ihr seid böse. Ich hätte mich lieber nicht mit euch anlegen sollen. Ich hätte nie erwartet, dass hinter Menschen so eine finstere Gestalt steckt. Ich bin echt dumm, ich sage, ich will euch essen. Doch dann kommen welche, die mich dann einfach so mit Haut und Haar essen. Ihr seid unglaublich und gnadenlos." Da sagte Max: „Alter, chill mal, sei ruhig. Wir würden niemals so einen coolen Greif wie dich essen. Wir essen gerade einen Vogel, den wir gefangen haben. Das wäre doch unmenschlich, wenn wir dich gegessen hätten, das würde ich sogar unheimlich finden. Ich hasse es, jemanden zu essen, der so wie wir normal reden kann. Das kann ich einfach nicht. Ich finde dich cool, das muss ich zugeben. Wir sind Partner und da müssen wir zusammenhalten. Wir sind auch immer in der Nähe, wir werden dich beschützen und nicht verletzen. Ich kann doch nicht einfach so einen Vogel töten. Ich finde Vögel viel zu süß, deswegen kann man sie doch nicht direkt töten. Aber ich war es sowieso nicht, der der dich besiegt hat, deswegen solltest du nicht mit mir reden, denn dann wirst du tot sein. Nein, Spaß, ich bin viel stärker als Leon, ich bin nämlich der Anführer der Gruppe. Ich finde es das Schlimmste, was es gibt." Da meinte der Greif: „Ihr haltet aber immer zusammen, das ist ja sehr gut von euch, denn ich kenne keinen, der so etwas machen würde. Ihr seid sehr nett, ich danke euch von ganzem Herzen, dass ihr mich verschont habt. Es war ein Fehler von mir, euch nicht zu glauben. Ich sollte euch auch nicht mehr angreifen, denn niemand war bisher so nett zu mir. Ihr seid einfach die Besten, ich sollte euch immer vertrauen. Aber das habe ich ja bis jetzt sehr oft gesagt, es tut mir leid. Ich werde das nicht noch mal wiederholen. Bitte verschont mich, ich werde es nie wieder machen, denn es war ein großer Fehler von mir, zu viel mit euch zu reden. Bitte tötet mich jetzt nicht, weil ich zu viel geredet habe, das ist eben eine Angewohnheit. Ich bin daran gewöhnt, gegen schwache Leute zu kämpfen. Ich hätte nie erwartet, dass Leute kommen, deren Macht so groß ist, dass sie mich übertreffen können. Das ist für mich einfach nur cool, mir ist nämlich noch nie jemand begegnet, der stärker war als ich." Da meinte Max: „Das ist nicht schlimm, wir haben keine strengen Regeln, wir gehen alles locker an, sonst wäre uns das alles zu hart. Ich bin jemand, der so cool ist, dass er jeden Gegner besiegt, ihn aber nicht tötet." Der Greif sagte zu Leon: „Du bist mein neuer Herr. Wann trainieren wir denn, Herr? Jeder, der mich übertroffen hat, hat es verdient, mein neuer Herr zu sein, und du bist eben so jemand. Ich kann dich sehr gut respektieren, weil du so nett bist. Herr, darf ich mich vorstellen, meine Name ist Falco, jedenfalls werde ich hier so genannt. Ich war der Beschützer des Tores." Leon sagte: „Nein, nenne mich nicht Herr. Wir haben hier stärkere Menschen als mich. Meinen Freund neben mir nämlich. Ich bin nur sein Geselle, der ihm hilft, er hat hier die wahren Kräfte, die man wirklich entfesselt gesehen haben muss. Das ist echt nur krass, wie du uns respektierst, weil wir dich besiegt haben. Das nenne ich mal einen ehrenhaften Gegner, der nicht unfair spielt." Max sagte: „Wehe, du sagst zu mir Herr, dann töte ich dich. Ich mag es nicht, wenn mich jemand so nennt, denn ich mag es einfach nicht, so hoch angesehen zu sein. Ich bin ein Freund und kein Herr, denn du bist nicht mein Sklave oder sowas in der Art. Aber wenn du Herr sagen musst, dann sag es eben zu mir, das kann ich schon locker verkraften. Ich muss ja nicht unbedingt wegen so einer kleinen Sache ausrasten." Da sagte der Greif: „Es tut mir leid, mein Herr, ich mache das nie wieder. Oh nein, jetzt habe ich es gesagt. Bitte bringen Sie mich jetzt nicht um, ich wollte Ihnen gegenüber nur Respekt zeigen. Ich will kein kurzes Leben haben, denn das wäre blöd. Ich will Ihnen bis zu meinem Lebensende immer helfen, bis ich sterbe werde ich jeden einzelnen Schritt von Ihnen verfolgen, damit ich wissen kann, wie Sie so stark geworden sind, denn Ihre Macht ist das Wunder aller Welten. Ich sage einfach nur Herr, weil ich Respekt zeigen will, also regen Sie sich bitte nicht so auf. Ich will Ihnen einfach nur so behilflich wie möglich sein und nicht der größte Klotz am Bein." Max sagte: „Ich habe doch nur Spaß gemacht. Ich sage das nur meistens, damit die Leute aufhören, mich als Herren zu bezeichnen, denn ich bin ein einfacher Freund jedes Menschen. Ich will hier gar nichts befehlen können, denn das hasse ich. Niemand sollte etwas befehlen, denn das ist sehr schlimm. Die Leute sollen auch mal etwas selber machen. Aber ich hasse es, wenn jemand mich als etwas Höheres bezeichnet, als ich bin. Ich will also nett sein und nicht gemein. Aber seid doch nicht böse zu mir, falls ich einmal böse werde, weil ihr mich aufregt. Das passiert so selten, das kann man sich bei mir nicht vorstellen. Ich bin aber auch sehr lustig, manchmal, wenn ich es will. Aber ich will es eben zurzeit nicht. Ich kann es einfach nicht sein, wenn ich keine Lust dazu habe. Wenn ich in dieser Laune einen Witz machen würde, wäre er so schlecht, dass man nur darüber lachen würde, wie schlecht ich den mache. Ich würde mich in Grund und Boden schämen, das wäre für mich einfach zu peinlich. Dann könnte ich gar nichts mehr machen, denn dann wäre ich zu traurig, um noch einen Witz zu machen. Das ist einfach so schlimm, wenn mich jemand auslacht. Aber egal, das passt gar nicht mehr zum Thema. Wir wollen viel über die Unterwelt wissen, und jetzt spuck aus, was du über sie oder die Dämonenwelt oder wie auch immer weißt. Erzähle uns etwas darüber, denn wir brauchen Informationen. Wir wollen deinen alten Herren fertigmachen, weil er so einiges auf dem Gewissen hat, und wir wollen ihn aus bestimmten Gründen besiegen." Da meinte Falco: „Also, mein alter Herr ist stark und zurzeit viel stärker als ihr. Ihr müsst trainieren, damit ihr auch nur die geringste Chance habt zu überleben. Aber ihr werdet das bestimmt schaffen, wenn ihr trainiert, dann wird euch einfach nichts mehr in den Weg kommen. Aber wie schon gesagt, ihr müsst trainieren bis zum Umfallen. Aber das ist kein Problem. Ihr seid ja jetzt schon sehr stark, aber ihr habt einen langen Weg mit vielen Barrikaden vor euch, weil es hier verdammt viele starke Dämonen gibt, die euch vielleicht sogar mit einem Schlag fertigmachen können. Aber egal, ich bin auch hungrig. Ich möchte etwas essen. Was ist das denn für ein Vogel und wo habt ihr den denn gefunden? Ich kenne mich hier aus und das sieht aus wie der Höllenhabicht, der sehr selten gefunden wird. Ich habe einen Mordshunger, ich könnte sogar einen ganzen Menschen mit Haut und Haaren essen, was ich aber nie wieder tun werde, um meinem Herrn Respekt zu erweisen. Ich werde nur das essen, was er mir vorgibt, und ich werde auf keinen Fall seine Freunde essen, denn die sind ja genauso wichtig wie der Herr selber. Ohne sie verliert der Herrscher sein Selbstvertrauen, weil sie ihm so wichtig sind. Ich finde außerdem, dass man als Team am besten arbeiten kann. Ich hasse es, ein Dämon zu sein, immer muss ich dem Herrscher gehorchen, obwohl ich gerne meine eigenen Dinge tun würde. Aber man kann es ja nie perfekt haben, was kann man daran schon ändern. Die Welt bleibt gleich. Ich hasse das an dieser Welt, immer gibt es Nachteile." Max antwortete: „Den Vogel zu fangen war leicht, den haben wir auf einem Berg gefunden, von wo er uns dann weggeflogen ist, aber unsere Bogenschützin hat ihn direkt getroffen. Das ist nicht gerade das größte Problem, aber dieser Falke war sehr schnell, sogar zu schnell für einen normalen Falken. Das ist doch einfach nur abnormal, wie schnell der war. Ich kann dir sagen, die Schenkel dieses Falken sind einfach nur riesig und vorzüglich. Ich habe noch nie so einen Geschmack in meinen Mund gebracht. Wie wird dieser Geschmack denn hier genannt, mein Freund?" Falco nahm einen Bissen davon und sein Gesicht verzerrte sich. Dann sagte er aufgeregt: „Ich weiß, welcher Vogel das ist, das ist der Unterweltvogel, der nur selten hier in der Nähe nistet. Er ist zwar nicht häufig zu finden, doch wenn man ihn einmal hat, dann erlebt man den Genuss des Jahres. Das ist ein sehr leckerer Geschmack. Ich habe noch nie so etwas Gutes gegessen. Man sagt immer, dass man sein Gesicht erst mal verzieht, weil es einfach so lecker ist. Ich verstehe aber nicht, ob die Menschen genau denselben Geschmack wie Dämonen haben, wahrscheinlich aber nicht, weil sie etwas ganz anderes als Dämonen sind. Wir haben das noch nie auf dieser Basis erforscht, wirklich noch nie. Ich finde es sehr schlimm, dass sich Dämonen einfach nur hassen, aber ich liebe das Adrenalin, wenn man andere Dämonen tötet, um zu beweisen, dass man der stärkste Dämon der Unterwelt ist. Ich finde es einfach nur supercool, wenn man gegen jemand anderen kämpft, denn man beweist, wer der Stärkere ist. Und das Blut, das dann die ganze Zeit fließt, ist auch einfach nur grandios, denn Blut zieht mich nur noch mehr in Kämpfe. Blut macht mich verrückt, sodass ich jeden töte, der mir in die Quere kommt."

Jeder starrte auf Falco und dann lachte er und sagte: „Spaß, man denkt, ich werde durch Blut verrückt, denn sonst wäre ich schon längst tot. Der Herrscher duldet keine Nervensägen, aber deswegen bin ich ja jemand, der sich beherrschen kann. Es gibt sehr viele Dämonen, die sich nicht beherrschen können und dann einfach nur jeden töten, den sie im Weg haben, sogar ihren Anführer. Aber wenn er von seinen eigenen Schülern getötet wird, bedeutet es ja, dass er schwach ist, und das ist eine sehr enttäuschende Sache. Ich würde dann den Mörder des Anführers zum Anführer machen, weil er wahre Macht bewiesen hat, und das ist bei uns Dämonen wichtig, sogar das Allerwichtigste. Wir müssen immer stärker als der andere sein, sonst werden wir ausgelacht und verachtet, und das will niemand, deswegen machen wir diese Machtkämpfe. Max sagte: „Selten? Den haben wir so oft gesehen und gefangen, das kannst du uns nicht glauben, wir haben hiervon noch zehn Stück. Wir haben einen riesigen Hunger und deswegen haben wir eine übergroße Ration gesammelt. Aber wer weiß, wie lange der Vorrat noch reicht. Also ich weiß das nicht. Aber das interessiert mich nicht, Hauptsache ist doch, dass wir jetzt genug Essen haben. Und habe ich es richtig verstanden? Ihr tötet die anderen nur, um zu zeigen, dass ihr stärker seid? Das ist doch verrückt. Ihr seid nicht gerade freundlich zueinander. Ihr wollt immer stärker als der andere sein, denn sonst verachtet euch jeder. Ihr tötet einen guten, nein, den besten Freund, nur um zu zeigen, dass ihr die Stärksten seid? Das ist das dümmste Prinzip, das ich je gehört habe. Das ist so, als würde man eine Wette abschließen, wer den anderen schneller töten kann. Aber dagegen kann man nichts tun, denn das hier ist die Unterwelt und da kann man ja nur gefährliche Sachen machen. Ich habe erwartet, dass man hier nicht unbedingt jagen muss. Ich denke manchmal an sehr unnötige Dinge, die es nie geben wird, weil ich von einem Ort so viel erwarte." Falco sagte: „Das ist doch echt unglaublich, ihr fangt so viele von den Unterweltvögeln und ich kann nicht mal einen davon fangen. Aber ihr seid auch besonders, ihr seid stark und schlau. Das haben wir nicht in der Unterwelt, dass jemand so schlau ist, außer der Herrscher. Denn jede Person hier ist einfach so dumm, dass sie nicht mal bis drei zählen kann. Sie denken nur ans Kämpfen, doch manchmal haben sie verdammt gute Taktiken. Doch meistens wollen sie einfach kämpfen, und es ist ihnen egal, wenn sie jemanden verletzen. Sie wollen andere verletzen, das ist ihr Hauptziel, und wenn sie es nicht geschafft haben, entehren sie sich selber und meinen, es lohne sich nicht, am Leben zu bleiben. Am Ende töten sie sich selber und dann ist es schon zu spät, um sie aufzuhalten. Aber niemand interessiert sich dafür, sie freuen sich auch nicht. Sie bemerken es einfach nicht, dass jemand gestorben ist, auch wenn das mal ein Freund von ihnen war. Aber egal, es ist jetzt schon Mitternacht. Nach dem Essen müssen wir schlafen, weil wir uns für morgen ausruhen müssen, denn dann fangen wir mit dem Training an." Sie hatten kein Bett, also wussten sie nicht, worauf sie schlafen sollten. Da sagte Max: „Okay, Falco, wir sind jetzt hier, aber das Problem ist, wir haben keinen Ort zum Schlafen. Sollen wir auf den Steinen schlafen, oder wie?" Da erklärte Falco: „Wir schlafen wirklich auf den Steinen. Das mag sich zwar etwas ungemütlich anhören, aber dagegen kann man nichts tun, wirklich gar nichts. Aber ich sage euch, sie sind viel gemütlicher, als ihr sie euch vorstellt. Vielleicht empfinde ich das so, weil ich schon daran gewöhnt bin, vielleicht ist es aber wirklich so. Ihr müsst es versuchen, oder wollt ihr auf dem Boden schlafen? Das geht auch, aber es ist einfach nicht so gemütlich wie auf einem Stein. Wirklich, der Boden ist einfach nur ungemütlich." Da sagte Max: „Okay, ich vertraue dir heute mal, aber wehe, du legst uns rein und die Betten sind steinhart. Ich töte dich dann, denn ich hasse es, nicht gut zu schlafen, dann bin ich nämlich mies gelaunt und das will niemand. Die Steine zerstören doch bestimmt auch deinen Rücken, das ist doch zu 100 Prozent so. Ich hasse es auch, wenn man mich reinlegt, das will ich dir auch schon mal gesagt haben. Wenn ich dann auch noch schlecht gelaunt bin, weil ich schlecht geschlafen habe, wirst du sterben, das sage ich dir. Wenn das hier so eine Art Falle ist, werde ich ausrasten, weil du dann einfach nur eine Ratte bist, die sehr schlimm gelogen hat, und ich hasse Lügner!" Da sagte aber Falco: „Ich verspreche dir, dass du nicht schlecht schlafen wirst, denn das hier ist einfach nur sehr gemütlich. Ich habe es schon sehr oft ausprobiert. Ich hasse es auch, wenn man mich anlügt, das kann ich dir versichern. Ich töte jeden, der mich so schamlos anlügt." Also legten sich alle auf die Steine, auch Falco. Max sagte dann: „Du hast Recht, das hier ist echt sehr gemütlich. Danke, dass du uns den Tipp gegeben hast, das ist sehr nett von dir. Ich mag es, hier drauf zu schlafen. In der Menschenwelt gibt es nie Steine, die gemütlich sind und auf denen man schlafen kann, aber bei euch gibt es so etwas. Das bedeutet ja, dass man überall schlafen kann, wo man will, wirklich überall. Das ist doch einfach nur sehr gut."

Doch in der Nacht wachte Falco auf und zog sein Schwert. Er wollte Max hinrichten und es am nächsten Morgen jemand anderem in die Schuhe schieben. Als er dazu bereit war, konnte er Max einfach nicht umbringen, weil er für ihn wie ein Freund geworden war. Als er gerade zuschlagen wollte, wachte Max auf und wich aus. Er fragte: „Was soll das denn werden? Wolltest du mich gerade umringen? Aber warum? Ich bin doch dein bester

Freund. Ich würde dir so etwas nie antun. Ich habe doch etwas Falsches von dir erwartet, du bist im Innerem echt sehr böse. Damit bist du für mich ein ewiger Lügner geworden." Falco redete sich raus: „Nein, ich konnte nicht schlafen und da wollte ich mit deinem Schwert trainieren, doch dann ist es mir entglitten und auf dich gefallen. Ich konnte es jedenfalls nicht mehr aufhalten, zum Glück bist du ausgewichen. Ich habe schon geweint, als es auf dich zugeflogen ist. Es tut mir sehr leid, ich hätte dich schon fast getötet, ich wollte das aber nicht. Ich konnte es einfach nicht kontrollieren. Ich wäre total verzweifelt, wenn ich dich getötet hätte. Ich könnte dann niemandem mehr in die Augen schauen, ob Freund oder Feind. Ich wäre so traurig, dass ich dann wahrscheinlich nicht mehr kämpfen könnte. Also wiederhole ich mich noch mal: Es tut mir leid, ich wollte dich nicht verletzen, wirklich nicht." Max sagte: „Was wünschst du dir am meisten?" Falco fragte: „Ich wünsche mir ein großes Festmahl." Da sagte Max: „Das wünscht sich jeder von uns, doch mein größter Traum ist es, dein guter Freund zu werden. Ich finde es schlimm, dass das noch nicht so ist, aber ich hoffe, das ändert sich in Zukunft." Das konnte Falco kaum glauben, denn jeder hasste ihn und jetzt kam jemand, der ihn noch nie gesehen hatte und wollte sein Freund werden. Max schlief wieder ein und Falco wollte ihn nicht mehr töten. Doch dann hörte er eine Stimme im Kopf, die sagte: „Du musst es tun, das habe ich dir doch befohlen. Oder muss ich zu Gewalt greifen? Er wird dich doch töten, er ist ein Mensch, er will jeden töten. Er hat geplant, jeden von uns zu töten. Sogar mich, wenn du es zulässt. Ich habe dir doch vertraut. Wir wollen doch alle nur den ewigen Frieden zwischen den Welten, und den erschaffen wir nur durch das Töten von Menschen, denn wenn sie nicht mehr leben, können sie auch nichts Schlimmes mehr machen. Er wird dir alles nehmen! Auch deine Familie! Sie sind einfach nur gnadenlose Monster, die sogar ihre Eltern töten würden, ohne Gnade. Ich habe auch keine Gnade mit denen, die haben nämlich schon genug schlimme Dinge getan, und dann verschonst du sie auch noch. Du bist kein Dämon mehr, du wirst schon fast wie ein Mensch, du wirst zu einem Monster. Ich hätte nie gedacht, dass du auf so eine tiefe Stufe sinken wirst. Ich hätte dich befördert, wenn du ihn getötet hättest. Willst du den Menschen etwa Schwäche zeigen? Bist du so schwach geworden? Bist du so tief gesunken? Niemand hätte erwartet, dass du so negativ wirst. Ich will dich nicht verlieren! Denk doch an all die Menschen, die den Dämonen schlimme Dinge angetan haben. Und du willst sie entkommen lassen. Wenn du an ihrer Seite kämpfst, sollst du verschwinden, denn dann bist du ein Wurm. Du verstehst nicht, wer gut oder wer böse ist." Falco ignorierte die Stimme im Kopf, da wurde sie wütend: „Okay, wenn du ihn nicht töten willst, werde ich ihn erledigen, ob du nun willst oder nicht. Die Unterwelt muss von dieser Last befreit sein. Du bist ab jetzt ein Feind der Unterwelt, auch wenn ich dich jetzt dazu zwinge, den Jungen zu töten. Das wird auch nicht so schlimm, das verspreche ich dir." Als Falco gerade seinen Körper von Max abwendete, konnte er ihn nicht mehr kontrollieren. Er wurde dazu gezwungen, das Schwert in Max zu rammen. Er versuchte, es nicht zu tun, aber er konnte sich nicht kontrollieren. Max wachte wieder auf, als Falco zuschlug. Er nahm schnell sein Schwert zur Hand und blockte den Angriff. Er sagte weinend: „Ich dachte, wir wären Freunde. Warum tust du das dann? Ich wusste doch, dass du vorhin versucht hast, mich zu töten! Aber warum nur? Ich dachte, wir wären die besten Freunde. Jetzt muss ich dich leider wohl oder übel töten." Falco sagte: „Ich kann nichts dafür, mein Körper wird vom bösen Herrscher kontrolliert. Ich versuche, es zu unterdrücken, aber es funktioniert nicht. Er zwingt mich dazu, dich zu töten. Zuerst wollte ich dich töten, aber ich konnte es einfach nicht, dann hat der Herrscher zu mir gesprochen. Ich habe ihn ignoriert und das ist die Strafe dafür, dass ich nicht auf ihn gehört habe."

Er versuchte, stark zu sein und gegen die finstere Macht anzukommen. Tatsächlich schaffte er es, dass sein Körper nicht mehr im Besitz des Bösen war. Max sagte: „Du bist ein Lügner, du wolltest mich von Anfang an töten. Gib es zu, ich habe dich durchschaut. Du bist ein sehr böser Dämon und wolltest mich töten, genau wie ich es mir von Anfang an vorgestellt habe. Ich hätte echt nicht erwartet, dass in deinem Körper immer noch das Böse schlummert. Du wärst als guter Dämon viel besser geeignet. Aber jetzt habe ich es direkt gesehen, du bist das pure Böse. Ich kann es nicht fassen, dass du wirklich versucht hast, mich zu töten. Ich war stolz auf dich, weil du so drauf warst, aber du bist einfach nur eine schmierige Ratte. Ich hätte nicht gedacht, dass du so böse bist." Da sagte Falco enttäuscht: „Nein, du verstehst mich falsch, ich konnte mich wirklich nicht kontrollieren. Der Herrscher wollte dich töten und mich dazu benutzen. Erst konnte ich mich nicht widersetzen Nur beim ersten Mal wollte ich dich echt töten, weil es der Herrscher so wollte, und er meinte, so würde ich jeden retten. Ich schäme mich echt dafür, aber zum Glück bist du aufgewacht und hast dich gewehrt. Beim zweiten Mal hat mich irgendetwas davon abgehalten, dich zu töten. Ich wollte dich nicht töten, weil du mir einfach so nett vorkamst. Ich habe sogar den Ansatz gemacht. Ich kann das nicht verhindern, es läuft so schnell ab. Ich hoffe aber, demnächst wird uns keiner mehr kontrollieren." Als er gerade weitererklären wollte, wurde ihm wieder die Kontrolle über seinen Körper genommen und er stach sich selber. Da sagte er: „Ich habe es dir doch gesagt! Ich werde beherrscht, ihr solltet lieber fliehen, denn das ist hier echt viel zu gefährlich. Ich bin enttäuscht von mir, dass ich mich noch beherrschen lasse, obwohl ich so willensstark bin. Das ist echt sehr komisch, ich kann mir das alles nicht erklären. Es tut mir leid, dass ich dich so enttäuscht habe. Ich war einfach zu schwach. Lasst mich hier liegen, du wirst mich eh nicht brauchen." Und dann fiel er um: „Max schrie: „Warum? Warum? Wer hat das getan? Er wird es bereuen, er wird es bereuen! Warum muss es dann auch noch dir passieren, du bist ein Teil unseres Teams. Ohne dich werden wir nie etwas schaffen, du musst bei uns bleiben. Ich hätte mir nie vorstellen können, dass je einer von uns stirbt. Du bist uns allen sehr wichtig. Ich bin so enttäuscht, dass es so weit kommen musste." Die anderen wachten durch den Lärm auf und waren schockiert. Als Max auf den Boden zeigte, wo der verletze Falco lag, waren alle sehr traurig. Da sagte Max: „Wir müssen ihn unbedingt heilen und ihn in sein Bett bringen. Er ist schwer verletzt, weil er mich beschützen wollte. Ich bin enttäuscht von mir, dass ich ihn nicht beschützen konnte, obwohl ich doch derjenige bin, der ihn am meisten mochte. Das ist echt ein Jammer. Ich hätte ihn mit meinem Leben beschützen sollen. Aber nein, ich musste ihn ja für mich opfern." Sie versuchten, Falco zu verarzten, und als er ruckartige Bewegung machte und ganz kurz aufwachte, sagte er: „Max, zuerst wollte ich dich wirklich töten, danach wurde ich aber kontrolliert. Es tut mir sehr leid." Dann machte er wieder eine ruckartige Bewegung und fiel in Ohnmacht. Da schrie Lea nachdem, sie seine Brust abgehört hat: „Ich höre kein Herzklopfen mehr! Er ist leider gestorben. Wir wollten ihn doch nicht so früh verlieren, weil er so ein guter Mann war. Ich hasse es, wenn wir einfach so einen Mann nach dem anderen verlieren. Wir können nichts mehr für ihn tun. Wir hätten viel besser auf ihn aufpassen sollen, denn er war ein guter Freund, dem man immer hätte vertrauen können. Er hat es gar nicht verdient zu sterben, aber das ist eben eine traurige Geschichte. Ich wünschte, wir könnten ihn wiederbeleben. "

Da weinten Max und die anderen stundenlang bis sie einschliefen. Am nächsten Morgen wachten sie auf und Falco war nicht mehr auf seinem Platz. Max fragte: „Wo ist denn Falco? Er muss doch irgendwo sein. Er kann ja nicht aus dem Reich der Toten erwacht und dann weggewandert sein. Oder haben die Leute ihn weggenommen? Ich wäre dann einfach so wütend. Ich werde mich sofort auf die Suche nach ihm machen und wehe, er ist nicht da, dann werde ich ihn rächen, das schwöre ich euch. Ich werde ihn so sehr vermissen!" Als sie sich umgeguckt hatten, sahen sie, dass Falco gerade einen Berg hinaufkletterte, um da einen Vogel zu fangen, doch er schaffte es nicht und fiel vom Berg. Max rannte hin und fing ihn auf. Er fragte: „Wie hast du überlebt? Du bist doch gestern gestorben und nun bist du wieder auf den Beinen. Das ist doch unmöglich! Du bist doch nicht unsterblich oder so." Da fragte Falco: „Habe ich vergessen zu erwähnen, dass wir uns sehr schnell heilen können und unsere Wunden nicht so schnell entzündet werden? Es tut mir leid. Aber ich bin am Leben und wollte gerade versuchen, etwas zu essen für uns zu holen, doch das hat gerade nicht so gut geklappt. Ich hätte sowieso fliegen können, du hättest mich nicht aufzufangen brauchen. Ich bin kein Baby mehr, aber egal, danke, dass du versucht hast, mir zu helfen. Ich versuche das schon seit Stunden, aber es ist wirklich viel zu schwer." Max fragte: „Das, was du gestern gesagt hast, stimmt es denn? Dass dich jemand kontrolliert hat und du nichts mehr machen konntest? Ich habe dir nicht geglaubt, aber als du dich selber abgestochen hast, habe ich es dir geglaubt, denn niemand würde sich ohne Grund einfach so selber töten." Da antwortete Falco: „Natürlich stimmt das alles, ich lüge nicht. Und du hast Recht, warum sollte ich mich denn schon selber töten? Ich war vollkommen überrascht, als das hier passierte. Ich war baff und hätte nie erwartet, dass der Herr mich einfach so töten würde. Ich hätte gedacht, dass er wenigstens einen Funken Ehre hat, doch er kämpft mit unfairen Mitteln, die einfach nur unmöglich sind. Er hat sich noch nicht mal vor den Mann gestellt, gegen den er indirekt gekämpft hat. Max fragte: „Warum wolltest du mich denn zuerst töten? Was habe ich dir denn so Schlimmes angetan? Ich wollte doch immer nur nett zu dir sein. Wir haben dich sogar verschont. Du bist ein mieser Lügner, und ich habe gespürt, dass das Schwert auf mich zurast." Da erklärte Falco: „Ich musste das tun, denn sonst hätte mich mein alter Herrscher getötet, weil er mich kontrollieren kann, und zwar jederzeit. Aber ich konnte dich einfach nicht töten, weil wir inzwischen Freunde geworden waren, doch dann hatte ich es versucht und wurde für kurze Zeit kontrolliert. Ich wollte dich eigentlich nicht mal verletzen, daher wollte mich der Herrscher am Ende töten. Ich habe mich seinen Befehlen widersetzt, und das musste ich auch, um dich zu beschützen. Da ich mich jetzt selber kontrollieren kann, wird er es nie wieder versuchen, weil er weiß, dass er es nicht schafft. Er hatte mich gestern nur deswegen verletzen können, weil ich nicht darauf vorbereitet war. Doch ich habe euch geholfen, ein Danke wäre auch nett." Max sagte: „Also wolltest du mich gestern töten, aber konntest es nicht? Das ist aber sehr nett! Ich wusste doch, dass ich dir vertrauen kann und dass du nicht so gefährlich bist, wie du aussiehst. Das ist schon mal ein guter Schritt in ein neues Leben. Ich habe gedacht, du willst mich töten, denn man sah es in deinen Augen, dass dir das Schwert nicht ausgerutscht ist. Da meinte Lea: „Ich kann ihm irgendwie immer noch nicht vertrauen, er ist doch bestimmt böse, aber versteckt es." Leon sagte: „Sie hat Recht, er führt irgendetwas im Schilde, aber sagt es nicht. Aber dieses Mal glaube ich ihm." Und Tina gab ihren Senf auch noch dazu: „Also ich glaube ihm auch nicht, denn ich fühle etwas Böses in ihm, aber wir müssen ja ein Auge zudrücken, damit er uns hier in der Welt rumführen kann und wir uns nicht verirren, denn wir sind so weit gekommen, da will ich nicht sterben, weil wir den falschen Weg genommen haben. Ich möchte auch keinen langen Marsch zurück haben, das regt mich immer auf. Ist er wirklich kein Zombie oder so? Er ist gestern nämlich definitiv gestorben." Da erklärte Falco: „Also der Grund dafür, dass ich noch lebe, ist, dass ich ein Zombie bin." Da schrie Lea: „Oh mein Gott, ein Zombie! Schafft ihn mir vom Leib, ich will ihm nicht zu nahe kommen. Wer weiß, was der mit uns so anstellt, er will uns bestimmt fressen." Da sagte Falco: „Nein, ich habe keine Lust mehr darauf, Menschen zu essen. Sie machen mich nur fett, weil sie selber so viel Fett besitzen, genau wie du, Lea." Lea schlug ihn nur noch. Falco sagte: „Ich habe doch nur Spaß gemacht, das meinte ich doch gar nicht ernst. Wer würde schon denken, dass ich ein Zombie bin? Das könnte man mir doch direkt ansehen. Ihr seid die Einzigen, die das nicht erkennen können, aber das ist nicht schlimm. Am Lager habe ich auch ein Feuer gemacht, damit ihr Wärme habt." Max sagte: „Du brauchst die Vögel doch gar nicht zu fangen, denn wir haben einen ganzen Vorrat davon. Du hast es nicht mal geschafft, welche zu fangen. Wir zeigen dir, wie es geht." Sie sahen einen Vogel auf dem Berg. Da schoss Lea einfach einen Pfeil auf ihn, woraufhin das Tier natürlich auswich. Da Lea wusste, wie sich der Vogel bewegen würde, schoss sie viele Pfeile in die Flugbahn des Vogels. Max sagte dann: „So macht man das und nicht anders. Man sollte einfach vorausehen, was der Gegner machen will. Das ist nicht so schwer, wenn man sieht, wie er kämpft. Wenn du noch nichts über den Gegner weißt, ist es aber natürlich schwer. Aber als Team schafft man alles, egal, was dir in die Quere kommt. Aber das ist jetzt nicht mehr das Thema, denn über Teams haben wir relativ oft gesprochen. Alleine hätte ich es nicht bis hierher geschafft. Ich muss dich noch etwas fragen: Fehlt dir etwas? Brauchst du etwas zu trinken oder zu essen? Sollen wir dir etwas um die Wunde machen, damit sie verheilt, denn sie sieht um ehrlich zu sein nicht so gut aus." Da antwortete Falco: „Ich habe die Wunde schon verbunden, aber ich habe einen Mordshunger, deswegen wollte ich auch etwas fangen. Die Wunde war nicht leicht zu verbinden, aber jetzt tut sie nicht mehr so weh. In der Unterwelt bekommst du nie Durst, egal, was geschieht, es fühlt sich so an, als hättest du gerade Wasser getrunken. Das hat der Herrscher so eingerichtet, weil es hier zu wenig Wasser gibt. Wir werden ihn gemeinsam besiegen. Ich will und werde ihn besiegen, das ist nicht schwer. Wir halten zusammen und werden ihn stürzen. Doch er ist stark, aber das ich kein Problem für uns. Doch lasst uns erst mal zum Lager gehen, ich habe Hunger." Sie taten, wie Falco vorgeschlagen hatte. Während des Essens erklärte er: „Wir haben hier die verschiedensten Früchte, auch wenn es nicht danach aussieht. Manche Leute kommen nur deswegen hierher." Max sagte: „Das ist sehr interessant! Doch wenn ich fragen darf: Wo ist denn das alles? Wir haben bis jetzt keine einzige Frucht gesehen, die gut aussieht." Da antwortete Falco: „In den Feldern, wo wir sie speziell züchten. Von dort schmecken sie am besten. Die für Menschen bestaussehenden Früchte sind meistens giftig oder schmecken nicht." Da meinte Max: „Okay, dann müssen wir sehr vorsichtig vorgehen. Egal, was passiert, wir sollten die Früchte nicht unterschätzen. Wie schon gesagt, jede Frucht kann hier giftig sein, deswegen fragt erst Falco, bevor ihr eine esst." Falco erklärte: „Die meisten giftigen Früchte sind gepunktet. Aber es gibt eine Frucht, die gepunktet ist und nicht giftig ist. Der Sage nach soll sie legendär schmecken. Ihr Name ist: Paragenuss. Der Name ist sehr komisch. Ihr Genuss soll tausende von Menschen stark gemacht haben. Aber das kann man jetzt nicht überprüfen, denn ich habe nie einen Menschen davon essen sehen, weil ich jeden Menschen getötet habe, der mir in den Weg kam." Da sagte Max:

„Leute, nach dieser Frucht sollten wir Ausschau halten, denn wenn wir die haben, sind wir verdammt gut dran. Ich habe keine Lust, die ganze Zeit mit Fleisch auszukommen, ich möchte auch Früchte essen. Wir gehen jetzt auf Obstsuche! Eins, zwei, los." Alle rannten in eine andere Richtung. Nach einer halben Stunde schleppten sie die verrücktesten Sachen mit sich herum. Max hatte eine gepunktete Banane und einen Vogel. Lea hatte eine Frucht gefunden, die sehr einem Apfel ähnelte. Tina kam mit einer birnenartigen Frucht, die lila war. Leon übertrieb und holte eine schwarze Melone. Und Falco erklärte, was für Früchte das waren. Also fing er an: „Lea hat Dämonenäpfel. Das ist eine Frucht, deren Geschmack süß und sauer zugleich ist, das ist gut. Sie hat von beidem nicht zu wenig oder zu viel. Tinas Frucht schmeckt sehr sauer, aber sie hat etwas Besonderes, das man einfach nicht erklären kann. Sie heißt Bananenteufel. Sie ist ebenfalls genüsslich. Die Frucht, die Leon hat, nennt man hässlicher Teufel. Sie ist sehr selten und besonders. Sie verstärkt eure Sinne und schmeckt süß und tropisch. Und zuletzt haben wir Max' Frucht …" Er hörte auf zu reden und schrie, als er sich die Frucht genauer ansah: „Das ist die legendäre Frucht! Wie hast du die denn entdeckt? Das ist echt unmöglich! Wir Dämonen, die wir uns am besten auskennen, finden die Frucht nicht, und dann kommt ein Mensch und macht das Unmögliche möglich. Da bin ich aber sehr stolz, Meister, nein, ich meinte Freund. Ich bin sowas von überrascht. Aber wenn ich fragen darf, wo hast du die denn gefunden?" „Auf dem Berg, wo du den Vogel fangen wolltest, und da habe ich den Vogel gleich mitgenommen. Das ist einfach zu gut. Jetzt müssen wir sie nur noch schälen, denn die Schale ist giftig. Aber lasst uns erst mal mehr davon holen, das wäre besser. Dann können wir uns hauptsächlich davon ernähren und von den anderen Sachen brauchen wir gar nichts mehr wirklich. Ich hasse es, immer auf etwas zu warten, aber wir müssen eben Geduld beweisen." Also machten sie das natürlich und jeder aß seine eigene Frucht. Max sagte: „Das zergeht ja förmlich auf der Zunge! In unserer Welt schmeckt so etwas nie so gut. Aber diese Frucht ist legendär, ich wette, in unserer

Welt könnte ich auch eine legendäre Frucht finden, die so gut schmeckt, aber das ist inzwischen egal. Ich fühle schon irgendwie, dass ich Kraft bekommen habe. Doch ich glaube nicht, dass sie mir im Kampf helfen kann. Jedenfalls nicht so sehr, dass man den Kampf gewinnt. Ich fühle mich einfach so ... wie soll ich sagen ... vollkommen erfrischt und erholt. Ich bin jetzt wieder voller Energie." Leon meinte: „Von meiner Frucht fühlt es sich so an, als würde ich Energie tanken, und das ohne Mühe. Sie schmeckt einfach so gut! Du hast Recht, Falco, eure Früchte schmecken wirklich gut. Die würde ich auch gerne in unserer Welt haben, denn sie sind sehr schmackhaft und halten uns auf den Beinen." Max sagte: „Aber es geht noch besser, denn wenn man die Augen schließt, schmeckt man mehr raus und kann sich unter dem Geschmack etwas Besseres vorstellen." Alle schlossen ihre Augen und aßen. Doch jeder meinte dann: „Das bringt doch gar nichts, ich schmecke jedenfalls keinen Unterschied." Max sagte: „Ich habe es mir etwas besser vorgestellt, aber das ist ja jetzt sowas von egal, wen interessiert das schon? Die Frucht schmeckt nämlich immer noch gut. Ich finde es so toll, dass der Geschmack nie vergeht. Ich kann mich nicht beschweren, weil es so gut schmeckt, und es wird so bleiben." Dann sagte Lea: „Oh, das ist einfach köstlich. Es schmeckt so gut, dass ich gar nichts dazu sagen kann. Doch, kann ich. Aber nur, dass es köstlich ist." Alle waren glücklich. Dann nahm Lea noch eine Frucht und sagte: „Ich genehmige mir noch eine, weil es so gut schmeckt. Das wäre so toll, wenn ich so weitermachen würde. Sie schmecken so gut, aber du hast ja genug besorgt. Bestimmt werde ich davon satt, und wenn nicht, dann hole ich am Morgen neue. Aber irgendwann wird es eh nicht mehr schmecken. Doch bis dahin lasse ich es mir schmecken. Wir haben sowieso auch andere Früchte, von denen wir uns ernähren können, das ist nicht die einzige. Und wir haben noch die Vögel, die ebenfalls so gut schmecken. Ich will auch einmal in der Menschenwelt so etwas haben, dann könnten die anderen davon kosten und den Geschmack beurteilen. Ich wette, sie haben noch nie so etwas Gutes gegessen. Denke ich zumindest, aber ich bin ja kein Wahrsager. Aber ich bin auch kein

Lügner. Wen interessiert es schon, was wie schmeckt? Man will eigentlich, dass man satt wird und nichts Anderes. Aber ich habe jetzt echt keine Lust, weiter über das Thema Essen zu sprechen, denn das interessiert einfach niemanden. Vielleicht die Köche, die könnten sogar Tag und Nacht darüber reden, aber nicht die anderen Menschen, die bekommen dann nur Ohrenkrebs. Stell dir mal vor, du bekommst Krebs an den Ohren, weil du zu viel über Essen geredet hast. Die meisten Köche sind dick, was aber nicht schlimm ist, denn sie sind sehr nett. Aber meine Mutter ist definitiv nicht fett, sie ist sogar eher mager. Spaß! Sie isst sehr viel, aber sie wird nie fett, weil sie so oft trainiert."

Plötzlich kam ein Schwert aus dem Nichts. Max konnte gerade noch rechtzeitig ausweichen. Er fragte Falco: „Was ist das denn, Falco? Willst du uns alle hintergehen oder wie? Oder hast du für das alles hier eine sinnvolle Erklärung, die deinen Hintern retten wird? Wenn nicht, dann bist du direkt tot und brauchst überhaupt nicht weiter zu atmen. Es ist eben die traurige Wahrheit. Sag es schon!" Falco sagte: „Das sind Banditen, die ihre Feinde erst mal abhören, um sie leichter besiegen zu können, da sie ihre Schwächen schon kennen. Aber wir haben ja nicht darüber geredet. Pass bloß auf, denn sie sind sehr mies und benutzen einfach alles in der Umgebung als Waffe, das macht sie so gefährlich. Wir müssen aufpassen, dass wir keine spitzen Gegenstände in unserer Umgebung haben, sonst geht alles schief. Sie benutzen auch nur geklaute Dinge, aber das ist nicht so wichtig, solange wir unsere wichtigsten Sachen sicher verwahrt haben. Doch es kann sein, dass sie andere schlimme Dinge finden. Aber was sollten sie schon finden? Hier gibt es einfach nichts, womit sie auf uns schießen könnten, jedenfalls sieht es nicht danach aus. Ich kann es euch nicht versprechen, denn sie finden meistens ein Schlupfloch und damit besiegen sie dann ihre Gegner." Plötzlich warf der Räuber ein Stück Fleisch auf sie. Max dachte zuerst gar nicht daran auszuweichen, doch er entschied sich doch dafür. Das Fleisch traf seine Wangen und er fing an zu bluten. Er fragte Falco: „Wie kann so etwas nur passieren? Das war doch nur Fleisch, es hätte mich eigentlich gar nicht zum Bluten bringen sollen. Wie geht denn so etwas? War es ein vergiftetes Stück Fleisch? Ich denke schon, oder wie sollen sie es denn sonst gemacht haben?" Da erklärte Falco: „In dem Fleisch sind scharfe Knochen, und das macht es eben so gefährlich. Man sollte die Banditen also nicht unterschätzen, wie ich schon zuvor gesagt habe. Wir sollten echt darauf aufpassen, was wir jetzt so machen und essen, denn die Sachen können alle gegen uns verwendet werden und dann sterben wir noch dadurch. Aber da sie nicht so kräftig sind, halten sie keine zwei Schläge aus, dann fallen sie einfach zu Boden. Sie sind von der Art, die vollkommen machtlos ist, wenn man sie zu Boden schlägt. Sie können dann gar nichts mehr tun. So sind hier die meisten Diebe, sehr schwach. Mehr als die Hälfte der Diebe ist schwach, weil sie eben so auf Hinterhalte spezialisiert ist, und das hat gerade eben nicht so wirklich funktioniert. Das ist eben ein Schwachpunkt von ihnen. Da sie den Hinterhalt schon ausgenutzt haben, sind sie jetzt vollkommen entmachtet, da sie keine Waffen haben. Wir werden sie sehr schnell fertig machen." Also das machte Max eigentlich sehr schnell, mit jedem Schlag von ihm fiel einer der Diebe um und starb. Die Freunde hatten nicht zugesehen. Da kam plötzlich ein ganz besonderer Dieb mit einer Wandermütze. Er trug einen langen Stock und sah so aus wie ein Frettchen. Plötzlich machte sich Falco Sorgen und sagte: „Das ist der Kapitän, Captain Heemo, der Anführer der Truppe. Er überfällt immer Dörfer, tötet andere Dämonen und ist gefährlich. Ich habe bei ihm immer ein Auge zugedrückt, man könnte sogar sagen, er war mein Freund, aber jetzt machen wir kurzen Prozess mit dem, weil er ein kleiner Frechdachs ist, der nicht zu gebrauchen ist." Max fragte: „War er wirklich dein Freund? Er ähnelt dir nämlich überhaupt nicht und seine dumme Fratze regt mich sehr auf, weil sie eben so hässlich ist. Und er lacht dabei so schief und dümmlich. Ich hasse es, wie er lacht, ohne sich zu schämen, ohne Ehre. Ich hasse das, denn die meisten, die so etwas machen, sind unhöflich und dumm. Ich glaube, demnächst werde ich nicht mehr hierherkommen, weil mir ein paar Gesichter zu hässlich sind." Falco antwortete: „Nein, ich hasse ihn eigentlich. Er ist ein sehr guter Dieb und hat sich bei mir als Freund ausgegeben. Dann hat er meine wichtigen Sachen geklaut, die sehr wertvoll waren. Also lasst ihn uns jetzt machen. Denn dieser Typ ist einfach nur katastrophal. Er ist ein ziemlich guter Dieb und Lügner dazu, das ergibt den perfekten Verbrecher. Er kann nur hinterhältig Leute töten, zum Beispiel mit Gift. Wenn er vor dem Gegner steht, kann er gar nichts, denn er ist hauptsächlich auf Attentate spezialisiert." Jeder ging jetzt auf das kleine Frettchen los, doch dieses wusste sich zu verteidigen. Es lief einfach weg, weil es so flink war. Sie konnten es nicht erwischen, es war zu schnell und schoss auch nach hinten, wenn sie hinter ihm standen. Max sagte: „Der ist aber echt nervig und redet nicht. Es ist ja gut, dass wir mal so einen treffen, der nichts sagen kann. Die meisten Kapitäne sind einfach nur großmäulig und dumm und am Ende sterben sie." Da sagte der Kapitän: „Ich kann reden, kleiner Junge, nur bin ich eben wenig gesprächig. Ich brauche nicht mit so einem Abschaum zu sprechen, ihr seid unnötig! Ohne euch wäre unsere Welt viel schöner. Ich hasse es einfach nur, mit Menschen zu reden, denn sie sind so eingebildet. Sie möchten immer auf Augenhöhe mit mir reden, obwohl sie kleine Miststücke sind, denn jeder Mensch ist einfach nur Müll, genau wie du. Du bist auch nur ein ganz normaler Mensch und kannst erst recht nicht so stark wie Dämonen sein." Max bemerkte: „Das sagen eigentlich die Menschen über euch, weil ihr uns immer angreifen wollt. Mein Vater hat versucht, euren Plan zu durchkreuzen, und das hat er auch geschafft, doch ihr Dämonen seid anscheinend ganz mies und macht sehr unfaire Dinge. Aber was soll man schon von eurer Welt halten, hier ist doch sowieso alles dreckig und unnötig. Ihr macht doch jede unfaire Sache, die es gibt, zum Beispiel mit Gift kämpfen, das nach einer bestimmten Zeit tötet." Der Kapitän ignorierte die Worte und schoss einfach weiter. Dieses Mal aber wich Falco knapp aus und wurde von dem Pfeil geschliffen. Danach war er gelähmt und fiel in Ohnmacht. Da erklärte der Kapitän: „Ich habe deinem Freund ein tödliches, lähmendes Gift gegeben. Er wird langsam und schmerzvoll sterben, und nur ich habe das Gegengift. Die anderen wissen nicht, woraus es besteht. So, das ist schon einer weniger. Dann fehlen nur noch die Menschen. Ich mag es, gegen Winzlinge zu kämpfen, um ihnen zu zeigen, was wahre Stärke ist. Die meisten Menschen wollen es nicht verstehen, sie kämpfen weiter, obwohl sie wissen, dass sie sterben werden. Das ist einfach nur dumm." Max richtete seinen Blick auf Falco, der soeben in Ohnmacht gefallen war. Max rannte zu dem Kapitän, um ihn zu schlagen, doch dieser wich aus und Max traf daneben. Da meinte der Kapitän eingebildet: „Da war wohl nichts, Kleiner. Du hast mich soeben sowas von verfehlt. Das ist eben die Macht des Menschen: gar keine. Ihr könnt mich nicht besiegen! Ich bin ein gebildeter, starker Dämon. Ich würde euch im Schlaf fertigmachen, ihr hingegen werdet mich nie besiegen können, egal mit welchen Mitteln." Max lachte, hob eine Spritze hoch und sagte: „Ich wollte dich gar nicht treffen. Danke für das Gegengift. Ich habe ein scharfes Auge für versteckte Dingte und da kommt das Gegengift ja wie gerufen." Der Kapitän suchte sich ab und sagte dann wütend: „Du kleiner Bengel erlaubst es dir, mein Gegengift zu stehlen? Das wirst du bereuen, das verspreche ich dir. Ich werde euch alle vergiften, sodass ihr euch nicht mal mehr das Gegengift verabreichen könnt. Ihr werdet einfach nur verbittert sterben und dann werdet ihr wie euer anderer Freund untergehen." Dieses Mal ging der Kapitän viel offensiver in den Kampf. Max und die anderen trauten ihm nicht, sie mussten einfach auf einen perfekten Moment warten. Da hatten sie ihn schon umzingelt und der Kapitän hatte keine Angst davor, gegen sie alle gleichzeitig zu kämpfen. Er kam aber nicht mit der Geschwindigkeit der andern mit. Ihm wurde schwindlig und er konnte nicht richtig stehen. Da richtete er seine Pfeile auf Falco und drohte: „Eine Bewegung und euer geliebter Freund ist tot. Und ich sage euch, ich habe keine Gnade wie Menschen, ich werde ihn wirklich bei der kleinsten Bewegung töten. Er ist jetzt schon ein hoffnungsloser Fall, aber wenn ihr weiter so rumrennt, wird er nicht mehr atmen." Niemand bewegte sich, denn alle hatten Angst um Falco. Doch der Kapitän war so dreist, dass er gerade feuern wollte, als Lea aus Reflex einen Pfeil auf ihn schoss. Bevor er überhaupt abfeuern konnte, starb er wegen Leas Pfeil, der durch seine Brust ging und ihn tötete. Der Dämon fiel zu Boden und löste alles mit sich auf, außer seine Waffe, die erhalten blieb. Irgendeine komische grüne Flüssigkeit floss aus dem Blasrohr. Als Max sie gerade berühren wollte, stand Falco wieder auf, um zu schreien: „Nein, fasse das nicht an oder du wirst auch noch wie er." Und dann fiel er schon wieder um. Ein paar Stunden, nachdem Max ihm die Spritze gegeben hatte, fragte er: „Ist alles okay mit euch? Was habt ihr mit der Flüssigkeit getan? Sagt mir nicht, dass ihr sie angefasst habt! Ihr werdet dann nämlich mutieren. Das ist eine Flüssigkeit, die euer Leben verändern würde." Da meinte Max: „Sei mal ruhig. Wir haben sie nur aufbewahrt und in ein Glas getan. Wer weiß, wofür wir sie brauchen können. Vielleicht ist sie nachher wichtig. Aber jetzt ist es egal, wir müssen essen gehen. Aber das Essen hier ist nicht gerade abwechslungsreich, immer müssen wir das Gleiche essen, das nervt mich so langsam. Außerdem scheint es mir, als würde mein Geschmackssinn verloren gehen. Warum ist denn das bloß so?" Falco erklärte: „Das ist doch ganz klar: Wir sind hier in der Hölle und hier schmeckt alles wunderbar, egal, wie oft man es isst. Man könnte eine Speise auskotzen und dann wieder essen, das würde nichts am Geschmack ändern. Also müsst ihr euch keine Gedanken darüber machen. Ich frage mich, was ihr mit dem Kapitän gemacht habt, nachdem ihr ihn erschossen habt. Ist er immer noch dort oder wie?" Max antwortete: „Wir haben ihn dort liegen gelassen, er hätte sowieso nicht mehr entkommen können, es war zu spät für ihn. Er war sowieso schon so gut wie tot." Falco sagte: „Das ist aber echt jammerschade." Max fragte: „Warum ist es denn so schade, dass wir ihn dort liegengelassen haben? War er dir wichtig? Er hat sich sogar in Staub aufgelöst." Falco antwortete: „Nein. So einen Kapitän hätte ich gerne gefressen. Bei uns ist es eine Angewohnheit, die zu fressen, die schwach sind, auch wenn es Kapitäne sind. Wir essen sie, wenn sie schlecht sind, und von schlechten Kapitänen wimmelt es nur so in dieser Umgebung." Max bemerkte: „Das ist ja eine schlimme Angewohnheit. Bei uns auf der Welt gibt es so etwas nur selten, und das machen die Leute auch meistens nur, weil sie fast verhungern. Und ihr tut so, als wäre es nichts Besonderes, einen Artgenossen zu fressen. Ich könnte keinen zu schwachen Menschen fressen, das ist einfach nur abnormal." Falco erklärte: „Wir sind hier in der Unterwelt, was sollte man hier schon erwarten? Einhörner oder was? Das wäre doch lächerlich und demütigend für die Unterwelt. Es stimmt, ihr Menschen bezeichnet es als abnormal, aber wir sind doch auch nur Lebewesen. Es ist nicht nett, uns als abnormal zu bezeichnen, andererseits tun wir das auch mit euch. Dann ist es also gerechtfertigt. Es tut mir leid, dass ich soeben in so einem Tonfall gesprochen habe. Ich bin fast allergisch auf Beleidigungen, deswegen verhalte ich mich so. Aber nun kommen wir mal runter, denn wir müssen uns heute sehr viel ausruhen. Wir haben noch eine lange Reise vor uns."

Also legten sie sich nach dem Essen hin und ruhten sich aus. Nach einiger Zeit weckte Falco sie. Max fragte: „Wie lange haben wir denn ungefähr geschlafen? Haben wir überhaupt geschlafen? Ich möchte weiterschlafen." Da antwortete Falco: „Keine zwei Stunden. Aber wir müssen so früh aufstehen, damit wir schneller vorankommen, sonst würde es ewig dauern, die Welt zu retten. Aber ich kann euch versichern, dass wir, nachdem wir es geschafft haben, so lange ausruhen können, wie wir wollen." Dann widersprach niemand und jeder machte sich für den Marsch bereit. Als sie eine lange Strecke hinter sich hatten, tauchte eine Wand mit einem kleinen Tor auf. Da stand schon wieder ein Steinmonument, das niemand außer Falco lesen konnte. Er las vor: „‚Um diese Brücke zu überqueren, muss man wahre Liebe zeigen, die von ganzem Herzen kommt.' Das steht hier. Niemand hat es je geschafft, durchzukommen, weil hier niemand liebt. Das ist eine Abkürzung, um schneller weiterzukommen. Damit wären wir dreimal so schnell." Max kam zu Tina und sagte schüchtern: „Tina, das dachte ich schon am Anfang, als ich dich gesehen habe: Du bist wunderschön, schlau und geschickt. Ich liebe dich." Tina wurde ganz rot und sagte: „Genau das Gleiche dachte ich auch über dich. Ich war zu schüchtern, um es dir zu sagen, weil ich dachte, dass du mich auslachen würdest. Aber jetzt sehe ich die Wahrheit, sowohl in deinen Augen als auch in deinem Herzen. Ich konnte meine

Liebe einfach nicht offenbaren. Ich hatte auch Angst, dass du weggehen würdest, nachdem ich dir meine Liebe gestanden habe, das wäre der größte Albtraum, den ich mir vorstellen könnte." Leon kam zu Lea und sagte: „Ich liebe dich auch. Wenn du mich nicht liebst, ändert das nichts an meinen Gefühlen. Ich würde dich immer noch bis zum Ende meines Lebens lieben. Das ist einfach der Lauf des Schicksals, und es ist so, wie es ist. Wahre Liebe wird im Leben immer auftreten." Lea sagte erfreut: „Das ist ja so süß. Ich liebe dich auch, aber ich hätte nie gedacht, dass du mir das in der Unterwelt sagen würdest. Ich hätte etwas mit Rosen und so weiter erwartet, aber das hier ist auch ganz schön süß." Das Steinmonument leuchtete und der Boden bebte. Es kam ein riesiges Steinmonster heraus. Max wollte es gerade angreifen, als es sagte: „Ich bin friedlich. Ich sehe seit tausend Jahren wieder echte Liebe. Ich bin ein guter Riese, der dieses Tor nur für die guten Menschen öffnet. Ihr habt es gemeistert, doch damit ich sicher bin, dass ihr gut seid, stelle ich euch drei Fragen. Die erste Frage: Was würdest du tun, wenn dein Freund zum Feind würde und die Welt beherrschen wollte? Sich ihm anschließen oder ihn bekämpfen? Das ist eine sehr wichtige Frage." Die Freunde besprachen sich erst mal und dann antwortete Lea: „Es ist doch klar, man müsste ihn besiegen, sonst würde es nur Chaos auf der Welt geben." Der Riese antwortete: „Richtig. Nun die zweite Frage: Was würdest du tun, wenn deine Mutter und deine Frau gefangen genommen werden? Wen würdest du retten?" Da sagte Max sofort: „Ich würde beide retten, denn beide sind mir wichtig. Beide bedeuten in meinem Leben etwas Wichtiges." Der Riese sagte: „Wenn du jemanden tötest und dann zum Tode verurteilt wirst, und zwar zu Recht, würdest du deine Tat abstreiten oder das Urteil hinnehmen und dich hinrichten lassen?" Da sagte Leon wie der Blitz: „Ich würde es nicht abstreiten, denn ich hätte es verdient und könnte daran nichts ändern." Da sagte der Riese: „All eure Antworten waren richtig. Ihr dürft nun durchgehen. Ich glaube euch voll und ganz. Hoffentlich besiegt ihr ihn. Er hat den Menschen etwas sehr Schlimmes angetan. Ihr dürft ihm auf keinen Fall verzeihen, aber ich will euch nun nicht länger aufhalten, ihr dürft durch."

Die Freunde durchschritten das Tor, das sich hinter ihnen schloss. Monster kamen aus jeder Ecke und hinter dem Tor hörten sie eine Stimme: „Man muss unglaublich dumm sein, um in so eine Falle zu tappen. In der Unterwelt jemand Guten zu finden, ist nicht möglich. Man kann hier nur böse Leute treffen, die gibt es hier wie Sand am Meer, deswegen lohnt es sich nicht, Unbekannten zu glauben, denn sie werden euch den Tod bringen. Ihr solltet lieber schnell sterben, das rate ich euch. Oder wollt ihr in den ewigen Qualen rumhängen und dann sterben? Das wäre euch, glaube ich, sogar noch lieber." Doch sie ignorierten die Stimme und kämpften. Es gab viele verschiedene Arten von Monstern, doch keines davon war wirklich stark. Sie konnten sie schnell überwältigen. Das Monster hinter dem Tor sprach: „Ihr wagt es, noch zu leben? Im übernächsten Kampf werde ich höchstpersönlich kommen, und ich sage euch, das wollt ihr nicht." Sie ignorierten die Stimme weiterhin und gingen weiter. Doch da waren keine Gegner mehr zu sehen. Da war einfach gar nichts. Dann hörten sie Schritte und Max sagte: „Auf so etwas waren wir schon vorbereitet. Unsichtbare Gegner machen uns gar nichts aus, denn wir haben schon für diesen Fall geübt. Deswegen seid ihr so gut wie tot. Wir sind die Stärkeren, wir kämpfen in einer anderen Liga als ihr, das sage ich euch." Falco sagte: „Ich wurde dazu ausgebildet, gegen unsichtbare Gegner zu kämpfen, das ist für mich nicht schwer. Es ist eben ihr Fehler, dass sie mich dazu ausgebildet haben." Sie besiegten all diese Monster sehr schnell. Im nächsten Abschnitt bebte aber die Erde und der Torwächter kam mit einem Dämon. Da erklärte dieser: „Ich habe ihn jetzt vollkommen unter Kontrolle. Ihr werdet gleich von ihm getötet werden. Er hat euch sogar hier reingelassen, doch hier können wir einfach nicht Gutes zulassen, denn das ist eben die Unterwelt. Wir nutzen dieses Biest zum Kampf aus. Es ist sehr stark, doch das Beste ist, dass wir, während ihr kämpft, Teil für Teil seine Lebenskraft aussaugen. Am Ende fällt er tot um, denn seine Kraft ist sehr nützlich und auch wichtig für uns, denn wer braucht schon nicht ein so riesiges Monster. Die Monster zerquetschen die meisten, die sie stören. Aber das hat jetzt nichts mehr damit zu tun. Legt euch schön mit unserem Freund Verdammnis an, er wird euch alle zermalmen, ob er es will oder auch nicht. Wir sind einfach zu stark und unfair, ihr habt recht, wir sind sehr schlau und fies, aber hauptsächlich haben wir eine sehr gute Taktik." Sie konnten nichts dagegen unternehmen, sie mussten gegen ihn kämpfen, um nicht verletzt zu werden, und sie mussten ihn unbedingt besiegen, sonst hätte das schlimm für sie geendet. Sie wollten nicht von ihm zermalmt werden. Sie überlegten sich einen Plan, wie sie die Gedankenkontrolle verhindern konnten, denn nur so konnten sie ihn retten. Also suchten sie alles in der Umgebung ab, was ihnen dabei helfen konnte, aber sie fanden einfach gar nichts. Nun mussten sie tatsächlich gegen ihn kämpfen. Max wollte es erst mal mit einem normalen Schlag versuchen, doch das bereute er, weil Verdammnis ihn traf. Max flog weit und fiel in Ohnmacht. Leon wollte den Moment ausnutzen und den Gegner auch angreifen, doch es ging alles daneben. Ihm wurde dann auch ein Schlag verpasst. Die einzigen, die noch stehen konnten, waren Falco, Tina und Lea. Sie mussten jetzt zusammenarbeiten, sonst würden sie ihn nicht besiegen. Falco war auch einfach nur auf den Riesen losgegangen, doch er wurde auch weggeschlagen. Tina fragte: „Sollen wir den Leuten mal zeigen, was wir so alles im Training gelernt haben, Lea? Denn unsere Kraft ist echt stark, so übertreffen wir bestimmt die stärksten Magier in der Unterwelt, jedenfalls du. Ich bin die stärkste Bogenschützin." Lea antwortete: „Müssen wir ja wohl, sonst werden wir auch so enden wie unsere Freunde. Wir werden unsere Grenzen überschreiten müssen, sonst haben wir ja vollkommen verloren." Leas Bogen wurde plötzlich größer und Tina bekam ein Gewand. Lea erklärte: „Das ist mein Bogen ‚finsterer Tornado‘. Damit sind meine Pfeile größer und haben eine dreifache Durchschlagskraft. Ich kann damit sogar Steine zerstören, und das bei nur der Hälfte des Kraftaufwands. Aber ich will mal wissen, was du so im Training gelernt hast, das ist bestimmt auch gut." Tina erklärte: „Das hier ist ein Magiergewand, damit kann ich mich schneller bewegen und meine Zauberkräfte werden stärker. So werden wir ihn schon besiegen können. Dieses Gewand habe ich selber aus der Magie der Umgebung genäht, das war echt schwer. Als ich es ausprobiert habe, ist mir aufgefallen, dass diese Magie von besonderer Art war." Lea schoss einen großen Pfeil, der irre schnell flog. Das Monster wollte ihn zwar aufhalten, aber er ging durch seine Hand. Während das Monster schrie, erschuf Tina einen Meteor, der mit rasender Geschwindigkeit brennend auf das Monster zuflog und dann mit ihm kollidierte. Tina dachte laut: „Ja, geschafft." Als sich Max und die anderen gerade wieder aufrichteten, sagte Max: „Nein, noch nicht. Es steht wieder auf. Passt auf, denn sonst sind wir verloren." Das Monster hob den Meteor hoch und warf ihn auf die Freunde, die gerade noch ausweichen konnten. Lea bemerkte: „Anscheinend haben wir das Monster wütend gemacht, denn es ist rasend. Oh Mann, das wollte ich doch nicht. Ich wollte es doch am Leben lassen." Max sagte: „Dann müssen wir wohl alles geben und unsere Asse ziehen. Wir haben auch trainiert. Ihr seid nicht die Einzigen, die stärker geworden sind, wir haben auch noch unsere Waffen."

Max hat sein Schwert sich auflösen lassen. Er hatte plötzlich eine Rüstung aus Blitzen an. Leon trug plötzlich eine brennende Rüstung und ein Schwert, das mit Flammen umhüllt war. Falco hingegen hatte nichts. Das Monster zog Steine aus der Umgebung an sich und vergrößerte sich, da es selber aus Steinen war. Am Ende dieses Vorgangs war es somit dreimal so groß wie zu Beginn. Es war auch stärker geworden. Max' Schwert war zwar aufgelöst, aber der Junge konnte Blitze kontrollieren. Er schoss mehrere Blitze in Form von Speeren auf das Monster. Sie platzen, als sie es berührten. Leon schoss eine riesige, blaue Feuerkugel auf das Monster, von der es erdrückt wurde. Es stand aber wieder auf, mit vielen Wunden überseht. Es regenerierte sich immer wieder mit der Kraft der Steine. Es war schon wieder ganz aufgebaut. Sie versuchten das alles noch einmal. Sie waren erschöpft, da nahm Falco seinen Mut zusammen und sagte: „Lea, spanne deinen Bogen. Du wirst mich schießen. Und während ich fliege, wird Leon mein Schwert mit Flammen ausrüsten und Max soll mich mit einem Blitz treffen. Aber Tina muss das Monster in die Luft schleudern. Das ist die einzige Möglichkeit, wie man es besiegen kann. Wir müssen das ganze Herz zerstören, sonst wird es uns alle töten, und das will ich nicht riskieren." Lea sagte: „Aber wir wollen dich nicht verlieren. Du bist uns viel zu wichtig." Falco sagte: „Ich kann euch nicht mal helfen. Ich bin ein Nichtsnutz, aber dieses Mal werde ich mein Leben hergeben. Es ist nicht schlimm, wenn ich sterbe, ich wäre doch sowieso nur ein Klotz am Bein, und das will ich eben nicht." Jeder bestand darauf. Lea ließ Falco auf den Bogen und Tina erzeugte einen Riesentornado, der das Monster hochschlug. Lea schoss ab. Leon rüstete Falco mit den Flammen aus und Max lenkte einen Blitz auf ihn. Falco drehte sich und durchbohrte dann das riesige Monster mitten in der Brust. Das Monster fiel tot zu Boden und war besiegt.

Max fragte: „Falco, wo bist du? Hast du überlebt? Du musst überleben. Komm, Falco, du musst überleben, du bist uns allen sehr wichtig." Als das Monster zu Boden fiel, hob Falco es auf und schubste es weg. Er war in einer goldenen Rüstung und trug ein schwarz glänzendes Schwert. Max fragte wieder: „Geht es dir gut? Ist dir etwas passiert?" Falco antwortete: „Ja, ich bin stärker geworden. Mir ist auch nichts passiert. Ich bin stolz auf mich, denn ich bin stärker geworden und ab heute keine Last mehr." Max sagte: „Du warst auch vorher keine Last. Du hast uns immer geholfen, egal, in welcher Situation. Du warst immer stark, aber jetzt bist du noch stärker. Du hast uns sehr geholfen. Wir sollten jetzt weitergehen, bevor noch etwas Schlimmes passiert." Plötzlich wurden sie von Dämonen umzingelt. Sie gingen, ohne etwas zu sagen, auf die Freunde los und wollten sie niedermetzeln, aber Max hat das natürlich nicht zugelassen. Er griff an und wurde schwer verletzt. Doch jeder Freund stand ihm zur Seite und griff mit an. Alle waren verletzt, doch sie hatten keine Angst. Sie wussten, als Team würden sie gewinnen, und so kam es auch.

Danach übermannte sie der Hunger. Sie wollten unbedingt Nahrung, die sie ja sowieso hatten, doch sie konnten es kaum erwarten, einen Bissen in das köstliche Fleisch zu machen. Als sie aßen, waren sie überglücklich, doch danach waren sie sehr müde, deshalb schliefen sie gleich nach dem Essen ein.

Am nächsten Tag, als Max aufwachte, war eine Lanze an seine Kehle gedrückt. Er fragte Falco: „Was ist denn los? Was ist passiert?" Falco antwortete nervös: „Max, wir wurden umzingelt. Sie werden uns gleich töten." Max sagte: „Ist doch klar, was wir jetzt machen werden. Wir werden bis zum bitteren Ende kämpfen, komme, was wolle, denn so können wir eine Art Überlebenstraining daraus machen. Sie helfen uns sozusagen, stärker zu werden." Da schrie die ganze Horde: „Wir werden euch töten und dann zu Abend fressen, unterschätzt uns nicht. Wir sind in der Überzahl und wir sind voll ausgebildete Kampfmaschinen, die jeden töten können. Unterschätzt uns also nicht." Max sagte: „Dann zeigt es mal." Sie gingen zum Angriff über. Lea schoss erst mal einen Pfeil, der hunderte von ihnen tötete. Max schoss Blitze und dabei starben gleich noch mal 100 Dämonen. Leon erschuf ein Feuerfeld, durch das weitere 100 starben. Dann schoss Lea Falco ab, der sich dann drehte und weitere 100 Dämonen besiegte. Nun waren nur noch zehn von ihnen am Leben. Max sagte dann eingebildet: „Jetzt seid ihr zahlenmäßig nicht mehr so überlegen." Da sagte einer der Krieger: „Das ist doch unmöglich, wie kann es sein, dass ihr innerhalb so kurzer Zeit so viele getötet habt? Das muss ich dem Boss berichten. Er wird nicht erfreut sein, dass eine Armee durch vier Personen gestorben ist. Sie sind uns definitiv überlegen. Ich fliehe dann mal." Doch er wurde von seinen eigenen Kameraden getötet. Da sagte Max: „Ach, schon wieder so ein Spiel. Das ‚Ich-töte-meinen-Kameraden-weil-er-flieht-Spiel'. Nicht mal die Tiere würden so etwas machen, selbst wenn es um Leben und Tod ginge. So etwas ist noch schlimmer als abnormal, aber was soll man erwarten, wir sind hier in der Unterwelt und hier ist einfach alles anders. Alles außer dem Essen." Da sagte einer der Männer: „Falco, gut, dass du bei ihnen bist. Töte ihn aus dem Hinterhalt." Da ging Falco zu ihnen und sagte: „Sie haben Recht, ich bin auf ihrer Seite." Da war Max verblüfft. Doch Falco zwinkerte mit dem Auge. Max hatte es verstanden. Als die Dämonen angreifen wollten, tötete sie Falco mit Leichtigkeit, und dann sagte er: „Ich werde nie mehr auf eurer Seite sein. Aber das ist nicht das Problem. Ich will lieber den König stürzen, denn er macht ganz dreckige Geschäfte. Ihr merkt es einfach nicht, dass unser König der schlimmste aller Zeiten ist, daher bleibt ihr auf seiner Seite." Da sagte eine Stimme aus dem Nichts: „Versucht doch, mich zu besiegen, aber ihr werdet das nie schaffen. Denn gleich morgen werdet ihr spüren, wie stark ich wirklich bin. Meine Stärke ist nicht zu übertreffen. Ihr Würmer werdet mich erst recht nicht übertreffen. Euch könnte ich mit meiner linken Hand im Schlaf besiegen. Ihr seid doch wirklich gar nichts. Ich bin echt überrascht, dass mich solche Schwächlinge herausfordern."

Max sagte: „Dann müssen wir wohl sehr viel trainieren, damit wir ihn überhaupt besiegen können. Wir müssen über unsere Grenzen kommen und viel stärker werden. Wir müssen unsere wahren Kräfte entfesseln. Wir werden das schon irgendwie schaffen, auch wenn es sehr schwer ist. Wir müssen alles versuchen, was geht." Also trainierten sie die ganze Nacht, doch niemand wurde wirklich stärker.

Am nächsten Tag, als sie weitergingen, war ein riesiges Schloss vorzufinden. Sie mussten da rein, um zum Herrscher zu gelangen, deswegen versuchten sie es mit allen Methoden, doch nicht funktionierte. Plötzlich entstand ein großes Loch unter ihnen, das mit Magma gefüllt war. Niemand konnte nun etwas machen, außer Falco. Er flog sie hoch und das Tor war plötzlich offen. Sie gingen durch und wurden die ganze Zeit von Monstern angriffen. Max dachte, dass man alle besiegten musste, doch das funktionierte nicht, da immer neue nachkamen. Da sagte Falco: „Bekämpft sie, während ich etwas ausprobiere, um uns zu retten." Das taten sie dann. Falco sprang in das Loch. Max schrie: „Neeeeein! Warum hast du das getan? Wir wollten doch an deiner Seite bleiben." Falcos Stimme kam dann von unten: „Das hier ist ein Dimensionsloch. Ihr müsst hineinspringen! Das ist keine Falle." Sie taten, was Falco sagte, und waren dann im Inneren des Schlosses. Max sagte: „Gut gemacht, Falco. Das hätte ich niemals gedacht. Ich hätte einfach nur weitergekämpft." Da kam wieder eine Stimme aus dem Nichts: „Falco, du Nichtsnutz. Ich habe deine und Max' Mutter in meiner Gewalt. Wehe, ihr macht eine falsche Bewegung! Dann sind sie tot." Da sahen sie eine Wand aufgehen. Max Mutter und die Himmelsköchin waren dort angekettet. Da sagte Max: „Ey, die kennen wir ja. Das ist doch die Prüferin. Sie ist also deine Mutter, Falco? Sie ist sehr nett. Wir müssen sie retten." Max' Mutter sagte: „Max, hier bist du also. Ich habe mir große Sorgen gemacht. Warum bist du nur in die Falle gerannt? Aber ich bin stolz auf dich, weil du so weit gekommen bist." Die Himmelsköchin sagte weinend: „Da bist du, nach all den Jahren. Ich habe dich so vermisst. Als ich dich das letzte Mal gesehen habe, warst du noch ein Baby. Aber ich muss dir etwas sagen: Es tut mir leid, mein Sohn. Ich musste dich denen hier übergeben, weil die von der Himmelskriegerprüfung wissen wollten, was passiert, wenn man ein Kind in der Unterwelt lässt. Ich wollte es nicht, aber sie haben dich mir entrissen. Es tut mir so leid. Bitte verzeih mir! Bitte vergib mir!" Falco weinte jetzt auch: „Mutter, ich werde dir immer vergeben, egal, was passiert." Plötzlich leuchtete Falco und er wurde zu einem Menschen. Max sagte: „So ist also deine wahre Form, Falco: Du bist ein Mensch wie wir, das bedeutet, dass es keinen Unterschied zwischen uns mehr gibt. Wir waren von Anfang an gleich. Doch das ist jetzt egal. Wir müssen diesem Miesepeter ein Ende bereiten! Wir müssen als Team arbeiten." Da kam eine Stimme aus dem Nichts, die lachte: „Worüber ihr gerade redet, ist sowas von lustig, aber ich habe keine Zeit für Spielchen, ich muss euch schnell um die Ecke bringen, denn ich will nicht zu viel Zeit mit euch verbringen." Da kam ein Monster auf den Boden, das sehr groß war, doch die Freunde schreckten nicht davor zurück. Sie stellten sich vor den Gegner und warteten, bis er angriff. Er war wie ein großes, grünes Monster mit vier Armen. Er nahm es mit allen Freunden auf einmal auf, und das ohne Probleme. Ab und zu benutzte er auch seine Beine. Doch die Freunde gaben nicht auf, sie machten einfach weiter und schlugen nacheinander auf ihn ein. Sie benutzten ihre ganze Kraft. Max' Schwert verschwand wieder und an seiner statt schossen überall Blitze heraus. Lea benutzte jetzt auch den größeren Bogen und Falco wandte die Bohrtechnik an. Tina nutzte mächtige Zauber, die sich kombinieren

ließen, und Leon ließ Wellen aus Feuer auf den Gegner herab-
regnen. Doch dieser ließ nicht nach. Er wurde aber schließlich
so stark verletzt, dass er sich verwandelte und zu einem riesigen,
goldenen Golem wurde. Da sagte er: „Es sieht zwar so aus, als
wäre ich schwächer geworden, aber ich bin im Gegenteil stärker
geworden. Ich bin jetzt doppelt so stark wie vorher, meine Kraft
ist kaum zu überbieten. Ihr werdet mich in diesem Zustand nicht
in zehn Jahren besiegen können. So hätte ich Max' Vater besiegen
können, doch er ist mir entkommen. Das war echt zu schade.
Ich hätte mal sehen wollen, wie er schmeckt. Ich möchte nun
aber nicht über meine Fehler sprechen, denn eigentlich bin ich
perfekt. Ein paar Leute können das einfach nicht akzeptieren, sie
sehen mich als unwürdig an und denken, ich sei Abschaum und
zurückgeblieben, aber ich bin ein perfekter König. Ich darf hier
tun und lassen, was ich will. Die anderen darf das nicht stören,
sonst werden sie von mir eigenhändig geköpft. Manchmal muss
man Leute dazu zwingen, Dinge zu machen, denn hier hört nicht
jeder auf seinen Herrscher, und jeder, der es eben nicht tut, wird
zermalmt." Da sagte Max: „Die Leute haben recht, du bist wirklich Abschaum. Wer tötet schon seine eigenen Gefolgsmänner?
Nur Vollidioten, und du gehörst dazu. Ich würde nicht in zehn
Jahren meine eigenen Leute töten, selbst wenn ich für eine Person
zehn Jahre länger leben dürfte. Man muss der Monarchie der
Unterwelt ein Ende bereiten." Da sagte der Herrscher: „Du hast
doch keine Ahnung, wie es ist, König zu sein. Man muss immer
der Stärkere sein, sonst wird man gestürzt. So läuft das Leben
in der Unterwelt halt, denn wer schwach ist, ist Abschaum, und
genau den kann ich nicht leiden. Also ich betrachte Schwache als
niedere Dinge, mit denen ich nichts zu tun haben will. Der Abschaum überschätzt sich, will den König stürzen und schafft es
nicht. Sie denken immer, sie seien das Beste. Deswegen hasse ich
die Menschenwelt, sie wird eben nur von Abschaum bewohnt.
Die Menschen können nicht mal einen von unseren Dämonen
töten, das mag ich nicht. Ich würde direkt hunderte von Menschen
töten, indem ich sie fresse, denn sie sind so eingebildet. Nur die,
die echt stark sind, sollten vortreten. Stellt euch das mal vor: Ihr

habt etwas geschafft und da kommt der Abschaum und sagt, dass er es geschafft hätte. Jeder würde darüber wütend sein."

Max griff an, doch der Gegner wich ohne Mühe aus und gab ihm einen Mega-Bodyslam. Max fiel zu Boden, doch er richtete sich wieder auf. Er war verletzt, aber nicht tot. Alle hatten schon gedacht, er sei gestorben. Tina erschuf einen Tornado mit Steinen und Feuer, doch dieser machte dem Monster gar nichts aus. Es rannte zu Tina und schlug ihr mit der Faust ins Gesicht. Sie fiel zu Boden, doch auch sie richtete sich wieder auf. Ihr Gesicht war blutverschmiert. Sie beschwerte sich nicht und kämpfte weiter. Falco drehte sich mit einer hohen Geschwindigkeit gegen das Monster, doch es hielt ihn mit einer Hand auf und rammte ihn in den Boden. Er versuchte wieder aufzustehen, doch der Herrscher trat auf ihn ein und sagte wütend: „Du bist ein Verräter, ich kann dich einfach nicht überleben lassen! Ich werde deinen Kopf zerquetschen." Da sagte Max: „Hör auf. Er ist mein Freund, und wer meinen Freund verletzt, verletzt mich. Ich werde dich töten." Da sagte das große Monster: „Wie willst du es verhindern? Wenn du weiter nichts machst, wird dein Freund innerhalb einer Minute zerquetscht. Sein Blut wird in dein Gesicht spritzen." Das konnte Max nicht aushalten. Er schrie und ging auf das Monster los. Seine Blitze schossen von überall her. Der Gegner wich aus, doch mit seinem Schwert traf Max das Bein des Monsters, das Falco daraufhin auf den Boden setzte. Max half seinem Freund, sich aufzurichten. Falco weinte und schrie wütend: „Das, was du meine Mutter angetan hast, werde ich dir nie verzeihen." Für einen Moment musste Max nachdenken und schrie dann: „Ich werde dir auch nie verzeihen, was du meiner Mutter angetan hast! Ich werde dich bestrafen." Da sagte der Herrscher: „Ich wollte diese Technik eigentlich nicht gegen euch einsetzen, doch ihr wolltet es so haben." Das Monster vermehrte sich, bis es mehr als 30 davon waren. Dann sagte es lachend: „Versucht mal, das Echte zu finden. Bis ihr das schafft, habe ich euch getötet." Max stellte sich Rücken an Rücken mit Falco. Er hielt sich mit den Armen an ihm fest und dann drehten sich beide so schnell, dass man nicht sah, wo sie gerade waren. Sie durchbohrten einen nach dem anderen, bis sie den Letzten töten wollten, der nach hinten sprang. Da sagte er: „Anscheinend habt ihr doch alle Doppelgänger getötet, aber mich kriegt ihr nicht!" Die beiden Freunde drehten sich wieder, doch das Monster hielt sie mit beiden Händen fest. Sie drehten sich weiter, bis ein Loch in der Hand entstand. Sie bewegten sich durch dieses und durchbohrten das Monster. Es fiel bewegungslos zu Boden. Max fragte: „Haben wir ihn wirklich getötet?" Lea betrachtete das Monster genauer und sagte: „Ja, das habt ihr. Ihr habt das Monster besiegt. Es ist tot." Dann sagte Max glücklich: „Wir haben die Welt gerettet! Das Monster ist tot, somit haben wir die Erde vor der Zerstörung gerettet." Plötzlich sah er aus der Ferne eine Person, die seinem Vater ähnelte. Er kam der Gestalt näher und sah, dass es tatsächlich sein Vater war. Er rannte erfreut zu ihm und in seine Arme. Er freute sich, dass sein Vater endlich wieder da war. Er fragte ihn: „War der Kampf gegen das Monster denn schwer? Ich habe gesagt, dass du mutig warst, doch er hat das abgestritten." Da sagte der Vater lustlos: „Jaja. Das ist jetzt nicht wichtig, lass uns nach Hause gehen." Max beobachtete seinen Vater und bemerkte dabei, dass dieser seinen kostbaren Ring nicht trug. Da vermutete Max, dass es nicht sein echter Vater war. Er stach mit seinem Schwert zu. Sein Vater schrie auf und fragte: „Max, warum hast du das getan?" Alle fragten Max: „Max, bist du es? Unser Max würde das niemals machen. Der Max, den wir kennen, hätte sich gefreut, dass sein Vater endlich wieder zurück ist. Aber du bist das pure Gegenteil. Du hast deinen Vater getötet." Da sagte Max: „Das ist gar nicht mein Vater, ich wette mit euch, das ist ein Dämon." Kaum hatte er das gesagt, nahm der vermeintliche Vater seine wahre Gestalt an. Da sagte Max triumphierend: „Da habe ich doch Recht gehabt. Ihr müsst mir jetzt glauben, dass ich der echte Max bin. Ich habe gleich bemerkt, dass er den Ring meiner Mutter nicht mehr hatte, und das war sein Markenzeichen. Deswegen habe ich sofort erkannt, dass er nicht mein Vater ist" Da sagten die anderen: „Oh, es tut uns leid, dass wir dich für den falschen Max gehalten haben." Max zog das Schwert aus dem Dämon und fragte: „Was machst du hier? Ich werde dich töten, wenn du nicht antwortest." Da antwortete der Dämon: „Ich wurde im Auftrag des Herrschers hierher geschickt. Ich sollte einen Hinterhalt planen und euch töten, doch das hat nicht geklappt." Da sagte Max: „Aber dein Herrscher wurde von uns getötet. Das geht doch gar nicht! Du lügst doch!" Da antwortete der Dämon: „Nein, er ist noch nicht tot. Er hat euch ausgetrickst. Er hat bemerkt, wie stark ihr seid, deswegen wollte er nicht gegen euch kämpfen. Zurzeit trainiert er bestimmt, um euch besiegen zu können, aber ich kann es nicht mit Sicherheit sagen. Wenn ihr nicht sterben wollt, dann solltet ihr auch trainieren." Da fragte Max: „Wo ist denn dein Herr? Wir haben alles in der Unterwelt durchsucht." Da antwortet er: „Es gibt noch eine andere Dimension, wo es viel stärkere Gegner gibt und viele Dämonen wissen davon nichts: Die Hölle." Das waren die letzten Worte des Monsters, bevor es starb. Da sagte Max: „Also ist er in der Hölle und hat sich verkrochen. Er trainiert jetzt, um uns zu besiegen, und wir müssen auch trainieren, damit wir stark genug sind. Warum müssen unbedingt wir ihn besiegen? Ich habe langsam keine Lust mehr auf das ewige Kämpfen. Ich will mal eine Auszeit, aber natürlich müssen wir gegen das Böse kämpfen. Nachdem wir ihn besiegt haben, herrscht dann endlich wieder Frieden. Warum kann er eigentlich nicht selber gegen uns kämpfen? Er schickt nur Gegner und kommt nicht selber. Stattdessen trainiert er, um gegen uns anzukommen. Wie ungerecht ist das denn bitte? Wir müssen dieses Portal finden und es benutzen, denn die Welt zu retten ist eine wichtige Aufgabe, die man wertschätzen sollte. Man sollte sich nicht darüber beschweren wie ich."

Also gingen sie dahin, wo sie das Monster besiegt hatten, doch sie sahen einfach kein Portal. Hinter der Leiche war eine unendliche Welt. Da fragte Max: „Wie sollen wir da denn jemals das Portal finden?" Da hatte Falco einen Verdacht. Er ging weiter und weiter, bis er letztendlich verschwand. Max rannte auch dorthin und sagte zu den anderen: „Kommt, habt keine Angst. Hier ist alles sauber, aber auf der anderen Seite sind die Gegner sehr schwer zu besiegen, aber das ist egal, denn als Team schaffen wir alles, egal, was kommt. Zusammen sind wir stark und wir müssen für diesen Weg so stark wie möglich sein." Die Freunde gingen durch und sahen eine fast gleiche Welt. Da sagte Max: „Sehr verschieden ist sie nicht. Und das soll man erkennen, dass das hier eine andere Welt ist? Das ist doch echt gemein, ich habe mir zwar kein Paradies vorgestellt, aber etwas Gefährliches. Ich hätte viele Gegner beim Eingang erwartet."

Max wurde aus dem Nichts geschlagen. Da sagte eine Stimme: „Wir sind die Vorhut, wir werden euch besiegen, denn ihr habt wirklich keine Ahnung, wo wir sind, denn wir sind unsichtbar. Bis jetzt hat uns noch niemand besiegt außer so einem Typen, der sich als voll cool ausgegeben hat." Da lachte Max und sagte: „Wir haben extra dafür trainiert, unsichtbare Feinde zu besiegen, also seid ihr diejenigen, die verloren haben. Ihr könnt jetzt schon mal aufgeben." Da sagte die Stimme aus dem Nichts wieder: „Das werden wir ja sehen. Ich werde euch sowas von fertigmachen, und ich bin nicht der Einzige hier, der stark ist." Da sagte Max: „Das haben so viele Gegner zu uns gesagt, und du kannst mir nicht glauben, wie schnell wir sie getötet haben. Sie waren leicht zu töten, da sie so viel geredet haben." Da lachte die Stimme aus dem Nichts: „Ach so, ihr redet über diese Waschlappen? Die sind sowas von schwach, die kann man nicht mit uns vergleichen." Max hörte genau hin, woher die Stimme kam, dann rannte er in diese Richtung und stach dem Wesen, dem die Stimme gehörte, in die Brust. Da schrie sie auf und Max sagte: „Du bist noch schwächer als die sogenannten Waschlappen. Du bist doch gar nichts." Da schrie die Stimme: „Nein, das kann doch nicht wahr sein. So etwas ist mir noch nie passiert, ich bin ein Waschlappen. Aber ihr werdet es mit noch Stärkeren zu tun haben, mit viel Stärkeren." Da lachte das Monster, dann kam wieder ein Schrei und es wurde still, bis auf Schritte, die aus dem Nichts kamen. Da bemerkte Max: „Er hat ja gesagt, dass er nicht der Einzige ist. Ich habe jetzt echt keine Lust, die anderen zu bekämpfen, aber lasst uns das einfach schnell machen." Die Monster brachten kein Ton heraus, weil sie Angst hatten, dass die Freunde sie finden und töten würden, deswegen gingen sie einfach nur umher. Doch das brachte ihnen nichts, Max und die anderen konnten sie dennoch töten. Danach fragte Max: „Gibt es hier wenigstens andere Tiere, die wir essen können? Das wäre wirklich perfekt. Aber meistens gibt es das nicht in solchen Welten, deswegen sollte ich mich nicht zu früh freuen. Die Tiere könnten giftig sein und uns mit einer einzigen Berührung dahinraffen. Wir sollten eher Früchte finden, denn die sind am sichersten von allem. Ich habe Angst, dass jemand von uns sterben wird, deswegen sollten wir aufpassen. Aber lasst uns jetzt auf Essensuche gehen, denn ich bekomme so langsam Appetit, und ich will zwar sterben, aber nicht vor Hunger. Ich bin sowas hungrig aber ich würde niemals euch essen, merkt euch das, denn ich bin kein Dämon, der seine eigenen Freunde zu Mittag oder zu Abend isst. Ich kann nicht mal Blut von Menschen sehen, wie soll ich dann Menschen essen. Das wäre wirklich verrückt, aber es gibt ja Leute, die Menschen ge-gessen haben, weil sie kein Essen hatten. Ich finde auch das ver-abscheuungswürdig und würde es niemals tun, selbst wenn mein Leben davon abhängen würde. Aber das hier sind Dämonen, so etwas würden sie am liebsten jeden Tag essen, und dann würden sie aus den Knochen Waffen basteln, was ich aber wirklich eklig finde. Aber das sind Dämonen, sie können nichts dafür." Da sagte Tina: „Wir haben alle Hunger, und Reden wird uns nicht satt machen. Wenn wir vor Hunger sterben und die Menschheit nicht retten können, wäre das schlimm, denn die ganze Menschheit vertraut uns, auch wenn sie nicht weiß, dass wir sie gerade retten. Die Welt liegt in unseren Händen, also lasst uns jetzt Essen be-sorgen." Alle verteilten sich, um nach Nahrung zu suchen. Als sie sich wieder trafen, hatte Lea verschiedene Früchte, Leon einen Vogel, Falco eine artischockenähnliche Frucht und Tina eine Frucht, die einer Feige ähnelte. Und Max hatte übertrieben und trug eine Kuh mit Teufelshörnern. Als Erstes aßen sie alle Früchte und danach den Vogel. Alle außer Max, der sich dann noch die Kuh gebraten hat, waren satt. Lea meinte erstaunt: „Wie viel kann er denn essen? Ist er ein Tier, dass er so übertreibt? Andererseits braucht man hier Kraft, sonst ist man verloren, denn das ist die Hölle und nur die Stärksten können hier überleben. Und es war ein harter Kampf gegen die Kopie des Dämonenhäuptlings. Also hat er es verdient, so viel zu essen. Wir müssen uns nun ausruhen, denn unsere Kraft brauchen wir morgen bestimmt noch. Aber wir müssen auch schnell weitergehen. Und es wird schwierig, regelmäßig an Nahrung zu kommen, denn in der Hölle gibt es wenig, was sich als Proviant anbietet. Am wichtigsten ist, dass wir zusammenhalten, sonst werden wir schnell sterben. Ich lege mich dann mal hin. Ich verstehe nicht, warum wir immer auf Steinen schlafen, das tut weh."

Nachdem alle auf harten Steinen lagen, bemerkte Max: „Ich kann komischerweise nicht einschlafen, ich verstehe nicht, warum. Wie sollen wir denn Energie tanken, wenn wir nicht schlafen? Ich glaube, man bekommt einfach Energie, wenn ein Tag hier vorüber ist, denn jeden Tag sollten die Dämonen Energie bekommen. Das ist sehr wichtig für sie, also ist meine Theorie wahrscheinlich richtig. Also lasst uns jetzt aufstehen und trainieren." Alle standen auf und trainierten. Da stellte Tina fest: „Max, seit wir in der Unterwelt sind, bist du viel gewachsen, das ist mir zuvor gar nicht aufgefallen." Da sahen alle einander an und bemerkten, dass sie größer geworden waren. Da meinte Max: „Anscheinend wächst man schneller und wird schneller älter, oder das ist unsere Gabe. Aber egal. Wir sind dann schneller erfahren. Wie auch immer, lasst uns einfach weitertrainieren und das Monster besiegen. Ich glaube, ich rede zu viel." Da sagte jeder zur selben Zeit: „Nicht ein wenig, sondern viel zu viel." Da sagte Tina: „Ja, das stimmt. Irgendwie kommt es mir so vor, als würdest du mehr reden, seitdem du größer geworden bist. Aber das kommt mir bestimmt nur so vor und es stimmt gar nicht, das ist sehr wahrscheinlich, weil du einfach immer zu viel redest, egal, wann und wo. Die meisten Leute würden schon nach einer Stunde sagen, dass sie am liebsten dein Maul stopfen würden. Aber wir sind nicht ungeduldig, im Gegenteil, wir sind daran gewöhnt, dass du so viel redest. Wir hätten Angst, wenn es nicht so wäre, weil wir dann wüssten, dass dich etwas bedrückt." Da sagte Falco: „Ich habe gar nicht bemerkt, dass du viel geredet hast. Ich war fast immer beschäftigt. Ich dachte, nur Mädchen können viel reden, so habe ich es jedenfalls gehört, aber nie erlebt. Wir sollten doch lieber trainieren als reden, oder? Ich mag Sachen, über die ich lachen kann, aber manche Leute sagen, ich sei verrückt, auch wenn ich noch nicht mal Menschen gesehen habe. Das war ein sehr schlechter Witz. Ein guter Witz wäre: Fragt ein Bauer den anderen: „Mein Tier ist todkrank. Was hast du gemacht, als deine Kuh krank war?" Da antwortet er: „Ich habe ihr Mineralwasser gegeben." Nach einem Tag kommt der Bauer traurig zum anderen und sagt: „Meine Kuh ist gestern leider gestorben." Da sagt der andere: „Ja, meine Kuh ist damals auch gestorben." Alle mussten lachen. Max sagte zu Falco: „Der war aber echt gut, solche Witze solltest du öfter reißen. Ich kenne keinen anderen Dämon oder Halbdämon, der so lustig ist. Jeder Dämon, den ich hier sehe, will mich töten, weil er mich wegen dem Herrscher vernichten muss. Bestimmt gibt es noch lustigere Leute, aber dennoch finde ich dich sehr lustig, Falco. Ich muss sagen, dass wir hier sogar Spaß haben, obwohl uns fast jeder töten will. Und wir reißen Witze, das ist doch einfach nur komisch. Wir lachen uns schlapp, während bestimmt tausende von Dämonen auf uns warten, damit sie uns auseinandernehmen können, was sie eben nicht können, denn wir sind einfach viel zu stark für die Hölle. Aber egal. Lasst uns einfach weitermachen. Es kann sein, dass wir die Gegner unterschätzen."

Also trainierten alle weiter, ohne einen Mucks von sich zu geben. Max sagte: „Wir müssen auch mal aufbrechen, um es bis zum Monster zu schaffen, sonst ist unser Training sinnlos. Und wenn wir uns jetzt beeilen, haben wir die Welt schneller gerettet und können uns danach viel unterhalten." Also gingen die Freunde rasch weiter, doch ein riesiger Fels kam in ihren Weg. Max machte kurzen Prozess und zerschmetterte ihn. Als sie weitergingen, trafen sie so manches Monster, das sie aber ignorierten. Sie mussten nicht gegen alle kämpfen und konnten so Zeit sparen. Als sie den Marsch beendeten, war ihre Energie futsch. Sie konnten nicht mehr, und genau dann kamen mehrere Gegner, die sie töten wollten. Es war schwer, erschöpft zu kämpfen, deswegen brauchten sie lange, um alle Gegner zu besiegen. Letztendlich legten sie sich erschöpft hin. Da sagte Max: „Ich war noch nie so erschöpft und meine Beine tun sehr weh. Ich habe bestimmt Blasen an meinen Füßen, aber wir hatten schon mal größere Probleme. Ich bin halb verhungert, denn wir haben sehr lange nichts mehr gegessen und haben uns anscheinend überanstrengt, jedenfalls könnt ihr mir nicht sagen, dass ihr nicht erschöpft seid. Das ist einfach unmöglich." Die Freunde ließen sich zu Boden fallen und ruhten sich aus. Da sagte Lea: „Nächstes Mal werden wir nicht so rennen, denn das überanstrengt uns wirklich." Da sagte Falco: „Wir sind echt fertig. Aber was soll man dagegen tun, wir wollen nun mal einfach schnell beim Herrscher sein, damit wir ihn besiegen können und er die Erde nicht zerstört. Aber es ist bestimmt noch ein weiter Weg, bis wir bei ihm ankommen. Was sollen wir denn so lange machen? Ich habe echt keine Lust, mich zu überanstrengen oder zu langweilen. Ich wusste gar nicht, dass ich so viel Blödsinn reden kann. Ich kann viel reden, wenn ich will. Dafür muss ich mich nicht mal bemühen. Ich wollte schon immer in eine Schule gehen, aber in der Unterwelt gibt es eben keine, denn wenn Dämonen erschaffen werden, wissen sie gleich, was sie machen müssen und dass Menschen ihre größten Feinde sind. Dämonen sind sozusagen Sklaven." Als er den Satz fertiggesprochen hatte, erschienen plötzlich Kinder wie aus dem Nichts.

19. Kapitel

Die wahre Hölle!!!

Sie lachten und freuten sich. Dann sagte ein Kind mit einem Lächeln im Gesicht: „Lasst uns spielen und Spaß haben, lasst uns ein Massaker erschaffen. Lasst uns uns gegenseitig niedermetzeln. Das ist doch das Beste, was man hier machen kann. Ich liebe diese Gegend. Es macht Spaß, so viele Leute zu töten." Da sagte Tina ängstlich: „Diese Kinder sind nicht normal und wollen uns töten. Wir müssen uns wohl gegen sie verteidigen. Ich wünschte ich müsste nicht unbedingt gegen kleine Kinder kämpfen."

Dann lachten die Kinder teuflisch und gingen auf die Freunde los. Diese mussten sich wohl verteidigen und schlugen die Kinder. Aber das nutzte nichts, sie mussten die Kinder töten, was aber sehr schlimm war. Max schloss seine Augen und schlug auf die Monster ein. Er konnte einfach nicht zusehen, wie kleine Kinder vor seinen Augen und noch dazu von seiner eigenen Hand getötet wurden. Doch die Kinder gingen ohne Erbarmen auf Max und die anderen los, er musste seine Augen also wieder öffnen. Max sagte: „Es fällt mir ja schwer, doch haben wir eine andere Wahl? Nein, entweder wir töten diese Kinder oder wir werden sterben. Keine Ahnung, wie die Kinder hierhergekommen sind. Aber sie sind sowas von nervig, die bekommt man ja fast nicht vom Bein." Da sagte Tina traurig: „Ich kann das aber nicht durchziehen, das ist einfach zu schlimm. Die Eltern der Kinder würden weinen, wenn sie sehen würden, dass ihre Kinder so enden. Ich kann es einfach nicht glauben, dass so etwas passiert. Ich wünschte, ich könnte einfach nur bei meinen Eltern leben. Doch dieser Traum kann sich leider nicht erfüllen. Ich werde zuhause nur entspannen, denn ich werde ein Trauma hiervon erleiden." Max sagte: „Wir haben aber keine andere Wahl. Wir müssen es tun, oder möchtest du, dass die Erde zerstört wird und wir nie wieder unsere Eltern sehen können? Das wäre doch echt mies und du würdest pausenlos weinen. Wenn die Erde zerstört wird, müssen wir für immer hierbleiben. Das wollt ihr nicht, denn das hier ist ein mieses Drecksloch. Da würde ich mich, um ehrlich zu sein, lieber selbst töten, denn ihr habt gesehen, wie sie ihre Partner behandeln. Außerdem wären wir die neuen Gangster in der Unterwelt und würden ständig Besuch von Dämonen bekommen."

Als die Kinder im Sterben lagen, weinten sie noch und fragten: „Warum habt ihr uns getötet, warum nur? Wir waren doch nur kleine, unschuldige Kinder. Wir wollen zu unserer Mama. Wir wollten doch noch so lange leben. Ich wünschte, ich könnte noch einmal meinen Vater küssen. Ihr seid brutale Mörder, die jeden ohne schlechtes Gewissen töten." Die Freunde konnten nicht hinsehen. Nachdem alle Kinder tot waren, wanderten Max und die anderen weiter. Da sagte Tina: „Max, die Kinder ..." Da sagte Max schlecht gelaunt: „Ich will nicht darüber reden. Wir wollten alle, dass sie nicht sterben, aber wir konnten es nicht verhindern. Ich wünschte, wir hätten sie nicht töten müssen." Dann machte Max erst mal eine Pause und dann sagte er wütend: „Wenn ich dich Monster in die Hände bekomme, wirst du nicht überleben. So etwas habe ich echt nicht erwartet, aber wart es nur ab, du wirst es bereuen, dass du die Kinder als Spielzeug benutzt hast." Tina sagte: „Beruhige dich. Wir sollten ruhig bleiben." Da schrie Max: „Wie soll ich in dieser Situation denn ruhig bleiben? Er hat Kinder gegen uns aufgehetzt. Das ist einfach unverzeihlich." Da schlug Falco auf den Nacken von Max, der daraufhin in Ohnmacht fiel. Falco sagte: „Du hast Recht, Tina. Er soll sich erst mal beruhigen und schlafen." Max wachte an einem Feuer wieder auf. Er fragte: „Was ist los, was ist passiert? Warum bin ich in Ohnmacht gefallen?" Da antwortete Leon: „Weil Falco dir einen Handkantenschlag verpasst hat. Du hast dich echt aufgeregt." Da fragte Max: „Wo sind die anderen?" Da antwortete Leon langsam und traurig: „Während du geschlafen hast, sind sie ums Leben gekommen." Max schrie: „Was? Das kann doch nicht sein? Wie konnte das passieren? Meinst du das ernst?" Da lachte Falco und sagte: „Nein, nicht wirklich. Sie sind weggegangen, um Proviant zu holen."

Da lachte Max mit und boxte Leon leicht auf die Schulter: „Du hast mir aber einen Schrecken eingejagt." Leon sagte: „Das ist doch klar, dass sie nicht sterben, denn sie sind sowas von stark. Ich würde niemals denken, dass sie sterben, denn sie sind unsere starken Freunde und wir sollten sie echt nicht unterschätzen." Doch nach diesen Worten kamen Lea und Tina blutverschmiert zurück. Max fragte besorgt: „Was ist passiert?" Sie antworteten: „Wir wurden angegriffen." Dann fielen sie wie tot zu Boden. Max schrie. Alle Freunde außer Max lachten. Er sagte: „Hä, ich dachte, ihr wärt gestorben." Da erklärte Tina: „Wir haben uns nur einen kleinen Spaß erlaubt, nicht mehr. Wir haben nämlich rote Früchte entdeckt und uns damit eingeschmiert. Bitte nimm es uns nicht übel. Du hättest mal dein Gesicht sehen müssen. Aber lasst uns jetzt essen." Doch da sahen sie eine Blutspur auf dem Weg, auf dem sie Max hinter sich hergezogen hatten. Max war ganz ruhig. Er sagte lachend: „Oh mein Gott, damit könnt ihr mich jetzt nicht mehr reinlegen. Das ist kein echtes Blut." Da schrien seine Freunde: „Das waren wir nicht, wir hatten keine Ahnung davon." Da fragte Max: „Wie jetzt, ihr wart das echt nicht?" Die Freunde schüttelten die Köpfe. Da fragte Max: „Von wem ist das Blut dann?" Tina sagte: „Wie schon gesagt, wir haben keine Ahnung." Max sagte: „Dann ist das also mein Blut und ich bin verletzt. Wie ist denn das passiert? Ich spüre gar keinen Schmerz. Was hat das zu bedeuten? Die Kinder müssen mir die Wunde zugefügt haben. Doch hier muss man stark sein." Da sagte Tina: „Max, das sieht aber schlimm aus. Wir müssen dich verarzten, denn das ist eine tödliche Wunde. Du hast bestimmt literweise Blut verloren. Wir müssen schnell handeln, bevor du vor unseren Augen abkratzt." Also beeilten sie sich. Sie holten Blätter und Äste. Max sagte: „Ich habe Hunger. Aber ich sollte mich nicht so zickig verhalten. Ich muss eben Hunger haben." Da sagte Tina: „Halte jetzt lieber den Mund, du solltest dich schonen." Er sprach nicht weiter und seine Freunde versorgten ihn. Er hatte sehr hohes Fieber, das aber verschwand. Am nächsten Tag wachte er heil auf und seine Wunde war so gut wie verschwunden. Seine Freunde waren noch am Schlafen, aber sie verdienten sich das, denn sie hatten sich die ganze Zeit um Max gekümmert. Er freute sich, weil er so gute Freunde hatte. Er trainierte und versuchte, weit wegzugehen, denn er wollte seine Freunde nicht stören. Diese folgten ihm aber nach kurzer Zeit, um mit ihm zu trainieren. Max sagte: „Ihr sollt euch schlafen legen, denn ihr habt es verdient. Ihr habt die ganze Zeit für mich gesorgt." Aber die Freunde weigerten sich, denn sie wollten ebenfalls stärker werden. Am Ende es Trainings weinte Max. Die Freunde fragten ihn, weshalb, und er antwortete: „Ihr kümmert euch so gut um mich, ich habe so gute Freunde gar nicht verdient." Da lachte Tina: „Ach Quatsch. Du sorgst dich auch sehr um uns, da ist doch das, was wir getan haben, gar nichts. Wir müssen eigentlich dir danken, denn du hast uns das alles erst ermöglicht." Da sagte Leon: „Ja, genau! Wir wissen doch genau, dass du uns nicht ausnutzt. Und du brauchst auch nicht wie ein Mädchen zu heulen, denn das ist echt babyhaft. Du bist unser bester Freund, das ist wirklich das Mindeste, was wir für dich tun können. Also hör auf zu heulen und rette mit uns die Welt. Du warst immer derjenige, der gesagt hat: Wenn wir zusammenhalten, werden wir alles ohne Probleme schaffen, und das hat auch gestimmt. Du bist ein sehr guter Freund, also hör auf, dich selbst runterzumachen." Max wischte seine Tränen weg und setzte ein Lächeln auf. Er sagte nach diesen Worten glücklich: „Ihr habt recht. Lasst uns jetzt weitergehen, wir haben da noch was zu erledigen. Wir wollen doch die Welt retten, oder nicht?" Da sagte Lea ebenfalls glücklich: „So kennen wir unseren Max, nicht wie eine Heulsuse. Aber lasst uns jetzt echt weitergehen, denn wir haben bestimmt nicht ewig Zeit."

Also marschierten sie los, bis sie an eine Klippe kamen. Das andere Ende war definitiv zu weit weg, um dort hinüberzuspringen. Sie alle wussten nicht, was sie tun sollten. Falco sagte wütend: „Hätte ich meine Flügel noch, könnte ich euch mit Leichtigkeit auf die andere Seite bringen. Aber daran kann man jetzt nichts ändern. Was sollen wir jetzt machen? Warte, da ist ja eine Steintafel, die ich lesen kann. Darauf steht: ‚Derjenige, der Mut hat, kann die Klippe überqueren.' Hä, wie ist denn das jetzt gemeint?" Max sagte: „Also ich traue mich, die Brücke zu über-

queren oder die Klippe zu überspringen oder was auch immer."
Max ging voran und fand etwas heraus: „Leute, das müsst ihr
echt ausprobieren, das ist wie eine unsichtbare Brücke." Also
nahm jeder seinen Mut zusammen und ging über die Schlucht.
Alle fanden das relativ lustig. Am anderen Ende gab es nichts Be-
sonderes. Max sagte: „Das war doch nicht wirklich so schlimm.
Das hat sogar Spaß gemacht. Jetzt müssen wir aber weiter, denn
wir wollen doch nicht, dass die Erde zerstört wird. Nur die
Dämonen wollen das, außer Falco. Er ist jetzt ein Mensch und
ich vertraue ihm." Da sagte Tina: „Ich vertraue ihm jetzt auch.
Nach allem, was wir mit ihm durchgemacht haben, denke ich,
dass er uns wirklich nicht verrät. Er ist ein sehr guter Freund.
Ich wette mit euch, es gibt keinen anderen so netten Dämon."
Da sagte Leon: „Das macht mich ja so misstrauisch bei ihm, er
ist zu nett für einen Dämon, deswegen kann ich ihm irgendwie
immer noch nicht vertrauen." Da sagte Lea: „Also ich vertraue
ihm jetzt auch schon. Aber Dämonen sind ganz schön hinter-
listig. Ich meine es ernst, sie sind mit allen Wassern gewaschen
und haben echt miese Tricks auf Lager. Zum Beispiel hatten sie
eure Mütter in ihrer Gewalt und sie wurden umgebracht, aber
darüber wollt ihr bestimmt nicht reden, denn ihr habt jetzt mit
Sicherheit ein Loch in eurem Herzen. Es wäre auch für mich
schwer, über meine Eltern zu reden, wenn sie gestorben wären."
Da sagte Max: „Ja, du hast Recht, es ist schwer für mich, über sie
zu reden. Es war sehr schwer, ihren Tod mit eigenen Augen mit-
anzusehen. Das kann ich nicht mehr aus dem Kopf bekommen.
Seit diesem Moment hasse ich mich. Ich hätte sie retten können,
habe es aber nicht getan. Ich bin einfach dumm. Ich will nicht
darüber reden, okay? Und damit ist das Thema beendet." Da
fing Falco an zu reden: „Also ich kann das Gefühl gar nicht beschreiben. Ich habe meine Mutter nie gekannt, deswegen kann
ich das Verlustgefühl nicht so richtig einschätzen. Aber als sie
versucht hat, mir zu sagen, dass es ihr leidtut, dass sie mich an
Dämonen verkauft hat, musste ich fast weinen. Es war wirklich
traurig, zu sehen, wie sie in den Tod gestürzt wurde. Auch ich
möchte nicht mehr darüber sprechen."

Niemand redete nun mehr, bis Leon wieder damit anfing: „Ich kenne einen guten Witz. Der Psychiater fragt: Warum klatschen Sie die ganze Zeit? Da antwortet der Mann: Weil ich damit die Nilpferde verscheuche. Da sagt der Psychiater: Aber hier sind doch gar keine Nilpferde. Da sagt der Mann: Ja, da sehen Sie, wie das Klatschen wirkt." Mit diesem Witz konnte Leon alle aufmuntern. Max fing mit einem anderen Witz an: „Wird ein Mann verklagt, weil er ein Fahrrad gestohlen hat. Da erzählt der Angeklagte: ‚Ach, Herr Richter, das Fahrrad war an eine Wand angelehnt, da dachte ich, der Besitzer wäre gestorben.' Ach, ich habe vergessen zu sagen, dass das Fahrrad an einem Friedhof angelehnt war. Das hätte ich noch sagen müssen, dann wäre der Witz um einiges besser gewesen. Egal, dann erzähle ich einen anderen. Versuchen zwei Verrückte, aus der Irrenanstalt auszubrechen. Dort ist eine Tür. Meint der Eine: ‚Wir müssen uns durch das Schlüsselloch in die Freiheit quetschen.' ‚Meint der Andere: Okay.' Nun mussten alle richtig lachen. Der Witz von Leon hatte sie umgehauen. Aber sie mussten auch ernst bleiben, denn wie sollten sie sonst das Monster besiegen? Max fing dann an, dies zu thematisieren: „Wir sollten aber auch ernst sein, wir sind hier in der Hölle und hier sollte es eigentlich fast nichts zu lachen geben, denn die machen hier Ernst. Sie sind erfahren und stark. Es gibt hier zwar Situationen, in denen man lachen darf, aber wir sind gerade nicht in so einer. Wir sollten jetzt leise sein oder wir werden bemerkt. Lasst uns doch endlich losgehen, wir wollen nicht zu spät anfangen. Wir wollen doch auf jeden Fall die Welt retten, oder nicht? Wenn wir uns nicht beeilen, wird sie zerstört. Stellt euch mal vor, wie Personen, die ihr liebt, vor euren Augen sterben. Stellt euch mal alle Kinder und Erwachsenen vor! Sie schreien und weinen. Was kann man dagegen machen? Einfach das Monster töten, das die Erden zerstören will, und so haben wir unser Problem gelöst. Danach können wir uns nach hinten lehnen und es uns gemütlich machen. Aber irgendwie hetze ich auch, das will ich eigentlich nicht. Aber jetzt höre ich auf zu reden. Wieso rede ich denn bloß immer so viel?" Da sagte Tina mit einem Lächeln: „Aber Max, dass du so viel redest, ist gut, das ist ein Erkennungsmerkmal von dir. Wir haben alle kein Problem damit. Du machst dich nur selber schlecht. Lasst uns jetzt gehen. Wir wollen doch die Welt retten und uns dann richtig ausruhen." Die Freunde waren sich einig, sie gingen weiter, um die Welt zu retten. Es kam ihnen vor, als wäre der Weg unendlich. Max sagte: „Leute, kommt es euch nicht auch unendlich vor? Ich habe den Eindruck, der Weg beginnt immer wieder von vorne, und dieser Gedanke stört mich." Die Freunde nickten. Da fragte Tina: „Ist das eine Halluzination? Jedenfalls kommt es mir auch so vor, als wären wir hier schon mal gewesen." Die Freunde guckten sich um und stellten fest: Sie waren die ganze Zeit im Kreis gegangen. Da bemerkte Falco: „Bestimmt hat das Monster uns in eine Falle gelockt." Da kam eine Stimme aus dem Nichts, die lachend sagte: „Haha, zu spät!" Dann fielen sie in den Boden, der am Ende voller Stacheln war. Jeder schrie. Max meinte: „Leute, wir lassen uns doch nicht einschüchtern, oder? Macht alle eure Augen auf! Wir sind bestimmt wieder in so einem Traum gefangen. Er will mit uns spielen, aber tatsächlich sind unsere Körper woanders." Also taten die Freunde das, was Max gesagt hatte, und bemerkten, dass sie immer noch am Feuer standen und sich gar nicht bewegt hatten. Da sagte Max: „Ich hatte Recht. Wir haben überlebt und wurden gar nicht verletzt. Das war aber echt überraschend mit der Falltür im Boden. Aber wir haben sie überlebt, also war das nicht so schwer, wie wir gedacht haben. Wir hatten alle davor Angst. Alles kann zum Guten oder zum Schlechten übergehen, das kann man eben nie sagen. Man darf nie etwas vorschnell beurteilen, das entscheidet immer das Schicksal, nicht du selbst. Aber wie auch immer, ich rede schon wieder zu viel." Leon sagte ernst: „Ich habe schon mal von einer Krankheit namens „Wie-auch-immer-chites" gehört. Das ist, wenn man zu oft „wie auch immer" sagt. Dann wird man dicker und dicker und platzt dann letztendlich. Das ist keine schöne Krankheit. Einer meiner Klassenkameraden ist daran gestorben." Dann wurde Max panisch: „Was? Ich habe schon so oft ‚Wie auch immer' gesagt. Oh nein, ich habe es schon wieder gesagt. Ist es euch schon aufgefallen, seitdem wir hier sind, dass ich dicker geworden bin? Mir auf jeden Fall. Ich werde bald platzen, macht euch bereit dafür, mich zu beerdigen." Da lachten alle außer Max. Er klatsche sich eine auf die Stirn und sagte: „Das war nur ein Streich, oder?" Da lachten die anderen einfach weiter. Max sagte enttäuscht: „Das nehme ich mal als ja. Wie konnte ich nur auf so einen idiotischen Streich reinfallen? Es war doch eigentlich klar, dass es diese Krankheit nicht gibt. Das war also alles nur Einbildung. Ich bin einfach nur ein Idiot." Da sagte Leon lachend: „Ja, das bist du. Wie kann man nur auf so einen Streich reinfallen? Nicht mal einem Dämon würde das passieren. Aber wie auch immer, der Streich war einfach genial. Und das kann jedem mal passieren. Wir sollten mal etwas ernster sein. Das Monster lacht uns doch gerade aus und denkt, dass wir es nie erreichen können. Also lasst uns uns jetzt auf den Weg machen!" Alle gaben ihm Recht und sie legten los. Diesmal waren sie todernst, sie redeten und lachten nicht. Sie sind dafür viel schneller vorangekommen.

Da sagte Max, nachdem sie relativ weit gegangen waren: „So ist es doch langweilig. Wir kommen zwar weiter, aber wir haben keinen Spaß." Leon erwiderte: „Nachdem wir die Welt gerettet haben, kannst du Spaß haben, aber nicht jetzt. Schneller voranzukommen ist gerade wichtiger." Da wurde Max wieder still. Doch sie mussten letztendlich stoppen, weil sie eine Pause brauchten. Als sie an einer geeigneten Stelle ankamen, meinte Max: „Leon, du hattest Recht. Wenn wir auf dem Weg nicht reden, sind wir viel schneller als sonst. Aber lasst uns erst morgen weitergehen, denn ich bin sehr erschöpft. Heute werden wir bestimmt nicht von hier fortgehen. Das hört sich alles so mittelalterlich an. Ich bin doch nicht aus dem 19. Jahrhundert, wo sie so eine Sprache sprachen. Die ist öde. Wir sollten nicht so sprechen, denn sonst bilden wir uns noch zurück. Aber das werden wir wahrscheinlich nie, wir sind dafür viel zu schlau. Wir können bestimmt ein paar Sachen machen, die andere Kinder nicht können. Ich rede wieder zu viel. Man sollte auch niemanden ärgern oder mobben, aber wir sind hier in der Dämonenwelt, da ist jeder stark und da mobbt man normalerweise nicht, sondern tötet. Hier hat man mit Sicherheit keine schöne Kindheit. Als Kind muss man bereits stark sein und sich häufig gegen andere verteidigen." Plötzlich bebte die Erde. Es kam ein Minotaurus angerannt, und er war wütend. Da fragte Max: „Was sucht denn ein Wesen aus Fabeln in dieser Welt? Es hat hier eigentlich gar nichts verloren, aber anscheinend ist es wütend, und zwar sehr wütend, und möchte uns alle umrennen. Wir müssen das aber verhindern. Wir müssen ihn irgendwie beruhigen, und wenn das nicht funktioniert, werden wir wohl mit Gewalt eingreifen müssen." Der Minotaurus wollte Max mit seinen Hörnern aufspießen, doch dieser wich natürlich geschickt aus. Max sprang dann hoch, packte den Minotaurus an seinen Hörnern und versuchte, ihn zu beruhigen: „Ganz ruhig, wir werden dir nichts antun. Wir sind die Guten, vertrau uns." Doch das machte den Minotaurus erst so richtig wütend. Er versuchte, auf Max draufzutrampeln, doch er traf ihn einfach nicht. Der Minotaurus war nicht zu stoppen. Er versuchte auch, Max' Freunde mit seinen Fäusten zu Boden zu hauen, aber sie wichen immer wieder aus.

Da stand Max' Entschluss fest: „Den kann man nicht stoppen, den muss man anscheinend töten. Es ist Zeit, ihn mit dem Tod zu beruhigen, auch wenn es traurig ist." Also legten sie los: Einer von ihnen provozierte den Minotaurus. Dann kam Falco, sprang auf ihn und stach das Schwert in seinen Rücken. Dadurch fiel der Minotaurus um. Er fing komischerweise an zu weinen und dann gab es ein leidendes: „Mööööööööööööööööööööh." Max sagte dann: „Zwar war es nur ein Tier, aber es bringt mich zum Weinen, dass es geweint hat. Das brach mir das Herz. So geht es mir bei jedem Tier." Da sagte Leon: „Auch ich empfand Mitleid mit ihm, dabei wollte er uns töten. Ich kann es mir kaum erklären." Das meinten auch die anderen. Da schlug Falco vor: „Für einen ehrenhaften Abschied begraben wir ihn." Damit war jeder einverstanden. Da meinte Leon: „Wahrscheinlich war das auch mal ein Mensch, der aber von einem Dämon besessen war, deswegen hat er sich in einen Minotaurus verwandelt. Aber das ist nur eine Vermutung." Da sagte Max: „Bitte, Leon. Rede über so etwas nicht. Denn sonst verabscheue ich das Monster immer mehr, und so viel halte ich nicht aus. Aber wir werden es ihm eines Tages noch heimzahlen. Wir müssen dem ein Ende setzen und wir werden es bestimmt bald erreichen. Ich spüre es. Ich möchte es unbedingt töten, denn es hat zu viele schlimme Dinge getan. Aber wie sollen wir das machen, wenn es sich immer wieder versteckt? Das ist sehr unfair. Aber ich denke, wir alle haben es nun verstanden, dass es eine Strafe erhalten sollte." Tina meinte: „Das stimmt. Wir wissen, dass das Monster das Böse ist und wir werden ihm eine gehörige Lektion erteilen." Jeder stimmte ihr zu. Da sagte Max: „Jaja, alles schön und gut, aber wir sollten uns schlafen legen, denn wir brauchen Energie, um die Welt zu beschützen. Wir sollten definitiv mal richtig schlafen." Jeder stimmte ihm zu und sie gingen schlafen. Am nächsten Tag aßen sie erst mal und fingen mit dem Training an. Sie trainierten jedes Mal das Gleiche, aber es half, immerhin wurden sie jeden Tag stärker. Dennoch wurde es ihnen beim Training langsam langweilig. Max sagte: „Ich weiß, dass das Training von Tag zu Tag langweiliger wird, aber wir sind doch nicht zum Vergnügen hier. Wir wollen die Welt retten und keinen Wellnessurlaub machen, deswegen sollten wir weitertrainieren. Wir müssen hier unseren Auftrag erledigen, dann können wir so viel Spaß haben, wie wir wollen. Allmählich rede ich zu viel, aber diesmal muss ich ja so viel reden, um euch zu erklären, wie wichtig die Dinge sind, die wir gerade machen. Also, Leute, lasst uns jetzt loslegen. Wenn wir das Monster nicht töten, kommen wir nicht mehr von hier raus." Plötzlich kam eine Stimme aus dem Nichts: „Mal sehen, ob ihr hierauf vorbereitet wart. Ich werde jetzt kommen. Ich bin einfach der Beste und ich darf sagen, was ich will." Plötzlich entstand ein Loch unter ihnen und alle fielen hinein. Max sagte dann ruhig: „Das ist bestimmt nur wieder Einbildung oder ein Dimensionstor. Also brauchen wir nur unsere Augen zu schließen und die Illusion aus unseren Gedanken wegschaffen." Das versuchte jeder, doch vergebens, es funktionierte nicht. Langsam gerieten sie in Panik. Max sagte: „Leute, beruhigt euch. Am Ende dieses Loches wird ein Dimensionstor auftauchen. Da vorne ist etwas Schwarzes, ist das der Boden?" Sie fielen ins Schwarze und damit auch in Ohnmacht. Sie wachten angekettet auf. Max fragte seine Freunde geschwächt: „Was ist passiert? Wie bin ich hier hergekommen? Au, mein Kopf tut so weh. Nicht nur der, sondern mein ganzer Körper." Da sagte Falco: „Das wissen wir leider selber nicht. Es ist irgendwie passiert. Mein Kopf tut auch weh. Und der Rest meines Körpers. Mir kommt es so vor, als wären wir am Boden des Loches aufgeprallt. Anscheinend meint es das Monster ernst. Ich frage mich, wo es gerade ist?" Da stand das Monster, der Dämonenherrscher, vor ihnen und sagte: „Ich bin hier! Endlich habe ich euch gefangen nehmen können. Ich habe erwartet, dass ihr mein Loch nicht ernst nehmt. Dadurch war es ein Leichtes, euch einzufangen. Ihr wart also die, die meine Diener bezwungen haben. Dafür seht ihr aber jämmerlich aus. Ich werde euch geringschätzen, da ihr nur Menschen seid." Da fragte Max: „Was ist mit deinem Aussehen? Als wir zuletzt gegen dich gekämpft haben, sahst du ganz anders aus." Da sagte der Herrscher lachend: „Ach das, das war nur einer meiner niederen Diener. Ich habe gesehen, wie ihr gegen ihn gekämpft habt. Ihr konntet ihn nur knapp besiegen. Ihr seid eigentlich nur kleine Würmer, die ich direkt fressen könnte. Nach der Sage sollt ihr die fünf sein, die mich besiegen. Nicht mal in zehn Jahren würdet ihr das aber schaffen, denn meine Kraft übertrifft eure haushoch. Wie soll ich euch quälen? Aha, ich habe es. Wie wäre es, wenn ich euch von Höllentigern zerfetzen lasse? Gar keine schlechte Idee. Ich brauche immer Unterhaltung, das ist das Wichtigste für mich. Ich kann sie mir ja leisten, weil ich der Herrscher bin. Alles hier gehorcht mir, außer dir, du dummer Falke."

Er schnipste und schon waren Max und seine Freunde in einer Arena. Ihre Hände waren an den Boden gekettet. Man hörte einen Gongschlag und es kamen Höllentiger aus allen Richtungen. Der Herrscher sagte lachend: „Da stelle ich euch mal die tollwütigsten Tiger unter den Dämonen vor. Ich würde euch empfehlen, sie nicht zu provozieren, das mögen sie nämlich nicht." Die Tiger sprangen auf Max und seine Freunde zu. Die Freunde verteidigten sich mit den Füßen, doch sie blieben nicht ganz heil. Da sagte der Herrscher: „Das ist unfair gegen über den

Tigern. Wir wollen nicht, dass sie verletzt werden, das wäre doch traurig." Er schnipste noch einmal und schon waren auch die Füße der Freunde angekettet. Schon wieder kamen Tiger, doch dieses Mal konnte Max sich nicht wehren, genau wie seine Freunde. Dieses Mal gingen die Tiger aber komischerweise nur auf die Mädchen los. Da schrie Max: „Nein! Tut das nicht! Nein! Wir wollen, dass sie an unserer Seite bleiben. Sie sind unschuldig, lass die Tiger nur auf uns los." Der Herrscher lachte und sagte: „Sie werden nicht lange überleben, und das sind eure Schwachstellen. Die Mädchen müsst ihr immer schützen, sonst seid ihr einfach nur Heulsusen. Ihr seid nur als Team stark, alleine seid ihr nicht mehr als kleine Ameisen." Max und Leon wurden wütend. Sie schrien und zerbrachen die Ketten. Sie schlugen wie Verrückte auf die Tiger ein. Sie konnten es nicht dulden, dass den Mädchen etwas passierte. Als keine Tiger mehr da waren, befreiten sie die Mädchen und Falco.

Da klatsche der Herrscher: „Ich bin beeindruckt. Ich hätte echt nicht gedacht, dass ihr das schafft, ich dachte, ihr wärt Schwächlinge. Ihr seid eurem Ziel jetzt einen Schritt nähergekommen, einen von 10 000. Ich bin trotzdem stärker als ihr. Lasst uns jetzt kämpfen. Oder sollte ich lieber sagen, er kämpft gegen euch? Haha. Ich werde mich lieber nach hinten lehnen und zugucken, denn das hier ist interessant." Max war sich sehr unsicher: „Was meinst du mit ‚er'?" Da sagte der Herrscher lachend: „Du kennst ihn, du hattest nämlich eine sehr gute Beziehung zu ihm. Immer, wenn du ihn gesehen hast, wolltest du ihn umarmen. Du hast Jahre nach ihm gesucht, ihn aber nicht gefunden. Jetzt wirst du ihn wiedersehen, diesen tapferen Mann, der an meiner Seite kämpft." Plötzlich sprang ein stattlicher Mann in einer glänzenden Rüstung vom Himmel.

20. Kapitel

V ... V ... V ... Vater?

Max trat einen Schritt nach hinten und sagte dann traurig: „Vater, ich suche dich schon so lange, und genau dann, wenn ich dich finde, hat er dich unter seiner Kontrolle. Ich wollte dich unbedingt wiedertreffen, aber nicht in so einem Zustand. Ich wollte doch mit dir zusammen nach Hause gehen." Der Herrscher warf dem Vater ein Schwert zu, das genau so aussah wie das von Max. Max war schockiert. Was sollte er jetzt machen? Er sagte zu seinen Freunden: „Es ist unmöglich, gegen ihn anzukommen. Ich will jetzt nicht sterben, ich will mit meinem Vater zusammen leben." Da sagte Tina: „Aber Max, wir haben doch sehr viel trainiert, wir sind gemeinsam stark. Wir können ihn überwältigen, und zwar ohne Probleme. Wir sind als Team die stärksten Menschen der Welt. Willst du, dass wir sterben, ohne zu kämpfen, oder willst du, dass wir wenigstens eine Chance haben zu überleben?" Aber Max meinte: „Nein, niemand, wirklich niemand kann meinen Vater besiegen. Das ist so gut wie unmöglich. Niemand wird ihn je besiegen. Das ist ja das Besondere an meinem Vater, er ist bärenstark. Wir können es zwar versuchen, aber das würde es auch nicht so wirklich bringen. Wir werden es aber versuchen müssen, um den Vorgang zu verzögern, damit es andere Leute bis hierher schaffen, um die Welt zu retten." Tina meinte: „Aber Max, wenn es wirklich so ist, wie du sagst, dann ist das doch nur eine Kopie, also eine Art Lüge. Warum vertraust du uns nicht? Wir sind doch deine Freunde! Bist du ein guter Freund oder ein Lügner? Wir hätten echt nicht von dir erwartet, dass du Angst vor deinem eigenen Vater hast." Max sagte: „Ihr seid die besten Freunde überhaupt, auf euch kann man sich in jeder Situation verlassen. Ich denke auch, dass dies eine Kopie ist. Das Schwert ist genau in diesem Moment in meiner Hand, also trägt dieser

Typ eine Kopie bei sich. Und mein Vater lässt sich nicht so leicht zu einem bösen Untergebenen machen, denn er ist der taffste Mensch, den es überhaupt gibt. Kein Mensch und kein Monster ist zäher als mein Vater. Sicher ist diese Kopie schwach, denn niemand kann eine perfekte Kopie von meinem Vater machen." Da lachte der Herrscher: „Ob du es nun glaubst oder nicht, das ist dein wahrer Vater und du wirst und kannst ihn einfach nicht töten. Ich habe ihn unter meiner Kontrolle und niemand kann ihm etwas antun außer mir. Ich lenke ihn. Du kannst absolut gar nichts dagegen tun, er ist ein hoffnungsloser Fall." Max sagte: „Das glaube ich nicht. Du lügst hundertprozentig. Ich sehe es an deinen Augen."

Doch da kam wieder diese Stimme in seinen Kopf: „Max, das bin wirklich ich. Er besitzt meinen Körper, doch geistig bin ich auf deiner Seite. Bitte töte mich, du kannst nichts dagegen tun, ich werde immer kontrolliert werden, egal, was du jetzt tust. Bitte Max, tu es für die ganze Welt, sonst wird dieses Monster mit mir nur Chaos anrichten. Er kann nicht meine ganze Kraft kontrollieren, du kannst mich daher überwältigen. Du bist mein Sohn und ich liebe dich, egal, was du machst, ich werde immer an deiner Seite stehen." Max meinte: „Okay, Leute, wir werden diesen Typen platt machen und dann kommt der Herrscher dran. Der wird schon sehen." Da lachte der Herrscher amüsiert. Dann fing der Kampf schon an. Der Krieger sprintete direkt auf Max los und sprang in die Luft, wobei er das Schwert in den Boden rammte. Max aber wich aus und wollte gerade zuschlagen, doch er konnte es einfach nicht. Da fragte Tina: „Warum machst du nichts, Max? Du musst ihm den Todesstoß versetzen." Aber Max sagte: „Ich kann nicht, das ist mein echter Vater. Wenn ich ihn töte, werde ich ihn für immer verlieren." Tina schrie: „Wenn du es nicht tust, wird die Welt zerstört. Und alles war dann umsonst und dein Vater ist immer noch unter der Kontrolle des bösen Herrschers." Max sagte: „Ihr habt Recht, ich muss ihm einfach den Todesstoß versetzen." Gerade als er das gesagt hatte, schlug der Vater mitten in Max' Bauch. Max fiel zu Boden und weinte dabei. Der Vater weinte komischerweise mit. Dann befreite er sich aus den Griffen des Herrschers und fragte: „Max, bist du okay?" Er weinte an Max' Brust. Er sprach weiter: „Es war ein großer Fehler von mir, dich hierher zu schicken. Bitte verzeih mir, es tut mir so leid." Max sagte mit leiser Stimme: „Nein, es war kein großer Fehler. Allein dafür, dass ich dich aus dem Griff des Herrschers befreit habe und du nun die Welt retten kannst, hat es sich gelohnt. Und Vater, ich werde dich immer lieben." Der Vater war furchtbar traurig, genau wie Tina. Sie schrie: „Max! Nein, du darfst nicht sterben, wir hatten noch keine schöne Zeit miteinander." Max aber sagte zu ihr: „Ich werde dich auch immer lieben, egal, was geschieht. Wenigstens hast du überlebt." Da weinte Tina: „Aber du darfst noch nicht sterben, wir haben uns noch gar nicht richtig kennengelernt. Ich gebe dir einen letzten Kuss." Sie bückte sich zu Max und gab ihm einen Kuss auf den Mund. Max lächelte nur und bedankte sich. Da lachte der Herrscher: „Oh, wie süß, aber was wird dir das jetzt schon bringen? Dein Freund ist tot und das alles dank seines eigenen Vaters." Max sah das Licht vor seinen Augen. Er sah seine Mutter, die sagte: „Max, du darfst jetzt noch nicht sterben. Gerade hast du deinen Vater befreit. Du musst es für unsere Familie schaffen." Max sagte besorgt: „Aber der Gegner ist sehr stark, gegen ihn kann ich nicht ankommen." Da sagte die Mutter lächelnd: „Du schaffst das. Glaube an dich! Und außerdem bist du nicht allein." Plötzlich sah er Bilder von seinen Freunden vor sich. Da sagte Max selbstbewusst: „Du hast Recht. Ich packe das." Nun kam seine Mutter nach vorn und sagte glücklich: „Schön." Dann gab sie ihm eine Ohrfeige. Als der Schmerz langsam wieder weg war, regnete es. Doch da bemerkte er, dass die Regentropfen Tinas Tränen waren. Auch die Ohrfeige hatte sie ihm verpasst. Sie sagte glücklich: „Max, ich bin so froh, dass du noch lebst. Ich hatte solche Angst." Max sagte: „Beruhige dich, ich bin noch am Leben. Und die Ohrfeige war vollkommen unnötig." Der Herrscher fragte erstaunt: „Wie konntest du das überleben und wie konnte deine Wunde so schnell heilen? Ihr seid keine normalen Lümmel, ihr seid ganz besondere Menschen. Ihr alle seid die Auserwählten. Oh nein, ich hätte nicht gedacht, dass ihr es seid." Max sagte: „Jetzt gibt es kein Entkommen mehr für dich und für uns." Aber der Herrscher sagte lachend: „Als ob ich Angst vor Menschenkindern hätte. Lasst uns nicht reden, lasst uns tanzen." Da fing der Kampf schon an. Max griff an, doch der Herrscher blockte alles ab. Man sah sie einfach nicht, denn sie waren so schnell. Max, sein Vater und seine Freunde kämpften Seite an Seite in perfekter Harmonie. Max traf den Herrscher sehr hart an der Schulter. Dieser fing wieder mit der Duplikation an. Dann sagte jeder der Herrscher: „Na, welcher von uns ist der Echte? Ihr werdet es nie herausfinden." Max sagte: „Ist das nicht langsam langweilig? Das hat der andere schon gemacht. Leute, wir haben das geübt, vertraut auf euren Instinkt." Sie kämpften nun mit Magie, dem Bogen und dem Schwert. Da verschwand der Herrscher plötzlich. Die Stimme sagte: „Ihr konntet zwar meine Doppelgänger besiegen, aber nicht mich. Ihr habt mir ganz schön zugesetzt." Da sagte Max: „Unsichtbare Gegner sind schon lange kein Problem mehr." Da meinte Max zu seinem Vater: „Mit vereinter Kraft werfen wir das Schwert auf ihn." Da sagte der Herrscher lachend: „Hahaha, ihr blufft doch eh nur." Schon war das Schwert geworfen und traf den Herrscher genau an der Stirn. Der Herrscher leuchtete und löste sich auf. Während das geschah, schrie er: „Neeein, das darf nicht wahr sein." Wo zuvor der Herrscher gestanden hatte, entstand nun ein Riesenportal. Er war besiegt. Da sagte der Vater weinend zu Max: „Ich war so traurig, als ich dachte, du seist gestorben. Ich bin so froh, dass du überlebt hast. Und ich bin stolz darauf, was du alles geschafft hast. Max war aber dennoch traurig. Da fragte der Vater: „Was ist los, Max?" Da antwortete er: „Mutter und viele andere sind gestorben." Da sagte der Vater: „Das wird sozusagen nie …" Der Vater konnte nicht weiterreden, denn er spuckte Blut. „Was ist los?", fragte Max besorgt. Da kam schon wieder dieses komische Lachen. Eine Stimme sagte: „Dachtet ihr, ihr könntet mich so schnell besiegen? Da habt ihr euch aber gewaltig getäuscht. Ich habe schon mal deinen Vater erledigt, das ist schon einer weniger, und jetzt seid ihr dran." Max bemerkte: „Anscheinend haben wir vorhin nur einen der Doppelgänger getötet. Ich habe nicht aufgepasst und das musste mein Vater bereuen." Max konnte sich nicht halten. Er ließ sich zu Boden fallen.

Er konnte die Qualen nicht mehr ertragen. Da sagte Max' Vater mit nachlassender Stimme: „Wenn du ihn besiegst, wird alles ungeschehen gemacht, und alle, die durch ihn getötet wurden, werden zurückkehren. Ich will ein schönes Leben mit dir führen, in Ruhe und Frieden, also sammle deine Kräfte." Max stand wieder auf und sagte: „Vater, ich verspreche dir, ich werde dieses Monster besiegen und mit dir leben." Da lachte der Herrscher: „Ihr seid solche Gören, die gleich aufgeben, wenn ein Teamkumpane gestorben ist, deswegen werde ich langsam jeden Einzelnen von euch töten. Dann werdet ihr schön leiden. Ach, das wird ja was sehr Schönes. Ihr seid ohne eure Teamkollegen nur jämmerliche, kleine Würmer." Da sagte Leon: „Aber als Team sind wir unbesiegbar. Das ist es, worauf es ankommt. Du kannst uns nicht mit deinen Sprüchen runtermachen. Wir wissen, dass wir es schaffen können. Du bist ein jämmerlicher, kleiner Wurm, der immer nur Hinterhalte plant. Also wer ist hier eine Göre? Du bist eigentlich nicht mehr als eine kleine Ratte, die Angst hat, zu kämpfen. Du machst immer Doppelgänger und machst dich unbesiegbar. Nur durch diese Taktiken bist du stark." Da sagte der Herrscher wütend: „Was? Was bildet sich ein Mensch ein, besser als ich zu sein? Ich bin ein Herrscher und ihr seid Menschen. Das hier ist meine Welt. Niemand kann sich mir widersetzen. Okay, du Winzling, ich werde jetzt mit fairen Mittel spielen und euch dennoch auseinandernehmen, du wirst schon sehen. Ihr solltet mich nicht unterschätzen. Die paar Kratzer, die ihr mir verpasst habt, sind noch gar nichts. Ich wurde schon einmal in zwei Stücke geteilt. Und das, was ihr da gemacht habt, war dagegen doch gar nichts." Nun ließ sich das Monster wieder blicken. Es war vollkommen regeneriert. Max fragte: „Wie geht das denn? Wir haben dir doch sehr großen Schaden zugefügt. Wie kann es sein, dass du nicht mal mehr einen Kratzer hast?" Das Monster lachte nur und sagte: „Ich regeneriere mich sehr schnell, denn ich habe eben viele Menschen gegessen, was mich stärker gemacht hat. Die waren mindestens dreimal so stark wie ihr alle zusammen." Max wollte nicht viel reden und griff das Monster sofort an, doch es wehrte ihn mit seinen Schuppen ab. Max war nicht sehr überrascht und griff weiter an. Doch der

Dämonenherrscher blockte seine Attacken die ganze Zeit ab und benutzte dann den Fuß, um Max zu treten, doch diesmal blockte Max mit dem Schwert. Da sagte Lea wütend: „Max, es ist jetzt nicht die Zeit für Alleingänge. Wir müssen es als Team schaffen, oder willst du auch noch sterben? Wir sind deine Freunde, wir müssen alles zusammen machen." Max sagte: „Du hast Recht, aber dieser Typ hat echt eine große Kraft in den Beinen. Er ist ziemlich stark." Da sagte das Monster angeberisch: „Wer ist hier nur ein Angeber? Ich werde euch allesamt fressen, wieder ausspucken und dann wieder fressen. Ich werde euch quälen. Ihr seid einfach nur dumme, kleine Kinder, die ich mit links besiege." Max und seine Freunde fingen an, als Team zu kämpfen. Lea nahm ihren Riesenbogen raus, mit dem sie die ganze Zeit gezielt schoss, aber nicht traf. Lea sagte traurig: „Ich bin unnütz, ihr brauch mich nicht." Da sagte Leon: „Du musst dich nur konzentrieren, dann schaffst du das. Du kannst das bestimmt! Wir sind hier mitten im finalen Kampf. Jeder glaubt an dich." Lea nahm ihren ganzen Mut zusammen und konzentrierte sich. Sie spannte einen Pfeil und schoss. Aber das Monster wich schon wieder aus. Dennoch hatte es eine Wunde an seinem Arm. Da fragte es sich: „Wie geht das denn? Ich bin deinem Pfeil doch ausgewichen, wie konnte er mich dennoch treffen? Das ist doch unmöglich."

21. Kapitel

Das Ende

Lea sagte lächelnd: „Der erste Pfeil war eine Illusion und auf den zweiten hast du gar nicht geachtet, der hat dich dann getroffen." Da meinte Leon: „Bravo, Lea. Ich wusste doch, dass du es kannst. Wenn wir wollen, können wir alles schaffen, das habt ihr gerade eben gesehen." Da sagte Max: „Wir müssen uns alle konzentrieren und an uns glauben. So schaffen wir das." Leon kombinierte die rote und die blaue Flamme, woraus eine schwarze Flamme entstand, die nicht leuchtete. Sie war dunkel wie die Nacht. Leon griff Max damit an. Max schrie auf. Lea und Tina fragten: „Warum hast du das getan?" Das Monster sagte dann: „Das ist ja schön, dass ihr euch gegenseitig niedermetzelt, da habe ich weniger zu tun." Leon sagte: „Max legt euch nur rein, diese Flamme ist nicht heiß. Max schrie so, weil er dachte, sie wäre heiß. Ich bin der Herrscher der Flammen, sie verletzen nur diejenigen, die ich verletzen will." Max hörte auf zu schreien: „Du hast Recht, die sind überhaupt nicht heiß, sondern angenehm warm." Leon warf ein Feuerschwert, das aus schwarzen Flammen bestand. Das Monster wich aus, doch Leon konnte die Flammen kontrollieren und lenkte sie zu ihm. Es schrie vor Schmerz auf. Als die Flammen erloschen waren, sagte Max besorgt: „Aber er hat ja keinen einzigen Kratzer abbekommen. Leon, wolltest du ihn etwa nicht verletzten?" Leon sagte: „Doch, natürlich wollte ich das, und ich habe es auch getan, aber du siehst es nicht, denn meine Flammen verbrennen das Innere des Monsters. Also habe ich es sogar sehr verletzt. Ich kann mit meinen Flammen umgehen, sogar sehr gut. Ich bin also doch ein Naturtalent. Niemand kann das so gut wie ich, denn ich kämpfte damit schon seit der Prüfung." Tina konzentrierte sich auch und erschuf einen riesigen Phönix, der auf das Monster losging. Es wich aus, doch der Phönix kämpfte hart und verfolgte ihn. Als das Monster ihn gerade in zwei geteilt hatte, explodierte der Phönix. Da meinte Max: „Du bist ja auch richtig stark geworden, das hätte ich echt nicht von dir erwartet. Ich bin total erstaunt. Du bist ja unglaublich." Tina sagte geschmeichelt: „Danke. Ich hätte auch nicht erwartet, dass ich so eine Kraft habe." Da sagte Max hoffnungsvoll: „Los, Falco, wenn du dich konzentrierst, schaffst du alles. Glaube an dich. Du bist auch ein Naturtalent." Falco konzentrierte sich und sein Schwert leuchtete auf. Es wurde zu zwei Schwertern. Falco griff das Monster damit an, doch dieses wich die ganze Zeit aus. Max sagte: „Falco, konzentriere dich. Du schaffst das, wenn du willst." Er konzentrierte sich nun noch mehr und seine Schwerter fusionierten sich zu einem Langschwert, mit dem er erneut angriff. Der Herrscher wich wieder aus. Falco hörte schon auf. Da fragte Max: „Warum greifst du nicht weiter an? Du hast ihm nicht mal einen Kratzer zugefügt." Da lachte Falco und sagte: „Doch, habe ich." Man erkannte eine Schnittwunde an der Wange des Monsters. Da sagte Falco: „Ich kann mein Schwert beliebig verlängern. Ich kann es so lang machen, wie ich will. Und es verlängert sich sehr schnell. Aber das Schwert wird dabei auch nicht schwerer." Max sagte: „Ich bin glücklich, dass wir alle so stark geworden sind, das habe ich noch nicht mal erwartet." Max und alle seine Freunde sagten: „Wir werden dich jetzt gemeinsam besiegen." Das Monster erwiderte darauf: „Das würde euch wohl so passen." Es wuchs und wuchs, dann sagte es: „Wie wollt ihr mich jetzt besiegen? Ich denke gar nicht." Das Monster schlug auf den Boden. Es entstand ein Erdbeben. Max sagte: „Wir müssen es so machen …" Falco stieg auf Leas Bogen. Sie schoss ihn durch das Monster. Danach beschwor Tina einen Phönix herauf, der von Leon mit schwarzen Flammen ausgerüstet wurde. Auf diesem ritt Max dann und schoss einen Blitz auf das Monster ab, wodurch es für kurze Zeit außer Gefecht gesetzt wurde. Max sprang ab und der Phönix flog in das Loch, das Falco gemacht hatte, und explodierte dort. Das Monster fiel zu Boden: Es war besiegt.

Max sagte: „Leute, lasst uns durch das Portal gehen." Da weinte Tina: „Aber dann werden sich unsere Wege bestimmt trennen.

Und dann bin ich für immer ohne dich." Max sagte: „Egal, was passiert, ich werde versuchen, euch zu finden, egal, wie schwer es ist, und dann werden wir wie eine Familie leben." Tina hörte auf zu weinen und ging mit den Freunden durch das Portal. Alles war wieder normal und sie lebten glücklich ihr Leben. Nachdem sie all dies heil überstanden hatten, war Max schon wie alle anderen erwachsen. So heiratete Max Tina und Leon Lea.

Der Autor

Ahmet Dumlu wurde 2001 in Mönchengladbach
geboren. Der Jungautor hat bereits im Grundschul-
alter seine ersten Gedichte verfasst. Mit elf Jahren
begann er schließlich mit dem Schreiben seines
ersten Buchs „Max und die Himmelskrieger".
Wenn er nicht gerade selbst schreibt, verbringt der
Autor seine Freizeit am liebsten mit Schach und der
Lektüre spannender Bücher.